Les enfants du secret

Les disparus de Comanche Creek

DANA MARTON

Les enfants du secret

BLACK ROSE

HARLEQUIN

Collection : BLACK ROSE

Titre original : THE SPY WHO SAVED CHRISTMAS

Traduction française de PIERRE VANDEPLANQUE

HARLEQUIN
83-85, boulevard Vincent-Auriol, 75646 PARIS CEDEX 13.
Service Lectrices — Tél. : 01 45 82 47 47
www.harlequin.fr
ISBN 978-2-2803-4572-9 — **ISSN** 1950-2753

Prologue

Z'étaient trois fous dans une baignoire,
Le boucher, le boulanger et devinez qui ?
Le fabricant de bougies.
Oh maman, quelle drôle d'histoire !

Comptine populaire.

Ses larges mains étaient rugueuses et tachées de beurre. Des mains forgées par la testostérone, devait-elle penser plus tard, lorsqu'elle serait capable de penser. Leur prise était virile et possessive, tandis que ses doigts se plantaient dans la peau blanche de ses hanches.

Quelque chose en elle lui répondait.

Tout en elle lui répondait.

« Tu as hérité du côté sauvage de ta grand-mère, Lara Jordan. »

Sa mère ne manquait jamais de lui montrer sa désapprobation chaque fois que l'occasion s'en présentait.

« Retiens bien ce que je te dis, avait-elle coutume de répéter avec une expression de dégoût. Les filles comme toi finissent toujours mal. Toujours. »

Toute sa vie Lara s'était battue contre les préjugés parentaux, mais elle comprenait à présent que sa mère avait raison. En réponse à cet homme dont les baisers enflammés lui faisaient perdre tout bon sens, elle allongea le dos sur l'épais plateau de bois de la table, sans se soucier de la farine dont il était couvert, et l'invita à se placer entre ses cuisses.

Elle avait vingt-deux ans, était seule pour la première fois de sa vie, et s'apprêtait à perdre sa virginité avec l'homme le plus dangereux sur lequel elle avait jamais posé les yeux. Dire qu'il l'avait séduite serait un mensonge. C'était elle qui, après quelques heures de supplice, s'était déplacée jusqu'à la boulangerie voisine, armée d'une excuse cousue de fil blanc.

— Et voilà, la bouchère et le boulanger ! dit-elle pour meubler l'air d'autre chose que leurs ahanements sauvages.

Il lécha avec volupté un filet de sueur sur son cou, et s'arrêta pour presser ses lèvres avides sur son pouls, qui battait à un rythme effréné.

— Si le fabricant de bougies tente de nous interrompre, je décline toute responsabilité.

Ils grognèrent ensemble à l'évocation incongrue de cette comptine pour enfants.

Elle ne connaissait aucun fabricant de ce genre, mais il était certain qu'elle était tombée sur une belle bougie.

Oh maman.

Sa jupe se retroussa jusqu'à la taille. Sa culotte s'envola.

Il lui dévora les tétons à travers la fine étoffe de son soutien-gorge. Elle fit courir ses doigts sur les muscles puissants de son dos. Il faisait presque une tête de plus qu'elle, et était bâti comme un four à briques. Pour sa part, elle était bâtie comme, euh, une bouchère, mais dès la première seconde il l'avait couvée d'un regard brûlant sous lequel elle s'était sentie très féminine et très désirable.

Lorsqu'elle avait décidé de prendre la relève de son oncle et de rouvrir la boucherie, elle s'était dit qu'elle avait peut-être placé la barre trop haut. A quelle hauteur, elle l'ignorait. Mais c'était la vie qu'elle voulait. L'aventure, le défi, et non l'existence grisâtre et sclérosée de sa mère, où chaque geste était dicté par des règles, toujours plus de règles. Elle serait libre et sauvage.

L'homme entre ses jambes leva la tête et plongea dans ses yeux un regard incandescent.

Il ne prononça que ces quatre petits mots :

— Tu es à moi.

— Oui, laissa-t-elle échapper, tandis qu'il s'enfonçait en elle avec une redoutable maîtrise.

Ils se connaissaient depuis une semaine.

1

Deux ans plus tard…

La journée avait été catastrophique, même avant que son passé ne décide de se réveiller et de lui cracher à la figure.

En proie à un conflit d'émotions contradictoires, l'agent infiltré Reid Graham vit Lara Jordan faire son entrée au bras d'un cadre d'entreprise à l'allure stricte, dont le costume devait coûter deux fois son salaire gouvernemental mensuel.

De tous les restaurants du pays, il avait fallu qu'elle vienne dans celui-ci, songea-t-il. Et ce soir, par-dessus le marché !

Le désir et la colère le frappèrent à l'estomac à force égale. Le désir, parce que le souvenir de leur unique nuit deux ans auparavant constituait toujours son fantasme numéro un. Et la colère, parce qu'un simple mot d'elle pouvait griller sa couverture et mettre en péril une opération qui lui avait coûté des années de sang et de sueur. Une parole malvenue pouvait aisément les faire tuer tous les deux. Mais pas seulement. Balayant du regard le restaurant bondé, il fronça les sourcils devant tous ces gens qui, en un clin d'œil, pouvaient passer du statut d'innocents citoyens à celui de victimes de fusillade.

Nom de Dieu.

— Alors c'est vrai que vous n'êtes pas flic, dit Jen, la jeune blonde à la beauté froide assise en face de lui, tout en jouant avec le contenu de son assiette.

— Bien sûr que non, trésor.

Il ne mentait pas. Enfin, d'un point de vue technique.

— Je suis juste l'ami d'un ami, ajouta-t-il avec un sourire décontracté. Je suis déjà passé par là où tu es. Après c'est plus facile, crois-moi.

Une musique de Noël passait en sourdine, tandis qu'une odeur de sapin flottait dans la salle. Le long des murs étaient exposées deux bonnes douzaines de compositions ornementales, lauréates d'un concours organisé dans les écoles du quartier à l'occasion des fêtes.

Tout en faisant semblant d'admirer la décoration, Reid jeta un nouveau regard en direction de Lara. Le visage rayonnant sous les lumières colorées, elle riait avec son compagnon. Ses cheveux étaient maintenant coupés à hauteur de menton, et leurs boucles impossibles dansaient contre ses joues, rehaussant la blancheur crémeuse de son cou dénudé.

Au fond de lui, il sentit quelque chose se nouer.

— Je veux me tirer, répliqua Jen en posant sa fourchette. Je veux disparaître. Je ne donnerai le CD que lorsque j'en aurai la garantie. Et je veux de l'argent.

— Je m'occupe de ça.

Ce soir, il était Dave Marshall, un personnage trouble qui opérait dans la zone grise entre les deux univers du bien et du mal, avec des liens dans chacun d'entre eux.

— Tu as quelque chose pour me prouver que tu es sérieuse ? demanda-t-il.

Elle jeta un coup d'œil autour d'elle, puis sortit un téléphone noir de son sac et le glissa vers lui sur la table.

— C'est le portable de secours de Kenny. J'ai dit que le mien était cassé et le lui ai emprunté pour la journée.

Il se saisit de l'appareil et le fourra dans sa poche.

— Je te le rends demain matin. A part ça, tout va bien ?

Elle baissa les yeux et posa une main sur son ventre encore plat.

— Il n'est pas au courant, et je n'ai pas l'intention de

le lui dire. Il s'est levé cette petite grue. Ce connard pense qu'il peut nous garder toutes les deux.

Elle renifla, la mine dégoûtée. Puis soupira.

— Ma sœur sait, ajouta-t-elle en reposant sa main sur la table.

L'espace d'un instant, son chemisier bâilla et Reid aperçut le petit pistolet qu'elle portait sur elle. S'il en était besoin, cela lui rappela que Jen était une femme enceinte terrorisée, qui cherchait à quitter un petit ami terroriste infidèle. Même si elle jouait avec conviction le rôle de la jeune fille en détresse, elle n'était pas aussi pure que l'agneau qui vient de naître, loin s'en fallait.

— C'est à cause de lui que je me suis retrouvée dans ce sac de nœuds, reprit-elle, une note de fragilité dans la voix. Tu me sors de là demain à la même heure, n'est-ce pas ? Avant qu'ils ne remarquent la disparition du CD. Le Dr Julie dit que tu peux faire n'importe quoi.

Elle lui adressa un sourire qui promettait des moments voluptueux en guise de paiement.

Le Dr Julie Lantos — fournisseuse de soins d'urgence pour criminels blessés qui préféraient éviter les hôpitaux, et par ailleurs indicatrice — avait parlé de lui à Jen. Julie Lantos était aussi une toxicomane qui se fournissait auprès de ses patients, arrangement sur lequel les agents du FBI auxquels elle transmettait ses informations fermaient les yeux.

Reid se renversa contre son dossier et offrit à Jen un franc sourire. Elle était une véritable bombe et le savait. Elle avait l'habitude de sortir avec des hommes dont elle pouvait obtenir exactement ce qu'elle voulait. Si devenir son nouveau petit ami, ou plus, était la condition pour glaner des renseignements utiles sur la cellule dormante sur laquelle il enquêtait, pas de problème. Il avait déjà dû consentir de pires sacrifices.

Elle cambra le dos. Ses bonnets D pointèrent encore

plus vers lui, et le petit haut brillant qu'elle portait sous son chemisier ouvert se tendit assez pour souligner le dessin de ses tétons.

Peut-être que si Lara ne s'était pas trouvée dans la salle, à sept tables de la leur près d'une fenêtre, il aurait été plus émoustillé. Mais elle était là, et cela coupait court à leur petit jeu. Aussi abandonna-t-il son idée de proposer à Jen de poursuivre leur conversation dans un endroit plus discret.

— Que dirais-tu d'un dessert ? demanda-t-il.

En fait, ce n'était qu'une manœuvre sournoise pour gagner du temps, car s'il se levait il risquait d'attirer l'attention de Lara.

Lorsqu'il sentit le pied de Jen remonter le long de sa jambe sous la table, il soupira d'abattement tout en feignant le plaisir. Le cas échéant, il n'hésiterait pas à coucher avec elle si c'était le seul moyen de la faire parler. Le groupe terroriste sur lequel il enquêtait était dans la phase finale de préparation d'un gros coup. Alors qu'ils étaient prêts à passer à l'action, il n'avait toujours aucune idée de ce que c'était ni de l'endroit où ça devait se passer.

Même si s'envoyer en l'air avec Jen signifiait la fin de sa carrière, ou que la jeune femme ne puisse être poursuivie parce qu'il avait commis une faute dans le traitement de son cas, il le ferait pour sauver des vies humaines. C'était sa priorité. Et il était résolu à ne pas perdre de vue son objectif. Il était dans le business depuis trop longtemps pour s'écraser sans poser de questions, pour obéir à des règles qui allaient contre son jugement. Trop de vies avaient été perdues. *Il avait pris* trop de vies. En son for intérieur, il ressentait un immense besoin de se racheter. Cette fois, il ferait tout ce qu'il avait à faire. Il n'y avait aucune limite.

Si seulement Lara pouvait se lever et s'en aller…

Au lieu de cela, elle tourna la tête et croisa son regard. Elle battit des paupières, puis ses yeux s'arrondirent de stupeur et elle pâlit.

— Hé, tu sais quoi ? lança-t-il à Jen en se levant d'un mouvement brusque. Oublions le dessert et allons dans un endroit plus intime.

Jen ramassa son sac et se leva sans se faire prier. De toute évidence, elle n'attendait que ça.

Reid laissa deux billets de vingt sur la table, assez pour payer leurs repas, le service et le pourboire. Le sourire de Jen s'élargit tandis qu'elle enfilait son manteau. Quelles que soient les convictions anticapitalistes des membres de la cellule terroriste, elle ne semblait pas détester l'argent.

Lara s'était levée, elle aussi, et disait quelque chose à son compagnon. Elle paraissait plus douce, ses formes étaient plus voluptueuses que dans le souvenir de Reid. Elle se dirigea vers lui. Son élégante robe de soie noire épousait un corps qui n'avait rien à voir avec celui des mannequins anémiques et possédait tout ce qui pouvait contenter les mains d'un homme amateur de perfection.

Une fois sa veste endossée, Reid saisit le bras de Jen et la tira vers l'entrée du restaurant.

Lara hésita un bref instant, mais se ressaisit et continua à marcher dans sa direction.

Il calcula la distance jusqu'à sa voiture. Ils n'allaient pas y arriver. Le pot aux roses serait découvert à la seconde où Lara l'appellerait par son vrai prénom, Reid et non Dave.

Ils étaient devant la porte. La franchissaient. Il observa les véhicules stationnés sur toute la longueur de l'îlot.

Les lumières de la ville occultaient les étoiles dans le ciel. Le bourdonnement constant de New York emplissait l'air, composé des bruits conjugués de millions de gens et de voitures. Pour les habitants de la « Grosse Pomme », c'était une symphonie envoûtante. En général, les touristes le trouvaient stimulant et excitant. En ce qui le concernait, ce bourdonnement l'agaçait au plus haut point. Comment entendre ses ennemis approcher avec un tel bruit de fond ?

Il sortit ses clés de sa poche.

— Va m'attendre dans la voiture, lança-t-il à sa partenaire. Je fais un saut aux toilettes avant de partir. Je reviens tout de suite.

Jen serra son manteau sur elle et prit les clés.

Puis tout se passa à la vitesse de l'éclair.

Lara sortit du restaurant. Plus vite qu'il ne s'y attendait. Peut-être courait-elle. Elle serrait les bras sur sa taille sous le coup de fouet du vent.

— Reid ? Que… ?

Sa voix se perdit dans un hurlement de pneus tandis qu'un SUV noir marquait un arrêt brutal le long du trottoir, et que deux hommes masqués — l'un sur le siège passager, l'autre à l'arrière — ouvraient le feu.

Reid plongea vers Lara, vaguement conscient du fait que Jen se jetait sur le sol derrière lui comme une pro. Enveloppant Lara de ses bras, il roula avec elle jusqu'à l'abri fourni par l'imposant panneau publicitaire du restaurant.

Une balle perfora celui-ci à trois centimètres de sa tête, lui rappelant s'il le fallait que les poubelles, portières de voitures et autres obstacles improvisés ne protégeaient des balles que dans les films. Mais au moins, grâce à lui, les tireurs ne pouvaient pas les viser avec précision.

Lors d'une accalmie dans les tirs, il risqua un œil hors de leur abri. Le SUV faisait marche arrière pour se rapprocher d'eux.

Il sauta sur ses pieds, releva Lara, et, s'élançant avec elle, les fit s'accroupir derrière la voiture la plus proche, puis la suivante, tandis que la fusillade reprenait et que les balles ricochaient autour d'eux.

Enfin, il fut près de son propre véhicule. L'instant d'après, grâce à un double de la clé caché sous l'aile avant, ils se glissèrent à l'intérieur. Quelques secondes plus tard, ils quittaient cet enfer, bénéficiant d'un avantage temporaire : ils se trouvaient dans le bon sens, alors que leurs ennemis devaient effectuer une marche arrière pour les prendre en chasse.

La dernière chose qu'il vit avant de s'engager sur le large boulevard fut le SUV noir opérant un demi-tour, et le corps inerte de Jen baignant dans une mare de sang, illuminé par le néon du restaurant. Une image digne d'un ancien film policier.

Sauf qu'ici, il s'agissait de la vraie vie.

Il jura sourdement.

Il venait de perdre son atout le plus prometteur dans une affaire brûlante. Les dents serrées, il écrasa la pédale d'accélérateur et slaloma entre les véhicules.

— Reid ?

La voix de Lara était faible, ce qui lui était inhabituel.

Elle était assise aussi loin que possible de lui, et son expression était celle de quelqu'un qui a vu un fantôme. Ce qui, d'une certaine manière, n'était pas faux. Car selon les informations qu'elle avait dû avoir de lui, il était mort deux ans plus tôt, la nuit où il avait perdu tout contrôle avec elle, dans la boulangerie.

— Je ne comprends pas…

— Une minute.

Il ne pouvait pas se permettre d'être distrait en ce moment précis. Levant les yeux vers le rétroviseur intérieur, il jura entre ses dents.

Il aurait dû riposter, tirer sur ces salauds. S'il les avait touchés, Jen serait toujours en vie, et son étroite porte d'accès à la cellule terroriste encore ouverte. S'il les avait blessés, le FBI aurait pu les interroger. S'il les avait tués, leurs empreintes auraient pu être relevées. Il aurait eu des indices, des liens pouvant déboucher sur quelque chose.

Au lieu de cela, il avait perdu Jen et n'avait rien gagné du tout.

Sauf la vie de Lara, chuchota une petite voix dans sa tête.

Il découvrit alors qu'autant il avait gâché l'opération de

ce soir, autant il était incapable d'en concevoir une véritable colère. Cela n'empêchait pas une rage noire de frémir sourdement en lui…

Toujours étourdie, Lara se redressa sur son siège et secoua la tête comme pour rassembler ses esprits.

— Mais tu es mort dans l'incendie.

Il bifurqua dans la première rue, puis dans une autre, puis une autre encore, prenant une direction totalement opposée à celle du début. Il jeta un nouveau coup d'œil dans le rétroviseur. Le SUV noir n'était plus là.

— Je n'ai pas le temps de t'expliquer.

Bon sang ! Pourquoi fallait-il qu'elle débarque dans sa vie maintenant ? Pourquoi fallait-il qu'elle tombe ainsi comme un cheveu sur la soupe ?

Elle boucla sa ceinture. Ses mains étaient hésitantes, mais ne tremblaient pas. Elle avait de bonnes mains. Des mains de travailleuse. Solides. Elle n'était pas une petite fleur fragile. Quelques minutes à peine après avoir échappé à un danger mortel, elle se ressaisissait déjà. Lara Jordan était une dure à cuire. C'était une qualité que Reid avait toujours aimée chez elle. Lui qui ne s'était jamais autorisé à aimer vraiment quelque chose chez quelqu'un…

En règle générale, il se tenait à l'écart de ses semblables.

Bien sûr, à une ou deux reprises il avait dérapé. Comme lors de leur unique nuit passée ensemble. Mais il n'avait pas répété son erreur depuis lors. Si le sexe était offert et que le moment s'y prêtait, il le prenait. Mais il était toujours intransigeant quant à ce qu'il était disposé à donner ou non. Il n'y avait aucune perte de contrôle, aucune envolée charnelle commune et irraisonnée avec… avec une vierge qui avait des étoiles dans les yeux, pour l'amour du ciel !

Il serra les mâchoires. Entre la fusillade qu'il laissait derrière lui et ce souvenir qui refaisait trop vite surface, déclenchant une onde de chaleur dans son ventre, son humeur devenait plus morose à chaque seconde.

— Où allons-nous ?

Sa voix était presque redevenue normale.

— Dans un endroit sûr, répondit-il entre ses dents.

Ses cellules grises fonctionnaient à toute vitesse pour trouver cet endroit. Mais il n'en voyait qu'un. Oh Seigneur.

— Qui sont ces gens ?

Le feu devant eux passa au vert. Il prit à gauche.

— Pas maintenant.

Ils étaient enfin arrivés à Brooklyn. Il remonta une rue familière, ralentit devant une modeste maison, actionna l'ouverture automatique du garage, y pénétra et referma aussitôt la porte derrière eux.

Lara plissa les yeux dans l'obscurité.

— C'est ici que tu habites ?

— La plupart du temps.

Et jamais, au grand jamais, il n'y amenait quelqu'un, quelle qu'en soit la raison. Il fulmina intérieurement. A présent, il allait devoir déménager !

Saisissant la main de Lara, il la tira vers lui et la fit sortir à sa suite par la portière côté chauffeur. Il se figea une seconde quand elle trébucha contre lui.

— Je ne vais allumer aucune lumière, dit-il. Contente-toi de me suivre.

Sur ce, il s'écarta d'elle, tapa le code de sécurité, puis ouvrit la porte qui donnait sur l'intérieur de la maison.

Ne connaissant pas le terrain, Lara fit un ou deux faux pas, mais il ne pouvait pas ralentir pour elle. Il les voulait dans son antre, avec ses murs renforcés et son arsenal d'armes à portée de main.

— Ici.

Il s'arrêta devant le placard du couloir et lui tendit son gilet pare-balles.

— Enfile ça.

Lara obéit sans un mot.

Puis ils se dirigèrent vers le séjour. Il la fit asseoir sur le canapé, puis se posta à la fenêtre pour surveiller les alentours. La rue était tranquille. Mais il ne relâcha pas sa vigilance pour autant. Il était dans le métier depuis bien trop longtemps pour commettre une telle erreur.

— Que s'est-il passé là-bas, au restaurant ? demanda-t-elle.

Il ferma les yeux un bref instant pour bloquer cette voix qu'il n'avait pas oubliée depuis deux ans, cette voix qui lui disait : « Oui, oh oui, Reid. S'il te plaît… », tandis que le plaisir l'emportait sur la table de pétrissage de sa boulangerie, une autre mission qui avait viré au désastre.

Les muscles de son bas-ventre se crispèrent.

— Dans quoi es-tu impliqué ?

D'un mouvement un peu maladroit, elle croisa les bras sur le devant du gilet de kevlar trop grand pour elle, et qui l'entravait dans ses gestes. La lumière de la lune faisait briller ses lèvres pulpeuses et accentuait la fossette sur sa joue droite.

Il pivota vers la fenêtre afin de ne plus l'avoir dans son champ de vision. Elle n'était rien pour lui. Un souvenir torride du passé. Il n'y avait aucune raison pour que le fait de la voir là, sur son canapé, dans sa maison, le perturbe. Elle n'avait aucun pouvoir sur lui.

Elle *aurait pu* en avoir, avait-il compris au début. Et c'est la raison pour laquelle il avait pris la décision de ne pas revenir en arrière. Jamais. Il avait annihilé son pouvoir sur lui en la réduisant à un simple souvenir, à un fantasme érotique. Il pouvait réveiller son image quand il voulait, et l'occulter quand il voulait.

— Es-tu impliqué dans quelque chose de mal ?

Il y avait dans sa voix une tension qui n'y était pas quelques secondes plus tôt.

Il laissa échapper un petit rire dur.

— A quoi penses-tu ?

Un long silence s'établit entre eux.

— J'aimerais m'en aller, murmura-t-elle.

Sa robe fit un bruit soyeux lorsqu'elle se leva.

Il se retourna. Grosse erreur. L'étoffe noire qui collait à ses cuisses n'aidait pas à sa concentration. Il lutta de toutes ses forces contre une pulsion qui lui hurlait de se rapprocher d'elle.

— Tu ne peux pas partir.

— Reid…

— Ils m'ont vu avec toi. Il ne leur faudra pas longtemps pour demander à un serveur avec qui tu étais dans le restaurant. Puis ils iront trouver ton petit ami et l'interrogeront à ton sujet.

Il jura entre ses dents. En un mot comme en cent, sa couverture était grillée. Les tireurs établiraient un lien entre Lara et lui. En cet instant, ils passaient sans doute son petit ami à la moulinette. Il y avait de fortes chances pour que le pauvre gars ne survive pas à la nuit.

— Je dois rentrer chez moi, insista-t-elle.

— A l'heure qu'il est, ils savent où tu habites. Tu n'y seras pas en sécurité. Tu peux rester avec moi, ajouta-t-il en faisant un effort surhumain pour dissimuler sa contrariété.

Jusqu'à ce qu'il obtienne des autorités qu'elles la prennent sous leur aile et envisagent une protection à long terme. Ce qui, espérait-il, pouvait être arrangé en deux heures. Pour sa part, il devait retourner là-bas et mettre la main sur le CD de Jen avant que d'autres ne le fassent.

Ce CD était son Graal. Le chef de la cellule terroriste en avait confié la garde à Kenny. Il devait contenir quelque chose, des indices, un code, relatifs à l'attaque prévue.

— C'est fini maintenant, dit-il.

Pour elle, tout au moins. Car en ce qui le concernait, il lui restait encore un long chemin à parcourir.

— Je vais m'assurer que tu sois protégée.

Au lieu de le remercier pour cette attention, elle se jeta sur lui telle une furie.

Elle l'agrippa par les épaules et le secoua, le regard noir.

— Pourquoi ne puis-je pas rentrer chez moi ? hurla-t-elle.

Elle avait toujours été énergique. Elle était allée à l'école grâce à une bourse sportive, avait été mise sur la touche à cause d'un genou blessé, et avait repris la boucherie de son oncle quand celui-ci avait pris sa retraite.

Reid lui emprisonna les poignets et tenta de l'attirer vers lui pour la soumettre. Plus facile à dire qu'à faire. Il avait face à lui un mètre quatre-vingts de fureur brute.

— Ils vont aller chez-toi, tenta-t-il d'expliquer pour la ramener à la raison.

Elle gesticula de plus belle pour se libérer, les yeux fixés sur la porte.

— Laisse-moi partir !

Ses bras battaient l'air comme les ailes d'un moulin.

— Lara ?

Il reçut un coup de coude dans le menton, et poussa un juron. Il avait juste besoin de la coincer entre ses bras, mais elle refusait de coopérer.

— Il faut que je retrouve Zak et Nate.

Elle lança en arrière un coup de pied vicieux qui lui toucha le tibia.

— J'ignore qui ils sont, dit-il, mais il faudra qu'ils se débrouillent seuls.

Combien d'hommes avait-elle dans sa vie ?

— Tu es fou ? hurla-t-elle.

Cette fois, son coude se planta dans son torse.

— Ce sont des bébés !

Des bébés.

Le type qui était avec elle au restaurant était sans doute son mari. Un fluide glacé se propagea dans la poitrine de Reid. Il devait avoir grillé quelques neurones. Il connaissait à peine Lara. C'était juste une erreur de parcours commise deux ans plus tôt. Une perte de contrôle temporaire qui n'aurait jamais dû se produire. En quoi cela pouvait-il le toucher qu'elle se soit mariée depuis ?

Il avait presque réussi à la neutraliser quand tout à coup elle se laissa tomber de tout son poids et le fit tomber au sol avec elle. Mais il était trop rapide pour se laisser désarçonner aussi facilement. La seconde suivante, il était au-dessus d'elle et lui maintenait les poignets au-dessus de la tête. A califourchon sur elle, il avait bien du mal à endiguer le flot de souvenirs brûlants qui lui chauffaient le corps.

Lara s'arc-bouta alors pour le renverser, ce qui n'affaiblit en rien son ardeur.

— S'il arrive quoi que ce soit à Zak et Nate, je te tue, menaça-t-elle. Tu m'entends ?

Reid avait conscience du galbe de ses hanches sous lui, de ses longues jambes mêlées aux siennes. Les souvenirs se firent plus précis et le submergèrent. Une sorte de paralysie lui envahit les membres et pendant plusieurs secondes il ne put bouger que le cou.

Le temps d'un battement de cœur, il ne ressentit plus rien qu'un désir impérieux.

Bon sang.

Lui qui pensait en avoir fini avec ça.

Puis son corps revint à la vie et une douleur intense lui vrilla l'entrejambe. Lara avait shooté dans l'endroit le plus sensible de son anatomie. Se débarrassant de lui d'un coup de reins, elle plongea vers la porte.

Le souffle coupé, Reid se releva, se jeta sur elle, l'attrapa par les jambes et la fit tomber avec plus de brutalité qu'il ne l'avait voulu. A vrai dire, il avait bien du mal à contrôler quoi que ce soit.

— Oups. Désolé.

— « Désolé » n'est pas suffisant.

Elle lui lança un nouveau coup de pied, qui rata son visage d'un cheveu.

En habitué du combat rapproché, il fit abstraction de la douleur et parvint à la clouer de nouveau au sol, avec plus de précautions cette fois, ne prenant aucun risque.

— Arrête un peu, tu veux ?

— Dégage !

Elle faisait des efforts désespérés pour lui donner des coups de tête. La haine et de désespoir brûlaient dans son regard tandis qu'elle se tortillait, la gorge sifflante, et promettait de le tuer.

Chauds souvenirs mis à part, une chose était sûre : cette Lara n'était pas la Lara dont il lui arrivait encore aujourd'hui de rêver et sur laquelle il fantasmait toujours. Celle qui s'était si gentiment donnée à lui.

Où était donc passée la vierge timide et curieuse d'il y a deux ans ?

2

Elle l'avait pleuré.

Lara se battit, aveuglée par la peur et la colère.

Elle l'avait pleuré quand sa boulangerie avait brûlé alors qu'il se trouvait à l'intérieur, quelques heures après l'avoir quittée cette nuit-là. Et elle avait de nouveau pleuré quand elle s'était rendu compte qu'elle était enceinte, pleuré pour ses bébés, qui allaient grandir sans père.

Mais il n'était pas mort. Il était vivant. Simplement, elle ne comptait pas assez à ses yeux pour qu'il le lui ait dit, trop occupé qu'il était à emmener dîner des bimbos siliconées. Il était mouillé dans quelque chose de louche, sans doute en relation avec le crime organisé, le trafic de drogue ou Dieu sait quoi d'autre.

Seigneur, comme elle avait pu être idiote.

— Je vais sur ta tombe presque chaque dimanche, espèce d'enfoiré.

Elle tenta de le faire bouger, mais autant bousculer un mur de briques.

Reid eut l'air abasourdi.

— J'ai une tombe ?

— Comme aucune famille ne s'est signalée, la municipalité a procédé à tes funérailles et a payé pour la concession au cimetière. Une quête a été organisée pour le cercueil, et j'ai assumé les frais du service funèbre. Avec l'argent de l'assurance.

Il avait beau se tenir là, assis sur elle, elle éprouvait

toujours un vague chagrin. De toute évidence, son cerveau avait du mal à accepter la réalité.

— Je suis désolé, murmura-t-il.

Elle essaya de le repousser.

— Si tu me dis encore une fois que tu es désolé, je te jure que je te tue.

Il parvint enfin à l'immobiliser.

— Tu es beaucoup plus violente que dans mon souvenir.

Elle ne fit plus un geste. Surtout parce que cela lui était devenu quasi impossible. Et aussi parce qu'il avait raison. Ce comportement ne lui ressemblait pas du tout.

Elle avait proféré deux menaces de mort au cours des dix dernières minutes. Elle n'était pas ce genre de personne. Ce n'était pas l'exemple de mère qu'elle voulait offrir à ses deux petits garçons.

— Tu as dû déteindre sur moi, rétorqua-t-elle.

La confusion, la souffrance et l'humiliation se télescopèrent dans son esprit. Elle essaya de se déplacer sous le poids familier du corps de Reid, cherchant une issue.

— S'il te plaît, laisse-moi partir.

Pour ses bébés, elle était prête à mendier.

— Je ne dirai rien à personne. J'oublierai même que je t'ai revu. Pour moi, tu peux de nouveau être mort. D'ailleurs, je veux que tu le sois.

Quelque chose de sombre, qu'elle n'eut pas le temps d'identifier, traversa le visage de Reid. Il l'étudia le temps d'un battement de cœur, puis s'écarta d'elle.

— D'accord. Cessez-le-feu.

Elle acquiesça parce qu'il était le plus fort et qu'elle n'avait pas d'autre choix. Il avait toujours été coriace, l'expression « mauvais garçon » était inscrite partout sur lui, et c'était cela qui l'avait attirée au tout début. Il était le mec le plus sexy qu'elle ait jamais rencontré, et il avait fallu qu'il ouvre son commerce à côté du sien, une semaine après elle. La première fois qu'elle l'avait vu, elle avait failli tomber à la renverse. Un mètre quatre-vingt-quinze de muscles et une dégaine de voyou.

Elle déglutit avec peine et, tout en se redressant sur son séant, remisa ce souvenir dans sa poche.

— Tu es sûr que ces hommes vont me rechercher ?

— Ils suivront chaque piste susceptible de les mener jusqu'à moi. Tes enfants sont chez toi ?

— Oui.

Elle enfouit son visage dans ses mains. Son cœur battait à grands coups désordonnés.

— Avec une baby-sitter, ajouta-t-elle.

Seigneur, elle savait qu'accepter un rendez-vous à New York, aussi loin de chez elle, était une énorme erreur. Mais Allen avait insisté. Ce n'était pas la première fois qu'il tentait sa chance, et toutes ses connaissances en avaient rajouté une couche : il fallait qu'elle vive, qu'elle sorte un peu. Elle avait donc dit oui.

La culpabilité qu'elle éprouvait allait la tuer, si l'inquiétude ne le faisait pas avant. Elle se remit sur ses pieds et avisa la porte, soupesant ses chances d'échapper à Reid.

Il appelait quelqu'un sur son portable.

— Ça va, je vais bien… Je vais sortir. Je vous rappelle dès que je suis sur la route… Oh ! une chose. J'ai besoin tout de suite d'une protection pour Hopeville, Pennsylvanie.

Puis il donna *son* adresse.

Etrange qu'il s'en souvienne, songea-t-elle, sachant qu'il ne s'était pas soucié de revenir lui dire qu'il n'était pas mort. Elle ne pouvait pas avoir eu autant d'importance à ses yeux.

— Ce que vous avez de plus proche, poursuivit-il. Les flics locaux ? Très bien. Surveillance extérieure. Personne dedans, sauf si nécessaire. Toute personne qui s'approche, autre que moi, doit être considérée comme armée et dangereuse. Il y a des gosses à l'intérieur, ajouta-t-il avant de raccrocher.

Puis il s'avança vers un placard encastré qu'il ouvrit,

révélant un éventail d'armes à donner la chair de poule. Il jeta des revolvers et des boîtes de munitions dans un sac, ainsi que des grenades à main et d'autres objets qu'elle ne reconnut pas.

Le plus effrayant, ce n'étaient pas les armes elles-mêmes. La façon dont il bougeait, la froide précision avec laquelle il les examinait avant de les choisir étaient celles d'un homme pour qui le danger et la violence sont une seconde peau. Comment avait-il pu si bien cacher cela deux ans plus tôt alors que c'était aussi évident maintenant ?

Elle fit un pas prudent vers la porte. Il fallait vraiment, vraiment, qu'elle s'en aille.

— Où crois-tu aller ? demanda-t-il sans s'interrompre dans sa tâche, ni même se retourner.

Il aurait pu être le héros d'un film d'action. Ou le méchant. Deux ans auparavant, avec ses tatouages, sa moto, ce regard lourd et caressant qui avait révélé pour la première fois la femme qu'elle était, il était l'homme le plus dangereux qu'elle ait jamais rencontré. Le simple fait de lui parler la faisait frissonner.

Mais elle était bien en deçà de la réalité.

— S'il te plaît, laisse-moi partir.

Dire que, malgré le choc de le découvrir dans ce restaurant, elle avait ressenti une joie incroyable en le voyant... Assis à cette table, vivant, il était la réponse à toutes ses prières. Combien de fois n'avait-elle pas rêvé qu'il revenait et lui disait que tout cela n'était qu'une grossière erreur. Ils devenaient une vraie famille. Il lui promettait de l'aimer toujours, de ne jamais la quitter.

Et voilà que son rêve le plus cher se transformait en cauchemar. Elle serra les dents jusqu'à ce que sa douleur se calme.

— Je t'en prie, laisse-moi rentrer chez moi, l'implora-t-elle encore quand elle put de nouveau respirer.

C'est à peine s'il releva la tête.

— Je peux t'y amener plus vite que n'importe qui, crois-moi.

Il allait l'y conduire ?

— Ne le prends pas mal, mais je ne tiens pas particulièrement à ce que tu t'approches de mes bébés.

Elle repensa à la fusillade devant le restaurant. A la façon dont il avait abandonné sa compagne gisant dans une mare de sang. Oh oui, elle était sûre de ne pas vouloir le voir près de Zak et Nate. Et elle regrettait de lui avoir parlé d'eux. A ce moment-là, elle était encore trop secouée. Elle n'avait pas les idées claires, était incapable de penser normalement.

Reid referma la porte du placard.

— Ne t'inquiète pas, je fais partie des bons.

C'était plus ou moins ce qu'elle avait pensé après sa conversation téléphonique. Et elle mentirait en disant qu'elle n'en avait pas été soulagée. Mais…

— Bon et dangereux peuvent aller de pair, fit-elle observer. J'ignore dans quoi tu es mouillé, mais je veux rester en dehors.

— Trop tard.

Etait-ce du regret qu'elle percevait dans sa voix ?

Il fit les quelques pas nécessaires pour la rejoindre, et elle dut lever les yeux. Il était plus grand qu'elle, et presque deux fois plus large d'épaules. Pourtant elle était loin d'être une faible femme. Il sembla hésiter un instant, puis soupira entre ses lèvres serrées.

— Ce soir, j'étais en mission sous couverture.

Deux ou trois pièces du puzzle se mirent en place, et le cerveau de Lara passa en mode accéléré.

— Tu l'étais également à Hopeville, quand nous nous sommes rencontrés ?

Il lui lança un manteau et, quand elle l'eut enfilé, la saisit par le poignet et l'entraîna vers le garage.

— Oui.

Bien sûr. Il était nouveau venu en ville. Mais elle l'était également. Ils avaient spontanément établi un lien entre eux parce qu'ils étaient deux étrangers qui essayaient de faire tourner leurs boutiques jumelles et de s'intégrer dans la communauté.

— Reid Graham, c'est ton vrai nom ?

— Oui. J'espérais trouver un moyen de m'infiltrer dans une cellule terroriste par l'intermédiaire d'un ancien camarade de l'armée qui avait basculé du mauvais côté. Son cousin est en lien avec cette cellule. Mon CV avait été modifié pour faire croire que j'avais quitté l'armée peu de temps après lui. J'étais officiellement tombé sur lui par accident, et j'essayais de gagner sa confiance. Je devais donc me servir de mon vrai nom.

— Qui était cette blonde au restaurant ?

— Mon contact dans la place. Elle avait les informations dont j'avais besoin.

Un contact jetable, à ce qu'il semblait. De toute évidence, l'activité de Reid impliquait qu'il se serve des gens et les jette ensuite si nécessaire.

Brusquement, Lara pensa à leur rencontre et sa gorge se serra.

— Me séduire faisait partie de ta couverture ? demanda-t-elle.

— C'est toi qui es venue à moi…

La voix de Reid était grave, parfaitement contrôlée.

— Mais quoi qu'il en soit…

Il marqua une pause et, tout en sortant la voiture à vitesse réduite du garage, scruta les environs.

— Je n'ai rien fait pour empêcher que cela arrive… Ça a été une grosse erreur de jugement de ma part.

Des larmes brûlantes montèrent aux yeux de Lara tandis qu'il s'engageait sur la chaussée et accélérait. Elle détourna la tête, battit vivement des paupières pour les refouler et observa le défilé des maisons par sa vitre.

Elle l'entendit parler de nouveau sur son portable.

— J'ai une urgence. Une personne. Il me faut une maison sécurisée dans le secteur de Hopeville, Pennsylvanie.

Il écouta quelques secondes.

— Pas beaucoup, répondit-il. Mais j'ai le numéro d'immatriculation du SUV des tireurs.

Il le donna, puis tourna les yeux vers elle.

— Comment s'appelle ton mari ?

Son mari ? Oh ! Allen.

— Allen Birmingham.

— Y avait-il quelqu'un du nom d'Allen Birmingham dans le restaurant ?

Son visage s'assombrit tandis qu'il écoutait la réponse.

— Je m'en doutais, dit-il avant de terminer l'appel.

Elle agrippa sa ceinture de sécurité.

— Quoi ? Qu'est-il arrivé à Allen ?

— Les flics lui ont parlé dès leur arrivée. Ils lui ont demandé d'attendre dans le bureau du directeur parce qu'ils voulaient l'interroger sur ton... kidnapping, dès qu'ils auraient sécurisé l'endroit et entendu les autres témoins.

Il scruta son visage. Il y avait du regret dans ses yeux.

— Mais lorsqu'ils sont revenus, il avait disparu.

Il lui saisit la main. Ses doigts étaient chauds et solides sur les siens.

— Lara, je suis désolé.

— Tu crois que ces hommes l'ont emmené ?

Elle commençait à éprouver un léger vertige.

— Ils ne lui feront pas de mal, n'est-ce pas ?

Il ne répondit rien, se contentant de serrer sa main tandis que la voiture filait sur la route. Il était déjà tard, et la circulation se raréfiait. Il y avait de moins en moins de véhicules sur leur chemin.

Elle libéra sa main et entoura sa taille de ses bras.

— Ce n'est pas mon mari, dit-elle enfin, hébétée.

— Ton petit ami, alors ? Le père de tes enfants, j'imagine.

Elle soutint sans ciller le regard qu'il posa sur elle. Et se mordit les lèvres.

Tôt ou tard, de toute façon…

Et puis ce n'était pas comme s'ils représentaient quelque chose pour lui. Seigneur, elle avait tant rêvé de ce moment. Elle avait souhaité ce miracle depuis si longtemps. Et maintenant que son vœu le plus fou, le plus invraisemblable, se réalisait, rien n'était comme elle l'avait imaginé.

Son cœur se brisa.

Ignorant la douleur, elle prit une profonde inspiration.

— Non, dit-elle. Le père, c'est toi.

3

Reid faillit percuter un véhicule arrivant en sens inverse.

Il leva le pied de l'accélérateur, rectifia sa direction et tenta de reprendre le contrôle de son esprit parti en vrille.

— Lara, ce n'est vraiment pas le moment de te moquer de moi.

Elle ne dit rien.

— Comment est-ce possible ? grommela-t-il.

Ne sois pas stupide, songea-t-il dès que les mots eurent franchi ses lèvres.

— Ne sois pas stupide, répondit-elle, comme si elle l'avait entendu penser.

Il ravala une réplique bien sentie. Bon, d'accord, ils avaient fait ce qu'il fallait pour ça. Mais qu'elle soit tombée enceinte était *impossible*. Maintenant, s'il n'était pas le père, qui était-ce ? Pourquoi ne lui avait-on pas dit qu'elle était enceinte ? Après son évacuation de Hopeville, il avait demandé qu'on l'informe sur elle. Cela avait été fait. Quelqu'un s'était renseigné et avait transmis son rapport. RAS. Tout allait bien pour elle.

Certes, sa grossesse ne se voyait peut-être pas encore à ce moment-là. Le rapport mettait en avant le fait que la boucherie avait brûlé, elle aussi, mais que Lara avait touché assez d'argent de sa compagnie d'assurances pour pouvoir la reconstruire. Ce qui ne l'avait pas empêché d'éprouver une grande culpabilité.

Il lui jeta un regard de biais, et décida d'entrer dans son jeu, histoire de savoir ce qu'elle avait en tête.

— Lequel est de moi ?

Elle avait fait allusion à Zak et Nate.

— Les deux. Ce sont des jumeaux.

Il avala sa salive de travers, s'étrangla et dut tousser pour se dégager la gorge. Il devait lui rendre justice : quand elle faisait quelque chose, elle ne le faisait pas à moitié. Conscient d'avoir les mains tellement crispées sur le volant qu'il en avait mal aux jointures, il les desserra.

— Comment le feu s'est-il déclenché ? demanda-t-elle.

Il se raidit de nouveau.

— Je ne peux rien dire.

— Je crois que tu me dois une explication, objecta-t-elle, la voix lourde de colère.

Sur ce point, il était d'accord. Il attendit quelques secondes, le temps de mettre au point sa réponse. Il pouvait lui en parler dans les grandes lignes. Elle méritait au moins quelque chose.

— Je surveillais un type que je soupçonnais d'être membre du groupe que nous avions dans le collimateur.

— « Nous » ?

Il ne répondit pas.

— Les autorités ? Une agence gouvernementale ?

— Quelque chose comme ça. Quoi qu'il en soit, il y a eu une fuite. Ils ont su qui j'étais. Et ils ont décidé de me faire la peau.

Elle le considérait avec attention, les yeux écarquillés.

— Mais alors, à qui appartenait le corps trouvé dans les décombres ?

Question pertinente. Le corps qu'elle avait enterré. Une image s'imposa à l'esprit de Reid. Lara se recueillant devant la pierre tombale où était gravé son nom. Il n'avait aucune raison de se sentir mal par rapport à cela. Après tout, il n'avait fait que son travail. Pourtant il n'était pas fier de lui.

— J'en ai descendu un avant qu'ils ne me tombent dessus.

Cette révélation la laissa muette un moment.

— Comment t'en es-tu sorti ?

— Je n'étais pas aussi mort qu'ils le pensaient lorsqu'ils ont mis le feu à la boulangerie. Je suis sorti en rampant et j'ai demandé de l'aide sur mon portable. La décision a vite été prise. Il valait mieux qu'aux yeux du monde je sois mort dans l'incendie.

— Tu aurais pu me le dire.

Le ton était accusateur.

— J'avais reçu l'ordre de ne pas le faire. Du reste, moins tu en savais, plus tu étais à l'abri.

Et plus lui-même l'était.

S'ils avaient passé plus de temps ensemble, s'il était retourné là-bas… Elle serait devenue une complication. Elle l'aurait fragilisé, ce qu'il ne pouvait s'autoriser. Aucune faiblesse n'était tolérée dans son job. La vulnérabilité est le meilleur moyen pour se faire tuer. Il devait se couper d'elle avant qu'elle ne prenne trop d'importance pour lui.

Elle prit plusieurs secondes pour digérer ses paroles.

— Qui surveillais-tu ? demanda-t-elle enfin.

Il réfléchit à ce qu'il pouvait lui dire. Il frôlait de trop près des lignes qu'il ne devait pas franchir.

— Tu te souviens du marchand d'armes en face de la rangée de commerces de la grand-rue ?

— Jimmy Sparks ? Le type bizarre avec son crâne rasé et sa barbiche rousse ?

Il hocha la tête.

— Il a fermé boutique juste après l'incendie, expliqua-t-elle. Il est parti dans le Nevada.

— Pas exactement. Il s'est rendu compte que nous étions sur son dos et il s'est envolé, destination inconnue.

Avec ses petits camarades. Toute l'opération s'était soldée par un fiasco. Ce n'était pas le meilleur souvenir de Reid, loin s'en fallait. Il lui avait fallu deux années d'un travail colossal pour se rapprocher de nouveau de la cellule. Ce n'était pas trop tôt. Ses membres se préparaient à frapper un grand coup après s'être exercés sur des victimes isolées.

Reid espérait que Jimmy referait surface avant qu'il ne soit trop tard. Il avait un compte à régler avec lui.

— A-t-il… tué quelqu'un ? demanda Lara, soudain très pâle. Pourquoi le surveillais-tu ?

— Il a, euh, fait des trucs.

C'était le maximum de ce qu'il était disposé à lui révéler pour le moment.

Mais elle avait l'esprit vif.

— Oh. Avec ce qu'il avait sous la main…

Ses yeux violets s'arrondirent, et elle secoua la tête.

— La bouchère, le boulanger et le fabricant de bombes, marmonna-t-elle entre ses dents.

Il se fendit d'un sourire sans joie.

— Une comptine pour le XXIe siècle ?

— A Hopeville… Ça semble si incroyable, répondit-elle, l'air médusé.

Bienvenue dans mon monde, songea-t-il. Mais il ne le dit pas. La vérité, c'est qu'il ne la voulait surtout pas dans son monde. Il voulait l'en tenir aussi éloignée que la situation le permettait. Dès l'instant où elle serait cloîtrée dans une maison sécurisée avec ses enfants, il mettrait le plus de distance possible entre elle et lui.

A présent, elle savait qu'il était vivant. Elle pouvait cesser d'aller à ce maudit cimetière. Son deuil n'était plus de mise, elle n'avait plus besoin de le pleurer. Le mieux pour elle était de l'oublier.

Le reste du trajet jusqu'à Hopeville se fit dans un silence presque total. De temps en temps l'un ou l'autre posait une question, qui recevait une réponse minimale, histoire de ne pas se comporter en étrangers.

Ce n'est qu'une fois devant la maison de Lara que Reid passa son coup de fil.

— Nous sommes arrivés, dit-il. Nous allons entrer prendre les enfants. Je veux une escorte invisible jusqu'à la nationale, ensuite ça ira. Qu'avez-vous trouvé ?

Reid mémorisa l'adresse, puis remercia son interlocuteur.

— Ne bouge pas, ordonna-t-il à Lara, une fois garé dans l'allée.

Il descendit du véhicule, regarda autour de lui et nota la présence de deux voitures de flics banalisées. Il leur fit un signe de la tête, puis contourna son SUV pour ouvrir la portière à sa passagère.

— Reste près de moi, OK ? Tout a l'air calme, ajouta-t-il, voyant qu'elle tremblait littéralement de nervosité.

Elle hocha la tête, puis se mit en route d'un pas mal assuré. Il se plaça aussitôt devant elle, la main posée sur l'arme glissée sous sa ceinture, dans son dos.

La porte n'était même pas verrouillée. L'Amérique profonde. Le genre de vie sans danger, idyllique, qui disparaissait rapidement malgré l'énergie déployée par ses homologues et lui-même pour le sauvegarder.

— Je suis revenue ! lança Lara derrière lui, lorsqu'il eut ouvert la porte d'entrée.

Une femme âgée sortit de la cuisine, vêtue d'un jogging rose et d'un sweat-shirt orné d'un chaton. Il ne se rappelait pas l'avoir vue durant son court séjour à Hopeville. La femme ne sembla pas non plus le reconnaître, ce qui lui convenait très bien. Elle le détailla de la tête aux pieds, les yeux plissés, la mine réprobatrice.

— Je vous croyais avec Allen, dit-elle d'une voix pointue.

— C'est une longue histoire, répondit Lara en se hâtant vers l'arrière de la maison. Je suis tombée sur un vieil ami, ajouta-t-elle par-dessus son épaule.

— Bonsoir, dit Reid d'un ton poli.

Il enregistra autant de détails de la maison qu'il le

pouvait. Même si à l'époque il savait où habitait Lara, il n'était jamais entré chez elle.

L'endroit était de dimensions modestes mais propre et bien tenu. Les jouets étaient rangés dans des caisses en plastique de différentes couleurs. Un modèle réduit d'avion ancien était suspendu au plafond. Le sapin de Noël le plus triste qu'il ait vu de sa vie se dressait dans un coin, orné de guirlandes faites maison et d'images découpées représentant un type avec une cape. Sur sa poitrine était inscrit « Henry le Héros ». Ce devait être le personnage de dessin animé préféré des enfants.

Il nota que le mobilier n'était plus de la première jeunesse et que le tapis avait connu des jours meilleurs. Quand on lui avait dit que Lara avait touché l'argent de l'assurance pour la boucherie, il en avait déduit qu'elle n'était pas sur la paille. Mais à présent, sachant qu'elle devait élever seule deux enfants en bas âge et qu'elle avait mis la main à la poche pour ses funérailles, il se demanda — pour la première fois — si elle s'en sortait financièrement.

Il n'aima pas la manière dont son estomac se serra. Son sentiment de culpabilité le contrariait au plus haut point.

N'était-ce pas elle qui était venue à lui ? Mais quand bien même c'était vrai, il devait regarder en face une autre vérité. Il aurait pu, *aurait dû*, la chasser. Son attirance pour elle se mélangeait à sa culpabilité pour former un cocktail qui, s'il n'y prenait garde, risquait de l'aveugler. Il jeta ce mélange aux orties. Il ne devait éprouver aucun sentiment, aucun, dès lors que Lara Jordan était concernée.

— Bon, eh bien je m'en vais, lança la baby-sitter.

Elle lui adressa un salut chargé de méfiance, puis se tourna vers l'intérieur de la maison.

— Je me ferai payer en côtelettes pour Denis, comme d'habitude, lança-t-elle à l'intention de Lara. Je passerai vous voir à la boucherie. Allen aussi aime les côtelettes, il vous l'a dit ? Tout seul dans cette grande demeure… Je suis sûre qu'il se languit d'un bon repas fait à la maison.

— D'accord, lança Lara d'un ton distrait depuis l'arrière. Euh, je ne serai sans doute pas à la boutique ces prochains jours. Je compte prendre ma voiture et rendre visite à mon oncle, en Floride.

— Ramenez-nous un peu de soleil !

Debout devant la fenêtre, Reid regarda la vieille femme s'éloigner sur le trottoir, ses baskets dorées scintillant dans la lumière du soir. Arrivée au coin de la rue, elle avisa son SUV et fronça les sourcils. En dehors des policiers en faction et d'une ou deux voitures qui passaient de temps en temps, l'endroit était désert.

Dix minutes ne s'étaient pas écoulées que Lara réapparut, portant les jumeaux dans deux sièges bébé identiques. Comme les enfants étaient coiffés d'un gros bonnet de laine et emmitouflés dans une couverture, Reid ne voyait pas grand-chose de leurs petits visages endormis.

— Laisse-moi t'aider.

Elle avait enfilé un jean et un manteau, sous lequel elle avait gardé le gilet de kevlar. Elle lui tendit l'un des sièges.

— Je vais prendre le sac, dit-il.

Alors qu'elle posait le bébé sur le canapé afin de pouvoir enlever l'énorme sac de son épaule, il remarqua ses lèvres serrées et l'inquiétude qui assombrissait son regard.

— C'est presque fini, dit-il. Reste derrière moi en sortant.

Il s'avança vers la porte, jeta un coup d'œil dehors, sortit sur le perron et lui fit signe de le suivre.

Une fois à la voiture, il déposa le premier siège sur la banquette arrière, puis, pendant qu'elle attachait les bébés avec soin, il rangea le sac dans le coffre. Bien que visiblement ébranlée, elle gardait toute sa maîtrise de soi et procédait d'une main sûre à l'installation des jumeaux.

Lorsqu'ils furent enfin sur la route, il vit dans le rétroviseur les voitures banalisées de la police qui les suivaient.

Dix minutes plus tard, il retrouvait la nationale sans leur escorte. Après une demi-heure de trajet monotone, il franchit la frontière de l'Etat de New York. La maison sécurisée, une petite bâtisse de style ranch, leur apparut bientôt.

Comme promis, la clé était scotchée sous le toit de l'abri de jardin. Reid entra le premier, examina les lieux puis fit signe à Lara de venir. Deux chambres, un séjour, une cuisine, une salle de bains. L'endroit n'était pas très grand, mais il suffirait jusqu'à ce qu'il ait trouvé une idée pour le long terme.

Il avait rendu assez de services pour obtenir que Lara bénéficie du statut de témoin protégé. Il ne la reverrait plus. C'était une solution parfaite au regard de tout ce qui était en jeu. Cette pensée cependant ne le satisfaisait pas autant qu'elle l'aurait dû, car il avait le sentiment persistant qu'elle essayait de le berner. Parce que, malgré la présence des deux bambins auxquels elle était en train d'ôter les vêtements chauds dans l'une des chambres, un fait demeurait : il ne pouvait *pas* avoir d'enfants. Il le savait depuis ses dix-neuf ans.

Donc, une question claire se posait. Qu'avait-elle à gagner en lui mentant ?

Les garçons s'étaient réveillés un moment, mais elle n'avait eu aucune difficulté à les rendormir. Dieu merci, ils étaient l'un et l'autre comme de vraies marmottes. Sinon la mère célibataire qu'elle était se demandait comment elle se serait débrouillée. Elle contempla leurs petits visages aux joues rondes. Ils étaient ce qu'elle avait de plus cher au monde. Elle ferait tout pour qu'ils aient une vie heureuse, normale et protégée.

Il y avait eu un temps où elle voulait être libre et sauvage. Elle l'avait été. Une nuit. Puis l'homme dont elle s'était éprise était mort, son commerce avait été ravagé par un incendie, elle avait mis au monde des jumeaux et se battait depuis pour subsister. Elle avait appris sa leçon. Son envie d'aventure appartenait au passé. Tout ce qu'elle voulait, c'était une vie ordinaire et à l'abri du danger. La médiocrité avait pour avantage d'offrir un grand confort.

Elle fit une muraille d'oreillers sur le bord du lit afin que les bébés n'en tombent pas dans leur sommeil, puis sortit de la chambre, laissant la porte entrebâillée.

Reid était assis sur le canapé, les jambes étalées devant lui, la tête renversée contre le dossier. Seule une petite lampe dans un angle de la pièce était allumée, de sorte que son visage était à moitié plongé dans l'ombre, ce qui lui donnait un air mystérieux. Il portait des bottes de moto, un jean délavé et un T-shirt noir sous une chemise ouverte, noire elle aussi.

Dans un flash de mémoire, elle le revit soudain tel qu'il lui était apparu la première fois, à la porte de sa boutique, appuyé au montant, surgi de nulle part. Jamais aucun homme ne l'avait regardée de cette façon, ni avant ni après.

Elle en avait été si tourneboulée qu'elle avait mis le hachis de porc dans le bac destiné au bœuf haché. A cet instant-là, elle aurait dû tourner les talons et fuir comme si le diable était à ses trousses. Sauf qu'alors elle n'aurait pas eu Zak et Nate, chose qu'elle ne regrettait pas une seule seconde.

— Quelqu'un nous apportera à manger, dit Reid sans changer de position. Dresse-moi une liste de ce qu'il te faut pour tes enfants, et je passerai un coup de fil.

— *Nos* enfants, corrigea-t-elle.

Il redressa la tête et ses yeux noisette se plissèrent, ombrés par ses cils épais. Il avait un visage aux traits ciselés dans le marbre, et des lèvres qui… Des lèvres qui disaient qu'il était né pour être sauvage.

— Je ne le pense pas, dit-il.

La colère envahit Lara.

— Tu crois que je mens ?

— Je *sais* que tu mens. Ecoute j'avais décidé d'attendre un peu et de tenter de comprendre pourquoi tu faisais cela, mais je suis fatigué. Il se passe beaucoup de choses. Dans peu de temps, je vais m'en aller et te confier à quelqu'un d'autre. Alors cessons ce petit jeu et dis-moi ce que tu as en tête au juste.

— Nous avons couché ensemble.

Elle pensait encore presque tous les jours à cette nuit-là. Que pour sa part il ait pu l'oublier était plus qu'humiliant. Mais elle fut aussitôt rassurée.

— Je m'en souviens, sois-en sûre, répondit-il avec une douceur inattendue dans la voix.

Elle sentit ses joues lui brûler.

— Mais je te le dis, ma belle. Je ne peux pas avoir d'enfants.

— Eh bien moi, je te dis que tu le peux, rétorqua-t-elle. Et tu en as. Deux.

Reid la regarda un long moment sans rien dire, ses yeux perçants achevant de la déstabiliser.

— Je ne sais pas ce que je dois croire. La seule explication que je vois, c'est que tu as connu quelqu'un juste après moi. Il t'a mise enceinte, t'a laissée tomber, et tu as dit à tout le monde que les gosses étaient de moi. Comme j'étais mort, je ne pouvais pas protester. Etait-il marié ?

La colère de Lara se transforma en fureur froide. Elle passa dans la cuisine pour se servir un verre d'eau.

— Va au diable ! répliqua-t-elle depuis l'évier.

Il la rejoignit, la saisit par les épaules et la fit pivoter vers lui. Puis, les yeux rivés aux siens, il remonta son T-shirt jusqu'au cou.

Lara sentit sa gorge se dessécher. Elle voulut détourner la tête, mais en fut incapable.

— J'y étais, dit-il d'une voix râpeuse. Ces marques de brûlures sont là pour le prouver.

Elle déglutit à la vue de sa chair mutilée. Et cligna les

yeux. Fort. La dernière fois qu'elle avait vu son torse, c'était un modèle de perfection masculine. A présent il n'était qu'un affreux enchevêtrement de boursouflures rosâtres.

Pendant quelques instants, elle oublia sa colère, oublia son mensonge sur sa mort, oublia qu'il l'avait laissée seule sans se préoccuper des conséquences, oublia son déni de paternité.

Son regard se déplaça vers son épaule.

— Quelle est cette cicatrice ?

Il glissa le pouce dessus.

— Ça ? C'est l'endroit où la clavicule a traversé la chair. Ces salauds m'ont brisé quelques os avant de mettre le feu à la boutique.

Il baissa son T-shirt, occultant le sinistre tableau.

Cela ne changeait rien au fait qu'il ait mis en doute sa parole au sujet des jumeaux. Pourtant, l'ardeur belliqueuse de Lara s'envola tout à coup. S'il voulait vraiment une confirmation, une analyse d'ADN suffirait à prouver qu'il en était le père. Sauf que, d'après ce qu'elle avait vu jusqu'ici, elle n'était pas sûre de le vouloir dans sa vie ni dans celle de ses enfants. La sécurité et la normalité primaient sur tout le reste.

La bonne nouvelle, c'est qu'il ne montrait aucun désir de faire partie de sa vie. Il ne voulait même pas reconnaître les enfants. Si cela la peina dans un premier temps, elle en éprouva un certain soulagement. Soulagement qui, soupçonna-t-elle, serait profond et permanent une fois que son esprit se serait un peu calmé.

— Les jumeaux ont tout ce qu'il leur faut pour au moins quarante-huit heures, déclara-t-elle. J'ai pris assez de nourriture et de couches. Combien de temps devrons-nous rester ici ? Demain c'est dimanche, et la boucherie sera fermée. Mais si je ne peux pas être présente lundi, il faudra prévoir des arrangements.

Elle avait deux employés à temps partiel qui pouvaient gérer l'affaire jusqu'à son retour.

— Alors fais-le, organise-toi pour ne pas y retourner.

L'injustice de la situation la frappa soudain de plein fouet. Elle n'avait rien fait de mal. Pourtant, sans prévenir, la vie qu'elle avait eu tant de mal à construire était brutalement mise sens dessus dessous.

— C'est donc cela que tu fais ? demanda-t-elle avec aigreur.

Il acquiesça.

— Tu aurais peut-être dû t'en tenir aux chaussons aux pommes et au pain de campagne. Tu ne peux pas retrouver une activité comme celle-là ?

— Non.

Dommage.

— Tu y étais meilleur que dans celle-ci.

C'était un coup bas, mais elle s'en fichait.

Il haussa un sourcil. Sa curiosité était piquée.

— Que veux-tu dire par là ?

— A Hopeville, il y a deux ans, ta couverture a été grillée et tu as failli être tué. La même chose est arrivée ce soir.

Et les deux fois, songea-t-elle, sa vie en avait été chamboulée.

Il lui offrit un sourire contrit.

— Crois-le ou non, ce sont les seules et uniques fois de toute ma carrière. Dès que tu apparais, tout va de travers. Qui sait ? Peut-être es-tu mon porte-malheur, ajouta-t-il avec un sourire en coin. A l'avenir, je prendrai mes jambes à mon cou dès que je te verrai.

Blessée dans sa fierté, elle haussa le menton.

— Pourquoi ne pas commencer maintenant ?

— Ce serait la chose la plus intelligente à faire.

Il s'approcha d'elle, leva sa main et passa le pouce sur la courbe de sa joue.

— En fait, dit-il, j'attends juste l'arrivée des renforts.

Puis il s'écarta. Nerveuse, elle avala plusieurs gorgées d'eau successives.

— Peut-être *es-tu* mon porte-malheur, rétorqua-t-elle en reposant son verre sur le comptoir. La première fois que tu as croisé mon chemin, ma boutique a brûlé. Ce soir, on m'a tiré dessus, et j'ai dû prendre la fuite avec les enfants parce que ma maison n'était plus sûre. C'est moi qui devrais prendre mes jambes à mon cou quand je te vois !

La façon dont il fixait ses lèvres fit courir une onde de chaleur dans tout son corps. Il entrait de nouveau dans sa sphère privée.

— Qu'attends-tu pour te sauver ? murmura-t-il d'une voix rauque.

Elle n'aurait pas pu bouger d'un millimètre, même si sa vie en dépendait.

Il l'empoigna par les hanches, la souleva sans effort et l'assit sur le comptoir. Puis il plaça son corps souple d'athlète entre ses jambes. La secousse électrique qui la traversa lui coupa la respiration. Quelle était donc cette magie qui les liait aux plans de travail alimentaires ?

— Je ne suis pas un sentimental, déclara-t-il. Mais ces fichus souvenirs me submergent sans que je le veuille. Je ne peux pas dire que ça me plaît.

— Tu pourrais, euh, penser à autre chose.

Elle tenta de tenir en bride ses hormones, qui s'étaient soudain réveillées après de longues et frustrantes années de célibat.

— Nous étions… C'était il y a si longtemps. J'ai déjà tout oublié.

— Je suis sûr que non. J'étais ton premier, murmura-t-il contre ses lèvres.

Un frisson significatif lui parcourut la peau.

— Tu as dû connaître d'autres hommes depuis, poursuivit-il, leurs haleines se mêlant l'une à l'autre.

Elle détourna la tête et regarda ailleurs.

Glissant l'index sous son menton, il la força à croiser de nouveau son regard.

— Allen ?

Elle fit non de la tête.

— Il n'y a eu que toi.

Elle se sentit affreusement embarrassée. Ce n'était pas comme si elle avait vénéré sa mémoire pendant tout ce temps. En réalité, entre les jumeaux et la boucherie elle n'avait pas eu de temps pour les aventures sexuelles.

— Menteuse, dit-il d'une voix douce.

Son regard s'assombrit, quelque chose de féroce traversa son visage, et il s'empara de sa bouche avec une ardeur qui la fit s'accrocher à ses épaules comme à une bouée de survie. Les souvenirs qu'elle n'avait jamais réussi à gommer tout à fait revinrent à la vie, mais ce n'était pas comme l'autre fois. Aujourd'hui, elle ne voulait pas coucher avec lui. Elle ne recherchait aucune sorte de relation. *A fortiori* avec un homme qui était synonyme de catastrophes et venait de la traiter de menteuse.

Plaquant les mains sur son torse, elle le repoussa doucement, son corps bataillant avec son esprit. Elle crut qu'il ne s'en rendait pas compte, mais il s'arrêta et s'écarta d'elle. Ses yeux étaient deux braises incandescentes.

Ses doigts se relâchèrent sur ses hanches, mais se resserrèrent aussitôt. Il ouvrit la bouche, mais elle ne sut pas ce qu'il s'apprêtait à dire car son portable sonna.

Il le sortit et répondit :

— Oui ?

Il écouta quelques secondes, puis coupa la communication et rangea le téléphone dans sa poche.

— C'est la relève de la garde, annonça-t-il.

Elle n'aurait su dire si l'éclat furtif qu'elle discerna dans ses yeux était de déception ou de soulagement.

*
* *

Reid voulait passer aux toilettes avant de sortir. Son besoin satisfait, il passa devant la chambre des enfants. Un vague couinement lui parvint depuis l'intérieur. Quelqu'un était-il réveillé ?

— Lara ?

Il l'entendit discuter avec Ben dans le séjour. Ben était un membre du SDDU, l'unité secrète de forces spéciales qui opérait principalement à l'étranger. Tout comme lui, il avait été prêté au FBI.

Lara ne l'avait pas entendu.

Un peu à contrecœur, il glissa la tête dans l'entrebâillement de la porte. L'un des jumeaux avait peut-être gémi dans son sommeil, sans pour autant avoir besoin de sa mère.

La seule lumière dans la chambre était celle de la lune. Il dut s'approcher du lit pour mieux voir. Deux paires d'yeux noisette se posèrent sur lui.

— Ri-ro, dit l'un des garçons.

Curieux petits bonshommes. Sans le bonnet et la couverture, Reid distinguait avec netteté leurs visages. Des visages étrangement familiers. Il se rappela les photos que sa mère avait de lui bébé. Ils étaient sa copie conforme.

La foudre n'aurait pu le toucher plus violemment que cette preuve vivante du fait que Lara Jordan n'avait pas menti.

Pas besoin d'un test ADN pour savoir que Zak et Nate étaient de lui.

Il avait des enfants. Des enfants dont il avait jusqu'ici ignoré l'existence. Deux petits garçons. Et si elle ne lui avait pas menti sur ce point… peut-être était-il vraiment le seul avec qui elle avait couché dans sa vie. A cette pensée, un bien-être d'homme des cavernes se propagea dans sa poitrine, et son envie de casser la gueule à Allen Birmingham disparut comme par enchantement.

Il aurait dû être en colère.

Elle venait de lui faire cadeau d'un point faible gros comme un camion. Jusqu'à présent, il avait une stratégie qui avait démontré sa parfaite efficacité. Elle se résumait en une phrase : il n'avait rien à perdre. Elle faisait de lui le plus dur, le plus dangereux agent secret en activité. Jamais il n'avait besoin de regarder en arrière. Jamais il ne perdait de vue son but. C'était le seul moyen d'être le meilleur. C'était important pour lui. Il était son job. Son job était lui.

Mais maintenant Lara était de retour dans sa vie. Avec des jumeaux.

Il fallait qu'il sorte. Qu'il réfléchisse.

Il se précipita vers la porte de la maison.

Lara, qui l'avait épié, courut derrière lui.

— Reid, attends.

Il ralentit à contrecœur et se retourna. Un véritable orage sévissait dans son esprit. Il ne pouvait pas affronter cette situation maintenant. Il avait besoin de recul et de lucidité pour pouvoir lui parler. Et même avant cela, la première chose qu'il avait à faire était de retrouver ce maudit CD dont lui avait parlé Jen. Avant que les terroristes ne mettent la main dessus.

Lara serra les bras sur sa taille, l'air un peu perdu.

— Donc, nous…

Elle hésita soudain.

— Je suppose que je ne te reverrai pas, dit-elle en regardant ses pieds.

Lara Jordan avait ses enfants.

Il revint vers elle et, au mépris de tout bon sens, glissa son index replié sous son menton, lui releva le visage et plongea son regard dans l'eau limpide de ses yeux. Au mépris de tout bon sens, il se permit, pour la première fois depuis qu'il l'avait vue dans ce restaurant, de remarquer combien elle était belle. Au mépris de tout bon sens, il se permit de reconnaître qu'elle lui avait énormément manqué.

Il effleura ses lèvres des siennes, et ne put s'empêcher de sourire quand ses magnifiques yeux violets s'écarquillèrent.

— Je vais revenir, mon cœur. Je te le promets.

4

Etendue dans le lit, incapable de dormir, Lara écoutait la respiration douce de Zak et Nate.

Elle avait déjà passé les coups de téléphone nécessaires, afin d'informer ceux qui avaient besoin de savoir qu'elle serait absente quelques jours. Elle avait aussi établi avec son personnel le partage des responsabilités pour la boucherie. Elle n'avait rien d'autre pour s'occuper l'esprit.

Reid était ressuscité.

Ils étaient tous en danger.

Un énorme pavé avait été jeté dans la petite mare bien tranquille de sa vie. Pour la deuxième fois.

— Tout ira bien tant que nous serons là l'un pour l'autre, murmura-t-elle à ses deux angelots.

Autant pour les rassurer que pour *se* rassurer.

Zak ouvrit les yeux.

— Ri-ro, dit-il d'une voix ensommeillée.

— Non, il n'y a pas de Henry le Héros ici, répondit-elle avec douceur.

C'était le dessin animé préféré de ses enfants. Elle ne les laissait pas beaucoup regarder la télé, mais ils demandaient toujours à voir *Henry le Héros.*

Si Reid ne voulait pas entendre parler d'eux, tant pis pour lui. Il s'était sauvé de la maison sans demander son reste. Mais il allait revenir, avait-il dit. Elle ne savait trop si elle devait en être impatiente ou effrayée.

Les larmes lui montèrent aux yeux.

Il était Reid Graham, mais pas *son* Reid Graham.

Deux ans plus tôt, elle ne l'avait connu que durant une courte période. Assez pour en tomber folle amoureuse, mais pas assez pour bien le connaître. Et dans les semaines qui avaient suivi sa mort, elle avait rempli les blancs.

Elle s'était fait de lui l'image d'un homme assez rude, certes, mais avec un cœur d'or. Dans son imagination, il était devenu son gentil géant. Un boulanger motard — ou un motard boulanger — qui n'attendait que l'occasion de devenir un bon père de famille.

OK.

Mais dans la réalité il était une sorte d'agent secret sans pitié, du genre à être impliqué dans des fusillades, quelqu'un qui vivait probablement pour le danger, un homme qui avait été capable de l'abandonner sans un regard en arrière. Un homme qui se fichait comme d'une guigne qu'ils aient fait deux beaux enfants ensemble.

Ce fut cette dernière pensée qui lui brisa le cœur. Parce que Zak et Nate méritaient mieux que cela.

Elle ignorait à la fois où il était allé et quand il reviendrait. Si tant est qu'il revienne… Avec le métier qu'il faisait, son retour était hautement hypothétique malgré ses promesses. S'ils devaient avoir une vie de couple, elle ressemblerait à tout sauf à une belle histoire romantique, où ils géreraient ensemble leurs commerces et élèveraient leurs enfants dans un climat d'harmonie et d'amour, comme dans ses rêves.

Seigneur, elle n'arrivait pas à croire qu'elle ait pu être aussi idiote.

Elle pressa fortement les paupières, mais le sommeil persistait à la fuir. Et si elle continuait à se tourner et se retourner dans le lit, elle finirait par réveiller les petits. Elle entendit Ben se déplacer dans le séjour. Elle se leva et alla voir ce qu'il faisait.

Il leva la tête lorsqu'elle entra.

— Tout va bien ? demanda-t-il.

Elle hocha la tête.

Un peu plus petit que Reid, il avait une allure faussement dégingandée. Outre qu'il était très bel homme, il avait des yeux bleu vif qui semblaient ne rien rater. Elle ne lui vit aucun tatouage. Il était plutôt du genre propre sur lui et cheveux courts. En costume, il serait facilement passé pour un agent de change de Wall Street. Comme elle, il devait avoir cinq ou six ans de moins que Reid.

Il était en train d'étudier une carte détaillée du quartier sur son ordinateur. Pour repérer les itinéraires de fuite, ou ce que les gens comme lui faisaient dans de telles situations.

Elle se laissa choir sur le canapé.

— Vous êtes marié ? demanda-t-elle.

Elle pinça aussitôt les lèvres, gênée par sa propre question. Il fallait vraiment qu'elle tourne sept fois sa langue dans sa bouche avant de parler.

— Je veux dire, je me demandais ce que devait penser votre femme quand vous partez pour des endroits inconnus au beau milieu de la nuit.

— Célibataire, dit-il en la regardant droit dans les yeux. Si je vous intéresse…

La réponse était aussi spontanée que flatteuse. Elle éclata de rire.

— J'ai les mains pleines en ce moment, plaisanta-t-elle. Merci néanmoins pour cette proposition.

Il haussa les épaules.

— Bah, c'est tout aussi bien, dit-il d'un ton où affleurait une certaine déception. Vous êtes très attirante, mais marcher sur les plates-bandes de Reid serait risqué.

— Il n'y a rien entre Reid et moi.

Pour le moment, elle ne tenait pas compte des baisers qu'ils avaient échangés. Ils ne pouvaient pas avoir signifié grand-chose pour lui. Il était du style « j'embrasse et je m'en vais », cela ne faisait aucun doute. Qu'elle éprouve toujours de l'attirance pour lui, même en sachant qui il était et ce qu'il faisait, dépassait son entendement. Elle opta donc pour le déni. Ça ne mangeait pas de pain.

Ben haussa les sourcils.

— Vu la façon dont il vous regardait… J'avais cru…

Un petit sourire apparut sur ses lèvres.

— Il y avait plus d'électricité entre vous que lors d'un échange d'otages.

— C'est que, euh… Nous avons une sorte d'histoire.

Ben continua à sourire.

— Mais c'est du passé, ajouta-t-elle avec toute l'assurance dont elle était capable.

— Si vous le dites, ma petite.

Ce qualificatif la fit rire. Elle mesurait un mètre quatre-vingts et était bâtie comme une bouchère. Personne ne l'avait jamais appelée « petite ».

Reid l'avait appelée « mon cœur ». Non, elle ne voulait pas penser à cela…

— Vous travaillez souvent avec Reid ?

Ben reporta les yeux sur son ordinateur, comme s'il ne l'avait pas entendue.

— Laissez-moi deviner, se reprit-elle. Si vous me dites quoi que ce soit de votre travail, il vous faudra ensuite me tuer.

Il releva la tête, une lueur amusée dans le regard.

— Ou faire de vous mon esclave sexuelle, vous envoyer au septième ciel jusqu'à ce que vous ne pensiez plus qu'à mon corps et ayez oublié tout le reste. C'est le genre de contrôle mental que nous pratiquons.

Elle comprit alors qu'elle avait un sérieux problème. Parce qu'elle se trouvait devant un mec top canon qui lui parlait de sexe, et qu'elle aurait *au moins* dû ressentir un petit frisson. Mais là, rien. Elle ne ressentait rien du tout.

Elle regretta que Reid ne soit pas encore revenu.

— Finalement, dit-elle, vous pouvez les garder, vos secrets.

Ben fixa de nouveau son attention sur le plan du quartier, marmonnant quelque chose qui semblait être « enfoiré de Reid ».

Dans la seconde qui suivit, il dressa la tête et se figea telle une statue, son sourire envolé.

Le pouls de Lara grimpa en flèche. L'air s'était soudain chargé de tension.

— Qu'y a-t-il ?

Pistolet au poing, il s'approcha de la fenêtre.

— Eteignez la lumière. Retournez auprès des gosses et verrouillez la porte.

Elle ne posa pas de questions et obtempéra. Elle cala même une chaise sous la poignée de la porte pour faire bonne mesure. Puis elle s'allongea auprès de Zak et Nate, leur faisant un rempart de son corps.

Pendant plusieurs minutes elle n'entendit rien d'autre que la respiration des enfants, et les pulsations dans ses tympans. Puis un léger « pop ! » se fit entendre à la porte arrière. Le tir d'une arme munie d'un silencieux ? Elle retint son souffle. Puis se secoua. Que savait-elle des silencieux ? Uniquement ce qu'elle avait vu dans les films. Inutile de fantasmer.

Reste calme, s'enjoignit-elle. *Il ne sert à rien de paniquer.*

Un nouveau « pop » se produisit, puis un autre. Le plancher craqua. Une porte s'ouvrit avec fracas. Il y avait des gens dans la maison.

Cette fois, elle avait toutes les raisons du monde de paniquer.

Elle se glissa hors du lit et fouilla la chambre des yeux, à la recherche d'une arme. Sans succès. Il n'y avait que le lit et la commode. Ce qu'elle avait de mieux pour se défendre contre un éventuel agresseur, c'étaient les oreillers. Seigneur. Mais elle ne baisserait pas les bras sans tenter quelque chose. Elle ne pouvait pas laisser tomber ses enfants.

Et elle était certaine d'une chose : si un malfrat entrait, elle était perdue. Elle devait s'en aller d'ici avec les jumeaux. A pas feutrés, elle se déplaça vers la fenêtre, et leva le châssis coulissant sans faire de bruit. L'air froid s'engouffra aussitôt dans la chambre. Elle revenait vers le lit pour envelopper les bébés dans une couverture lorsque la porte s'ouvrit soudain sous un coup de pied. La chaise vola vers le mur opposé et se brisa.

Zak et Nate se réveillèrent et se mirent aussitôt à pleurer.

— La ferme ! aboya l'homme qui se tenait dans l'embrasure de la porte, le visage couvert d'une cagoule.

Un autre homme masqué se tenait juste derrière lui.

Planté au milieu de l'appartement de Jen, Reid se sentait de plus en plus responsable de sa mort. Elle était son atout majeur. Il aurait dû la protéger. Il tenta de faire appel à sa logique froide coutumière, celle qui lui disait qu'elle avait fait partie d'une cellule terroriste implacable. Elle avait torturé et tué des gens en même temps que son petit ami. Elle s'était d'elle-même engagée sur un chemin dangereux en s'acoquinant avec Kenny Briggs et sa bande.

Sauf que lorsqu'elle avait découvert qu'elle était enceinte, elle avait décidé de filer à l'anglaise, et tenté le tout pour le tout : proposer un échange aux autorités. Leur offrir de quoi faire tomber la cellule contre argent et protection.

Elle aurait eu les deux. Elle et son enfant auraient vécu heureux et en sécurité... Si sa vie privée n'avait pas interféré avec son job à ce moment-là, pour la première fois depuis longtemps. Et comme la fois précédente, le résultat avait été une catastrophe.

C'était la raison précise pour laquelle le travail de Reid était toujours passé en premier et sa vie privée en second. Ou plutôt, chez lui le travail passait en première, deuxième et troisième positions, et il ne s'autorisait aucune vie privée. Sauf que maintenant des trucs d'ordre personnel entraient sans frapper dans sa vie. Il devait déterminer quoi en faire avant que d'autres morts ne soient à déplorer.

Il devait contenir la menace d'un désastre imminent.

Et la première chose à faire pour atteindre ce but était d'évacuer Lara et les bébés de son esprit, pour se concentrer uniquement sur la recherche du CD.

L'appartement de Jen avait été fouillé avant son arrivée, mais il ne pensait pas que le cambrioleur avait trouvé ce qu'il cherchait. Les lieux étaient dans un chaos indescriptible comme si, frustré par son échec, le type s'était énervé à la fin de sa fouille.

Dans ce cas, où Jen avait-elle caché ce satané CD ?

Immobile, il ferma les yeux et repassa dans sa tête toute sa conversation avec Jen au restaurant. Aucun indice n'en ressortit. Il renouvela l'opération. Cette fois, son inconscient buta sur un détail.

« Ma sœur sait », avait dit Jen, faisant allusion à sa grossesse.

D'après son dossier, Jen était en froid avec sa famille. Celle-ci voyait d'un mauvais œil sa relation avec Kenny et tout ce qu'il représentait. Trois ans plus tôt, Jen avait coupé les ponts avec les siens pour vouer son temps et son énergie à Kenny et ses amis, se consacrer à leur prétendue cause.

Alors quand s'était-elle rabibochée avec sa sœur ? Il crut se souvenir qu'elle s'appelait Eileen. Tout en regagnant sa voiture, il composa le numéro de son superviseur au FBI.

— Hello, Adams. Le contact que nous avons perdu ce soir… Eh bien, son appartement a été retourné. Envoyez quelqu'un pour les empreintes. Qu'il interroge également les voisins pour savoir s'ils ont vu quelqu'un entrer ou sortir, et le cas échéant en avoir une description. Pouvez-vous jeter un coup d'œil à son dossier, là, tout de suite ? Parfait. Il me faut l'adresse de sa sœur.

Adams la lui donna. Il mémorisa l'information.

— Je vous appelle si j'ai quelque chose.

Moins de deux heures plus tard, il était dans une impasse pavillonnaire non loin de Philadelphie. Des maisons banales, datant des années 1970, s'alignaient de chaque côté sur des jardins de la taille d'un mouchoir de poche. Il s'arrêta dans l'allée de celle correspondant à l'adresse fournie. Les lumières étaient allumées.

Cela signifiait qu'il ne pouvait pas s'introduire par une fenêtre à l'arrière et mener sa recherche à sa guise. Il devrait demander la permission. Parce qu'il n'avait pas le temps d'attendre l'établissement d'un mandat.

Il descendit de voiture, s'avança jusqu'à la porte et frappa. Il était 7 heures du matin.

Une femme aux yeux rougis lui ouvrit. Elle avait quelques années de plus que Jen, la même couleur d'yeux, mais ses cheveux à elle étaient châtains. Elle serrait un paquet de mouchoirs dans sa main.

— Bonjour, madame. Je me présente, Reid Graham. Je sais que j'arrive à un mauvais moment, mais j'ai quelques questions à vous poser au sujet de votre sœur.

Les larmes brouillèrent aussitôt les yeux de la femme.

— J'ai déjà dit tout ce que je savais à l'inspecteur.

Elle ravala un sanglot, et pressa le paquet de mouchoirs sur son nez.

Elle présumait qu'il était un flic, lui aussi, comme celui qui était venu l'informer de la mort de sa sœur. Reid la laissa le croire. En fait, cela lui rendait service.

— Nous avons des éléments nouveaux, déclara-t-il, évasif.

Cela marcha. Elle lui fit signe d'entrer.

La maison était aussi modeste à l'intérieur qu'elle l'était à l'extérieur. Elle était propre et bien tenue, comme celle de Lara. Sauf qu'ici chaque centimètre carré était décoré de rubans, de passementerie, d'une profusion de roses et de dentelles qui l'étourdissait presque. La décoration de Noël était également omniprésente et exubérante. Un peu impressionné, Reid s'assit dans un fauteuil à motifs floraux à dominante rose, garni d'un plaid à fines rayures rouges et blanches et d'un coussin assorti.

Eileen s'affaissa sur le canapé, qui disparaissait presque sous les coussins de Noël.

— Vous savez qui l'a tuée ?

— Pas encore.

— J'ai dit à cet inspecteur qu'elle frayait avec de mauvaises personnes. Kenny, son petit ami… Un sinistre individu. Et violent, avec ça.

Elle renifla.

— Croyez bien que nous nous y intéressons de près, assura-t-il. Quand avez-vous vu votre sœur pour la dernière fois ?

— Hier.

Le mot déclencha un nouvel afflux de larmes.

— Nous ne nous sommes pratiquement pas parlé pendant des années. Et voilà qu'elle tombe du ciel, sans prévenir. Elle a dit qu'elle regrettait d'être partie avec Kenny. Juste après son départ, j'ai appelé maman. Nous étions si heureuses qu'elle ait retrouvé son bon sens. Et elle allait avoir un bébé, ajouta-t-elle en ravalant un sanglot.

— Combien de temps est-elle restée ?

— Elle était pressée. Je n'aurais pas dû la laisser repartir. Mon Dieu, si j'avais su…

— Pouvez-vous me dire exactement ce qu'elle a fait pendant le temps où elle était là, dans quelles pièces elle est allée, ce qu'elle a touché ?

Elle battit vivement des paupières.

— Pourquoi ?

— J'ai des raisons de croire qu'elle a laissé quelque chose.

— Non, non, elle n'a rien laissé.

— A votre insu, ajouta-t-il.

Eileen se raidit.

— Mais je l'aurais vue, protesta-t-elle.

— Ça vous ennuie si je jette quand même un coup

d'œil ? Si j'ai raison, l'objet dont je parle pourra envoyer son assassin à l'ombre pour très longtemps. Et sauver la vie de beaucoup de gens.

Eileen hésita un instant, puis hocha la tête. Elle se leva et s'avança vers la penderie de l'entrée.

— Jen est entrée, commença-t-elle. Elle a enlevé son manteau, et je l'ai mis ici…

— Je peux regarder ?

— Allez-y.

Il fouilla dans les poches des vêtements accrochés, et glissa même une main dans les bottes posées sur le sol. Puis il sortit un grand sac à main en cuir et le tendit à son hôtesse.

— Pouvez-vous inspecter son contenu et me dire si vous y trouvez quelque chose qui ne devrait pas y être ?

Elle fit ce qu'il lui demandait et, une fois l'opération terminée, secoua la tête.

— Il n'y a que mes objets personnels.

— Merci. Qu'a-t-elle fait après être entrée ?

— Nous avons pris un café ensemble, répondit-elle, avant d'ouvrir le chemin vers la cuisine. Elle s'est assise ici.

Il vérifia les tiroirs à portée de main. Rien.

— Et ensuite ?

— Nous avons discuté un peu. Elle était nerveuse. Après cela elle est partie.

— Vous en êtes sûre ?

Elle opina du chef, puis se toucha les lèvres et désigna le fond du couloir.

— Elle est d'abord passée à la salle de bains.

Reid pénétra dans l'étroit espace et regarda autour de lui. Une bougie d'ambiance parfumée brûlait sur le rebord de la fenêtre. Il ne remarqua rien d'anormal. L'armoire de toilette contenait les articles habituels : maquillage, boîte de comprimés, brosses à dents. Et le placard sous le lavabo ne recelait que du matériel de nettoyage. Il examina le contenu de la poubelle, souleva même le sac qui la garnissait. Rien. Il jeta un coup d'œil sous le tapis de bain orné de bonshommes de neige. Toujours rien. Il souleva le couvercle de la chasse d'eau. Vide, à part l'eau.

Bon sang.

Il avait besoin des informations figurant sur ce CD. Il consulta sa montre. 7 h 59. On était dimanche. Il restait six jours avant Noël. Tous ses sens lui disaient que l'attaque préparée par l'équipe de Kenny allait avoir lieu le jour de Noël. Les communications entre les membres du groupe se multipliaient à mesure que les fêtes approchaient. Leur activité téléphone et Internet marquait une nette augmentation. Mais l'identité de leur chef demeurait inconnue. Le FBI possédait une liste des terroristes, mais avait estimé qu'arrêter l'un d'eux serait contre-productif : ils n'en tireraient que peu d'informations, et la cellule redoublerait de vigilance. Seuls les hommes à son sommet devaient connaître les modalités précises de l'attaque. Le reste du groupe était maintenu dans le noir jusqu'au dernier moment afin d'éviter toute fuite.

Kenny Briggs, cependant, était récemment monté en grade, selon un informateur qui avait disparu de la surface de la Terre après son dernier rapport. Le FBI n'avait hélas pas réussi à lui remettre la main dessus pour en savoir davantage. Pas plus qu'ils ne pouvaient trouver Kenny, qui persistait à leur glisser entre les doigts.

Reid comptait sur le CD de Jen.

Ils avaient déjà été aussi près du but. A Hopeville, ils avaient failli agrafer Jimmy Sparks, un autre malfrat qui gravissait les échelons dans le groupe. Mais la couverture de Reid avait été grillée, et Jimmy avait disparu. Il ne pouvait pas laisser une telle chose se reproduire.

Il était sur le point de rebrousser chemin lorsque son attention s'arrêta sur le couvercle ouvert de la cuvette des toilettes. Il était garni d'une housse duveteuse maintenue en place par un élastique. Il le rabattit et ôta la housse. Celle-ci était décorée des mêmes bonshommes de neige que le tapis.

— Eurêka, marmonna-t-il entre ses dents.

— Vous l'avez trouvé ?

Les yeux d'Eileen étaient arrondis de surprise tandis qu'il revenait vers elle.

— Oui, et c'est une grande chance pour toutes les personnes concernées, répondit-il. J'ai besoin de votre permission pour l'emporter, ou il me faudra demander un mandat.

— Vous pouvez le prendre.

Bien sûr, il restait à lui faire signer un formulaire attestant qu'elle lui avait donné sa permission. Dieu merci, il en avait un dans sa poche, celui dont il s'était muni avant son entretien avec Jen, au cas où elle aurait eu quelque chose à lui donner. Il n'avait pas eu l'occasion de le lui faire signer pour le téléphone portable. L'appareil était à présent entre les mains de Ben. Ben était un magicien de l'électronique. Il était capable de casser le code et d'extraire l'historique des appels même si celui-ci avait été effacé.

Reid sortit le document et le déplia sur le comptoir.

— Vous voulez bien signer ici ?

Cinq minutes plus tard, il était dans sa voiture et s'éloignait de Philadelphie tout en téléphonant à Mark Adams, son superviseur au FBI.

— J'ai le CD. Il me faut juste un émissaire à qui le remettre, ensuite je retourne à la maison sécurisée. Dès que vous aurez les informations enregistrées dessus, envoyez-les-moi par e-mail. Je demanderai à Ben de me laisser son ordi.

— Bon travail, Graham. Où êtes-vous ?

Il donna l'endroit précis.

— Très bien. Prenez la prochaine sortie et arrêtez-vous derrière le relais routier. Quel est votre véhicule ?

Reid indiqua la marque, le modèle et le numéro d'immatriculation.

— Dans une heure, quelqu'un viendra le chercher. Au fait, cet Allen sur qui vous vouliez vous renseigner a été retrouvé. Il était si choqué qu'il est sorti fumer une cigarette dans l'arrière-cour du restaurant. Puis il a fait une sorte de crise de panique et s'est évanoui. Il va bien maintenant. Ils l'ont laissé rentrer chez lui.

Le coup de téléphone suivant fut pour Ben. Il voulait savoir si tout se passait bien. La ligne était occupée, mais Ben verrait qu'il avait tenté de le joindre. Il décida de le rappeler plus tard. C'est alors qu'il se souvint qu'il n'avait pas fait livrer de repas avant de partir. Ils devaient avoir faim. Ben devait être en train de passer la commande.

Il jeta le portable sur le siège passager et prit la première sortie. Une fois derrière le relais routier, il n'eut d'autre choix que d'attendre, ce qui ne l'aida pas à se tenir à sa résolution de ne pas penser à Lara et aux bébés.

Au cours de ces deux années, il avait fini par se convaincre qu'elle n'avait pas eu plus d'importance pour lui que les autres, qu'il n'y avait rien eu de spécial entre eux. Mais les deux dernières heures avaient fait voler en éclats cette confortable illusion.

Il retint un juron.

Il aurait dû le savoir depuis le début. Pour commencer, si elle n'avait pas été quelqu'un de spécial, il n'aurait pas brisé les règles et couché avec elle. Si elle ne signifiait pas davantage que les autres, il aurait pu l'oublier au fil des mois. La vérité, c'est que sa capacité de résistance et son bon sens s'envolaient dès qu'il était question de Lara Jordan.

Sinon, il ne l'aurait pas embrassée ce soir dans la cuisine.

Sinon, il n'aurait que son travail en tête en cet instant précis, et ne rêverait pas de choses impossibles.

Se laisser distraire était le moyen le plus sûr pour les faire tuer tous les deux. Cela n'arriverait pas. Ils avaient une histoire. Une histoire qui avait beaucoup plus d'importance qu'il n'avait pu le présumer.

Zak et Nate.

Ç'avait été un choc. Il *ne pouvait pas* avoir d'enfants. Il avait besoin de prendre du recul et de réfléchir aux implications de ce fait nouveau. Sa vie était en partie basée sur l'hypothèse qu'il n'aurait jamais de famille à lui, qu'il ne serait jamais père. Il s'était trompé. Il était père. De jumeaux.

Nom d'un chien, il était la pire personne possible pour élever et éduquer des enfants. D'abord, il était toujours au diable vauvert. Ensuite, il exerçait une profession dangereuse. Qu'adviendrait-il si ses ennemis découvraient qu'il avait une famille ? Et qu'ils décident de l'utiliser pour l'atteindre ?

Entretenir quelque relation que ce soit avec Lara et leurs enfants était hors de question. Pour leur sécurité et pour leur bien.

Bien entendu, il les aiderait financièrement par l'intermédiaire d'un tiers, et veillerait à ce que personne ne puisse remonter la piste de cet argent. C'était le mieux qu'il puisse faire. Et le plus sûr.

La simple logique voulait qu'il se tienne éloigné d'eux.

Une sourde douleur dans sa poitrine lui disait autre chose.

Il choisit de l'ignorer.

Ce n'était pas comme s'ils allaient lui manquer. Cette pensée était parfaitement absurde. Il connaissait à peine Lara, et les garçons pas du tout. Des personnes qu'on ne connaît pas ne peuvent pas nous manquer.

L'arrivée de son contact l'interrompit dans ses réflexions. L'agent s'identifia, signa l'avis de réception du CD et glissa celui-ci dans un sachet à glissière.

Puis Reid se remit en route pour la maison sécurisée. Les interrogations se bousculaient dans sa tête au sujet des enfants. Lara et lui avaient besoin d'avoir une longue conversation sur ce point.

Il ramassa son portable pour tenter à nouveau de joindre Ben, mais l'appareil sonna avant qu'il ne puisse passer l'appel.

— Vous avez des nouvelles de Ben ? s'enquit Adams.

— J'allais justement l'appeler.

— Il ne répond pas sur son portable, l'informa son superviseur. En outre, des coups de feu ont été entendus dans le quartier. Les flics locaux sont en route.

Reid raccrocha, jeta l'appareil sur le siège passager, écrasa la pédale d'accélérateur et fonça sur la nationale, ignorant les coups d'avertisseurs furieux sur son passage. La dernière chose qu'il voulait était que Lara et les enfants soient en danger à cause de lui. Et c'était ce qui était en train de se produire.

Merde.

Il était à au moins trente minutes de là. Même en roulant à tombeau ouvert, il n'arriverait pas à temps.

5

La route jusqu'à la maison fut la plus longue de sa vie. Il avait connu la torture, une torture brutale, où une douleur qui semblait n'avoir ni commencement ni fin avait le pouvoir d'immobiliser le temps. Maintenant, comme alors, les secondes s'égrenaient avec une lenteur désespérante, insoutenable, qui le rendait fou.

Il était presque midi quand il arriva enfin, à une vitesse excessive, dans la bonne rue. A la vue des voitures de police et des deux ambulances arrêtées le long du trottoir, il blêmit. Il se gara plus loin, bondit de la voiture, pénétra en trombe dans la maison et manqua de se faire tuer.

Deux agents braquaient leurs pistolets sur lui.

— Reid Graham ! lança-t-il. FBI !

Il présenta son badge temporaire du Bureau.

— Où sont-ils ?

Les agents baissèrent leurs armes. Vu le regard noir qu'ils lui adressèrent, il était clair qu'ils n'appréciaient guère cette intrusion intempestive.

— C'est votre homme ? demanda le plus grand en désignant un coin de la pièce.

Ben gisait inconscient sur le sol, une flaque de sang sous la tête. Il lui manquait la moitié d'une oreille. On lui avait, semblait-il, tiré dessus par-derrière.

Les tripes de Reid se nouèrent de colère.

— Dans quel état est-il ?

— Important traumatisme crânien, répondit un urgentiste

sans lever les yeux, tandis qu'ils transféraient Ben sur une civière. Mais s'il tient jusqu'à l'hôpital, il a une chance.

— Et la femme et les bébés ?

La voix brisée de Lara lui parvint alors de quelque part à l'arrière de la maison, et son cœur bondit dans sa poitrine. Il s'y dirigea, passant à côté de la civière que l'on roulait hors de la maison. Dans le couloir, un autre agent sortait de la chambre des enfants. Reid s'identifia de nouveau. L'homme hocha la tête et le laissa passer.

Ce qu'il vit en premier dans la petite pièce fut le dos d'un urgentiste. L'homme se déplaça, et il découvrit Lara assise sur le lit, la pommette ornée d'un gros hématome violacé. Elle paraissait frappée de stupeur. Ses yeux fixaient un point invisible devant elle, les larmes brillaient sur ses joues, et elle tentait d'écarter d'elle l'homme qui la soignait.

Mais pas de bébés.

Lorsqu'elles éprouvaient certaines émotions violentes, comme la peur et la colère, certaines personnes explosaient tel un baril de poudre. Reid, lui, les intériorisait en une rage glacée qui pouvait passer pour un grand calme, alors que derrière cette façade bouillonnaient des envies de meurtre. Il restait solide et stoïque, quand ce qu'il avait envie de faire était de démolir la maison pierre par pierre.

Mais il attendrait et garderait en réserve sa force de destruction, jusqu'à ce qu'il mette la main sur les coupables. Ensuite, Dieu vienne en aide à ces ordures.

— Lara ?

Il s'approcha d'elle.

D'une main, l'urgentiste soignait des écorchures sur le poignet et les jointures d'une de ses mains, tandis que de l'autre il la maintenait sur le lit.

— Si vous pouviez cesser de bouger, madame. Tâchez de rester en place.

Elle ne dit rien et persista à vouloir se lever. Si elle n'avait pas été bourrée de sédatifs, elle se serait sans doute enfuie, mais dans son état ses mouvements étaient trop lents et désordonnés.

— Comment est-elle ? demanda Reid d'une voix qu'il s'efforça de maîtriser.

L'homme en blanc lui jeta un bref coup d'œil avant de se reconcentrer sur sa tâche, à savoir : entourer de gaze le poignet de Lara.

— Ils l'ont ligotée. Les blessures sont superficielles, mais elle devra les nettoyer plusieurs fois par jour pour éviter qu'elles ne s'infectent.

Reid ravala un peu de sa rage et, à sa grande surprise, sentit une immense tendresse remplir le vide ainsi créé au fond de lui. Il s'avança, s'agenouilla devant Lara et posa une main sur son bras pour la maintenir en place.

— Lara, ma chérie ?

Elle se calma et leva lentement les yeux vers lui, l'expression torturée.

— Ils ont pris Zak et Nate.

— Je sais, mon cœur, dit-il en serrant sa main avec précaution.

— C'est ta faute ! C'est toi qui nous as amenés ici, cria-t-elle en se libérant. Et ne m'appelle pas « mon cœur », ajouta-t-elle dans un feulement de tigresse.

L'urgentiste commença à s'occuper des brûlures occasionnées par les cordes sur ses chevilles.

Reid s'assit près d'elle sur le lit. Il l'attira contre son torse et posa son menton sur le sommet de son crâne.

— Hé, répliqua-t-il. Personne ne touchera à mes enfants. Je les retrouverai, tu ferais mieux de me croire.

Elle sembla ne pas l'entendre et s'écarta de lui.

— Je les ai suppliés de m'emmener aussi. Pourquoi ne l'ont-ils pas fait ? Je veux être avec mes enfants.

D'une main posée sur son bras, il la maintint sur le lit.

— T'ont-ils dit quelque chose ? Un message à mon intention ?

— Le plus grand a parlé d'un CD, disant qu'il fallait que tu le gardes.

Lara tenta d'ôter de son bras la main qui le tenait.

— S'il arrive quoi que ce soit aux jumeaux à cause de ton travail de barbouze, Reid, je te jure sur ce que j'ai de plus cher que…

— Besoin d'aide ici ?

Le policier revenait voir comment les choses se passaient.

— Ça va, je la tiens.

Il la tenait fermement, certes, mais en même temps veillait à ce qu'elle ne se blesse pas à force de se démener. Il s'adressa au policier par-dessus son épaule.

— Vous avez des indices sur qui ils sont et où ils sont allés ?

— Aucun. L'ambulance va partir pour l'hôpital, répondit l'agent. Voulez-vous accompagner votre ami ?

— Non, je reste ici. Mais je veux que l'on me prévienne lorsqu'il reprendra connaissance.

Le policier opina du chef puis disparut dans le couloir.

L'urgentiste vérifia son travail et se leva.

— Ça devrait aller, dit-il. Elle a besoin d'autant de repos que possible, ajouta-t-il en lançant à Reid un regard appuyé.

— Une malédiction, grommela Lara en repoussant ses mains dans une vaine tentative pour se libérer.

Si le médecin ignorait sans doute à quoi elle faisait allusion, Reid le savait. Elle parlait de lui. Il était une malédiction dans sa vie. Il ne lui apportait que de la souffrance, encore et toujours de la souffrance. Il ne chercha pas à la contredire. Il était à cent pour cent d'accord avec elle. Et de savoir qu'une fois de plus il avait attiré le malheur sur elle lui déchirait le cœur.

Il se plaça devant la porte — elle était capable de s'esquiver sur les talons de l'urgentiste — et sortit son portable.

— Qui appelles-tu ?

Même sa question était posée sur un ton accusateur.

— Du renfort. Je veux que l'on te conduise ailleurs pendant que je pars à la recherche de Zak et Nate.

Et il écorcherait vif toute personne qui porterait la main sur eux. Les liens ténus qui maintenaient sa rage sous contrôle commençaient sérieusement à s'effilocher.

— Pas question, dit-elle en se plantant devant lui. Moi aussi je pars à la recherche des jumeaux, tu m'entends ? Je viens avec toi. Si tu oses me laisser là, je m'en vais. Je te suivrai, déclara-t-elle en lui frappant le torse de son index. Je peux le faire.

Un désespoir presque palpable sous-tendait sa colère et transparaissait dans sa voix. Reid sentit ses tripes se nouer.

Rangeant son portable, il la serra très fort contre lui. Ses bras l'étreignaient comme s'ils étaient animés d'une volonté propre. La vérité, c'est qu'il ne voulait pas la quitter. Il ne voulait pas la perdre de vue un seul instant. Jamais.

Surpris et déstabilisé par cette pensée, il laissa retomber ses bras.

— Assieds-toi, dit-il en désignant le lit. Laisse-moi réfléchir.

Elle obéit, sachant sans doute qu'il allait céder.

Un portable sonna dans le séjour. Comme personne ne décrochait, il sortit de la chambre pour prendre l'appel.

De l'autre côté de la fenêtre, les policiers passaient la pelouse au peigne fin et effectuaient des moulages de traces de pneus. Reid ramassa le portable sur la table basse. C'était l'appareil de secours de Kenny, que Jen lui avait remis et qu'il avait ensuite passé à Ben.

— Allô ?

Il espérait que la personne qui appelait pensait s'adresser à Kenny. Il tenterait alors de se faire passer pour ce dernier et obtiendrait peut-être quelque renseignement utile.

Mais l'appel était pour lui.

— Nous avons les gosses. Vous avez le CD. Faisons un échange.

Tout l'intérieur de son corps se glaça.

— Dites-moi juste où et quand.

Il était inutile que son interlocuteur sache qu'il n'avait rien à échanger.

— Je vous rappellerai, dit la voix.

Puis le silence tomba sur la ligne.

Reid émit un juron impuissant.

— Qu'est-ce que c'était ? demanda Lara dans son dos.

Bien entendu, elle était incapable de tenir en place. Il se retourna. Son regard violet se posa sur la flaque de sang sur la moquette, et elle cligna plusieurs fois des yeux.

— Comment va Ben ?

— Il est solide comme un bœuf. Tu n'as pas à t'inquiéter pour lui.

Elle avait assez de soucis comme ça sans devoir en plus se sentir coupable vis-à-vis d'un homme qui avait été blessé en les protégeant, ses enfants et elle. Quand il avait signé, Ben connaissait les risques. C'était le genre de job qu'ils faisaient tous les deux. Lorsqu'on est en mission de protection, on est payé pour se placer devant les balles, pas pour s'en cacher.

— Qui a appelé ?

Il fit jouer sa mâchoire pour l'empêcher de se crisper.

— La femme qui a été tuée devant ce restaurant était censée me remettre un objet. Ils veulent échanger cet objet contre Zak et Nate.

— Il faut le leur donner, déclara-t-elle en venant vers lui d'une démarche fragile. Quoi que ça puisse être…

— Je l'ai déjà confié à quelqu'un.

Quelle quantité de sédatif cet idiot d'urgentiste lui avait-il donnée ?

— Eh bien, dis aux gens pour qui tu travailles de te le rendre, répliqua-t-elle d'un ton autoritaire.

Elle croisa les bras et lança une bordée de jurons. C'était

une première. Jamais il ne l'avait entendue prononcer de telles grossièretés. Une toute nouvelle Lara, sans aucun doute.

— Ils ne le feront pas. Les gens pour qui je travaille ne négocient pas avec des terroristes.

Le sang reflua de son visage et elle vacilla sur ses jambes. Il la rattrapa avant qu'elle ne tombe, fâché de voir à quel point ils l'avaient droguée. Puis il la souleva et la porta jusqu'au canapé, ignorant ses tentatives maladroites pour le repousser. Il dut presque s'asseoir sur elle pour l'empêcher de s'enfuir, tandis qu'il composait un numéro sur son portable.

— Ben vient de partir pour l'hôpital, annonça-t-il dans l'appareil. Ça m'a l'air assez sérieux. Mlle Jordan est ici, avec moi, mais les gosses ont disparu.

De prononcer ces mots à voix haute accentua encore le vide douloureux qu'il ressentait dans la poitrine. Il pressa un poing sur son sternum.

— Vous avez pu apprendre quelque chose ? demanda Adams.

— Ben n'était pas en état de parler, répondit-il. Et le médecin a dû donner une forte dose de sédatif à Mlle Jordan. Je la questionnerai dès que les effets se seront dissipés. J'ai reçu un appel sur le portable de Kenny. Je vous rappelle tout de suite sur l'appareil pour que vous ayez le numéro. Voyez si vous pouvez retrouver les derniers appels entrants et sortants depuis quarante-huit heures. Ces salauds pensent que Jen m'a donné le CD, et ils veulent procéder à un échange.

— Ils peuvent toujours courir. Nous n'effectuons pas d'échanges avec les terroristes. Toute transaction doit être menée par nos négociateurs de crise. Ce CD restera où il est, ça ne se discute pas.

Reid laissa pour le moment tomber le sujet du CD, avec néanmoins la ferme intention de remettre la main dessus d'une manière ou d'une autre.

— Vous avez une idée de la façon dont ils ont localisé la maison ? demanda son superviseur.

C'était une question qu'il s'était posée dans la voiture, sur la route du retour. Il ramassa le portable sur la table basse et le retourna dans sa main.

— Je suppose que l'appareil que m'a donné Jen était équipé d'un mouchard. Peut-être Kenny n'avait-il pas confiance en elle. Ou que le chef de Kenny, quel qu'il soit, n'avait pas confiance en son lieutenant. Quelqu'un avait l'œil sur quelqu'un, et le hasard des circonstances a fait qu'il est tombé sur nous.

Un moment de silence s'ensuivit.

— Peut-être que le leader de la cellule terroriste a placé des mouchards dans les portables des autres, suggéra Adams. Il aura alors deviné que Jen s'apprêtait à les lâcher. Il est allé à ce restaurant pour voir qui elle devait rencontrer, et a tenté de vous éliminer tous les deux. Mais vous lui avez échappé, et il s'est rendu compte que vous aviez le portable.

— Ce qui l'a amené tout droit ici.

C'était à peu de chose près la théorie à laquelle il avait lui-même abouti.

A la pensée du danger dans lequel il avait plongé Lara et les bébés, son estomac se crispa. Rester à proximité de lui était trop risqué pour eux. Dès qu'il aurait retrouvé les jumeaux, il ferait en sorte qu'ils soient envoyés loin de lui.

La même déplaisante sensation de vide lui oppressa la poitrine. Cette fois encore, il pressa le poing sur son sternum pour la chasser.

— Le nom de Lara Jordan figure dans votre dossier, l'informa Adams d'une voix neutre.

Toutes les sirènes d'alarme de Reid se déclenchèrent. Il se raidit. Il était membre du Special Designation Defense Unit — unité secrète de forces spéciales qui opérait principalement à l'étranger. Il enquêtait sur un camp d'entraînement terroriste dans les montagnes d'Afghanistan lorsqu'il avait découvert un lien entre les autorités de ce camp et une cellule dormante établie sur le territoire américain. Comme le FBI s'intéressait déjà à cette cellule, contact avait été pris avec le Bureau, et celui-ci avait convaincu le colonel Wilson, l'officier à la tête du SDDU, de leur prêter Reid pour les assister dans leur traque.

Normalement, personne n'avait accès à son dossier du SDDU. Puis il comprit que ce n'était pas à celui-là qu'Adams faisait allusion. Le FBI devait avoir constitué le sien propre. Et comme il avait collaboré avec eux sur l'affaire de Hopeville, même si son superviseur était alors quelqu'un d'autre, ils possédaient bien sûr cette information.

— Je l'ai connue lors de l'opération de Hopeville, dit-il, ne faisant que confirmer ce qu'Adams savait déjà.

— Etes-vous le père de ces enfants ?

OK. Donc ils avaient fait le calcul. Peut-être aurait-il été plus intelligent de nier, mais il se rendit compte qu'il assumait désormais sans réserve sa paternité.

— Oui.

Et il voulait les récupérer aussi vite que possible.

— Je veux ce CD.

— Impossible. C'est trop important.

— Mes fils aussi, bon sang !

Adams n'allait rien lui donner. Il avait toujours été un intraitable salaud. Il ne pliait jamais. Reid avait toujours détesté cela chez lui, mais jamais plus que maintenant, quand l'enjeu était aussi personnel.

— Vous connaissez le principe. C'est deux vies contre des centaines, voire des milliers. Je ne veux pas prendre de décisions hasardeuses. S'il y a un échange, c'est nous qui interviendrons. Comme je l'ai déjà dit, nous avons des négociateurs expérimentés pour de telles situations. Des gens totalement neutres, vous me comprenez ?

La seule raison qui empêcha Reid de dire à Adams où

il pouvait se fourrer ses négociateurs expérimentés, était qu'il s'attendait à cette réponse précise.

Reste calme, s'enjoignit-il. *Trouve une autre solution.*

— Je veux ces salopards, dit-il.

Parce que c'était la vérité, et parce que Adams se montrerait suspicieux s'il rendait les armes sans protester.

— Vous n'y arriverez pas, répliqua l'homme du FBI. Vous êtes trop impliqué, émotionnellement. A partir de cet instant, vous êtes sur la touche.

Ce qui n'était pas non plus tout à fait une surprise. Cela étant, l'absence de surprise ne rendait pas la situation plus acceptable. Mais Reid connaissait assez le système pour savoir qu'il ne servait à rien d'insister. Il le connaissait aussi assez bien pour se servir de ses failles.

— Je veux continuer à assurer la protection de Mlle Jordan. Elle me connaît. Elle se sent bien avec moi. Et cela me maintiendra hors du coup.

Rester poli le tuait, et c'est au prix d'un immense effort qu'il était parvenu à prononcer ces mots.

Adams hésita.

— Vu tout ce que vous avez fait pour nous, dit-il enfin, c'est d'accord.

— Merci. Je l'emmènerai à un endroit que personne ne connaît, du moins dès que l'occasion lui sera donnée de se reposer un peu.

Il fit jouer les articulations de ses épaules pour les détendre.

— Alors, qu'y a-t-il sur ce CD ? demanda-t-il.

— Quelqu'un travaille dessus pendant que nous parlons, répondit Adams.

— Bob ?

Reid connaissait le « casseur de codes » du Bureau, Bob Barnaby. Ils avaient collaboré lors de l'affaire de Hopeville.

— Dès que vous aurez quelque chose, faites-le-moi savoir.

— Si vous promettez de vous tenir tranquille et de rester à l'écart. Ecoutez, reprit Adams après un silence. Je sais que c'est difficile pour vous. Je suis moi-même père d'une fille. Je ne savais même pas que…

— Ouais, moi non plus.

— Bon sang. Ça a dû être une sacrée surprise.

Il n'était pas disposé à discuter de cela avec Adams.

— Faites juste le nécessaire pour les récupérer.

— Vous pouvez compter sur moi.

Il raccrocha, puis le rappela sur l'appareil de Kenny pour que le FBI ait le numéro et puisse engager son enquête. Ben devait déjà s'y être mis de son côté, mais Reid n'avait aucune idée de ce que son collègue avait appris jusqu'ici.

— Et voilà, dit-il à son superviseur. Tenez-moi informé de tout ce que vous trouverez.

La conversation terminée, il ouvrit le portable de Kenny, trouva le mouchard, le retira et le déposa dans le cendrier posé sur la table. Puis il saisit son propre portable et passa un nouvel appel.

— Hé, Carly. J'ai un service à te demander.

Il n'avait pas besoin de s'identifier. Son numéro de code du SDDU avait dû s'afficher sur l'écran de Carly. Elle était également membre de l'unité.

— Vas-y, crache le morceau.

— Le FBI travaille sur un CD. J'ai besoin d'une copie. Lorsque tu seras entrée dans l'ordinateur central de Quantico, cherche le numéro de compte d'un type qui s'appelle Bob Barnaby.

— Du gâteau, ricana Carly dans l'appareil. Tu veux que je trouve le médicament qui guérit du cancer pendant que j'y suis ? T'ai-je dit que je suis assez attachée à l'idée de voir mes enfants entrer en primaire ? Je veux dire, en personne, pas sur des photos parce que je serai enfermée dans une prison fédérale.

— Je ne te le demanderais pas s'il y avait un autre moyen. Mes fils ont été kidnappés.

Un étrange silence plana sur la ligne.

— Tu te fiches de moi ou quoi ? Es-tu en train d'agiter un défi irrésistible sous mon nez juste pour rigoler ? Parce que si c'est le cas, Reid Graham, je viens te voir. Et tu risques de ne pas beaucoup aimer ce qui se passera quand je serai là.

Carly excellait dans l'art de passer pour la reine des méchantes, une teigne que Reid aurait détesté avoir comme ennemie.

— Tu n'as pas d'enfants, c'est quoi cette blague ?

— Deux beaux jumeaux de quatorze mois. Zak et Nate. C'est une longue histoire.

— J'en suis sûre.

Il y avait à présent du sourire dans sa voix.

— Très bien, gros cachottier. Mais lorsque ce sera terminé, je veux tout savoir, tu m'entends ? Dans les moindres détails.

Il entendit des touches cliqueter à l'autre bout de la ligne. Elle était déjà sur son ordinateur.

— Je t'appelle dès que j'ai quelque chose, dit-elle.

Il raccrocha et reposa le téléphone, les tripes nouées.

— Je les ramènerai, promit-il à Lara.

Elle avait presque réussi à se libérer de lui. Geste inconsidéré s'il en était, il la ramena sur ses cuisses et l'entoura de ses bras.

En règle générale, il n'était pas du genre câlin. Il ne se rappelait pas avoir un jour simplement voulu tenir une femme contre lui. Et si d'aventure la situation devenait par trop sentimentale, il prenait la fuite. Mais en cet instant il ressentait une énorme envie de serrer Lara dans ses bras. Ce qui ne manquait pas de sel dans la mesure où elle ne cherchait qu'à lui échapper.

Après quelques instants, il poussa un soupir de frustration et lui rendit sa liberté. Elle se leva du canapé.

— Pourquoi as-tu dit à ces gens que tu étais le père des enfants ? demanda-t-elle. Je pensais que tu ne me croyais pas.

— Avant j'étais un idiot. Je te demande pardon.

Il hésita. Il avait pour règle de ne jamais parler de son passé, jamais. Cela lui venait en partie de son travail, en partie de sa personnalité. Mais ici, en la regardant au fond des yeux, il eut le sentiment de lui devoir une explication.

— Ecoute, il y a environ un million d'années, j'avais pour petite amie une fille plus âgée. Elle avait déjà un enfant. Elle en voulait un autre. Nous avons essayé, réessayé. Sans résultat. Je me suis dit que puisqu'elle en avait déjà fait un…

Il haussa les épaules, laissant sa phrase en suspens.

— Le problème venait de toi, termina-t-elle.

— Ensuite, il y a quelques années de cela, je me suis marié.

Il refoula aussitôt ce pénible souvenir. Il ne voulait pas penser au corps brisé de Leila, à la tombe creusée sur le flanc de cette maudite montagne d'Afghanistan où ils l'avaient enterrée.

— Ça n'a pas marché avec elle non plus. J'étais donc certain que ça venait de moi.

Il marqua une pause, avant d'ajouter :

— Il y a eu autre chose. Un jour, j'ai été touché par un éclat d'obus à un endroit… particulièrement sensible.

— Aïe.

— Je ne te le fais pas dire. Le médecin m'a expliqué que cela pourrait avoir des conséquences par la suite, enfin tu vois.

Elle battit des paupières et, les yeux encore rougis, le dévisagea.

— Tu avais une femme ?

Son expression s'était tout à coup assombrie.

— C'est une longue histoire.

Une histoire dont il ne parlerait à personne. Jamais.

Elle recula d'un pas titubant.

— Quand tu étais à Hopeville ?

Quelque chose de douloureux vibrait dans la voix de Lara, et ses beaux yeux violets se dilatèrent.

D'accord, il ne lui avait peut-être pas toujours dit la vérité. Mais cela lui faisait mal qu'elle soit si prompte à penser le pire de lui.

— Globalement, je suis un salaud dépourvu de conscience, je le reconnais…

Elle plissa les yeux.

— Tu me mens depuis le début. Ne compte pas sur moi pour être indulgente. Qu'est-elle devenue ?

— Elle a été tuée.

Ainsi que deux cent quarante-deux innocents, hommes, femmes et enfants. La presque totalité d'un village afghan. A cause de lui.

Reid était son seul espoir, et l'ultime recours pour la femme désespérée qu'elle était.

Les effets du sédatif se dissipaient. Cela faisait maintenant des heures qu'ils attendaient un coup de téléphone, un indice, une piste quelconque à explorer. Elle n'était pas la seule à qui il avait apporté le malheur. Il l'avait aussi apporté aux autres femmes, semblait-il. Il avait été marié. Son épouse avait été tuée. Il n'avait pas précisé si c'était par sa faute, mais son expression avait été éloquente. Son visage s'était tellement durci qu'elle avait compris sans qu'il ait besoin d'en dire plus.

Lara se demanda si la tragédie qu'avait été son mariage était antérieure ou postérieure à son séjour à Hopeville, séjour au cours duquel il avait à jamais bouleversé son existence. Mais quelle importance ? Il ne lui devait rien. Pourtant, quand elle l'imaginait quittant en secret la petite bourgade, la laissant le cœur brisé, enceinte, pour épouser une autre femme, un étau de douleur lui enserrait le cœur.

— Parle-moi d'elle, s'il te plaît.

Elle se mordit la lèvre. Elle n'avait pourtant rien d'une masochiste. Peut-être ne répondrait-il pas. Seigneur, il fallait absolument qu'elle sorte d'ici. S'éloignant de lui, elle se dirigea vers la penderie de l'entrée pour prendre son manteau.

— Non.

Elle hocha la tête, à la fois déçue et soulagée.

Il la contourna pour lui barrer l'accès à la porte.

— Tu n'iras nulle part, dit-il, avant de scruter son visage. Comment te sens-tu ?

— Mieux. Mon cœur est toujours en capilotade, mais les effets du sédatif sont terminés. Je peux de nouveau penser clairement. Tu ne peux pas me demander de rester ici à me tourner les pouces.

C'était le milieu de l'après-midi. De penser que ses bébés avaient déjà passé des heures sans elle lui était insupportable.

— Que veux-tu faire ? Frapper aux portes de toutes les maisons et de tous les appartements de l'Etat ? Ils peuvent être n'importe où. Avant d'agir, il nous faut au moins un début de piste. Je sais que cette attente est pénible…

Son portable sonna.

— Merci. Je te revaudrai ça, dit-il à son interlocuteur.

Puis il se dirigea vers l'ordinateur de Ben, posé sur la table basse. Elle le suivit, impatiente de découvrir ce qu'il avait reçu.

Il ouvrit sa boîte e-mail. Celle-ci ne contenait qu'un seul message reçu. Elle-même devait en avoir des centaines. Peut-être, par mesure de sécurité, supprimait-il tous les siens après les avoir lus.

Il n'y avait rien à la ligne de l'expéditeur.

Le message disait :

Voici le premier fichier. Je suis toujours sur les autres.

Lara regarda par-dessus son épaule tandis qu'il ouvrait le document joint et faisait défiler des informations auxquelles elle ne comprenait rien.

— Qu'est-ce que c'est ?

— La liste des ingrédients nécessaires à la fabrication d'un composé chimique.

Il consulta la suite du document.

— Non, tant pis. Ce n'est que l'agent porteur.

Son doigt s'immobilisa sur le clavier.

— Oh ! merde.

— Qu'y a-t-il ?

— Le PX12. Un virus conçu à l'origine comme arme chimique par notre bon gouvernement américain. Il a été abandonné quand il s'est avéré trop difficile à contrôler.

— A quelle échelle est-il létal ?

— Il aura fait deux mille victimes au Nouvel An s'il est lâché à Noël. Et les choses s'aggraveront au fil des mois... A Pâques, il faudra compter cent mille morts.

Les genoux de Lara se dérobèrent sous elle et elle tomba assise sur le canapé. Elle l'avait soupçonné d'être impliqué dans quelque chose de moche dont elle préférait ne rien savoir. Mais ce qu'il venait de dire était pire que ce qu'elle avait pu imaginer. Et ses bébés qui se trouvaient au milieu de tout cela...

Soudain, elle ne parvint plus à respirer.

— Quand ? demanda-t-elle, choquée. Où ?

— C'est la question à un million de dollars. Espérons que le décryptage des autres fichiers nous éclairera sur ce point. En attendant, je connais quelqu'un qui pourrait avoir des informations sur le sujet.

Reid sortit son portable et composa un numéro.

— Salut mon pote. Je vais te lire une liste de produits dangereux. Je voudrais que tu me dises qui est susceptible de les manipuler dans la zone New York/Philadelphie.

Il énuméra les ingrédients nécessaires à la fabrication de l'agent porteur, puis écouta la réponse.

— Parfait, soupira-t-il. Appelle-moi dès que tu l'as.

Il se leva pour se dégourdir les jambes. Il paraissait songeur, comme s'il passait un catalogue d'informations en revue dans sa tête, cherchant un détail, n'importe lequel, qui puisse leur fournir un indice ou un lien. Il était calme, mais pas détendu. Le silence entre eux était total, irréel, comme celui qui précède un séisme ou toute autre catastrophe aussi dévastatrice. Il y avait quelque chose de prémonitoire dans la façon dont Reid mesurait chacun de ses pas.

Lara se rendit dans la cuisine pour se servir un verre d'eau. Sa gorge était aussi sèche que du papier. Sans doute un effet secondaire du sédatif qu'on lui avait administré. A présent qu'il n'agissait plus, la panique la saisissait de nouveau, sans que rien n'atténue la douleur oppressante dans sa poitrine. Sans ses bébés, elle se sentait vide, désorientée. Elle avala une longue gorgée d'eau. Qui n'apaisa pas sa soif. Ses mains se mirent à trembler. Elle devenait folle.

— Je ne supporte plus d'attendre, grogna-t-elle en claquant son gobelet de plastique sur le comptoir.

Elle n'en pouvait plus d'imaginer Zak et Nate terrorisés sans leur mère.

— Nous n'attendrons plus très longtemps, dit Reid. Dès que nous aurons le moindre élément concret, nous filerons d'ici.

Il relut l'e-mail sur l'ordinateur, puis se tourna de nouveau vers elle.

— Maintenant, voici les règles de base. Quand je te dis « baisse-toi », tu te baisses. Quand je te dis « reste en arrière », tu restes en arrière. Et que je le dise ou pas, tu gardes ton calme et tu t'écartes du chemin.

Son chaud regard noisette vira au cristal de quartz.

— S'il y a un problème, tu fuis, termina-t-il. Je m'occuperai de Zak et Nate.

— Et qui s'occupera de toi ?

— Je n'ai pas besoin qu'on s'occupe de moi.

A la façon dont il la regarda, véritable bloc de détermination et de force, elle parvint presque à le croire.

— Profite donc de cette dernière chance que nous

avons de nous reposer. Nous avons l'un et l'autre besoin de conserver notre énergie et notre concentration, ajouta-t-il d'une voix douce et patiente.

Elle retira son manteau. Il commanda une pizza. Ils mangèrent. Elle ne trouva aucun goût à ce qu'elle avala. Cinq minutes plus tard, elle aurait été incapable de dire quelle était la garniture de la pizza. L'air vibrait de tension. Ses accusations, les reproches dont elle l'avait accablé pour ce qui se passait, n'y étaient pas étrangers. Elle savait qu'elle avait sans doute été injuste, mais elle était trop angoissée pour ses enfants, trop épuisée émotionnellement pour revenir sur ses paroles.

Tout ce qu'elle pouvait faire était de regarder par la fenêtre les policiers qui s'affairaient autour de la maison. Espéraient-ils encore trouver des indices, ou étaient-ils là juste pour les protéger ? Elle lui posa la question.

Il haussa les épaules.

— Les deux, je suppose.

Son attention était toujours rivée à l'écran de l'ordinateur. Aucun nouveau message n'arrivait. Un temps interminable s'écoula, qu'il passa à arpenter la pièce de long en large. A la tombée du soir, il commanda de nouveau à manger. Les policiers partirent, mais une voiture banalisée avec deux agents en civil se plaça devant la maison.

Chaque fois que le portable de Reid sonnait, Lara sursautait. Mais ce n'était jamais l'appel qu'ils attendaient.

— Les ravisseurs n'ont pas dit quand ils allaient rappeler ? demanda-t-elle pour la troisième ou quatrième fois.

Il secoua la tête.

— Va t'allonger, repose-toi un peu.

— Je ne peux pas.

Debout devant la fenêtre, elle gardait l'œil fixé sur une rangée de lampadaires, espérant que, par un improbable caprice du destin, ses bébés lui seraient ramenés.

Elle rongea chacun de ses ongles jusqu'au sang, chose

qu'elle n'avait jamais faite de sa vie. Elle était sur le point de s'attaquer à ses cheveux lorsque, à l'approche de minuit, le téléphone de Reid sonna de nouveau.

Il le ramassa et décrocha. Pendant dix bonnes minutes, il écouta ce que lui disait son interlocuteur, ne l'interrompant que par quelques rares et brèves questions.

— D'accord. Merci.

Il raccrocha, puis étudia le visage d'un homme sur l'écran du portable.

— Ils ont peut-être trouvé le virus, dit-il.

Elle avait espéré un « nous avons récupéré les enfants », mais c'était quelque chose. Au moins se dirigeaient-ils dans la bonne direction.

— Où ?

— Dans une clinique spécialisée dans les traitements de la stérilité, non loin d'ici. Un ami d'un ami connaît un type, un certain Jason Wurst, qui a vendu un composé de ce genre à l'étranger avant d'obtenir un complément d'aide pour sa recherche. On n'a pas pu le prouver à l'époque, mais celui qui a enquêté sur l'affaire est catégorique.

Elle le regarda, stupéfaite.

— Un obstétricien ?

Que venait faire l'obstétrique avec un virus mortel ?

— Pas exactement. Un scientifique malchanceux qui donne un coup de main à la clinique afin d'avoir accès au congélateur cryogénique. Son ex-épouse travaillait sur le projet initial du gouvernement. Elle est décédée de causes inconnues quelques mois après l'abandon de ce projet. Que sa mort y soit liée ou non, je suppose que notre Jason en attribue la responsabilité au gouvernement.

— Tu crois que sa femme lui avait parlé du projet ? N'était-elle pas astreinte à un devoir de confidentialité ?

— L'envie de s'épancher était peut-être irrésistible. A ce moment-là, ils étaient tous deux scientifiques de haut niveau. Maintenant, peut-être que c'est elle qui a tenu le gouvernement pour responsable de sa maladie et qui en aura parlé à son mari dans un ultime acte de révolte avant sa mort.

— Donc, il a su comment fabriquer ce virus, en a préparé un échantillon et l'a conservé. Tu crois qu'il l'a toujours ?

— A moins que nos terroristes aient un congélateur cryogénique dans leur cuisine, ils attendront la dernière seconde avant de s'en emparer pour le répandre.

Lara se dirigea vers la porte. Reid se précipita pour la précéder afin de s'assurer que la voie était sûre. Il adressa un signe du menton aux policiers en faction.

— Je préférerais que tu restes avec eux, dit-il.

C'était une tentative de la dernière chance, mais il ne parut pas surpris de la voir grimper sur le siège passager du SUV sans même lui répondre.

L'un des flics rappliqua en courant.

— Je l'emmène dans un endroit mieux sécurisé, lui expliqua Reid. Je crois que pour vous c'est terminé. Merci, les gars.

Pendant quelques minutes, il conduisit en silence, tandis que Lara sombrait dans un tourbillon d'inquiétude et d'angoisse. A partir de cet instant, tant de choses pouvaient déraper.

Si seulement les ravisseurs rappelaient… Ne pas savoir comment allaient ses enfants était une véritable torture. L'ordinateur était posé sur ses cuisses. Elle le serrait si fort qu'elle eut peur de le casser. Elle en ôta donc ses mains et croisa les bras.

— Pourquoi moi ? demanda Reid tout à coup.

Plusieurs secondes s'écoulèrent avant qu'elle ne parvienne à écarter ses sombres préoccupations et à se concentrer sur lui.

— Pourquoi toi quoi ?

— De toute évidence tu n'es pas une fille qui couche à droite et à gauche. Alors il y a deux ans, à Hopeville, pourquoi m'as-tu choisi, moi ?

6

Ce n'était pas une question que Lara souhaitait aborder en détail. Ni aborder tout court durant, disons, les cent prochaines années.

— Je vais bien. Tu n'as pas besoin de chercher des idées pour me distraire.

— Non, tu ne vas pas bien. Et je veux une réponse.

Super. Qu'était-elle censée expliquer ?

— Tu as été ma première leçon de vol, dit-elle enfin, après être parvenue à remettre un peu d'ordre dans ses pensées.

— Ta quoi ?

Elle prit une longue et profonde inspiration.

— Ma grand-mère, Granny Jordan, était membre des Quatre-vingt-dix-neuf, expliqua-t-elle.

— De quoi s'agit-il ? demanda-t-il, l'air égaré. D'une équipe sportive ?

— Non, d'une organisation de femmes pilotes fondée par Amelia Earhart.

— Tu plaisantes.

— Elle était intrépide, sauvage, aventurière. Sa vie aurait fait un bon sujet de cinéma. Ma mère ne l'aimait pas. Sans doute parce que mon père l'idolâtrait. « Voler haut sur les ailes de la liberté » était un concept qui échappait totalement à maman.

— Mais ta grand-mère était ton héroïne.

— Oui. Papa est mort quand j'avais douze ans, la même année que Granny Jordan, et après cela ma mère a instauré encore plus de règles à la maison. Je crois qu'elle avait peur que j'arrive seule à l'adolescence. C'était comme de vivre dans un couvent. Puis je suis allée à l'université, et je me suis sentie un peu plus libre. Pas longtemps, malheureusement, car elle est tombée malade et j'ai dû revenir m'occuper d'elle. Lorsqu'elle est morte, et je me suis sentie perdue un bon moment. Puis mon oncle a pris sa retraite, il est allé s'installer en Floride et m'a légué sa boucherie, à Hopeville.

— Pourquoi à toi ?

— Il n'avait pas d'enfants, et était trop vieux pour continuer à travailler. Il m'a dit que ça ne le dérangeait pas si je vendais, mais que lui n'en avait pas le cœur. Je voulais le faire. Mais je suis venue à Hopeville, et… Quand j'ai vu la boucherie, c'était comme si elle me criait : « Reprends-moi ! » C'était effrayant. Jamais ma mère n'aurait osé faire une telle chose. Granny Jordan, elle, n'aurait pas hésité une seule seconde.

Il hocha la tête.

— Et à quel moment j'entre dans le tableau ?

— J'allais vivre une vie des plus excitantes, comme ma grand-mère. Tu étais ma première aventure libre et sauvage.

Elle se mordit la lèvre.

— Puis j'ai appris la leçon.

Il la considéra d'un air pensif.

— Je ne pense pas que l'esprit d'aventure puisse être aussi facilement réduit au silence.

Oh si, il le peut.

— Le mien l'a été, répliqua-t-elle. Réduit au silence. Enterré.

Il secoua la tête.

— C'est pour cela qu'au lieu de rester sagement dans une maison sécurisée, tu as insisté pour venir avec moi voler un virus mortel chez de dangereux criminels ?

Pendant un court instant, il quitta la route des yeux et se tourna vers elle.

Ce qu'elle vit dans son regard la troubla. Il y avait de

la chaleur, de l'admiration et, fugitive mais évidente, une lueur de désir. Elle déglutit avec peine et tourna les yeux vers les maisons qui défilaient à travers sa vitre.

— Et si tu étais née pour être sauvage ? suggéra-t-il.

Sa voix était soudain devenue aussi chaude, aussi suave qu'un rouleau à la cannelle à peine sorti du four.

Elle se rappelait cette voix. Elle avait causé sa perte, deux ans plus tôt. En l'entendant, elle s'était trouvée totalement démunie. Elle avait intérêt à trouver de quoi s'en défendre. Et très vite.

Que savait-il d'elle, d'ailleurs ?

Elle n'était pas née pour l'aventure. Elle n'était même pas attirée par la sauvagerie. Elle avait pu l'être jadis. Mais elle ne l'était plus, c'était clair. La vie l'en avait guérie. Si elle accompagnait Reid, c'était juste parce qu'elle ne pouvait pas supporter de rester en arrière. Elle avait besoin de participer à l'effort pour retrouver ses bébés.

— Redis-moi pourquoi le FBI ne peut pas lancer une enquête sur ce virus et ce Jason Schutz ?

— Wurst. Parce que nous n'avons pas le CD que veulent les ravisseurs. Il nous faudra trouver autre chose à échanger.

— Et c'est là que le virus intervient ?

— En partie. Il joue un rôle à plusieurs niveaux. D'abord et avant tout, nous voulons le retirer de la circulation le plus tôt possible.

Bonne idée. C'était logique. Elle se réjouissait aussi de savoir que ceux qui avaient enlevé ses bébés voulaient négocier. Cela signifiait qu'il y avait un espoir. Et Reid était avec elle. Autant elle détestait ce qu'il était, à savoir un agent sous couverture qui gagnait sa vie en espionnant et en se battant, autant elle appréciait d'avoir en cet instant un guerrier à ses côtés.

Lorsqu'elle l'avait aperçu dans ce restaurant, à New York, ç'avait été comme si son rêve le plus impossible s'était réalisé. Elle n'en avait pas cru ses yeux. Elle n'avait jamais été aussi heureuse. Puis elle s'était rendu compte qu'il n'était pas l'homme qu'elle avait cru. Que tout ce temps il n'avait fait que mentir. Qu'elle n'avait rien représenté pour lui, comme en attestait le fait qu'il avait pu la laisser tomber sans le moindre scrupule. Ensuite elle avait été folle de rage. Déçue et blessée aussi, mais surtout en colère.

Une colère sans nom.

A présent elle était désespérée, prête à tout. Même à lui pardonner de l'avoir abandonnée s'il l'aidait à retrouver Zak et Nate.

Les kilomètres défilaient sous leurs yeux, et les minutes succédaient aux minutes, interminables.

— Ils sont vraiment de toi, tu sais, déclara-t-elle tandis qu'il quittait la nationale pour s'engager dans la voie d'accès d'un restaurant de plats à emporter. Les garçons, précisa-t-elle.

Elle ne savait trop pourquoi il était important qu'il en soit convaincu. Pour qu'il ne la considère pas comme une menteuse ? Ou parce que son ardeur à retrouver les jumeaux en serait peut-être décuplée ? Elle préféra ne pas s'attarder sur la question.

— Je sais.

Parfait. Il n'avait donc pas de nouveau changé d'avis sur ce point.

— Comment ? s'enquit-elle.

— J'ai vu leurs visages. Des hamburgers, ça ira ?

— Ça ira. Et beaucoup de café.

Elle n'avait pas faim, mais elle comprenait qu'ils devaient s'alimenter à intervalles réguliers s'ils voulaient conserver toute leur énergie.

— Tout le monde dit qu'ils me ressemblent, objecta-t-elle.

Il secoua la tête en souriant.

— Le bas du visage, peut-être. Mais ma mère pourrait te montrer des photos de moi bébé…

— Tu as une mère ?

Il laissa échapper un grognement bas.

— Je sais que je n'ai pas été irréprochable, mais tu es vraiment obligée de m'insulter ?

Il prit le sac contenant leur commande, puis remit le cap sur la nationale.

Elle lui lança un regard de biais.

— Lors de notre rencontre, tu m'as dit que tu n'avais pas de famille.

— C'est vrai. Je voulais te tenir à l'écart de ma mission.

Il attaqua son hamburger.

Elle mordit dans le sien.

— Et ton père ?

— Il est mort pendant la première guerre du Golfe. Il avait l'âge que j'ai aujourd'hui. Nous ignorons dans quelles circonstances.

Elle se tourna vers lui.

— Comment cela, vous ignorez comment il est mort ?

— Il était « disparu au combat » depuis longtemps. Nous gardions l'espoir que les Irakiens le détenaient. Au moins aurait-il été en vie. J'avais dix-huit ans lorsqu'il a été porté disparu, je venais d'entrer à l'université. Comme je l'ai dit, nous gardions l'espoir. Le 31 juillet 1991, les derniers soldats sont rentrés au pays. Il n'était pas parmi eux. Lorsque la seconde guerre du Golfe a éclaté, je l'ai cherché par moi-même. Je m'étais engagé.

— Je suis navrée pour ton père, dit-elle.

Mais ses pensées prirent très vite une autre direction.

— Qu'y a-t-il ? demanda-t-il en l'observant. Quelle est cette étrange expression sur ton visage ?

— Zak et Nate ont une grand-mère, répondit-elle avec un léger sourire. J'ai toujours pensé qu'ils grandiraient sans père. J'ai toujours regretté qu'ils n'aient pas au moins des grands-parents. Ils n'avaient que moi, et cela me préoccupait. S'il m'arrivait quelque chose, tu vois ce que je veux dire ? Mon oncle est génial, mais il habite loin. Et puis il a trop de problèmes de santé pour se charger en plus de deux petits garçons si je viens à disparaître.

Elle haussa les épaules.

— Dès qu'on devient mère, les soucis vous tombent sur la tête et vous empêchent de dormir la nuit.

— Il ne vous arrivera rien, aux jumeaux et à toi, déclara-t-il avec brusquerie. Et quand ma mère les aura pourris gâtés, tu regretteras peut-être qu'elle ne vive pas en Floride.

— Où vit-elle ?

Il hésita.

S'interrogeait-il encore sur la place réelle qu'il était disposé à faire à ses fils dans sa vie ?

— Easton, répondit-il.

Et elle en oublia tout le reste.

— Mais ce n'est pas loin de Hopeville !

Une image apparut dans la tête de Lara : les enfants, elle, Reid et une grand-mère souriante.

Sans pitié, elle écarta cette vision et les émotions qui l'accompagnaient. A quoi bon se faire du mal ? Son cerveau était déjà plein de choses négatives et douloureuses. Inutile d'en rajouter.

Lorsque son téléphone sonna, elle faillit s'étrangler. Elle avala difficilement sa bouchée.

— D'accord, dit Reid après avoir décroché. Nous pouvons y être dans vingt minutes.

Lara l'interrogea du regard.

— Qu'est-ce que c'était ?

— L'échange se fera à une station-service désaffectée située à une cinquantaine de kilomètres au nord d'ici.

Il opérait déjà un demi-tour rapide, en faisant crisser les pneus sur la chaussée, sans se soucier du code de la route.

Une soudaine panique saisit Lara.

— Mais nous n'avons rien à échanger !

— Regarde dans la boîte à gants.

Elle fit ce qu'il lui disait.

— Prends un CD.

Elle s'exécuta. La photo de l'album était celle d'un célèbre groupe de heavy metal, avec chaînes, cuir et maquillage agressif.

— Enlève la couverture et replace le disque à l'intérieur.

Les mains de Lara se mirent à trembler de façon irrépressible, mais elle y arriva.

— Ils s'en rendront compte.

— Après coup. Mais nous pourrons les bluffer assez longtemps pour nous approcher des bébés et les récupérer.

Oh ! Seigneur. Elle sentit les battements de son cœur s'affoler.

Non ! s'ordonna-t-elle. Elle devait se ressaisir. Ce n'était pas le moment de flancher. Si Reid avait le courage de le faire, elle l'avait aussi. Pour ses bébés, elle était prête à tout.

Elle fit jouer ses épaules comme elle l'avait vu faire. Puis elle s'appliqua à respirer profondément et compta les kilomètres.

La station-service désaffectée était sombre et déserte lorsqu'ils s'y arrêtèrent. Reid choisit un endroit d'où ils avaient vue sur l'ensemble des bâtiments, à l'extrémité du parking. Personne ne pouvait se garer derrière eux. Une fois son pistolet posé sur ses cuisses, il attrapa le sac contenant son arsenal sur la banquette arrière, le déposa à ses pieds et ouvrit la fermeture Eclair.

— Je peux avoir une arme ? demanda-t-elle, la main tendue, détestant ce manque d'assurance dans sa voix.

— Es-tu assez bonne tireuse pour ne pas mettre en danger la vie des bébés ?

Les épaules de Lara s'affaissèrent et elle laissa retomber sa main. Elle n'avait jamais utilisé d'arme de sa vie. Mais elle voulait se rendre utile.

— Le meilleur moyen de m'aider est de faire ce que je te dirai. Et de ne pas te laisser distraire.

Elle hocha la tête.

Lorsqu'une voiture passa sur la route, ils se figèrent tous les deux. Ils se trouvaient hors des limites de la ville la plus proche. C'était le milieu de la nuit, et les véhicules étaient rares. De longues et douloureuses minutes défilèrent, l'une après l'autre.

Dix minutes s'écoulèrent après l'heure convenue pour l'échange. Puis une demi-heure. Personne ne venait. Des voitures passaient de temps à autre, mais aucune d'elles ne ralentissait.

Lorsqu'ils eurent passé une heure complète à attendre en vain, Reid jura entre ses dents et redémarra.

— Où allons-nous ?

— Ils ne viendront pas.

— Tu n'en sais rien.

Lara ne supportait pas l'idée que l'échange n'ait pas lieu. Elle avait tant chéri la perspective d'avoir de nouveau ses enfants dans ses bras. Pendant tout ce temps, elle s'était dit et redit que ce n'était plus qu'une question de minutes…

Il fallait qu'ils viennent.

— C'était un test, dit-il. Ils voulaient s'assurer que nous étions toujours seuls, que nous n'avions pas appelé la police. Il faut aller à cette clinique. Le coup du faux CD aurait pu marcher si nous n'avions pas eu d'autre choix. Mais les choses seront cent fois plus faciles si nous disposons d'un vrai levier de négociation.

D'un certain point de vue, il n'avait pas tort. Lara se retourna néanmoins sur son siège et observa la station-service aussi longtemps que cela était possible, espérant voir arriver quelqu'un avec ses bébés.

De son côté, Reid jetait de fréquents coups d'œil dans le rétroviseur, changeant de rue au dernier moment, et faisant même demi-tour à deux reprises.

— Nous sommes suivis ?

— C'est possible, je ne peux pas en être sûr. En tout

cas, ajouta-t-il avec assurance, si nous l'étions, maintenant nous ne le sommes plus.

Lara tremblait encore d'anxiété lorsqu'il s'engagea sur le parking d'un complexe médical et se gara en face d'un large bâtiment blanc.

Elle avança la main vers la poignée de sa portière.

— Pas encore, dit-il.

— Pourquoi ? Qu'attendons-nous ?

— Il est 4 heures du matin. Nous allons patienter jusqu'à l'ouverture de la clinique et l'arrivée de notre homme.

— On ne peut pas juste entrer et prendre ce qu'il nous faut ?

D'ordinaire, elle se conduisait comme une citoyenne exemplaire et respectait scrupuleusement la loi. Mais pour Zak et Nate, elle était prête à franchir toutes les lignes.

— Je ne sais pas quel est le conditionnement du virus. Je présume qu'il s'agit d'une ampoule parmi des dizaines d'autres. Je doute fort que ce salaud y ait collé une étiquette « virus mortel ». Et de toute façon, j'ai quelques questions à lui poser.

— On va donc rester ici des heures ?

Elle ne supportait pas cette idée.

L'angoisse était sur le point de la rendre folle. A chaque seconde qui passait ses bébés étaient privés de leur mère, en danger, peut-être même maltraités. Cette seule pensée la tuait.

— Nous allons dormir, répondit Reid d'un ton plat.

— Comment peux-tu compter dormir à un moment pareil ? demanda-t-elle, à bout de nerfs. Tu t'en fiches, c'est ça ? Tu ne sais donc pas qu'en ce moment même Zak et Nate sont effrayés ? Tu ne te demandes pas si leurs couches ont été changées ? S'ils ont mangé ? Pourquoi n'avons-nous pas pu dormir à la station-service, pour l'amour du ciel ? Nous leur aurions ainsi donné plus de temps pour se montrer !

Reid encaissa sans broncher le coup qu'elle lui porta à

l'épaule. Puis il saisit ses mains avec douceur et plongea son regard dans le sien.

— Ils ne seraient pas venus, dit-il d'une voix grave. Et je ne m'en fiche pas, bien au contraire. Cette situation m'est odieuse, mais je la supporte parce qu'il le faut. Je vais dormir, parce que c'est la chose la plus intelligente à faire pour garder mon corps et mon esprit en condition de combat optimale, et je me battrai jusqu'à la mort si nécessaire. Je récupérerai nos enfants, Lara.

Il lui reposa les mains sur les cuisses.

— Maintenant, tâche de dormir.

Sa peau la chatouillait là où il l'avait touchée. Elle se frotta les mains pour éliminer cette sensation.

— Je n'y arriverai pas.

Il défit sa ceinture de sécurité, l'attira vers lui jusqu'à ce que sa tête repose sur son épaule, et glissa son bras droit autour de ses épaules.

— Essaie quand même. Je laisserai le moteur tourner pour que nous ayons chaud.

Sur ce, il cala sa nuque contre son appuie-tête et ferma les yeux. Le rythme de sa respiration ne tarda pas à ralentir.

— Désolée d'avoir craqué, dit-elle d'une voix faible.

— Ne t'en fais pas pour ça. Chacun réagit aux événements à sa façon.

Un moment de silence passa.

Elle chercha la position la plus confortable contre lui.

— Tu fais cela souvent ? demanda-t-elle. Planquer, je veux dire. Comment le supportes-tu ?

— Quand on est en mission sous couverture, c'est ainsi que les choses se déroulent. On passe quatre-vingt-dix-neuf pour cent de son temps à attendre qu'il arrive une chose pour laquelle on peut soit faire un rapport, soit intervenir.

— Et le un pour cent qui reste ?

— C'est la scène finale de Scarface, et on regrette amèrement de ne pas avoir continué à attendre.

Elle songea à ce qu'il venait de dire, à ce à quoi devait ressembler sa vie quotidienne. Elle avait du mal à l'imaginer. Après deux ou trois minutes, elle se sentit basculer dans le sommeil et cessa de lutter.

Elle fut réveillée par un baiser sur le front.

— C'est l'heure, Belle au bois dormant.

La voix de Reid était un peu épaisse, comme si lui-même venait de se réveiller.

L'aube éclairait le ciel derrière la clinique, tandis que des hommes et des femmes y pénétraient par la porte à tambour de l'entrée principale.

Elle s'écarta de lui, mit un peu d'ordre dans sa coiffure, puis son regard tomba sur le reste du café froid dans le porte-gobelet. Elle l'avala jusqu'à la dernière goutte. Reid se raidit soudain, la faisant sursauter, et bondit hors du SUV.

— Reste là, ordonna-t-il en s'éloignant.

Un homme chauve à lunettes venait de descendre de sa voiture, une rangée devant la leur. La cinquantaine bien sonnée, il était très maigre et portait un long pardessus gris. Reid arriva à sa hauteur juste au moment où il posait un mug fumant sur le toit de sa berline et se penchait pour verrouiller sa portière.

Se glissant sans bruit hors du SUV, Lara s'approcha tandis que Reid coinçait l'individu contre son propre véhicule.

— Jason Wurst ?

— Qui êtes-vous ?

L'homme tenta de s'esquiver, mais Reid l'empoigna par le coude, l'empêchant ainsi de s'enfuir.

— Que voulez-vous ? demanda-t-il en rentrant la tête dans son col.

— Je suis venu en avance pour le colis.

Jason Wurst darda son regard de tous côtés derrière ses lunettes sans monture.

— Je ne sais pas de quoi vous voulez parler.

— Je crois que si. Voyons quelles bonnes choses vous conservez dans votre congélateur.

Ouvrant son manteau, Reid lui montra le pistolet glissé sous sa ceinture.

L'autre blêmit. Reid laissa retomber les pans de son manteau et le poussa vers le bâtiment. Il s'y dirigea de mauvais gré.

— Vous ne pouvez pas faire ça, protesta-t-il. Il y a des caméras de sécurité.

Il jetait des regards affolés à droite et à gauche, mais à cette heure matinale le parking était presque vide. Nul ne pouvait lui venir en aide.

Reid tapota son arme à travers son manteau.

— Faites un geste de travers, et vous serez mort avant que celui qui surveille les écrans n'ait eu le temps de sortir.

Il s'adressait à lui d'un ton détaché, presque agacé, comme s'il s'agissait d'une évidence. Mais la menace pointait, glaciale, dans sa voix.

Voilà le genre d'homme qu'il est, songea Lara, le corps parcouru d'un frisson.

Quel que soit l'endroit où il se trouvait, Reid était maître de la situation. Il étudiait son environnement, toujours en alerte. Une souris n'aurait pu traverser le parking sans qu'il la remarque. L'écart entre la réalité et l'homme idéalisé que le cerveau de Lara avait créé au cours de ces deux années était immense. Si elle pleurait toujours la mort de ce dernier, elle était contente que le vrai Reid Graham soit ce guerrier qui luttait en ce moment à ses côtés.

La chaleur et l'attirance qu'elle éprouva tout à coup pour lui la prirent totalement au dépourvu.

La démonstration de sa force, son côté mâle primaire, sa virilité agressive aiguillonnaient ses hormones. Elle se mordit les lèvres. *Non !* Pas question. D'accord, il était toujours aussi beau. Et elle ne pouvait s'empêcher d'admirer son corps lorsqu'elle était près de lui. Mais elle ne commettrait pas deux fois la même erreur. Elle avait beaucoup mûri depuis qu'elle s'était laissé emporter par le désir insensé qu'il lui inspirait.

Cette fois, elle ne suivrait pas ce chemin.

Le laisserait-elle l'aider à récupérer les jumeaux ? Oui. Mais après cela, ils reprendraient chacun leur chemin.

Voyant des gens venir vers eux, Reid relâcha Jason.

— Je suis un excellent tireur, le prévint-il. Si j'étais vous, je ne tenterais rien de stupide.

Si Jason Wurst était foncièrement immoral, il n'était pas stupide pour autant, aussi continua-t-il à marcher sans faire d'histoires, se contentant de saluer ses collègues d'un hochement de tête. Si ceux-ci remarquèrent son expression misérable, ils ne firent aucun commentaire à ce sujet.

— Attends ici, dit Reid en se tournant vers elle, tandis qu'ils entraient dans le vaste hall d'accueil de la clinique, décoré avec goût dans une lumineuse palette de couleurs.

Il ne l'avait pas regardée depuis qu'il l'avait laissée dans le SUV, mais il savait, bien sûr, qu'elle était à quelques pas derrière lui.

Elle jeta un coup d'œil sans s'arrêter à la rangée de chaises en plastique bleu, près du mur. Puis elle suivit Reid vers le fond où, à l'aide de sa carte magnétique, Wurst ouvrit une porte où était indiquée la mention « Personnel ». Elle s'ouvrit sur un vaste bureau équipé de plusieurs postes de travail.

La lumière y était allumée, mais il n'y avait personne. Wurst les conduisit vers les laboratoires, situés au fond de la pièce. Lara entra sur les talons des deux hommes, ignorant le regard noir que lui lança Reid.

— Il me faut une glacière, lança-t-il à Wurst.

Celui-ci en sortit une de dessous un plan de travail immaculé en inox.

— Combien de temps le virus est-il actif, une fois décongelé ?

L'autre haussa les épaules et détourna le regard.

Reid saisit son pistolet et en colla le canon sur son front.

— A votre place, je répondrais, dit-il d'une voix aussi glaciale que l'intérieur d'un congélateur cryogénique.

— Quarante-huit heures, maugréa Wurst. Peut-être un peu plus.

Il louchait sur l'arme et reculait lentement, autant que le lui permettaient les installations de la pièce.

— Mais avec le temps sa puissance s'amenuise, précisa-t-il.

Sa voix était faible et il semblait prêt à s'effondrer.

Manifestement, il était mort de peur, mais Reid qui n'en avait cure restait de marbre.

— Quand doivent-ils venir le prendre ?

— Vendredi. S'il vous plaît, ne me tuez pas. Je vous en supplie.

La veille de Noël ?

Quel jour était-on ? Lara dut réfléchir pour se le rappeler. Dans sa tête, les dernières quarante-huit heures ne formaient qu'un seul jour. Lundi. On était lundi. L'arrivée d'Allen, samedi soir, pour l'emmener à ce restaurant de New York lui semblait à des années-lumière. Jamais auparavant elle n'avait été séparée aussi longtemps de ses enfants. Elle battit des paupières. C'était comme si son cœur menaçait de s'arrêter chaque fois qu'elle pensait aux jumeaux.

— Il y en a d'autres ? demanda Reid.

Wurst avait revêtu une tenue isolante spéciale, puis transféré les ampoules dans la glacière médicale avant d'en sceller le couvercle.

Reid était la personne la plus calme de la pièce. Même les mains de Jason paraissaient hésitantes lors de la manipulation. Et pour être franche, elle-même était proche de l'évanouissement. Mais l'attitude détachée de Reid semblait dire : « Ce n'est pas la première fois que je fais cela. » De ce qu'elle avait vu jusqu'ici, peu de choses, semblait-il, étaient à même de l'ébranler.

— Tout est là ?

Le ton était aussi tranchant qu'un couperet.

Les épaules de l'homme s'affaissèrent.

— Je n'ai même pas toute la commande. L'un des lots a été abîmé. Ce n'est pas ma faute. Je veux dire, les conditions de travail ici…

— Quel est l'effet de ce virus, exactement ?

Le visage de Wurst s'éclaira soudain.

— Paralysie progressive des muscles. Mort par suffocation. A la fin, les poumons ne peuvent plus se dilater suffisamment pour permettre la respiration. Enfin, en théorie, car les tests ont été effectués sur des rats. Le virus meurt très vite lorsqu'il est à l'air libre, mais en contrepartie le temps d'incubation est assez long. Un individu touché peut le transmettre à des centaines d'autres avant de découvrir qu'il est infecté.

En disant cela, il semblait fier de lui et ses épaules s'étaient redressées.

Puis la panique reprit le dessus.

— Qu'allez-vous en faire ? demanda-t-il, les traits crispés. Ce que j'ai fabriqué devait seulement être utilisé *là-bas*. Les gens pour qui j'ai travaillé en ont assez de voir le gouvernement faire n'importe quoi. Emportez ça et ramenez-nous nos *boys*. Je suis un patriote.

A en juger par la flamme qui brilla soudain dans ses yeux, il était clair qu'il croyait à ce qu'il disait. Il n'en voulait pas au gouvernement pour le décès de sa femme. Pour lui, cette dernière était sans doute une victime héroïque dans une guerre qu'il estimait légitime. Il avait donc décidé de reprendre le flambeau.

Reid semblait sur le point de le frapper avec son pistolet lorsqu'une sonnerie de téléphone retentit. Il sortit le portable de sa poche. Ce n'était pas le sien, mais celui de Kenny.

Celui de Kenny…

Autrement dit, c'était un appel de ceux qui avaient enlevé Zak et Nate. Lara se rapprocha de lui. Ils devaient vouloir leur fixer un nouveau rendez-vous pour procéder à l'échange. Sauf que maintenant ils avaient du lourd à proposer, quelque chose d'important avec quoi les ravisseurs n'auraient pas envie de jouer.

Tous les muscles de son corps se contractèrent tandis qu'elle attendait, espérant de toutes ses forces que cette fois était la bonne, qu'elle allait enfin récupérer ses bébés. Elle ne pensait pas pouvoir supporter une journée de plus sans eux.

Reid et elle étaient près du but, songea-t-elle. Ils détenaient le virus. Ce virus était la clé. Reid procéderait à l'échange. Dans l'intervalle, tout ce qu'ils avaient à faire était de s'assurer qu'il n'arrive rien à la glacière, et qu'ils ne se contaminent pas eux-mêmes en même temps que la moitié de la population de l'Etat.

7

— Où étiez-vous, bon sang ?

— La rencontre se fera cette nuit.

— Non, répliqua Reid dans l'appareil. Nous avons perdu assez de temps comme ça. Je suis prêt maintenant.

Lara saisit sa main libre et la serra.

Après n'avoir quasiment essuyé que de la colère et de la désapprobation depuis deux jours, ce geste lui réchauffa le cœur, même s'il était assez fâché qu'elle l'ait suivi dans la clinique.

Ses beaux yeux violets étaient levés vers lui, chargés d'interrogations, mais aussi d'espoir. Elle comptait sur lui pour sauver leurs enfants. Elle lui faisait confiance, quand son comportement deux ans plus tôt n'était pas de nature à l'y inciter. Cette fois, il n'allait pas la laisser tomber. Ni laisser tomber ses deux fils.

— Cette nuit. Minuit moins cinq. Près de la rivière au pied du vieux pont de chemin de fer, comme je l'ai indiqué.

Puis un silence plombé tomba sur la ligne.

Reid dut se retenir pour ne pas fracasser le portable de Kenny sur le mur, ou, en l'occurrence, sur la tête de Jason Wurst.

— Ils vont me tuer, marmonna ce dernier en reculant d'un pas. Vous ne savez pas à qui vous vous attaquez. Ils vont nous tuer tous les trois.

— Vous, vous le méritez. Quant à nous…

Il regarda Lara, et la vague de tendresse et de sentiments protecteurs qu'il éprouva pour elle ne le surprit plus.

— Qu'ils essayent seulement.

Sur ces mots, il sortit du laboratoire, et salua de la tête l'infirmière assise à l'unique poste de travail occupé du bureau, comme s'il faisait partie du personnel de la clinique. Tous les autres devaient encore être à la salle de pause, prenant leur café du matin, bavardant à bâtons rompus, se motivant pour la journée.

— Qu'ont-ils dit ? demanda Lara dès qu'ils furent dehors.

Sa main était toujours accrochée à la sienne, il fallait qu'il la libère. D'abord, il ne voulait pas lui donner la fausse impression qu'ils constituaient désormais une équipe. Ensuite, il en avait besoin au cas où il lui faudrait empoigner son arme en urgence. Tout pouvait arriver.

Elle sembla comprendre ce qu'il voulait et croisa les bras devant elle.

— Qu'ont-ils dit ? insista-t-elle.

Regrettant de ne pouvoir lui donner de meilleures infos, il ralentit le pas et la regarda dans les yeux.

— L'échange se fera à minuit moins cinq.

— Il va falloir attendre encore toute la journée.

Sa lèvre inférieure se mit à trembler, mais elle reprit vite le contrôle de ses émotions.

Elle était douée pour cela. Quelles que soient les circonstances, elle parvenait toujours à se ressaisir. Elle ne pouvait se permettre de flancher, supposa-t-il. Elle tenait un commerce et devait élever deux enfants en bas âge. Seule, dans les deux cas.

Il serra les mâchoires.

— Qu'attendent-ils ? demanda-t-elle.

— Peut-être ont-ils besoin de ce temps pour s'assurer que l'endroit n'est pas piégé. Ou ils jouent avec nous. Ou ils préfèrent attendre le couvert de la nuit.

Après avoir posé avec précaution la glacière sur le siège

arrière, il s'installa au volant, et essaya de ne pas penser à tout ce qui aurait pu mal tourner durant les quinze dernières minutes.

— La prochaine fois que je te dis de rester dans la voiture, tu obéis, dit-il d'un ton accusateur.

— Tu aurais pu avoir besoin d'aide.

Il n'avait pas besoin d'aide. Par principe.

— Je travaille *seul*, répliqua-t-il en mettant l'accent sur ce dernier mot.

Elle parut offensée. A l'évidence, elle ne comprenait toujours pas.

— Et s'il avait été armé ? objecta-t-elle, confirmant sa pensée.

— Justement, rétorqua-t-il, la clouant du regard. S'il avait été armé ? S'il avait fait tomber une ampoule exprès ? Tu ne veux pas être là pour élever tes gosses ?

Elle pâlit si violemment qu'il regretta presque sa dernière phrase. Mais il devait coûte que coûte lui faire comprendre à quel point elle avait été imprudente.

— La prochaine fois, tu fais ce que je te dis. OK ?

Elle opina lentement du chef.

Lorsqu'ils furent de nouveau sur la route, de longues minutes s'écoulèrent avant que l'un des deux n'ouvre de nouveau la bouche.

— Et Wurst ? s'enquit-elle enfin. Tu n'aurais pas dû l'arrêter ou faire ce que font habituellement les gens comme toi ?

Les gens comme lui ?

— Je ne pense pas qu'il nous aurait accompagnés avec docilité. J'aurais sans doute dû l'empoigner par le col et le forcer à sortir sous la menace de mon arme. N'importe quelle personne bien intentionnée aurait alors pu appeler les flics.

Ce dont ils n'avaient certainement pas besoin. Il soupesa avec soin ce qu'il dit ensuite.

— Je n'agis pas vraiment au grand jour, sur ce coup-là.

Lara se tourna vers lui et fronça les sourcils.

— Que veux-tu dire par là ?

— Je suis censé t'avoir placée dans un lieu sécurisé, m'être assuré que tu y étais à l'aise et avoir attendu tranquillement avec toi. Mes supérieurs ne sont pas très heureux de mon implication personnelle dans cette affaire.

Elle haussa les sourcils, la mine stupéfaite.

— Ils t'ont mis sur la touche ? Seigneur, soupira-t-elle en clignant des yeux. Tu n'es même pas censé être ici et faire ce que tu fais !

A voir son expression, elle était déchirée entre l'envie de pleurer et celle de l'étrangler.

Et comme elle n'était pas du genre pleurnicheur, les choses s'annonçaient mal pour lui.

— Hé, calme-toi. Jusqu'ici nous nous en sommes plutôt bien sortis, non ? Et puis…

Il fallait qu'il souligne ce point important.

— Si j'opérais selon les règles, je n'aurais pas le droit d'être accompagné d'une civile, et tu serais dans la maison en train de te ronger les sangs.

Maintenant qu'il y songeait, peut-être aurait-il dû choisir cette option. Mais il avait craqué pour ces yeux violets et l'avait laissée l'accompagner, au mépris du bon sens le plus élémentaire. Qu'est-ce qui clochait chez lui ?

Les épaules de Lara se détendirent un peu, et elle se renversa contre son dossier.

— Cela n'aurait pas fait une grosse différence. Nous ne faisons qu'attendre.

Elle avait raison, mais quel choix avaient-ils ? La meilleure chose à faire en ce qui le concernait était de s'assurer qu'il serait prêt le moment venu.

Il sortit son portable de sa poche.

— Mes respects, monsieur, annonça-t-il lorsque son interlocuteur décrocha. Je… J'ai deux services à vous demander.

Comme de toute façon il allait se faire sérieusement sonner les cloches lorsque ce serait terminé, autant y aller franco.

— Est-ce que cela m'obligera à vous traduire en cour martiale ? demanda le colonel Wilson, son supérieur au SDDU.

— Probablement.

Le colonel poussa un soupir.

— J'ai cru comprendre que des félicitations n'étaient pas à exclure.

— Carly ne sait pas tenir sa langue.

— Elle a pensé bien faire. Elle m'a fourni quelques infos pour que j'aie une idée de ce qui se passait au cas où vous auriez besoin d'aide. Je l'avais appelée pour la consulter sur autre chose.

— OK. D'abord, il me faut un coursier à qui remettre un lot d'ampoules contenant un virus extrêmement dangereux, et qui doivent être conservées dans un congélateur cryogénique. Qu'il m'apporte des ampoules identiques remplies d'eau du robinet. Ensuite, quelqu'un pour arrêter Jason Wurst, l'homme qui détenait ces ampoules.

Il lui donna le code du traceur GPS qu'il avait collé sur la voiture de Wurst quand il l'avait coincé contre sa portière.

— Et j'ai besoin d'un autre véhicule. Blindé, si possible.

— Bien. Maintenant écoutez-moi bien. Je veux que vous cessiez de vous engager dans des activités illégales qui rompent la chaîne de commandement, m'attireront les foudres du FBI et mettront en péril une mission de la plus haute importance. Vous présenter pour un débriefing complet serait déjà un bon début, Graham !

— Oui, monsieur. Je le ferai très bientôt. C'est juré.

Quelques secondes de silence s'ensuivirent.

— Des jumeaux, hein ?

— Zak et Nate.

— Espérons qu'ils ressemblent à leur mère.

Reid se détendit quelque peu au ton plus léger de son supérieur.

— Très drôle, monsieur.

Mais son soulagement était prématuré. Celui sur lequel poursuivit le colonel était dur, cassant.

— Officiellement, et conformément à mes prérogatives, je rejette votre requête, soldat. Il s'agit d'une opération du FBI. Je ne devrais pas avoir à vous rappeler que vous n'êtes plus sur le coup. Vous relevez à présent de mon unique autorité. En conséquence de quoi, je vous ordonne de cesser toute activité relative à cette affaire, et de remettre le virus, ainsi que toute information que vous auriez en votre possession, à votre superviseur au FBI. Et si votre ami Cade, qui se trouve présentement dans mon bureau et entend presque tout ce que nous disons, se met dans la cervelle l'idée grotesque qu'il devrait vous aider, vous rejoindre dans un endroit isolé tel que sa cabane de chasse pour vous livrer ce que vous avez demandé, vous serez tous les deux déférés en cour martiale. Me suis-je bien fait comprendre ?

— Oui, monsieur.

Il bifurqua sur la Route 1 tandis que le colonel Wilson raccrochait.

— Où allons-nous ?

— Voir un ami.

Il était reconnaissant envers le colonel pour son aide, même si ce dernier n'avait pu se montrer explicite au téléphone. L'important était qu'il l'ait branché sur Cade.

Une heure plus tard, ils s'approchaient de Levitt Hill, où Cade Palmer, un de ses vieux potes du SDDU, avait acheté un chalet, un an auparavant. Avec plusieurs membres de l'équipe, Reid avait participé à l'ouverture de la chasse lors de la dernière saison. Comme ils étaient tous d'excellents tireurs et ne considéraient pas la chasse au fusil comme un véritable défi, ils avaient choisi de s'armer d'arcs et de flèches. Malgré cela, ils avaient pu offrir de grandes quantités de gibier aux foyers de déshérités de la région. Ceux qui étaient mariés n'avaient pas eu le droit d'amener leur « biche », surnom que donnaient ces braves chasseurs à leur épouse.

Reid jeta un coup d'œil à Lara. S'ils avaient été ensemble à l'époque, non seulement elle aurait été heureuse de voir son cerf de dix cors, mais la bouchère qu'elle était l'aurait vidé, dépouillé et débité pour lui. Selon ses standards, elle était une femme d'exception. Il n'avait jamais rencontré mieux. A la prochaine saison de chasse, Cade et les autres n'auraient qu'à aller se faire voir.

Se rendant soudain compte de ce qu'il venait de penser, il se raidit. Elle ne serait pas avec lui l'automne prochain. Cette perspective lui fit l'effet d'un crochet à l'estomac.

Et merde.

Il l'avait mérité. Bien avant le danger actuel dans lequel il l'avait plongée, il l'avait déjà meurtrie — certes sans le vouloir, mais sans mesurer l'ampleur des dégâts.

— A Hopeville, il y a deux ans..., commença-t-il.

Il fut bien en peine de poursuivre sa phrase. Il n'était pas homme à parler de ses sentiments. En éprouvait-il seulement ? Il avait plus de facilité à remplir une mission de déminage qu'à discuter à cœur ouvert avec une femme. Mais Lara méritait qu'il lui dise la vérité.

— Ça n'a pas été juste un moment agréable passé avec toi. J'étais sincère à chaque instant.

Voilà. C'est dit. Maintenant fais-en ce que tu veux.

Elle lui jeta un regard hébété, puis secoua la tête.

— Je ne peux pas réfléchir à tout cela maintenant. Récupérons d'abord les jumeaux. Ensuite, nous pourrons parler.

Ouf ! songea-t-il. Elle ne voulait pas en discuter.

— Comme tu voudras, se hâta-t-il de répondre de peur qu'elle ne change d'avis.

On ne savait jamais, avec les femmes. Mais lorsqu'elle

rouvrit la bouche après quelques minutes, ce fut pour aborder un tout autre sujet.

— Où as-tu appris le métier de boulanger ?

Peut-être était-ce pour se distraire, ou parce qu'elle aussi se remémorait cette courte semaine où ils s'étaient connus, deux ans plus tôt.

Ils avaient du temps devant eux, et elle avait besoin de se changer les idées, aussi décida-t-il de lui répondre, même s'il ne se souvenait pas de la dernière fois où il avait évoqué des détails de sa vie personnelle devant quelqu'un, y compris ses potes du SDDU.

— Mon grand-père était un boulanger anglais traditionnel. J'étais très jeune quand il est mort. Pour garder sa mémoire vivante, ma mère et moi réalisions chaque dimanche l'une de ses recettes. Je pensais que c'était le sommet de l'indignité pour un garçon. J'aurais préféré jouer au ballon dehors, avec mes amis. Mais ma mère était très abattue… Au début, pour lui faire plaisir, j'ai fait semblant d'aimer ça. Puis le métier est entré en moi, petit à petit.

Reid marqua une pause pour doubler un camion, et poursuivit :

— Durant mes années de lycée, je travaillais à temps partiel dans la boulangerie locale. Je voulais mettre de l'argent de côté pour payer mes études supérieures. Malheureusement, j'ai été renvoyé de l'université de Pennsylvanie suite à quelques bagarres violentes. Je me suis alors engagé dans l'armée, où l'on m'a affecté aux cuisines. A mon retour à la vie civile, j'ai fait diverses choses.

Sur lesquelles il préférait ne pas s'attarder.

— Bref, quand j'ai été chargé de cette mission secrète à Hopeville, nous avons cherché de possibles couvertures. Il y avait cette boulangerie fermée, située presque en face de l'armurerie de Jimmy Sparks, dans le secteur commerçant. C'était idéal. Parfait pour garder un œil sur lui et voir qui entrait et sortait.

— Tu te souviens de ces rouleaux croustillants dont tu m'as montré un jour la recette ? demanda Lara d'un ton paisible.

Il hocha la tête.

— J'en fais toujours.

Quelque chose remua dans sa poitrine : une étrange émotion, semblable à celle qui l'avait saisi lorsqu'elle lui avait appris qu'elle allait toujours sur sa tombe. Il éprouvait pour elle une puissante attirance, à la fois physique et émotionnelle, à laquelle il lui était de plus en plus difficile de résister. Heureusement qu'un peu plus tôt il avait arrêté sa décision : il ne se passerait rien entre eux. Le peu qu'il pouvait lui donner n'était pas ce dont elle avait besoin. Il avait déjà brisé les règles une fois avec elle. Récidiver serait d'un égoïsme impardonnable.

— Si tu me parlais de cet Allen, ton petit ami ?

Il grimaça en voyant son beau visage s'assombrir.

— Tu penses qu'il va bien ? demanda-t-elle avant de se mordre les lèvres. S'il devait lui arriver quelque chose… Il est étranger à toute cette histoire. Je ne pourrais pas me le pardonner.

Elle déglutit avec peine et détourna le regard.

Bon sang ! Avec tout ce qui s'était passé, il avait oublié de lui communiquer la nouvelle.

— Il n'a rien, rassure-toi. J'ai reçu un appel juste avant de revenir à la maison, après la disparition des jumeaux et l'agression de Ben. Ça m'était sorti de la tête, je te demande pardon.

Il eut un haussement d'épaules un peu forcé.

— Ce type, il compte pour toi ?

— Allen n'a rien ? Oh ! Comme je suis soulagée.

Lara se laissa aller contre son dossier, serra un moment les paupières, et prit une profonde inspiration.

— C'est un garçon charmant. Nous nous connaissons à peine.

Il ignorait comment il l'aurait pris si elle lui avait dit qu'elle était amoureuse de lui. Il se les représenta ensemble, imagina Allen dans le rôle de l'amant, du « beau-père » des jumeaux, et la bouffée de rage qui le saisit lui donna presque le vertige.

— Eh bien, il se porte comme un charme.

Elle avait besoin d'entendre quelque chose de positif, même s'il était loin d'être aussi soulagé par la nouvelle qu'elle semblait l'être de son côté.

Durant le reste du trajet elle demeura plongée dans ses réflexions. Il la laissa tranquille. La plupart des sujets de conversation étaient comme un champ de mines entre eux. Une fois devant le chalet, il la laissa dans la voiture et transporta la glacière jusqu'à un 4x4 qui les attendait.

— Je te suis très reconnaissant pour ce que tu fais, dit-il à Cade en lui remettant la glacière.

— T'as intérêt. Je ne risquerais pas la cour martiale pour n'importe qui.

— Tu ne la risques pas, gros bêta. Tu as pris ta retraite de l'équipe.

— Exact, admit Cade en souriant. Le chalet est ouvert. Faites comme chez vous. Vous pouvez vous y reposer avant de repartir. Une voiture est à votre disposition, à cent mètres d'ici sur la piste qui remonte vers le nord. Le plein est fait. Mais en un délai aussi court, je n'ai pas trouvé de blindée.

— Ça ira très bien. Merci, vieux.

— Ne dis rien à personne. Sérieux. Bailey va m'écorcher vif si elle apprend que j'ai replongé. Elle ne m'a toujours pas pardonné la partie de chasse. Elle tente de me convaincre d'épargner les animaux et de les relâcher après la chasse, l'année prochaine.

Reid en resta interdit quelques secondes.

— Pour quoi faire ? Elle veut que tu donnes les premiers soins aux cerfs ? Relâcher les prises ne marche que pour les poissons.

Cade leva les yeux au ciel.

— Les femmes… Elles sont un véritable mystère pour moi.

Elles en étaient un pour Reid aussi. Mais si les hommes avaient souvent tendance à jouer les machos entre eux, il voyait l'amour briller dans les yeux de son ami. Il était évident que non seulement il était prêt à abandonner la chasse pour son épouse, mais que c'était avec joie qu'il aurait cessé de respirer et échangé sa vie contre la sienne, s'il en était besoin.

— Le fait que tu m'aides ne veut pas dire que tu as repris du service, précisa-t-il. C'est exceptionnel.

Leur métier était dangereux, et Reid n'avait pas du tout l'intention d'y faire replonger Cade.

— Je sais. Crois-moi, mon pote, les hormones de grossesse sont un truc effrayant. Plus vite ce gosse viendra au monde, mieux je me porterai.

Reid tourna les yeux vers sa voiture, où Lara patientait, la nuque calée sur l'appuie-tête, les yeux fermés. Il avait raté toute sa grossesse. Cela dit, c'était plutôt un soulagement.

Il ne comprit pas d'où lui vint cette grosse boule d'émotion dans sa poitrine.

— D'un autre côté, reprit Cade, si l'on considère le miracle que c'est, le prix à payer est vraiment dérisoire.

— En ce qui me concerne, je ne suis impliqué que le temps qu'il faudra pour récupérer les gosses, expliqua Reid. Ensuite je partirai. Loin. Je ne serais rien de bon pour eux. C'est mieux pour tout le monde que nos chemins se séparent.

Cade lui adressa un regard dubitatif, mais ne dit rien.

Si Lara avait cru qu'ils passeraient la journée à regarder s'écouler les heures sans rien faire, elle s'était trompée.

En un rien de temps, Reid avait transformé le chalet en

un centre d'opérations stratégique. Les coups de fil de ses amis se succédaient.

Jason Wurst avait été arrêté. Apparemment, le FBI avait été informé de son petit arrangement avec la clinique, où des agents procédaient en ce moment même à une recherche d'indices. Carly téléphonait à intervalles réguliers, avec des explications pour chaque nouveau fichier du CD décrypté. Un autre ami se baladait en voiture autour du vieux pont, prenait des clichés et les leur envoyait. Ils eurent même droit à des photos prises par satellite. En les recevant, Reid avait arboré un large sourire et marmonné quelque chose comme : « Merci, colonel. »

Entre les divers coups de fil, il étudiait les cartes comme pour les mémoriser. Et vérifiait ses armes.

— J'en veux une, dit Lara, d'un ton ferme. Je veux que tu m'apprennes comment m'en servir.

Il leva les yeux de son travail.

— Tu es sûre ?

Alors qu'elle s'attendait à une résistance, son accord spontané, sa foi en elle, furent très réconfortants. Mais elle s'en méfiait. Elle ne voulait rien ressentir pour lui. C'est à cause de lui qu'elle était dans cette horrible situation, à cause de lui que ses bébés étaient en danger. Mais il lui était de plus en plus difficile d'entretenir cette colère latente envers lui quand elle voyait le mal qu'il se donnait pour sauver Zak et Nate.

Il fallait néanmoins qu'elle maintienne érigé le mur qu'elle avait dressé entre eux. Alors peut-être pourrait-elle lui pardonner. Rien de ce qui arrivait n'était le fruit de sa volonté. Mais elle ne pouvait aller plus loin. Elle ne devait pas l'aimer, ni avoir besoin de lui. Et encore moins le désirer. Dès qu'il aurait récupéré les enfants, il s'en irait. Il avait été très clair sur ce point. Et bien sûr, c'était ce qu'elle voulait, elle aussi. Croix de bois, croix de fer.

Qui avait besoin de tout ce danger, de tout ce chamboulement, de toute cette tension nerveuse ? Pas elle en tout cas. Elle ne rêvait que de calme et de sécurité.

Reid prit un petit pistolet dans le sac.

— Très bien. Regarde. Voici comment ça se charge.

Il glissa des cartouches dans le magasin.

— Pour lever la sécurité, tu fais comme ça.

Ça ne semblait pas trop compliqué. Et le fait qu'elle veuille apprendre à se servir d'une arme — ce qui pouvait lui être utile dans un proche avenir — ne signifiait pas qu'elle se laissait contaminer par son mode de vie.

Reid lui tendit le pistolet chargé et se leva.

— Voyons si tu peux toucher quelque chose.

Ils se rendirent derrière la cabane. Il ramassa un caillou et la posa sur un empilement de bûches. Puis il revint vers elle et se plaça à ses côtés tandis qu'elle levait l'arme.

— Aligne bien ta cible. Bloque les genoux et les coudes. N'attends pas trop. Plus tu attends, plus tes bras risquent de trembler. Lève, vise, tire.

Elle baissa les bras, puis leva de nouveau le pistolet, fixa le caillou et imagina l'homme cagoulé qui s'emparait de ses enfants pendant que son complice la ligotait. Elle pressa la détente. Le caillou vola en l'air.

Reid posa une main sur son épaule.

— Waouh, impressionnant. Tu es une tireuse-née.

Il lui sourit, une admiration non feinte dans le regard.

Elle lui rendit son sourire. Elle se sentait mieux, comme si pour la première fois elle avait une sorte de contrôle sur les événements. Elle pouvait désormais se battre pour ses fils, et ne s'en priverait pas. Cette fois, elle était certaine que Reid ne lui demanderait pas de rester derrière.

Elle aima la petite pointe de confiance que lui procurait la découverte de cette compétence. Même si, quelque part au fond d'elle-même, elle devait bien admettre qu'elle n'aurait pas refusé un apprentissage plus poussé. Reid n'avait même pas eu l'occasion de glisser ses bras autour d'elle pour l'aider à bien viser.

Surprise par cette pensée, elle battit énergiquement des paupières. Depuis quand voulait-elle se faire enlacer par Reid Graham ?

— Je ferais mieux de tirer quelques autres cartouches, dit-elle pour chasser ces idées farfelues de son esprit.

Cette fois, il aligna dix cailloux.

Elle rata le premier, toucha les quatre suivants, en rata un autre, et finit la rangée.

— Hé, tu vises vraiment juste !

— C'est la raison pour laquelle j'ai toujours mes dix doigts, répliqua-t-elle. Dans mon métier, on a intérêt à viser droit quand on manipule un couperet.

— Je n'avais pas pensé à cela, avoua-t-il, avant de la gratifier d'un sourire resplendissant. La coordination entre l'œil et la main est une belle chose, ajouta-t-il.

Il leva la main et, du pouce, lui caressa la joue.

Leurs regards se rivèrent l'un à l'autre, et elle fut incapable de bouger tandis qu'il baissait la tête vers elle.

— Idem pour la coordination entre une bouche et une autre, dit-il avant de l'embrasser.

Pleinement. Avec une application toute militaire.

L'esprit de Lara était aussi embrumé qu'une prairie écossaise par un froid matin d'automne.

— Oh ! balbutia-t-elle lorsqu'il s'écarta. Mais pourquoi ?

— Si tu savais l'effet que produit sur un homme le fait de voir une femme tirer comme un héros de western.

L'effet que produit sur un homme…

Elle prit une inspiration saccadée et rassembla ses esprits. D'accord, elle éprouvait encore pour lui un peu d'attirance, mais ils n'avaient pas besoin de pousser les choses plus loin. Retomber dans le sexe sauvage avec lui serait la chose la plus stupide à faire.

— Tu prends des risques, déclara-t-elle en baissant les

yeux vers le pistolet. Et si je n'avais pas aimé ce que tu viens de faire ?

— J'ai compté les cartouches, au cas où.

Et il l'embrassa de nouveau.

Maudit soit-il, songea-t-elle.

Il avait toujours réponse à tout.

Elle l'avait laissé l'embrasser. Et plus d'une fois, de sorte que ni l'un ni l'autre ne pouvait prétendre que ç'avait été un accident. Quant à savoir comment l'interpréter, Reid n'en avait pas la moindre idée.

Qu'est-ce qui n'allait pas chez lui ? Bon sang de bonsoir ! Pourquoi avait-il fallu qu'il l'embrasse ?

Lara lui avait posé la même question, bien qu'en termes plus civils. Il lui avait donné une réponse désinvolte, qui camouflait l'émoi que ce baiser avait provoqué en lui.

Il avait mis sur le compte de la surprise celui qu'il lui avait donné avant de filer hors de la maison sécurisée. Après Hopeville, il ne s'était pas attendu à la revoir un jour. Elle l'avait pris totalement au dépourvu en étant plus belle encore que dans son souvenir, en devenant cette femme éblouissante.

Petite erreur de jugement. C'était censé être la fin de l'histoire.

Il n'aurait pas dû récidiver. Lorsque l'affaire serait terminée, il partirait. Il tâcha d'imprimer cela dans sa mémoire tout en consultant le dernier fichier envoyé par Carly. De son côté, Lara réchauffait la nourriture que Cade leur avait laissée.

— Tu as de très bons amis, dit-elle. Des membres de ton équipe ?

— Nous ne travaillons pas vraiment en équipe.

Les soldats du SDDU opéraient principalement en solo. Les informations relatives à leurs missions ne pouvaient être transmises qu'en cas d'absolue nécessité. Reid ne connaissait même pas les autres membres de l'unité, en dehors de ceux croisés à l'entraînement, au bureau du colonel, ou lors de rares missions conjointes.

Il devait cependant le reconnaître, Cade et Carly se pliaient en quatre pour l'aider. Des convictions qu'il croyait inébranlables se réorganisaient dans sa tête. Lara et les jumeaux lui faisaient voir les choses d'une façon nouvelle. Il s'était toujours considéré comme un guerrier solitaire, ce qui lui convenait parfaitement. Il préférait qu'il en soit ainsi.

Mais Lara avait raison. Le SDDU était beaucoup plus qu'une unité spéciale de professionnels qui opéraient de façon indépendante et effectuaient des missions secrètes partout dans le monde. Quelque chose les unissait, un lien beaucoup plus solide qu'il ne l'avait soupçonné.

Il détestait les liens. Ils étaient le meilleur moyen pour blesser les gens ou être blessé soi-même, pour faire capoter une mission de première importance. Les soldats comme lui devaient être capables de ne compter que sur eux-mêmes, quelles que soient les circonstances.

Sauf que cette fois il avait tendu la main.

En cet instant précis, avoir Cade, Carly et même Lara à ses côtés lui faisait se sentir plus fort.

— Reid ?

Il leva les yeux de l'ordinateur et chassa illico cette dernière pensée.

— Je te suis reconnaissante de m'aider.

— Ce sont mes enfants aussi.

Le fait de le dire lui semblait si étrange…

— Mais même s'ils ne l'étaient pas, je le ferais.

— Nous allons les récupérer cette nuit, n'est-ce pas ? Tout sera alors terminé, et les choses redeviendront comme elles étaient avant.

Elle était légèrement penchée sur sa casserole, des mèches de ses cheveux soyeux lui retombaient sur le visage, et les courbes admirables de son corps étaient soulignées par la lumière du feu à travers la fenêtre du poêle.

« Comme elles étaient avant »…

Elle, avec ses enfants à Hopeville. Lui, dans une fausse vie, très loin d'elle, en totale immersion dans une mission secrète et dangereuse. Bon Dieu, ce tableau lui brûlait l'estomac comme de l'acide.

— Bien entendu, Lara.

Elle lui sourit, d'un sourire qui lui réchauffa le cœur.

— Nous formons une bonne équipe, n'est-ce pas ?

Il y avait quelque chose dans ses yeux…

Sans l'ombre d'un doute, il sut que c'était là que résidait le danger pour tous les deux. Ils ne *pouvaient pas* replonger dans un souvenir d'ordre sentimental. Ils ne *pouvaient pas* faire semblant de croire que, s'ils cédaient à la tentation, cela les conduirait cette fois quelque part.

— Ce qui se passe en ce moment entre nous…

Il s'interrompit, avant de terminer :

— Ne le surestime pas, OK ?

L'avertissement s'appliquait aussi bien à lui.

— Pour récupérer tes bébés, ajouta-t-il, tu te serais alliée avec le diable.

Il essayait de la décourager, même s'il ne pensait qu'à une chose : l'embrasser.

Elle le considéra un long moment, le regard compréhensif, puis son sourire disparut, remplacé par une expression songeuse.

— Peut-être bien, murmura-t-elle.

Il jura entre ses dents. La partie raisonnable de son être lui hurlait de garder entre eux une distance de sécurité. L'autre voulait la prendre dans ses bras, exigeait de savoir quel mal il y avait à l'embrasser encore une ou deux fois, voire plus.

Au moins aurait-il quelques souvenirs à emporter lorsque le moment serait venu de la quitter.

8

Le poêle à bois ronflait dans l'unique pièce du chalet, grâce aux bûches dont Cade s'était constitué une solide réserve à l'arrière de la construction. Une petite cuisine occupait le devant, et le poêle servait autant pour le chauffage que pour les repas. Un lit était accolé au mur du fond. Il restait néanmoins assez de place pour les cinq ou six lits de camp qu'elle avait vus repliés dans un appentis.

Sur le côté de cet appentis se trouvaient les cabinets extérieurs. Etant donné les températures hivernales, il n'était pas aussi infesté par les araignées qu'elle l'aurait cru. Heureusement ! Le sang ne la dérangeait pas. Mais ces horribles bestioles lui faisaient se dresser les cheveux sur la tête, faiblesse qu'elle cachait autant qu'elle le pouvait devant les enfants.

Elle ne voulait pas que Zak et Nate aient peur de quoi que ce soit, par conséquent elle devait montrer l'exemple.

Quelle sorte d'exemple serait leur père s'il entrait dans leur vie ? Cette question la perturba tandis qu'elle se dirigeait vers les toilettes, profitant de ce qu'il faisait encore jour. Lorsqu'elle eut fini, elle regagna le chalet pour se laver un peu. Une bassine d'eau attendait sur la table de la cuisine. Elle en avait déjà utilisé une partie pour la vaisselle.

Reid était allongé sur le lit, tout habillé.

— J'ai déjà fait ma toilette. Cette eau propre est pour toi, dit-il en se tournant vers le mur.

Mal à l'aise, elle considéra un moment son dos. Se

déshabiller ou pas, telle était la question. L'ignorer était impossible. La conscience de sa présence dans la pièce lui donnait des picotements sur tout le corps.

Idiote, idiote, idiote…

Certes, il restait un peu d'attraction physique entre eux et ils formaient une bonne équipe, mais en dehors de cela, il n'y avait rien. Il le lui avait bien fait comprendre. Une colère qui commençait à lui être familière grandit en elle. Bien. Au moins était-elle sûre de cette émotion-là lorsqu'elle se trouvait proche de lui.

Elle ôta son manteau. Retira son gros pull. Hésita pour le T-shirt à manches longues. Puis elle se rappela qu'elle n'avait pas pris de douche depuis deux jours. Elle l'enleva, puis ce fut le tour du soutien-gorge. Elle frotta le haut du corps aussi vite qu'elle le put, et se rhabilla à la vitesse de la lumière. Posant ensuite la bassine sur le sol, elle ôta tout ce qui se trouvait sous sa taille et lava le reste, prenant soin de ne pas mouiller ses pansements aux chevilles et aux poignets.

Sa toilette terminée, elle emporta l'eau dehors, faillit la verser devant la porte mais se ravisa : au matin elle serait gelée. Elle la vida donc sur le côté de la cabane, là où personne ne glisserait dessus. Puis elle regagna l'intérieur et verrouilla la porte derrière elle.

Reid avait éteint le générateur, mais le feu dans le poêle éclairait assez la pièce pour qu'ils n'aient pas besoin du plafonnier. Il était toujours sur le lit, le dos tourné.

Elle s'approcha d'un pas hésitant.

— Je dors où ?

Il se rapprocha du mur, lui laissant une largeur de quarante centimètres tout au plus sur le matelas.

Elle regarda le sol. Froid et dur. Elle se rappela les lits de camp dans l'appentis. Brrr, ils devaient être glacés. Et cet endroit était sans doute la résidence d'hiver de toutes les araignées du comté.

— Nous allons nous reposer deux heures, et nous reprendrons la route vers 23 heures. Cela devrait nous amener à l'heure fixée au pont, répondit-il sans se retourner.

Elle s'assit sur le bord du lit. Le matelas gardait encore la chaleur de son corps. Elle ignora le frémissement de désir qui naquit dans son ventre.

— Et si nous ne nous réveillons pas ?

— Je me réveille toujours.

— Tu ne crois pas que tu devrais mettre quand même l'alarme de ton portable ?

Il sortit l'appareil et fit ce qu'elle lui demandait.

— Tes désirs sont des ordres. Cesse de t'inquiéter.

Excellent conseil. Si seulement elle pouvait le suivre. Elle s'allongea sur le flanc, le dos contre le sien, mais sans décoller les pieds du sol. Ce n'est qu'une fois habituée à cette position qu'elle les releva. Ils demeurèrent ainsi, immobiles dans l'obscurité, écoutant la respiration l'un de l'autre. Puis elle sentit le matelas bouger tandis qu'il s'étendait sur le dos derrière elle.

— Tu te rends compte que nous avons deux enfants ensemble, et que c'est la première fois que nous couchons dans le même lit ?

Si cette remarque était censée la détendre, c'était raté.

— Ne prends pas tes espoirs pour des réalités, répondit-elle d'un ton sec.

Il laissa échapper un petit ricanement.

— Ce ne sont pas mes espoirs que tu appréciais par le passé.

Elle piqua aussitôt un fard. Elle était à la fois la mère de deux bébés et une bouchère aguerrie qui maniait le couperet comme personne. Elle détestait rougir ainsi comme une gamine. Heureusement, Reid ne voyait pas son visage.

— J'ai fantasmé sur toi dès l'instant où je t'ai vue, avoua-t-il avec un soupir de mâle frustré.

Ses joues lui brûlaient encore, pourtant Lara ne dit rien pour le faire taire.

— J'étais allé voir qui j'avais comme voisin. J'ai découvert que c'était une voisine. Le dos tourné, tu fourrais de la viande dans un hachoir industriel, avec ce petit tablier rouge noué sur ta taille mince… et plein de formes voluptueuses au-dessus et au-dessous. Seigneur…

Il fit claquer sa langue.

C'était comme de pénétrer dans un univers de rêve. Une pin-up de magazine manipulant une machine infernale.

— Si tu cherches à te moquer de moi…

— Tu avais relevé tes cheveux sur la nuque, et le soleil qui tombait par la fenêtre touchait la tendre courbure de ton cou. Un homme aurait donné n'importe quoi pour y presser les lèvres. Nom d'un chien, j'étais prêt à sauter par-dessus le comptoir !

— Tu ne l'as pas fait.

— Tu t'es retournée.

— Et tu as été déçu ?

Elle s'arma de courage pour affronter sa réponse.

— Oui.

Elle replia les bras sur sa taille. Quelle importance ce qu'il pensait d'elle, après tout ?

— Tu étais beaucoup trop jeune. Je me suis dit que je ne devais pas m'approcher de toi.

Il eut un petit rire peiné.

— Nous savons l'un comme l'autre combien de temps ça a duré. Je regrette, Lara.

Elle sentit une main chaude se poser sur son bras, juste sous son épaule.

— Que regrettes-tu, exactement ? demanda-t-elle.

Elle était un peu désappointée, parce que pour sa part elle ne regrettait rien.

Il réfléchit quelques minutes avant de lui donner sa réponse :

— Difficile à dire. Pas la partie sexe, c'est certain. Et ma disparition était totalement indépendante de ma volonté. En fait, ajouta-t-il, la voix grave, je regrette de n'avoir pas été quelqu'un d'autre, le genre de type qui aurait pu rester et te mériter.

Ce fut comme si son cœur fondait dans sa poitrine. Elle eut toutes les peines du monde à retrouver sa colère.

— Zak et Nate ne sont pas des erreurs.

— Non.

Les lèvres de Reid vinrent effleurer la zone sensible de sa nuque.

— C'est ici que dansait le soleil ce jour-là, murmura-t-il, avant de reposer sa bouche sur sa peau.

Un délicieux frisson se propagea jusqu'aux orteils de Lara. Il fallait regarder les choses en face : si au cours des deux dernières années elle avait grandi et mûri, elle restait désarmée devant cet homme, même si ce qu'il était en train de lui faire ne signifiait rien de particulier. Au mieux, il cherchait à la réconforter.

— Tu as coupé tes cheveux, dit-il, son haleine tiède effleurant sa joue.

Une onde électrique lui descendit le long de l'échine.

— C'est mieux que de devoir les attacher tout le temps ou de porter un filet.

— Je t'ai toujours trouvée sexy avec un filet.

— Tu devais être distrait par toutes ces machines dont je me servais, observa-t-elle avec un sourire contrit. Un filet à cheveux, c'est moche et ça ne va avec rien.

— Bah, s'il est sexy, une femme a-t-elle besoin d'autres vêtements ?

Le timbre de sa voix était devenu très grave, si grave qu'elle eut de nouveau envie de s'abandonner à ses bras.

Elle se ressaisit et bloqua sa respiration. Rien de bon ne pouvait sortir d'une telle situation. Sa première idée fut de s'enfuir, mais pour aller où ?

Elle devait lui faire face. Aussi se retourna-t-elle lentement, cherchant sa colère au fond d'elle. Celle-ci, hélas, semblait de plus en plus difficile à trouver.

— Est-ce que tu es sérieux ? Je me trompe ou tu es en train de me draguer ? Tu veux que nous couchions ensemble, c'est ça ? Tu n'as donc rien appris ?

— Apparemment non.

Il prit une longue inspiration, qui souleva son torse de la plus troublante des façons. Puis il l'attira contre lui et s'empara de ses lèvres.

Cette fois, c'était juré, elle allait se battre. Bec et ongles.

Elle se laissa happer par ce baiser, par sa chaleur, par le réconfort que lui offrait le contact de son corps. Elle se laissa glisser dans l'ivresse agréable de l'oubli.

Elle allait se battre… Bientôt. Dans une seconde.

Mais le baiser se poursuivit un long, très long moment avant qu'elle ne parvienne, tant bien que mal, à rassembler ses esprits.

— Non, dit-elle en le repoussant enfin. Ça n'arrivera pas.

— Pourquoi ?

— Parce que je l'ai décidé.

Elle haussa un sourcil, l'air indigné, et pria pour qu'il ne comprenne pas qu'elle ne faisait que jouer la comédie, qu'il suffisait de trois fois rien, un simple contact, un doigt glissé sur sa peau à vif, pour lui faire sauter le pas.

— Je préférais de beaucoup quand tu étais timide et innocente.

— Est-ce ainsi que tu te souviens de moi ?

— Oui.

Le feu dans le poêle se reflétait dans ses yeux, qui avaient pris une teinte sombre et mordorée dans cette lumière particulière.

— Mais je me rappelle surtout combien tu étais chaude, et combien tu m'as rendu fou de désir. Mon tablier de boulanger a été une bénédiction. Il dissimulait ma réaction d'homme, si tu vois ce que je veux dire.

Il esquissa un sourire malicieux.

Les joues de Lara s'enflammèrent de nouveau. Au moins son visage était-il dans l'ombre. Il lui fallut deux secondes pour se ressaisir.

Ne pense pas à ce tablier coquin. Concentre-toi sur quelque chose de sérieux. Pense à ta famille.

— Je n'ai jamais été timide. J'ai hérité du tempérament de Granny Jordan. « Fais ce que tu dois faire », c'était sa devise.

— Plus j'en sais sur elle, plus je l'aime.

Ces mots réchauffèrent le cœur de Lara, parce que sa grand-mère avait eu pour elle beaucoup plus d'importance que n'importe quel autre membre de sa famille.

— J'ignore ce qu'elle aurait pensé de toi, répondit-elle.

— Sans doute pas beaucoup de bien.

Son expression se rembrunit, et il reporta son regard sur le feu, derrière elle.

— Après tout ce que j'ai fait… Quelquefois, on avance sur un chemin sans deviner à quel point il est profond. Et lorsqu'on s'en aperçoit, on est déjà allé si loin qu'on ne voit plus les autres chemins que l'on aurait pu prendre. Faire demi-tour devient alors impossible.

Quelque chose dans la voix de Reid serra le cœur de Lara et lui donna envie de le toucher. Elle ne le fit pas. Un long silence s'établit entre eux.

— Tu n'es pas non plus l'homme dont je me souviens, dit-elle enfin.

Il inspira lentement, puis, comme s'il voulait chasser de son esprit cet instant de mélancolie, esquissa un sourire.

— Je suis plus beau et plus large d'épaules ?

Elle se fit violence pour ne pas lui rendre son sourire.

— Dans mon souvenir, dit-elle, tu étais une sorte de

gentil géant. Un corps d'enfer, des tatouages d'enfer, une moto d'enfer, et un talent inné de boulanger pâtissier.

Il laissa échapper un ricanement bas.

— Si seulement…

— Je ne t'ai jamais vu manipuler quelque chose de plus dangereux qu'un fouet électrique.

Au point où elle en était, autant lui dire toute la vérité, aussi embarrassante soit-elle.

— J'ai toujours pensé que si tu avais vécu, nous serions tombés amoureux l'un de l'autre, nous nous serions mariés, et aurions élevé ensemble les jumeaux. Dans mes rêves, tu étais un vrai papa gâteau.

Une lueur d'intérêt brilla dans le regard de Reid.

— Tu rêvais de moi ?

— Oui, non. Je veux dire, du père que tu aurais été.

Elle crispa les lèvres et baissa les yeux. Seigneur, les rêves qu'elle faisait de lui… Même sous la torture, elle ne les raconterait pas.

— Hum.

— Tu sais, le fait que nous tenions tous les trois sur ce lit, toi, moi et ton ego, est un véritable miracle.

Elle lui tourna le dos avant de trop lire de choses sur son visage.

Il l'attira contre son ventre, et garda un bras autour de sa taille.

— J'ai beaucoup rêvé de toi, lui confia-t-il à l'oreille, de cette voix de mauvais garçon qui la rendait folle.

Une chaleur sournoise se concentra à la jonction de ses cuisses.

Sa main glissa vers son nombril. Le feu qui couvait en elle se réveilla. Il lui mordilla le cou, juste sous l'oreille. Et ce fut soudain comme si ces deux années n'avaient jamais existé.

Attention, attention ! Dirigez-vous immédiatement vers

l'issue de secours la plus proche ! lança une voix alarmiste quelque part au fond d'elle.

Mais sa conscience n'en eut cure.

Dans son esprit, ils étaient de retour dans la boulangerie. Son odeur, le goût de ses lèvres, la façon dont, d'un simple contact, il déclenchait l'incendie dans son ventre, étaient les mêmes. Et lorsqu'il la fit pivoter pour qu'elle soit face à lui, elle ne résista pas.

— Nous devrions nous reposer, marmonna-t-il contre sa bouche.

Chaque mot était une caresse.

— Je suis trop tendue pour dormir.

— Je sais comment faire pour te détendre.

Un vrai macho. Irrécupérable. Mais elle ne parvenait pas à le détester pour cela. Où était donc sa colère quand elle en avait besoin ? Quand l'avait-elle abandonnée ? Sans elle, elle se sentait nue, sans défense… même si son corps la suppliait d'être mis à nu.

Reid prit ses lèvres, avec douceur mais sans retenue, le corps collé au sien. Son érection était impossible à ignorer.

Combien de fois avait-elle fait ce rêve ? Cent, deux cents ? Pour, hélas, se réveiller frustrée le matin. Frustrée d'abord, puis le cœur brisé au souvenir du coup de fil du chef des pompiers, l'informant que leurs deux commerces avaient brûlé, et qu'un corps calciné avait été trouvé dans les ruines de la boulangerie.

Mais elle savait à présent que ce n'était pas Reid. Celui-ci était vivant, si vivant dans ses bras. Et tandis qu'à un certain niveau elle demeurait blessée et outragée par les mensonges qu'il lui avait servis, à un autre elle éprouvait un indicible soulagement. Sans parler de celui de la concupiscence. Incroyable. Elle avait en elle plus de niveaux qu'un parking souterrain. Si elle avait eu deux sous d'intelligence, elle aurait écouté la petite voix, dans sa tête, qui l'adjurait de chercher sans plus attendre une issue de secours.

Au lieu de cela, elle se serra davantage contre lui et se perdit dans son baiser.

Le petit soupir de capitulation qui se produisit au fond de la gorge de Lara lui fit presque perdre tout contrôle. La force de son désir l'aveuglait. Mais pas assez pour qu'il oublie qui était entre ses bras et ce qu'une perte de contrôle pouvait avoir comme conséquence pour elle.

Inutile de se voiler la face : ce qu'il faisait était mal. Même si c'était très agréable, même si cela devait constituer un merveilleux souvenir qu'il pourrait sortir de sa boîte pendant une nuit d'hiver froide et solitaire.

— Désolé, mais je vais devoir arrêter, marmonna-t-il contre ses lèvres. Dans un petit instant.

Un dernier baiser ne pouvait pas faire de mal. Ce n'était pas seulement pour lui. Il fallait qu'elle s'ôte de la tête tous les problèmes qui leur étaient tombés dessus. Elle avait besoin de se détendre un peu.

Oui, c'est cela, une mission humanitaire, ironisa sa conscience.

Mais le grondement de son corps affamé occultait toute autre voix dans son cerveau.

Le T-shirt à manches longues de Lara vola au-dessus de sa tête avant qu'il ne sache ce qu'il faisait. Le soutien-gorge tout simple, en coton, qu'elle portait dessous n'avait pas besoin de fioritures pour mettre en valeur ce qu'il cachait.

Tant de sang affluait vers le bas de son ventre que Reid en eut un léger vertige. Il pressa son visage sur le doux vallon entre ses seins, espérant retrouver son souffle. Sauf que lorsqu'il tourna la tête de côté, ses lèvres effleurèrent un téton échappé par accident — du moins le crut-il — et il perdit complètement la faculté de respirer.

Puis, sans qu'il ne le décide, le téton fut dans sa bouche, et il découvrit qu'il était aussi délicieux que dans son souvenir.

Jamais il n'avait désiré une femme comme il désirait Lara Jordan. Ni deux ans plus tôt, ni aujourd'hui. Et aller plus loin était une aussi mauvaise idée qu'à l'époque.

Pire, même.

Il devait donc arrêter. Immédiatement.

Mais sa main droite, qui s'avançait vers l'autre sein, semblait avoir raté cette partie du sermon.

OK. Un baiser de séparation, puis basta. Il releva la tête et chercha ses lèvres. Dès qu'il les trouva, elle gémit dans sa bouche et il en oublia que les baisers de séparation étaient mieux quand ils étaient courts et tendres.

Et puis zut. Qui avait établi cette règle, d'abord ?

Si un baiser est tout ce que tu dois obtenir, tu en auras pour ton argent, décréta une voix insistante, très insistante, au fond de lui. Pas celle de la raison, en tout cas. Alors, tandis que ses lèvres étaient occupées, ses mains en profitèrent pour entrer en action. La chose suivante qu'il remarqua fut que le soutien-gorge avait disparu. Le sous-vêtement et sa propre chemise devaient s'être alliés pour filer à l'anglaise, car ses tétons durcis se pressaient contre son torse d'une façon terriblement excitante.

Il baissa les yeux une fraction de seconde. Waouh. Des seins superbes. Peau nue contre peau nue.

— C'est une très mauvaise idée, n'est-ce pas ? demanda-t-elle, le regard tendre, la mine un peu perdue.

— Nous sommes adultes. Dans une situation de semi-nudité. En total contrôle de nous-mêmes. Ce n'est pas un délit.

Il sentit ses mains s'affairer sur la boucle de sa ceinture, et déglutit. Si ce pantalon s'envolait lui aussi, l'opération « total contrôle » — enfin, semi-contrôle à ce stade — aurait fait long feu. Malheureusement, toutes les cellules de son corps semblaient vouloir faire fi de son autorité.

Il empoigna les hanches de Lara et l'immobilisa. Ecarta sa bouche de la sienne. Posa son front sur le sien.

— Non.

Sa voix était si rauque et douloureuse que c'est à peine s'il la reconnut.

Elle leva le menton.

— Je ne veux pas arrêter, chuchota-t-elle, son souffle suave sur sa bouche.

Les mots exacts qu'elle avait prononcés deux ans plus tôt. Comme un imbécile, il avait jeté tout bon sens à la poubelle et pris cela pour un feu vert.

— Non, répéta-t-il cette fois. Tu es en train de me tuer.

Ils restèrent ainsi un long moment, allongés côte à côte, le souffle lourd.

Puis son corps parut s'affaisser. Elle croisa les bras sur sa poitrine et baissa les yeux afin de ne plus croiser son regard.

— Je suis désolée. Oh ! Mon Dieu. Je ne sais pas ce qui m'a pris.

Pas lui, hélas.

— Lara…

Il l'attira de nouveau contre lui puis tira sur eux la couverture.

— Nos émotions sont exacerbées avec tout ce qui se passe, dit-il. Nous avons juste eu un moment d'égarement. Ça ne se reproduira pas.

Et puis quoi encore ? répliqua aussitôt son corps.

Il refusa d'écouter cet appel sauvage de sa libido. De toutes les femmes qu'il avait connues, Lara était la seule à laquelle il avait été incapable de résister. Qu'il doive se retrouver dans cette situation avec elle était tout à fait injuste.

— Nous sommes plus vieux maintenant, murmura-t-elle contre son torse, son haleine tiède glissant sur sa peau. Et nous sommes trop intelligents pour répéter notre erreur.

— C'est vrai, mentit-il.

Avant de devoir reprendre la route, ils avaient trois heures devant eux. Elle était à moitié nue entre ses bras. Il sentait ses tétons se presser contre sa poitrine. S'il réussissait à garder ses mains sous contrôle, ce serait un miracle.

Bon sang, s'il possédait autant de galanterie et d'autodiscipline au fond de lui, le colonel Wilson devrait lui décerner une médaille.

Elle se tortilla pour renfiler son T-shirt sous la couverture.

— Pendant un instant, reprit-elle d'un ton contrit, j'ai presque oublié… tout. Je ne peux pas croire que dans un moment comme celui-ci, j'aie pu…

Elle paraissait soudain si misérable qu'il ressentit une pointe de douleur dans la poitrine et oublia les exigences des autres parties de son corps.

— Tu n'as absolument aucune raison de te sentir coupable, dit-il. Ecoute, nous sommes deux adultes en bonne santé, et avons eu une histoire ensemble. Au plan émotionnel, les heures que nous vivons sont très éprouvantes. Alors un moment de faiblesse, une recherche de réconfort là où tu peux en trouver… Quel mal y a-t-il à cela ?

Lara demeura un long moment silencieuse, avant de demander, d'une voix qui trahissait toute sa frustration :

— Que veulent ces gens ? Pourquoi font-ils cela ? Le virus et tout le reste.

— Il y a toujours des gens au cœur rempli de haine. Fais-leur la plus petite offense, et ils te haïssent jusqu'à la fin de leurs jours. Et si tu ne leur fais rien, ils trouveront quelque chose à te reprocher, n'importe quoi. Bon sang, même si tu essaies de les aider, ils te haïssent. C'est ainsi, on n'y peut rien.

— C'est stupide.

— En effet. Leurs moteurs sont la haine et la peur. Dans leur tête, c'est toujours eux contre nous. De telles personnes existent partout sur la planète.

— Mais pour cette cellule précise, quel a été le facteur déclenchant ?

— Ils sont contre le gouvernement. J'ignore ce qui

a poussé Jimmy Sparks à les rejoindre. Mais en ce qui concerne Kenny Briggs, son père et son oncle ont été exécutés pour meurtre. Le juge était l'actuel gouverneur de l'Etat ; et le procureur, le maire de Philadelphie. Tous deux ont fait une brillante carrière. Kenny a gardé cet épisode en travers de la gorge.

L'homme n'était pas le plus futé de la bande, mais, aveuglé par la haine et le désir de vengeance, il était le pire ennemi qui soit. Et Reid n'avait aucune raison de penser que les autres étaient moins dangereux. Il avait intérêt à garder cela à l'esprit lorsqu'il les rencontrerait dans deux heures pour rendre Zak et Nate à leur mère.

On ne raisonnait pas avec de tels monstres. Leur seul but dans la vie était de tuer.

Il regarda Lara, dont les traits si beaux étaient mis en valeur par la lumière du poêle, et songea à leurs enfants. Il savait que, quelle que soit la manière dont se déroulerait l'échange, il protégerait ce qui était à lui.

9

Lorsque Lara rouvrit les yeux, Reid l'enveloppait de ses bras. Il la tenait serrée contre lui comme s'il ne voulait pas qu'elle parte. Jamais. Elle chassa aussitôt cette idée grotesque de son esprit embrumé. Il la laisserait partir. Il le lui avait dit.

— C'est l'heure ? demanda-t-elle sans se retourner.

— Encore quelques minutes, répondit-il.

Elle se leva néanmoins, éperonnée par la nervosité.

Le feu était mort dans le poêle. L'air dans la cabane était froid, mais pas glacial. La chaleur du corps de Reid, sous les couvertures, la rappelait vers le lit.

Elle s'avança dans la pièce en se frictionnant les bras.

— Ton ami garde du café ici ?

— Oui, au-dessus de l'évier.

Se levant à son tour, Reid refit du feu pendant qu'elle cherchait le café, le sucre, et deux mugs. Il chargea le poêle de petit bois pour qu'il chauffe rapidement, même si c'était pour une courte durée, afin d'obtenir une casserole d'eau frémissante.

Ils s'assirent à la petite table, les mains plaquées sur les mugs brûlants. Elle s'efforça de ne pas le regarder. Le matin, elle était affreuse. Ses cheveux partaient dans tous les sens, et ses yeux étaient gonflés. Quant à lui, avec ses cheveux ébouriffés il était encore plus sexy, si c'était possible. Son regard, en revanche, était acéré. Le modèle parfait pour une couverture de magazine.

Une fois son café avalé, il se leva de table et ils entreprirent ensemble de faire le ménage.

— Bon, je crois qu'il faut y aller, annonça-t-il en mettant son manteau.

Il jeta un dernier regard autour de lui, tandis qu'elle attendait près de la porte.

— Je suis prête.

Ils ne parlèrent pratiquement pas en remontant la piste du nord vers le véhicule que leur avait laissé Cade, un GMC « Jimmy » blanc, qui paraissait flambant neuf. Elle ne fut guère plus loquace sur le trajet qui les mena à la sortie de la forêt. Non parce que son cerveau était encore endormi : elle était parfaitement réveillée. Mais elle ne parvenait à penser qu'à ses bébés, et son inquiétude absorbait toute son énergie.

Puis le GMC vola littéralement sur la nationale, et ils parvinrent au pont un peu plus tôt qu'à l'heure fixée. Dans les bois, il restait encore de la neige par endroits. Mais ici, des monticules d'ordures se dressaient sur les rives boueuses de la rivière. Une légère brise soulevait les nombreux sachets de plastique. L'endroit était désert. L'eau noire s'écoulait tristement devant eux, ses clapotis meublant le silence de la nuit. Le vieux pont de chemin de fer étirait ses traverses rouillées sur fond de ciel bleu ardoise.

Lugubre, songea-t-elle en frissonnant. Ses nerfs étaient déjà à fleur de peau.

Reid étudia la zone avec soin, même si chaque mètre carré était sans doute imprimé dans sa tête grâce aux cartes envoyées par ses amis sur l'ordinateur. Deux vérifications valaient mieux qu'une. A un moment comme celui-ci, son professionnalisme était un élément rassurant.

— Je laisse la clé dans le Neiman, dit-il. Au moindre doute, au moindre signe que quelque chose pourrait aller de travers, tu te glisses derrière le volant et tu fonces.

Plusieurs secondes s'écoulèrent avant qu'elle ne saisisse le sens réel de ces paroles.

— Pas question, répliqua-t-elle d'un ton sec. Je n'ai vraiment pas besoin que tu te mettes à jouer les Rambo.

Elle ne voulait pas de sa protection. Ce qu'elle voulait, c'étaient ses bébés.

— Au cas où je n'aurais pas été assez claire, je préfère mourir plutôt que de repartir d'ici sans Zak et Nate.

Le refus d'obéissance de Lara contrariait Reid au plus haut point. Il était habitué à la hiérarchie militaire, où la parole de l'officier supérieur faisait loi. D'un autre côté, il aurait dit la même chose à sa place. Rien que pour cela, elle méritait tout son respect.

Il inspecta de nouveau le pont et les bois, de l'autre côté de la rivière, se réjouissant que la lune soit pleine. Il aperçut le reflet du canon d'un fusil à longue portée sur le pont. Un tireur isolé. Pas le meilleur, s'il manquait à ce point de discrétion. Puis il reconnut la silhouette de l'homme. Cade. Il lui adressa un hochement de tête. Cade le lui rendit, puis recula dans l'ombre. L'instant d'après, il était devenu invisible.

Lara tourna la tête à droite et à gauche, fouillant l'endroit des yeux. La mâchoire crispée, elle avait les bras fermés sur sa poitrine. Sa tension était presque palpable.

— Je ne vois rien, dit-elle.

— C'est exprès. Garde ton arme à la main, mais hors de vue, indiqua-t-il lorsque deux SUV noirs s'arrêtèrent devant eux.

Comme les vitres étaient fumées, il ne pouvait savoir combien d'ennemis s'y trouvaient.

Quatre hommes descendirent du premier véhicule.

Reid ouvrit sa portière et sortit, la laissant ouverte pour pouvoir se réfugier derrière le cas échéant.

— Avant toute chose, annonça-t-il en guise d'accueil, je veux voir les enfants.

— Vous avez le CD ?

— Vous avez les gosses ?

Les types sortirent leurs armes, histoire de montrer qu'ils ne plaisantaient pas. Reid les imita.

Quatre autres truands descendirent du second SUV. Cette fois, lorsque les portières s'ouvrirent, il vit qu'en dehors des chauffeurs il ne restait personne dans les véhicules.

Ceci n'était pas un échange.

Ces hommes étaient ici pour le CD, très bien. Mais ils n'avaient pas l'intention de les laisser partir, Lara et lui.

— OK. Voyons si j'ai ce pour quoi vous êtes venus.

Il s'approcha de la portière arrière du GMC, l'ouvrit, sortit de la glacière une ampoule dans son emballage protecteur, et la posa sur le toit de la voiture.

— En fait, j'ai mieux que le CD, dit-il.

L'un des hommes avait déjà son portable à l'oreille. Il parlait sans doute à son chef. Les autres s'avancèrent.

— C'est quoi ce truc ? demanda le plus costaud.

— Je crois que vous le savez. J'ai le reste également. Pas ici, bien sûr, mais j'ai la totalité de la commande. Wurst est peut-être un génie incompris, mais c'est un lâche. Il n'était pas vraiment prêt à protéger de son corps ces précieuses petites choses.

L'homme au téléphone parlait toujours.

Reid glissa l'ampoule dans sa poche.

— Et maintenant, si nous essayions un autre échange ? Pour de vrai cette fois.

Ce fut le moment que choisit Lara pour descendre du véhicule.

— Je vous en prie, emmenez-moi avec vous, demanda-t-elle d'une voix crispée. Je veux retrouver mes bébés. Vous aurez un otage supplémentaire. S'il vous plaît…

Elle marcha vers les hommes, qui semblaient totalement désorientés par la tournure des événements.

Ils ne savaient pas quel jeu elle jouait. A l'évidence, ils n'avaient pas l'habitude qu'une personne les supplie d'être prise en otage.

— Lara…

Reid mit autant d'avertissement que possible dans sa voix.

Mais le visage de Lara, pâle comme la lune, était figé en un masque de détermination tandis qu'elle s'avançait, le corps raidi par la peur.

— Restez où vous êtes ! aboya un homme en braquant son arme sur elle.

Ses comparses firent de même. Si presque tous avaient l'air de criminels endurcis, deux d'entre eux, les plus jeunes, semblaient novices dans le métier. Ils n'allaient pas tenir bien longtemps sous une telle pression. Et la tension vibrait dans l'air. Un seul mot, un geste de travers, et le feu d'artifice se déclencherait.

Lara fit un autre pas.

— Je m'occuperai des bébés pendant que vous négocierez, ainsi ils ne vous dérangeront pas. Ce sera plus facile pour vous.

Elle continua vers eux, les mains tendues en un geste implorant. Elle avait laissé son arme dans la voiture.

Malgré le froid, une goutte de sueur roula sur la tempe de Reid. Il l'aurait volontiers étranglée. Bon sang, c'est pour cela qu'on n'amenait pas un civil à un échange d'otages.

L'un des deux jeunes bloqua les coudes et, les yeux plissés, s'apprêta à tirer.

Reid n'avait pas d'autre choix que de tirer le premier.

— A terre ! cria-t-il à Lara.

Elle eut le bon sens de l'écouter. Elle se laissa tomber sur le sol et regagna le 4x4 en rampant. Elle comprenait enfin qu'elle ne pouvait pas s'en sortir seule.

Dans les secondes qui suivirent, Reid ripostait aux tirs

en position accroupie. Heureusement, ceux provenant du pont divisèrent l'ennemi.

Il était presque revenu à la voiture lorsqu'une balle le toucha à la hanche, le privant d'appui pour se redresser et se mettre hors de danger.

Mais Lara était là. Elle le tira à l'intérieur, le poussa sous le tableau de bord et, empoignant le volant, démarra en trombe. De la boue gicla dans le sillage du GMC. Un professionnel n'aurait pas fait mieux. Reid regrettait juste qu'elle n'ait pas montré plus de jugeote et de perspicacité cinq minutes plus tôt. Mais lorsque, au bout d'un moment, il se dit qu'elle se conformait enfin au programme, elle leva le pied de l'accélérateur.

— Est-ce que ça va ? demanda-t-elle.

La douleur dans sa hanche était insupportable.

— Roule, roule, roule ! cria Reid. Ne t'arrête surtout pas. Que t'est-il passé par la tête ?

Elle ralentit davantage.

— Je ne peux pas abandonner mes bébés, Reid. Je vais te laisser ici. Tu appelleras une ambulance. Il faut que j'y retourne.

Elle était une sauvage, qu'elle le veuille ou non. Dans ses veines coulait le sang de sa grand-mère. Aucun civil jouissant de ses facultés mentales ne retournait essuyer une pluie de balles quand il avait eu la chance de s'enfuir.

— Ils n'ont pas les enfants, grogna-t-il, les dents serrées.

— Tu en es sûr ?

— A cent pour cent. Ma chérie, si je ne l'étais pas, tu n'aurais pas pu m'arracher de là, même en m'accrochant à l'attelage du 4x4.

Elle soutint son regard plusieurs secondes, puis accéléra de nouveau. Une grosse larme coula sur sa joue. Elle l'essuya d'un geste agacé.

— Que fait-on, maintenant ? On ne laisse pas tomber. Je ne peux pas abandonner, Reid.

— Personne n'abandonne. On redéfinit les paramètres. On fait monter les enchères.

Déjà, il composait un numéro sur son portable.

— Excusez-moi pour l'heure tardive, Eileen. C'est Reid Graham. Merci encore de nous avoir donné ce CD de si bonne grâce. Vous nous avez beaucoup aidés. Ecoutez, il y a eu un pépin, et nous avons un grave problème sur les bras. Deux bébés ont été kidnappés, et nous croyons que l'ex-petit ami de votre sœur est impliqué. Il nous faut de toute urgence retrouver ces enfants. Pouvez-vous me dire tout ce que vous savez sur Kenny ?

Le FBI l'avait déjà interrogée quand ils avaient commencé à enquêter sur Kenny Briggs. Mais à l'époque, ne voulant pas incriminer sa sœur, elle était restée muette.

— Bien sûr. Attendez que je réfléchisse…

Apparemment, la mort de Jen avait tout changé.

— Le moindre détail peut avoir son importance, précisa-t-il. Commençons par la première fois où vous avez entendu parler de lui. Où l'avez-vous rencontré ?

— Je ne l'ai vu que deux fois. Il était très, heu… pas comme nous, vous savez. Très condescendant envers les femmes. Comme si le fait d'être un homme faisait de lui un être supérieur. Très vite, il a compris que nous ne l'aimions pas. Non seulement il a cessé de venir, mais il a ordonné à Jen de rompre avec nous. Il avait un ascendant évident sur elle, voyez-vous. Elle était sous son emprise, ajouta-t-elle en reniflant.

— Avant que les choses n'en viennent là, de quoi avez-vous parlé avec lui ? A-t-il évoqué sa famille ?

Le FBI avait tenté en vain de localiser ses proches. Ils avaient pensé que, grâce à eux, ils pouvaient peut-être accéder à Kenny. Mais ils avaient fini par abandonner cette piste et opté pour celle de la petite amie. C'est alors qu'ils avaient fait appel à Reid.

— Oh ! Il était très évasif sur ce point, répondit Eileen.

Une fois, ma mère a tenté d'en savoir plus, et il a expliqué que ses parents étaient morts et ses frères dispersés dans le pays. Je ne sais même pas combien il en a.

Deux. Cachés quelque part. Vivant sans doute sous de fausses identités.

— Mais un jour où je parlais à Jen au téléphone… Car je l'appelais parfois, et Kenny pouvait aller au diable… J'ai entendu deux hommes entrer dans la pièce où elle était. J'ai reconnu la voix de Kenny, qui appelait l'autre « frangin ». Jen lui a dit qu'elle était en train de prendre rendez-vous chez sa coiffeuse et a raccroché. Seigneur, il surveillait tous ses faits et gestes.

— Vous savez où elle se trouvait à ce moment-là ?

— Oui. Au Robby's, un bar sur la Route 11. Elle m'a dit qu'il appartenait à un ami de Kenny. Ils étaient venus prendre quelque chose dans le bureau du fond. Est-ce que ça vous aide ?

— Peut-être. Merci. Et si vous vous rappelez quoi que ce soit d'autre, vous voudrez bien m'appeler ? Je vous en serai très reconnaissant.

Eileen le lui promit. Il la remercia de nouveau et raccrocha enfin. Il entra ensuite le nom « Robby's » dans le GPS. Il avait déjà entendu parler de cet établissement. C'était un bar minable de bord de route. Ils pouvaient y être en moins d'une heure. Bien…

Il contacta Cade sur son portable.

— Hé, merci pour ta couverture, dit-il lorsque son ami décrocha.

— Tu es encore en vie ?

— Juste une blessure. Sans gravité, je crois. Que s'est-il passé après notre départ ?

— Tu en as descendu quatre. Et moi trois. Les chauffeurs et un autre gars se sont taillés.

— Tu n'étais pas obligé de faire ça pour moi.

— Je ne voulais pas manquer le spectacle, soupira Cade.

L'action me manque. Ne dis rien à Bailey. Si tu as besoin d'autre chose, appelle-moi.

— C'est noté.

Mais tous deux savaient qu'il ne le ferait pas. Sur ce coup-ci, ils avaient franchi la ligne rouge. Sept cadavres. Le colonel allait être vert. Reid jura entre ses dents. Le FBI voudrait sa tête sur un plateau. Ils avaient agi en francs-tireurs. Il y aurait des conséquences. Mais il n'avait pas le temps de se soucier de cela maintenant.

— Où es-tu ? demanda Cade.

Il donna sa localisation.

— Je connais. Il y a un petit hôpital dans le bled suivant, dans la grand-rue. Pour rendre service à un ami, je leur ai donné un coup de pouce en matière de sécurité. Va aux urgences et présente-toi sous le nom de Jones Smith. Je m'occupe du reste.

— Je me porte très bien.

— A d'autres. Je t'ai vu, tu peux à peine marcher. Tes enfants ont besoin d'un père.

Reid ne pouvait le contredire.

— Joli coup au-dessous de la ceinture, marmonna-t-il.

— Tu es déjà touché au-dessous de la ceinture. Ne fais pas l'idiot. Va te faire soigner.

Et parce que Cade avait raison — il n'était pas le seul concerné : il y avait aussi Lara, Zak et Nate —, Reid décida d'obtempérer.

Bien entendu, Lara exigea de l'accompagner au service des urgences. Il lui opposa une protestation de principe, sachant qu'il avait besoin d'elle comme béquille. Il détestait devoir s'appuyer sur quelqu'un. Et il détestait encore plus devoir s'appuyer sur Lara Jordan. Bon sang, il était censé la protéger, pas le contraire !

Il se mordit l'intérieur de la joue sous la douleur, et traversa en boitant la salle d'attente bondée jusqu'au bureau vitré.

— Jones Smith, s'annonça-t-il.

— Oh.

L'infirmière de l'accueil, une dame âgée, le considéra par-dessus ses lunettes à monture de nacre.

— Le Dr Mifflin vient de passer pour voir si vous étiez là. Vous pouvez aller directement derrière. Euh… Vous n'avez aucun formulaire à remplir, m'a-t-il dit ?

Elle paraissait surprise.

— Il a tout mon dossier sur fichier informatique.

— Les papiers d'assurance ?

— En ordre. C'est par là ? demanda-t-il, avisant la double porte battante.

— Oui. Vous voulez un fauteuil roulant ?

Il lui adressa un regard qui aurait abattu un chêne centenaire.

— Tout doux, Rambo, lui glissa Lara à ses côtés.

Le Dr Mifflin l'examina séance tenante, procéda à l'extraction de la balle, lui injecta une forte dose d'antibiotique puis referma la plaie, le tout sans poser la moindre question.

Jusque-là, c'était parfait. Sans l'intervention de Cade, Reid aurait dû présenter des papiers, et le médecin aurait appelé la police comme l'exigeait la loi en cas de blessure par balle. Tout cela aurait occasionné un retard qu'il ne pouvait se permettre.

— Merci, docteur, dit-il en descendant de la table d'examen.

Le médecin haussa un sourcil broussailleux.

— J'aimerais vous garder en observation jusqu'à demain.

— J'aimerais que vous me donniez assez de drogue pour engourdir ma hanche afin que je puisse me déplacer normalement pendant les prochaines quarante-huit heures, répliqua Reid.

— Je dois m'y opposer, répondit le Dr Mifflin.

— Opposition enregistrée.

— C'est bien ce que je pensais. Cade m'a dit que vous étiez sur une affaire importante. Bonne chance.

Le médecin lui fit deux piqûres, l'une à l'avant de sa hanche gauche, l'autre dans la fesse. Lorsqu'il lui remit un sachet contenant une poignée de seringues et d'ampoules pour les prochaines injections, Reid ne sentait plus sa hanche. Il le remercia et ressortit de la salle d'examen sans l'aide de Lara.

Le hic, c'est que lorsqu'ils atteignirent l'entrée des urgences, sa jambe était insensible jusqu'au genou. Et lorsqu'ils furent devant le GMC, il était paralysé jusqu'au pied. Merde. De temps à autre, son corps réagissait ainsi à certains antidouleurs. Mais cette expérience-là était inédite. Merci Dr Mifflin.

Et le 4x4 n'était pas équipé d'une boîte automatique.

Reid se tourna vers Lara. Son visage était tendu, et une profonde inquiétude se lisait dans son regard. Les deux derniers jours avaient été un enfer pour elle, et son petit doigt lui disait que le pire était encore à venir. Elle avait assez de soucis en tête comme cela. Elle n'avait pas besoin de savoir qu'il était partiellement handicapé.

Il claudiqua jusqu'à la portière côté passager et, s'y appuyant avec nonchalance, lui présenta les clés du véhicule.

— Je suis crevé. Je me paierais bien une petite sieste d'une demi-heure. Ça te dirait de conduire, mon cœur ?

Avec le produit administré, Reid ne sentait pas sa jambe gauche. Sa hanche le faisait trop souffrir pour qu'il puisse supporter quelque poids que ce soit. Par chance, lorsqu'ils arrivèrent devant le Robby's, une bâtisse délabrée au milieu d'un parking de gravier, juste à la sortie de la route nationale, les effets de la drogue commençaient à se dissiper et il arrivait à se déplacer sans trop de difficulté.

Le bar était fermé, mais il y avait un appartement à l'étage. Reid décida de tenter sa chance. Même si le frère de Kenny n'était pas là, il devait être un habitué des lieux et le propriétaire — vraisemblablement l'occupant de l'appartement — devait avoir une idée de l'endroit où il vivait. Et Reid connaissait une bonne dizaine de trucs pour inciter l'homme à lui faire part de ce qu'il savait.

— Tu restes dans la voiture, dit-il à Lara.

— Certainement pas. Tu es blessé. Tu as besoin d'aide.

— Je vais très bien. Et si j'ai besoin de secours, c'est dehors. Je vais entrer par la porte. Si ce salaud sort par une fenêtre, je veux que tu l'arrêtes.

Le regard qu'elle lui jeta était chargé de suspicion. Ce qui se comprenait. Les fenêtres de l'appartement étaient à une hauteur de sept ou huit mètres, et il était peu probable que la personne qui s'y trouvait saute de l'une d'elles.

— Nous ne pouvons pas nous permettre de le perdre, ajouta-t-il.

Sur ces mots, il descendit du véhicule sans laisser à Lara le temps de réfléchir… ni à celui qui était là-haut le temps de repérer le GMC et de s'enfuir.

L'escalier extérieur était attenant à la façade arrière. Il le gravit sans se presser et ne se donna pas la peine de frapper à la porte. Au lieu de cela, il ouvrit le battant d'un brutal coup d'épaule et entra.

Quelqu'un dormait sur un canapé. Une forme bougea sous les couvertures.

— FBI. Les mains en l'air !

Reid alluma les lampes, et repéra l'arme posée sur la table basse à l'instant même où le type ébauchait un geste pour s'en saisir.

— Les mains en l'air !

L'homme jura et se leva, ses yeux noirs lançant des éclairs de haine. Une barbe non entretenue lui mangeait presque tout le visage.

Reid s'approcha, ramassa l'arme et la glissa sous sa ceinture, dans son dos.

— A plat ventre, par terre ! ordonna-t-il.

Il dut le pousser pour qu'il obtempère. Lui menotter les mains et les pieds ne lui prit qu'une seconde, mais ce fut une seconde de trop. Il entendit une fenêtre s'ouvrir dans la pièce voisine.

Reid se précipita, pistolet au poing, dans ce qui se révéla être une chambre. Trop tard. Il n'eut que le temps de voir le dos d'un homme qui sautait par la fenêtre.

Merde.

Il se pencha par-dessus le rebord, mais fut dans l'impossibilité de tirer sur le fuyard. Ce dernier avait eu l'idée brillante de se faufiler sur l'auvent qui avait permis sa fuite. Il était du côté opposé à celui où Reid avait laissé Lara dans le GMC.

Il courut jeter un œil par la fenêtre en façade. La première chose qu'il remarqua fut que, si le véhicule n'avait pas bougé, Lara, elle, n'était plus là.

Il redescendit les marches quatre à quatre, tâchant tant bien que mal d'ignorer la douleur dans sa hanche. Elle avait peut-être entendu la fenêtre s'ouvrir et était sortie voir ce qui se passait. Certes, elle était bonne tireuse, mais tout le monde pouvait se faire avoir par surprise. Et le type était sans doute armé jusqu'aux dents.

Reid avait toujours montré un grand sang-froid lors de ses missions. Quelqu'un l'avait même comparé à l'iceberg qui avait coulé le *Titanic*. Mais à présent son cœur battait à un rythme effréné, et il transpirait en abondance. Il contourna l'angle du bâtiment aussi vite que son état le lui permit, mais ne put rien voir à cause d'un empilement de bûches et des montagnes de caisses de bouteilles vides qui obstruaient le passage.

Après avoir écarté ce qu'il put, il aperçut enfin Lara. Elle lui tournait le dos, les jambes semi-écartées dans la position qu'il lui avait apprise, son pistolet braqué sur un homme couché par terre, sur le ventre. Bon sang, c'était le spectacle le plus sexy qu'il ait vu depuis longtemps. Peut-être même depuis toujours.

— Ne bougez pas d'un millimètre.

Sa voix tremblait, mais elle était assez forte pour que l'autre comprenne qu'elle ne plaisantait pas.

Une chaleur pernicieuse naquit dans le bas-ventre de Reid. Apparemment, c'était un phénomène chronique dès qu'il se trouvait à proximité d'elle.

— Je crois que je me suis cassé la jambe, geignit l'homme, qui avait vraiment l'air de souffrir.

Reid s'approcha d'eux.

— C'est le moindre de tes ennuis, crois-moi, déclara-t-il avec un large sourire.

Ce devait être son jour de chance. La ressemblance était indubitable. L'homme sur le sol aurait pu être le frère jumeau de Kenny. Mais il ne l'était pas. Ce devait être Billy, le plus jeune de la fratrie. L'autre, Joey, était plus chauve qu'une boule de bowling et tout aussi lourd. Kenny était le cerveau de la famille. Effrayante pensée. Billy était le bébé que ses deux aînés protégeaient. Parfait.

Reid se pencha sur lui et considéra sa jambe.

— C'est assez moche, mon gars. Une fracture pareille, ça ne se répare pas facilement. Tu pourrais bien ne plus jamais marcher.

Le type jura.

— Surtout si la seconde casse, elle aussi. Par contre, si tu nous dis où est Kenny, nous te conduirons à hôpital le plus proche.

Cette fois la réponse fut aussi courte qu'explicite. En termes polis : il pouvait se la loger où il pensait.

Reid reporta son poids sur sa jambe gauche, et crut défaillir. L'effet des drogues injectées s'amenuisait à la vitesse grand V. Il leva son pied droit au-dessus de la jambe intacte de l'homme.

— Je suis assez pressé, dit-il.

— Attendez. Je ne sais pas où il est. Je le jure. Je n'en sais rien ! Ça fait deux jours que je ne l'ai pas vu. Quand il veut me parler, il passe.

Reid taquina la jambe blessée de l'homme avec la pointe de sa botte. Billy hurla. A l'évidence, il n'était pas aussi coriace que ses frères aînés.

Reid secoua la tête.

— Le bébé de la famille, hein ?

Dans un sens. Mais il était quand même membre du même groupe d'activistes anti-gouvernementaux que Kenny. Par ailleurs, il était recherché pour l'agression violente d'une fonctionnaire de l'Etat à Harrisburg, et le viol d'une autre.

La mine dégoûtée, Reid plongea la main dans la poche arrière du pantalon du criminel, sortit son portable et le lui plaqua dans la main.

— Je suis sûr que tu peux contacter ton frère en cas d'urgence.

— Non, je le jure.

Reid sentit sa patience le quitter. Ses deux enfants étaient quelque part entre les mains d'individus semblables à ce salaud, et cela lui vrillait les tripes d'angoisse.

— Soit tu l'appelles, soit je te fais avaler toutes tes dents à coups de botte. Crois-moi, c'est beaucoup plus difficile de parler, sans dents, et avec une mâchoire brisée.

Les doigts de Billy tremblaient de façon irrépressible tandis qu'il composait le numéro.

— Ils m'ont eu, je suis blessé, Kenny ! brailla-t-il dans l'appareil.

Reid secoua la tête d'un air consterné et lui reprit le portable.

— Ces assassins à deux neurones que tu appelles tes amis ont quelque chose qui m'appartient. J'ai ton frère. Je ne vais pas te mentir, Kenny. Il est dans un sale état. Je ne pense pas qu'il tiendra très longtemps. Nous ferions mieux d'effectuer très vite cet échange si tu veux l'emmener à l'hôpital.

A dire vrai, Kenny n'avait aucun moyen de connaître la gravité de l'état de Billy à l'exception des gémissements de ce dernier en arrière-fond.

— Qu'est-ce que tu veux, mec ? Je n'ai rien.

— Tes gars détiennent deux bébés.

— Je n'ai rien à voir avec ça. C'est la vérité !

— Je te crois. Je sais que tu aimes ce pays. Simplement tu n'es pas d'accord avec la manière dont il est gouverné. Bon sang, la moitié du temps je ne le suis pas non plus. Mais tu n'es pas un tueur de bébés, Kenny. Votre maman vous a élevés mieux que ça, tes frères et toi.

Mme Briggs était morte deux ans plus tôt d'une sclérose en plaques. Ses fils en avaient été très affectés. C'était dans leur dossier du FBI. Reid n'avait aucun scrupule à se servir de cette information s'il pouvait en tirer profit.

— Si elle était en vie, elle voudrait que tu m'aides à délivrer ces bébés. Et que tu portes secours à ton frère, tu le sais bien. Et maintenant que Jen et son enfant sont morts… Quand je pense que ce bébé aurait été son premier petit-enfant…

Il marqua une pause, histoire de laisser ces mots faire leur chemin dans l'esprit de Kenny.

— Tu savais que Jen était enceinte ? reprit-il.

— Elle ne l'était pas, mec. Elle me l'aurait dit.

— Elle l'était. Et crois-moi, tes potes n'ont pas posé de questions avant de la descendre. Ils n'ont même pas essayé de la rater.

— Tu fais erreur. Ils ne lui ont rien fait. C'est un salopard de flic qui l'a tuée dans un échange de tirs.

— Non. Les tueurs étaient deux types cagoulés à l'arrière d'un SUV. Personne d'autre n'a tiré la moindre balle. Je le sais, j'y étais. A cause de toute cette folie, tu as déjà perdu Jen et son bébé. Il n'y a aucune raison pour que tu perdes aussi Billy. Personne ne s'attend à ce que tu fasses autant de sacrifices.

Un long silence tomba sur la ligne.

— Que veux-tu ? demanda enfin Kenny.

— Que tu me conduises à ces bébés. C'est tout.

— J'ignore où ils sont, mec. Je te le jure.

— Découvre-le. Et, Kenny ? Ne fais pas de bêtise. Vois les choses ainsi : quel que soit le projet de tes potes, il peut toujours être remis à une autre date. Ce qu'ils veulent faire sauter sera toujours là la semaine prochaine, et celle d'après... Mais ton petit frère, peut-être pas.

— J'aurai ce que tu me demandes.

Sa voix était celle d'un homme qui rend les armes.

— Ne fais pas de mal à Billy, murmura-t-il.

— T'inquiète, je n'en ai pas l'intention, dit Reid. Je ne voulais rien lui faire, pour commencer. Il a sauté par la fenêtre lorsqu'il m'a entendu venir. Je veillerai à ce qu'il soit bien installé jusqu'à ton coup de fil. Si à ce moment-là j'ai ce que je veux, tu pourras l'embarquer.

Reid raccrocha et rangea le portable de Billy dans sa poche, à côté de celui de Kenny et du sien. Puis il se pencha, saisit Billy par sa jambe blessée et tira brutalement dessus.

Le hurlement que poussa Billy dut s'entendre à des kilomètres à la ronde. Puis il s'arrêta net.

— Nom de Dieu, qu'est-ce que vous m'avez fait ?

Ses yeux étaient pleins de larmes.

— A bien y regarder, ta jambe n'était pas brisée. Elle était juste déboîtée.

Il le menotta, puis le remit sans ménagement sur ses pieds.

— C'est qui ton petit camarade, à l'étage ?

Un chapelet d'insanités échappa à Billy.

Reid le poussa vers le GMC.

— Le fait que ta jambe ne soit pas cassée ne signifie pas qu'elle ne peut pas l'être, menaça-t-il.

Mais il n'insista pas. Si Billy était un tout petit peu moins idiot qu'il n'en avait l'air, il pouvait très bien lui donner un faux nom.

Au lieu de cela, Reid le fourra à l'arrière du véhicule, puis appela le 911. Les flics locaux s'occuperaient de son pote dans l'appartement.

— Quelle est la nature de votre urgence ? s'enquit un standardiste.

— Un membre notoire d'une cellule terroriste agissant sur le territoire américain se trouve actuellement à l'étage du bar le Robby's, sur la Route 11.

Puis il raccrocha. Ce n'était qu'une présomption, mais le gars dormait sur le canapé de l'appartement de Billy et il était armé. L'instinct de Reid lui disait qu'il se cachait des autorités. Et Reid faisait confiance à son instinct.

Il s'installa derrière le volant du GMC.

Lara grimpa sur le siège passager.

— Je peux conduire, si tu veux.

— Ça ira.

La douleur pulsait dans sa jambe, mais au moins celle-ci fonctionnait. Tôt ou tard il aurait besoin d'une nouvelle injection, mais pour le moment il pouvait s'en passer.

— Tu as fait du bon boulot, là-bas. Bravo.

Le visage de Lara s'éclaira.

— Vraiment ? J'étais si nerveuse.

— Ça ne se voyait pas.

— Mon œil, intervint Billy depuis l'arrière. Si ma jambe ne m'avait pas lâché, je l'aurais grillée, cette salope.

Reid leva les yeux vers le rétroviseur et le foudroya du regard.

— Tu ferais mieux de la fermer si tu tiens à tes dents, répliqua-t-il d'une voix dure.

Il rejoignit la nationale et mit le cap au nord, en direction d'une suite de petites bourgades. Un petit déjeuner, avec une bonne dose de café noir, serait le bienvenu. Quelques minutes à peine s'écoulèrent avant qu'il n'entende des sirènes au loin, puis distingue la lumière de gyrophares. Bientôt, une demi-douzaine de voitures de police les croisèrent à grande vitesse.

Billy jura. Reid le regarda dans le rétroviseur, et il se tut. Apparemment, il tenait à ses dents.

Lara tremblait toujours. Jamais elle n'avait braqué une arme sur quelqu'un auparavant. Elle avait même craint que ses genoux ne se dérobent sous elle. Billy avait raison. S'il ne s'était pas abîmé la jambe, il n'aurait sans doute eu aucun mal à la neutraliser.

Heureusement, elle avait réussi à garder le contrôle de la situation. Puis Reid était arrivé. Il avait usé d'un langage brutal en parlant à Kenny, sans doute pour établir un rapport de force en sa faveur. Un truc du FBI ? Même sa posture avait changé. C'était comme si elle ne le connaissait pas.

Mais à vrai dire, elle ne le connaissait pas, se rappela-t-elle pour la centième fois. Il avait toujours travaillé sous le manteau. Il devait être capable de passer en un clin d'œil d'une personnalité à une autre. Peut-être jouait-il un rôle avec elle en ce moment même sans qu'elle le sache.

Cela étant, quelque chose lui disait que l'homme qu'il avait été avec elle au cours de ces deux derniers jours était le vrai Reid. Et l'attirance nouvelle qu'elle éprouvait pour lui croissait aussi vite que celle qu'elle avait éprouvée pour l'ancien Reid. Plus, peut-être, songea-t-elle, saisie d'un léger vertige.

— Hé, Zak et Nate vont bien, dit-il, l'arrachant à sa rêverie. Nous les récupérerons bientôt sains et saufs, quelle que soit la manière dont nous le faisons.

Il avança la main et serra ses doigts.

— Je te le promets.

Même s'il n'avait pas toujours été franc avec elle, elle le croyait. Peu importait le rôle qu'il avait joué deux ans plus tôt, peu importait celui qu'il jouait peut-être encore aujourd'hui, elle commençait à voir son « noyau dur ». Un noyau dur qui n'avait jamais varié. Reid était solide comme un roc, et n'hésitait jamais à mettre sa vie en péril pour les autres. Avec lui, elle se sentait…

Sans la présence de Billy dans le véhicule, elle se serait déplacée sur son siège pour s'appuyer contre lui.

Les derniers atomes de sa colère s'étaient évaporés sans qu'elle s'en rende compte, et tout son être avait faim de la force et du réconfort qu'il lui offrait.

Il allait de nouveau réduire son cœur en charpie, comprit-elle. Sauf que cette fois ce serait pire, parce que ce qu'elle vivait n'était plus un coup de foudre d'adolescente sauvage.

Aujourd'hui, elle était une femme en train de tomber amoureuse de l'homme qui se trouvait être le père de ses enfants.

10

Alors qu'ils s'étaient arrêtés dans un drive-in pour commander de la nourriture et du café, Kenny appela.

— Je crois que je sais où il faut que tu ailles.

Reid serra son téléphone dans sa main.

— OK. Je t'écoute.

— Je veux Billy d'abord.

— Ça ne peut pas se passer comme ça, et tu le sais pertinemment. Nous allons procéder à un échange honnête, tu vois ce que je veux dire ? Tu me dis où sont les bébés. Je vais voir si tu as menti ou non. Et s'ils sont là, Billy est à toi.

— Je veux être avec lui lorsque tu iras.

Reid réprima un sourire. C'était plus facile que ce qu'il avait espéré.

— D'accord. Où faisons-nous cela ? Il faut que l'endroit où je me trouverai avec lui soit à proximité de celui où se trouvent les bébés.

Un long silence suivit tandis que Kenny réfléchissait.

— C'est au nord de Philadelphie.

— Un endroit précis ?

— C'est tout ce que tu sauras tant que je n'aurai pas vu Billy.

— OK. Je te fais confiance. Tu connais le champ de courses Giorgio Brothers ?

— Oui.

— Retrouvons-nous au fond du parking. Près des

marchands de hot-dogs. Et, Kenny ? Pas de conneries. L'enjeu est trop important pour tous les deux.

Il y fut à 9 heures. L'endroit était totalement désert. Lara somnolait par intermittence sur le siège passager. Ils n'avaient pas assez dormi. La neige commençait à tomber. La douleur irradiait dans la hanche de Reid. Pris du besoin de sortir et de voir s'il parvenait à tenir debout, il ouvrit sa portière, mais s'immobilisa en entendant sonner son portable. Il s'en saisit et décrocha.

— Alors, comment ça se passe ? s'enquit Cade.

— Je m'apprête à échanger un de leurs gars contre des infos sur l'endroit où se trouvent les jumeaux.

— Besoin d'aide ?

— Tu as à la maison une jolie femme enceinte qui t'écorchera vif si tu renoues avec le business.

— En fait, gloussa Cade, c'est ma jolie femme enceinte qui m'a demandé de t'appeler. Je n'avais pas le choix. Nous nous sommes promis d'être honnêtes l'un vis-à-vis de l'autre. Si je fais quelque chose qu'elle déteste assez pour me donner des coups de casserole sur la tête, alors tant pis pour moi. Mais je ne veux pas lui mentir. Je ne l'ai jamais fait, et je n'ai pas l'intention de commencer maintenant.

— Bonne stratégie. Mais, sérieusement, tu n'as pas à faire tout cela. Ce n'est pas ton combat.

— De plus, poursuivit Cade comme s'il ne l'avait pas entendu, je lui ai parlé des jumeaux. Tu sais comment sont les femmes enceintes. Ouille ouille ouille. Alors quoi qu'il en soit je viens t'aider.

Reid hésita un moment, puis abdiqua.

— Nous sommes au vieux champ de courses Giorgio Brothers. Je te ferai un topo à ton arrivée.

En réalité, avoir Cade avec lui offrait des options qu'il

n'aurait pas eues autrement. Le rapport de forces en était sensiblement modifié.

A peine eut-il raccroché que son téléphone sonna de nouveau.

— Qu'est-ce que vous faites, bon sang ? cria son superviseur du FBI. Je veux vous voir ici ! Et je veux que vous ameniez cette demoiselle Jordan avec vous. Si à midi je ne vous ai pas vus, je considérerai cela comme un enlèvement. Vous m'entendez, Graham ? Ce n'est pas l'une de vos missions commandos où tout est permis. Votre foutu colonel dit qu'il vous a ordonné de revenir. Où étiez-vous, nom de Dieu ? Avez-vous quelque chose à voir avec cet appel au 911 pour la Route 11, ce matin ?

— Quel appel ?

— Ne vous fichez pas de moi, Graham. Les flics ont trouvé Ron Rollins menotté et criant que son ami avait été kidnappé. Billy Briggs. Le petit frère de Kenny Briggs. Drôle de coïncidence, vous ne trouvez pas ?

— On a déjà vu des choses plus bizarres. Quelles sont les nouvelles, pour Ben ?

— Il s'en sortira. Occupez-vous plutôt de Billy Briggs et de Lara Jordan. Pour le moment, ils sont officiellement kidnappés, avertit Adams. Ne croyez pas que le FBI vous fera des cadeaux parce que vous nous avez été utile. Une fois que vous partez en roue libre, plus rien ne compte.

— Ce que vous dites me fait frétiller des orteils. Vous savez comme je déteste ça.

— Midi, grogna Adams. Et les personnes que vous détenez feraient mieux d'être avec vous et en bon état. Est-ce clair ?

— Comme de l'eau de roche.

*
* *

Cade arriva peu avant 10 heures. Reid descendit du 4x4 puis, d'une démarche boitillante, traversa le parking pour discuter avec lui de la stratégie à adopter.

Pendant ce temps, Lara tenait Billy en respect.

— Je ne vous raterai pas, prévint-elle lorsqu'il commença à s'agiter et à jeter des regards de tous côtés. Et même si je vous rate, ces deux-là tireront dès que vous aurez mis le pied dehors.

Billy la gratifia d'épithètes plus colorées les unes que les autres. Lara laissa passer la tempête, stoïque.

Après un petit moment, Cade la rejoignit et prit le relais.

— Reid veut vous parler, dit-il.

Elle le retrouva à l'autre extrémité du parking. Une précaution pour que Billy ne puisse pas les entendre, supposa-t-elle. Reid se tenait dans une position un peu bancale et se frottait la hanche. Ses traits crispés disaient assez combien la position debout lui coûtait.

Pourtant, lorsqu'il parla, elle ne nota aucune trace de souffrance ni de faiblesse dans sa voix.

— Le mieux est que tu restes auprès de Cade. Comme ça, tu pourras l'aider à surveiller Billy. Ainsi que Kenny, lorsqu'il arrivera.

— J'irai là où sont Zak et Nate. Si tu cherches à me faire croire que, face à Billy, Cade sera en position d'infériorité et aura besoin de moi, je prendrai cela pour une insulte. Me crois-tu stupide à ce point ?

— Tu es trop maligne, rétorqua-t-il, la mine contrariée.

Il serra les lèvres.

— OK. Admettons que je te demande de rester pour que tu sois en sécurité ?

— Tu perds ton temps.

— Pourquoi est-ce que je savais que tu me donnerais cette réponse ?

— Parce que je suis une femme forte et indépendante ?

— Tu l'es. Exactement comme ta grand-mère.

Lara ne put s'empêcher de sourire.

— Vraiment ?

— Oui. Mais n'en profite pas pour faire quelque chose d'inconsidéré, d'accord ?

La saisissant par le bras, il l'attira vers lui, l'embrassa puis posa son front sur le sien.

— Je ne supporterais pas qu'il t'arrive quoi que ce soit.

Une douce chaleur se propagea en elle à cette confession inattendue. Parce qu'à la vérité, au cours des deux derniers jours, elle avait commencé à penser qu'il…

— Tu es la mère de mes enfants.

Sa joie retomba aussitôt. La mère de ses enfants. Voilà ce qu'elle était, rien de plus. L'ennui, c'était qu'en ce qui la concernait, les choses avaient franchi un cap et qu'elle était en train de tomber amoureuse de lui. Et alors ? Qui avait besoin d'une telle complication ? Personne. Surtout pas maintenant. Ses lèvres se crispèrent mais elle parvint quand même à sourire. Même si cela devait la tuer, elle garderait son cœur sous contrôle.

La neige se mit à tomber de plus belle. Elle cligna des yeux tandis qu'un flocon s'accrochait à l'un de ses cils.

Reid s'écarta, tout en gardant la main sur son bras.

— Bon, quand Kenny sera là, je le ferai monter à l'arrière du GMC avec son frère. Cade les gardera jusqu'à ce que nous sachions avec certitude si les bébés sont là ou non.

— Ça me semble un bon plan.

— Sois prudente. Pas d'héroïsme stupide comme au vieux pont.

Elle lui lança un regard acéré.

— Je savais que tu remettrais cela sur le tapis. Il fallait que je tente quelque chose, Reid. Je pensais qu'ils avaient les jumeaux et qu'ils allaient repartir avec eux. Peut-être n'était-ce pas la chose la plus intelligente à faire, je le reconnais. Merci de ne pas m'avoir étranglée pour cela !

Il lui offrit un sourire amer.

— Tu n'imagines pas ce que ça m'a coûté de ne pas en reparler jusqu'à présent. J'aurais pu…

Il secoua la tête.

— Il ne t'est rien arrivé. C'est tout ce qui compte.

Cette fois encore, elle ne put réprimer un petit sourire.

— Quoi, pas de hurlements de macho ulcéré ? Pas de grand discours, genre « c'est moi le chef » ? Tu deviens raisonnable, Reid.

— Surtout ne le dis à personne.

Il la dévisagea, une étrange expression dans les yeux, puis l'attira de nouveau vers lui et l'embrassa cette fois avec fougue. Elle répondit à son baiser sans retenue, portée par le chaos de ses émotions… et par son désespoir.

Ce n'est qu'en entendant le klaxon du GMC, derrière eux, qu'ils s'écartèrent l'un de l'autre. Un pick-up rouge se dirigeait vers les grilles depuis la route.

Kenny était là.

L'endroit où Kenny les envoya se trouvait à deux bretelles de sortie de la nationale. Reid arrêta le SUV blanc de Cade — une couleur parfaite pour un paysage qui se couvrait de neige à vue d'œil — bien au-delà du bâtiment concerné, et le cacha au milieu des buissons. Puis Lara et lui revinrent à pied jusqu'à un abattoir désaffecté, à travers les taillis qui avaient envahi des enclos inutilisés depuis une bonne dizaine d'années au moins. La hanche de Reid lui faisait un mal de chien.

La plupart des clôtures étaient à terre, couvertes par les herbes mortes et la neige. La construction elle-même était dans un état pitoyable. Le toit en acier était rouillé et se détachait par endroits. Certaines des fenêtres étaient obturées par des planches, d'autres n'existaient plus.

Le portail d'entrée, haut de plus de trois mètres et assez large pour autoriser le passage d'un camion, était fermé par une lourde chaîne cadenassée. Il y avait d'autres entrées, plus petites, sur le côté. Ils se dirigèrent vers celle située près des plus hauts buissons afin de bénéficier de la meilleure couverture.

— Ne devrait-on pas se séparer et contourner l'endroit chacun de notre côté ? chuchota Lara.

Comme lui, elle avait sorti son arme.

Reid secoua la tête et ajusta la lanière du sac contenant ses armes sur son épaule. Il voulait l'avoir sous les yeux aussi longtemps que possible.

— Non. Nous restons ensemble.

Lorsqu'ils furent au pied du bâtiment, il remarqua des empreintes de pas dans la neige, qui formaient une sorte de chemin tout autour. Ce qui laissait supposer que quelqu'un effectuait une ronde régulière. D'une main il tint Lara derrière lui, et de l'autre tourna la poignée de la porte.

— Fermée.

Mais il y avait quelqu'un à l'intérieur : des bruits de voix lui parvenaient. Il leva la main pour intimer le silence à Lara. Des hommes parlaient, se chamaillaient. Trois ou quatre, semblait-il, mais il ne pouvait en être sûr. Et il *fallait* qu'il soit sûr. Quand on se trouvait dans une telle situation, les surprises n'étaient jamais une bonne chose.

S'il avait été seul, pour récupérer une arme spéciale ou des documents sensibles, il aurait opéré une entrée en force. Mais Lara était avec lui. Et il y avait une forte probabilité pour que ses fils se trouvent à l'intérieur. Ce qui signifiait un travail de reconnaissance beaucoup plus poussé, et une réflexion préalable.

Il rebroussa chemin dans les buissons, puis, pivotant vers la gauche, entama un contournement du bâtiment, Lara derrière lui. Chaque fois qu'une issue se présentait, il la testait avec mille précautions, en faisant le moins de bruit possible. Sans succès.

Les types s'étaient enfermés à double tour.

Il leva les yeux. Aucun moyen visible d'escalader la paroi sans équipement, sans compter les risques de se faire entendre. Le revêtement métallique ne leur était d'aucune aide.

Il soupesa chaque option avec soin. L'endroit était grand. Bien trop grand pour ne contenir que deux bébés. Il pouvait abriter autre chose. Peut-être était-ce leur quartier général. Peut-être leur arsenal s'y trouvait-il, ou un véhicule blindé, ou Dieu sait quoi encore…

En tout, il y avait le portail d'entrée, deux portes latérales, et deux issues de secours. Maintenant qu'ils avaient fait le tour complet de l'endroit, ils le savaient. Situées trop en hauteur, les fenêtres ne permettaient pas de voir à l'intérieur. Le bon côté, c'était que les gens qui s'y trouvaient ne pouvaient pas voir non plus au-dehors.

Lorsqu'ils entendirent un véhicule s'arrêter, ils s'avancèrent vers l'endroit d'où provenait le bruit et jetèrent un coup d'œil depuis l'angle du bâtiment, cachés par la végétation. Après quelques coups frappés sur l'une des portes latérales, trois hommes pénétrèrent dans l'abattoir, laissant tourner le moteur de leur voiture.

— Jimmy Sparks, souffla Lara.

Mais Reid avait reconnu l'homme. Même crâne rasé, même barbiche rousse que deux ans plus tôt à Hopeville. Ses muscles se tétanisèrent. Il sentait encore les brûlures sur tout son corps. L'idée que ce fumier allait se trouver à proximité de ses enfants lui donnait envie de lui arracher les membres un par un, et à mains nues.

Il réfléchit à la meilleure décision à prendre. Il pouvait appeler le FBI. Mais ils commenceraient par l'agrafer, lui, et par lui retirer le contrôle de l'opération. Adams devait être fou de rage. Ils débarqueraient en force. Il y aurait des négociations. Sparks résisterait. Il avait démontré maintes fois qu'il était prêt à tout pour ne pas se laisser prendre. Une fusillade n'était pas à exclure.

Reid changea de position pour atténuer la douleur qui battait, lancinante, à travers tout son corps. Il songea à appeler le colonel plutôt que le FBI. Sauf que cela ne ferait qu'attirer des ennuis au SDDU. Sans parler du fait que les membres du groupe opérant sur le sol américain étaient rares. En général, ils effectuaient des missions spéciales sous couverture à l'étranger. Ils n'étaient rappelés que pour le débriefing rituel entre deux affectations, ou pour se rétablir s'ils étaient blessés.

Il examina de nouveau l'ancien abattoir. Diverses surprises pouvaient les y attendre. Ces risques, il aurait pu les prendre s'il avait été en train d'agir en soldat isolé, en loup solitaire. Seigneur, comme il aurait aimé ce défi. Mais avec Lara et les enfants…

Il n'aimait pas ça, mais pas du tout.

Il y avait trop de monde à l'intérieur. Et il allait devoir opérer à l'aveugle, se préparer à toute éventualité. Après tout, il pouvait s'agir d'un piège. Peut-être, en fin de compte, Zak et Nate n'étaient-ils pas là.

En tout cas, cela n'avait pas du tout la physionomie d'un décor de fin de partie. Il avait imaginé les jumeaux confiés à l'épouse d'un membre du groupe, une femme qui avait d'autres enfants et tout le nécessaire pour s'en occuper. Il se serait assuré qu'elle était seule, puis serait entré. Elle n'aurait rien fait de stupide. Elle lui aurait remis les jumeaux sans hésiter, pour protéger ses propres enfants.

Mais cet endroit…

Plus il l'observait, plus il était sûr que soit Kenny s'était trompé, soit il lui avait préparé un mauvais coup.

Il entendit soudain un bébé pleurer.

Il jura entre ses dents, et une vive émotion lui étreignit la poitrine.

— C'est Zak, chuchota Lara.

Déjà, il avait sorti son portable et donnait à Cade son feu vert pour la remise des frères Briggs aux autorités.

Une pulsion irraisonnée faillit lui faire commettre l'erreur d'entrer en force par la porte la plus proche. Mais son expérience le retint. Si Sparks et ses hommes avaient laissé tourner le moteur de leur voiture, cela signifiait qu'ils ne comptaient pas rester longtemps. Le plus intelligent était d'attendre qu'ils repartent, histoire de rééquilibrer les forces en présence.

L'espace d'une seconde, il se demanda s'il n'aurait pas dû rameuter la troupe pour qu'elle vienne cueillir Sparks. Mais les jumeaux n'étaient qu'à quelques pas. Il était hors de question que quelqu'un débarque maintenant pour reprendre en main l'opération et le mettre sur ta touche. La moindre erreur pouvait se transformer en tragédie…

Il entra le numéro de plaque de la voiture de Sparks dans son téléphone et l'envoya à Adams en guise de compromis. C'était le mieux qu'il puisse faire en la circonstance.

Quelques minutes s'étaient écoulées lorsque Sparks et ses acolytes ressortirent, accompagnés d'un quatrième larron. Ce dernier les suivit jusqu'à la voiture mais n'y monta pas. Ils bavardèrent quelques instants, puis Sparks et ses hommes quittèrent les lieux. Le quatrième homme revint tranquillement vers le bâtiment et sortit son portable.

La porte était ouverte.

Reid fit signe à Lara de rester derrière, lui laissa le sac d'armes et s'avança d'un pas prudent. Mais il ne pouvait s'approcher suffisamment pour jeter un coup d'œil. S'il quittait le buisson qui le dissimulait, le type au téléphone le verrait. Il ne pouvait pas non plus lui sauter dessus. Les gens à l'intérieur l'apercevraient par la porte ouverte.

— Non, ta mère n'emmènera pas les gosses au centre commercial se faire photographier avec le Père Noël, disait le gars. Parce que j'ai dit non, bon sang ! Qu'elle y aille seule, si elle y tient.

Il se mit à marcher de long en large.

— Fin de la conversation, ajouta-t-il, avant de sortir un

paquet de cigarettes de sa poche. Oui, je sais qu'il neige toujours. Non, je ne rentre pas. Tu n'as qu'à prendre une pelle et dégager l'allée.

Plus qu'un pas, songea Reid, prêt à bondir.

Puis il se figea.

Le téléphone de Kenny vibrait dans sa poche.

Il retint son souffle, mais l'homme devant lui était trop pris par sa conversation pour entendre quoi que ce soit.

Reid demeura immobile. La douleur dans sa hanche était si cuisante qu'il pouvait à peine rester debout, mais il essaya d'en faire abstraction. Il se moquait des dégâts qu'il pouvait s'auto-infliger tant que sa mission aboutissait. En dehors de ses enfants, plus rien ne comptait.

L'homme fit un dernier pas, puis pivota sur lui-même pour marcher dans l'autre sens. S'approchant par-derrière, Reid le bâillonna d'une main, lui fit une clé au cou et le tira dans les buissons. Il lui brisa la nuque avant que Lara ne l'ait rejoint.

La seconde suivante, Reid prit l'appel sur le téléphone de Kenny.

— Gare d'Easton, dans une heure, dit son interlocuteur. Tâche d'avoir ce qu'il faut.

Puis il raccrocha.

Reid n'avait nulle intention de suivre ses instructions alors qu'il était si proche de ses enfants.

Pâle comme un linge, Lara avait les yeux fixés sur l'homme mort à ses pieds. Le pistolet tremblait dans sa main.

Elle ne devrait pas être ici…

— Qu'ont-ils dit ?

— Rien d'important. C'est encore un de leurs petits jeux.

Comme si elle l'avait entendu penser, elle redressa les épaules et maîtrisa le tremblement de ses mains.

— Je suis capable d'assurer, déclara-t-elle d'une voix ferme.

— Je ne pouvais pas le ligoter, expliqua-t-il. Il risquait

de faire du bruit. Ni l'assommer, il pouvait revenir à lui et nous attaquer par-derrière.

— Tu n'as pas besoin de te justifier. Nous sommes ici pour faire ce qu'il y a à faire.

Son regard se durcit.

Jusqu'à présent, elle passait haut la main chacun des tests. Il ressentit une bouffée d'admiration pour son cran et sa combativité — même s'il regrettait d'être obligé de la tester. Il n'avait jamais envisagé l'hypothèse d'avoir un jour des enfants, n'avait jamais pensé que cela puisse constituer un jour un problème. Mais à présent qu'il avait Zak et Nate, il ne voyait pas de meilleure mère que Lara pour les élever. En cela, il était assurément un homme heureux.

Sans l'avoir décidé, il se retrouvait avec une famille géniale. L'espace d'un instant, il souhaita pouvoir la garder, mais chassa aussitôt de son esprit cette pensée égoïste.

Otant la casquette de sa victime, il s'en coiffa. Leurs vestes de camouflage étaient presque identiques. Il repartit vers la porte du bâtiment. Lara le suivit, jusqu'à ce qu'il lui dise de rester sous le couvert des buissons.

Se préparant à tout ce qui pouvait survenir, il franchit à reculons la porte ouverte du vieil abattoir, une main à son oreille comme s'il parlait dans un portable. L'autre était tout près de son arme. Il tourna la tête un bref instant pour avoir une vue d'ensemble de l'endroit.

Des tuyaux serpentaient autour de rangées de bondes d'écoulement, tandis que d'énormes crocs à viande étaient suspendus au plafond. Des postes de travail en inox s'alignaient un peu plus loin, accouplés à des cuves également en inox. Ici et là s'empilaient des cageots contenant ce qui semblait être de la nourriture d'urgence : sacs de farine, pommes de terre, bouteilles d'eau minérale et autres denrées de première nécessité. Apparemment, l'endroit était le refuge de la cellule terroriste en cas de retranchement prolongé.

Gardant la tête baissée, Reid se retourna. Près d'un

chauffage d'appoint il aperçut un berceau d'enfant en mauvais état. Assise à côté, une femme entre deux âges, vêtue d'une veste matelassée, fumait en lisant un magazine. Ses cheveux gras étaient tirés sur la nuque en une queue-de-cheval d'où pendaient tristement quelques mèches. Il passa en revue les femmes répertoriées comme membres du groupe, mais ne put identifier celle-ci. Bien sûr, la liste établie par le FBI était loin d'être exhaustive.

Il émit un marmonnement indistinct comme s'il approuvait ce qu'on lui disait au téléphone. S'il parlait, les quatre types occupés à discuter stratégie à une table de poker se rendraient compte que la voix leur était étrangère. Ils étaient dans un coin sombre, ce qui obligea Reid à plisser les yeux pour distinguer leurs visages. L'un d'eux semblait correspondre à un nom de la liste. Mais à première vue, aucun d'eux ne se trouvait au vieux pont.

— Ferme cette maudite porte ! aboya un autre homme depuis le lit de camp où il était allongé.

Feignant d'être toujours en communication, Reid sortit du bâtiment et referma la porte derrière lui.

— Zak et Nate ? s'enquit Lara dès qu'il l'eut rejointe.

Elle retenait son souffle, le regard tendu.

— Ils n'ont pas l'air d'être maltraités.

Ses épaules se détendirent un petit peu.

— Combien sont-ils à l'intérieur ?

— Cinq hommes. Et une baby-sitter.

— On appelle des renforts ?

Il secoua la tête.

— Pas le temps. Sparks et ses acolytes peuvent revenir d'un instant à l'autre.

— Et Cade ?

— Je ne peux pas me permettre de l'attendre.

— Mais le rapport de forces…

Une profonde inquiétude se lisait dans son regard. Ce

n'était pas pour elle-même qu'elle avait peur, il le savait. Ses craintes concernaient les bébés.

— Il n'est pas insurmontable.

Il s'accroupit et traça dans la neige un plan rudimentaire des lieux.

— Je ferai sauter le verrou et j'entrerai par cette porte.

Il désigna l'entrée la plus proche de l'endroit où il avait vu le trio avant qu'il ne reparte.

— Ça les surprendra. Ils seront désorientés quelques instants. Quand tu entendras les tirs, tu compteras jusqu'à cinq et tu feras irruption par celle-ci.

Il lui indiqua la porte non verrouillée, derrière lui.

Elle opina du chef.

— Ils seront à peine revenus de leur surprise que je détournerai leur attention, c'est ça ?

— C'est ça.

Elle pouvait le faire, se dit-il, avant de sortir une seringue de sa poche. Il arracha l'emballage stérile, pompa le contenu de l'ampoule fournie par le médecin, puis baissa un peu sa ceinture et planta l'aiguille dans sa chair. La zone s'engourdit presque aussitôt. Autant agir tout de suite pour profiter au maximum de ce répit.

Après avoir remis le capuchon sur l'aiguille, il rangea la seringue puis empoigna le sac contenant les armes, même s'il savait que la plupart lui seraient inutiles. Il ne pouvait pas balancer des grenades avec les enfants à l'intérieur.

— Je me charge des types, toi tu t'occupes de la baby-sitter.

Il sentait Lara vibrer de tension à ses côtés.

— Autre chose à me dire avant d'y aller ?

— Oui. Compte tes balles.

Elle garda un œil sur la porte, l'autre sur la route, priant pour que Jimmy ne revienne pas. Puis des coups de feu retentirent de l'autre côté du bâtiment. Elle quitta les buissons et marcha vers la porte.

Un, deux, trois, quatre, cinq.

Elle ouvrit la porte à la volée.

— Police ! cria-t-elle.

Elle n'avait aucune idée de la raison pour laquelle elle avait dit cela. Ils n'en avaient pas parlé. Elle fonctionnait sur les nerfs, et son esprit suivait un plan d'attaque qu'elle n'avait jamais vu ailleurs qu'à la télévision. Un homme était à terre, un autre tirait sur Reid tout en serrant son genou de sa main libre. Son cerveau enregistra tout cela en un dixième de seconde, en même temps que la présence du berceau. Puis elle se rappela le plan et plongea derrière un poste de travail, évitant *in extremis* des balles tirées dans sa direction.

Celles-ci frappèrent le poste de travail, deux ou trois traversèrent l'inox, mais aucune ne la toucha. Un miracle. Après plusieurs secondes durant lesquelles elle ne fut pas prise pour cible, elle risqua un œil hors de sa cachette. Un second type était allongé sur le sol. Tout le monde s'était mis à l'abri. Seul le berceau était à découvert.

Quelqu'un avait renversé une vieille caisse, et des outils rouillés étaient dispersés autour. Il faudrait qu'elle y fasse attention lorsqu'elle courrait. Elle ne pouvait se permettre de trébucher sur l'un d'eux.

Elle localisa Reid. Protégé par une cuve, il contournait les hommes restants par l'arrière. Elle prit une profonde inspiration et courut vers le poste de travail le plus proche, puis le suivant, s'approchant chaque fois un peu plus des enfants qui pleuraient. En quittant les abris, elle tirait au hasard, veillant à ne toucher ni Reid ni le berceau, mais créant assez de fracas pour que l'ennemi ne cherche qu'à se protéger.

Son cœur battait à un rythme infernal, la sueur coulait sur son visage, ses genoux s'entrechoquaient. Pourtant, elle gardait sa concentration rivée sur les jumeaux. Ils étaient debout dans le berceau, et seuls leurs têtes ébouriffées et leurs yeux écarquillés dépassaient.

Ils n'ont rien, ils sont juste effrayés, juste effrayés... Ils n'ont rien...

Un cri retentit derrière elle.

— Attention !

Reid visa l'homme qui pointait son arme sur elle. Mais pour cela il avait dû se lever de sa cachette. Au moment où il tuait le criminel qui la menaçait, le dernier terroriste encore valide le toucha à l'épaule. Il tomba en arrière sous l'impact de la balle.

Depuis le fond, une femme s'approcha en poussant un cri. Le visage empreint d'une sombre détermination, elle marcha vers Lara, tenant son arme devant elle.

Non. Pas quand elle était aussi près...

Lara leva son pistolet et pressa la détente.

Rien ne se produisit.

Dans le chaos et la folie de l'attaque, elle avait oublié de compter ses balles. Elle demeura figée sur place, hébétée, ne sachant que faire.

Heureusement, l'autre femme n'avait pas l'air en meilleure forme qu'elle. Ses mains tremblaient et les larmes ruisselaient sur ses joues. L'un des hommes blessés devait être son mari ou son petit ami. Elle continua à avancer d'un pas incertain, sans doute pour être sûre de ne pas rater sa cible.

De son côté, Reid était accaparé par son propre combat. Lara jeta son pistolet de toutes ses forces sur le poignet de la femme, qui écarta son arme un bref instant. Le répit fut suffisant. Elle plongea sur elle et la fit tomber. Tandis qu'elles grognaient, s'empoignaient et roulaient sur le sol, une balle partit mais ne toucha que le plafond.

Pendant ce temps-là, Zak et Nate hurlaient, terrorisés.

Alors que son adversaire se démenait pour viser le

berceau, Lara la fit basculer de côté, grimaçant lorsqu'un des outils rouillés s'enfonça dans ses reins. Mais la femme renversa la situation et, dans le feu de l'action, Lara se cogna la tête contre le mur. L'espace d'une seconde elle desserra sa prise, étourdie. La femme en profita pour s'écarter et pointa de nouveau son arme sur les bébés. Lara referma la main sur le manche d'un couteau et l'enfonça dans la cage thoracique de son ennemie. Une expression de surprise brilla dans son regard et elle se plia en deux sans avoir eu le temps de tirer.

Reid, quant à lui, avait eu raison de son adversaire. Le sang dégoulinait sur son bras, mais il n'avait d'yeux que pour les jumeaux. En deux pas, Lara fut auprès d'eux. Elle les souleva l'un et l'autre et les examina.

— Maman est là. Maman est là, susurra-t-elle.

En proie à une indicible émotion, elle embrassait chaque centimètre carré visible des deux précieux petits êtres.

— Chut, c'est fini, à présent. Vous m'avez tellement manqué.

Puis Reid fut à côté d'elle. Elle le regarda. Sa blessure à l'épaule était plus grave qu'elle ne l'avait cru de prime abord, et sa jambe ne semblait plus pouvoir le porter encore bien longtemps.

Il les inspecta tous les trois, les toucha, les palpa.

— Lara, tu n'as rien ? Les enfants vont bien ?

— Et toi ? Tu as l'air mal en point.

— Je crois qu'il faudra bientôt que je m'allonge.

Il crispait les lèvres sous la douleur. Mais lorsque à l'extérieur de nouveaux coups de feu éclatèrent, il se posta devant eux, visiblement décidé à reprendre le combat pour les protéger.

L'amour naissant que Lara ressentait pour lui, celui qu'elle avait essayé d'étouffer, enfla dans sa poitrine.

— Il doit s'agir de Sparks et de ses hommes.

Reid se dressa de toute sa hauteur, prêt manifestement à risquer sa vie pour eux.

— Prends les petits, sors par la porte de derrière, et fuis sans t'arrêter, ordonna-t-il.

11

La porte s'ouvrit, et d'autres individus pénétrèrent dans le bâtiment. Du coin de l'œil, Reid vit que Lara était piégée. Accroupie, les bébés dans les bras, elle leur faisait un bouclier de son corps.

Tous ses muscles se raidirent à la perspective de la bataille à venir pour leur salut. Mais la silhouette qui lui apparut, le dos baissé et l'arme au poing, lui était familière.

— Ne me dis pas que je suis en retard ou je me vexerais ! lança Cade depuis le fond de l'espace caverneux de l'ancien abattoir.

Il se redressa et promena son regard sur les corps qui jonchaient le sol.

Reculant jusqu'à un poste de travail, Reid s'y appuya pour soulager sa mauvaise hanche du poids de son corps.

— C'était quoi, dehors ?

Les jambes de Lara cédèrent, et elle se laissa glisser sur le sol. Apaisés, les bébés se blottirent contre sa poitrine. Tout était pour le mieux dans leur petit monde tant que leur mère était là. Reid quitta son appui et s'avança vers elle.

— Je venais d'arriver, et je m'apprêtais à entrer lorsque des types se sont mis à me tirer dessus depuis un pick-up noir qui déboulait de la route, expliqua Cade.

— Tu les as eus ?

Reid ne quittait pas du regard Lara et les jumeaux.

— Lorsqu'ils se sont rendu compte que je n'étais pas là pour rigoler, ils ont filé sans demander leur reste.

Des sirènes couvrirent presque ses derniers mots.

— Ne me dis pas que des hommes du FBI t'ont suivi après que tu leur as livré Kenny et Billy, dit Reid, atterré.

C'était la raison pour laquelle il travaillait toujours en solo.

— Ecoute, vieux, répondit son ami. C'est le genre de choses qui arrivent quand on est à la retraite. On perd la main.

Cade regardait ses pieds et Reid comprit qu'il ne plaisantait qu'à moitié. Il le soupçonna soudain de ne pas tout lui dire.

— Tu les as laissés te suivre ?

Cade se gratta le nez.

— Ben, je m'étais dit, ça y est, c'est la fin de la partie. J'ai pensé que leur présence serait peut-être utile. Ecoute, Reid. Je sais ce que demander de l'aide signifie pour toi, mais ce n'est pas un crime, OK ? Quand on en a besoin, on l'accepte.

Pendant quelques secondes, Reid se crispa. Il n'avait besoin de rien ni de personne. Par principe. Mais il n'était pas dans sa nature d'être fâché très longtemps. Au point où en étaient les choses, un nouveau venu ne pouvait pas faire de grands dégâts.

Il tourna les yeux vers la porte du fond.

— Je veux que Zak et Nate soient soumis à un examen médical complet.

— Alors tu ferais mieux de partir tout de suite, parce que si tu restes ils vont te garder un bon moment. Je tâcherai de leur expliquer.

— Tu sais qu'ils vont te passer un sacré savon pour tout ce que tu as fait ?

— La retraite commençait à me peser, de toute façon.

Cade s'approcha de Lara, le visage fendu d'un large sourire.

— Ils sont mignons, ces gosses.

Elle lui rendit son sourire.

— On les a récupérés. On leur a bien botté les fesses, à ces terroristes, pas vrai ?

— Vous plus que moi, répliqua Cade d'un air contrit.

Un soulagement tardif mais profond envahit Reid, et il laissa échapper un petit rire moqueur. Cade lui cogna l'épaule. La bonne, pas celle qui avait pris la balle.

— Allez, on s'en va, dit-il à l'adresse de Lara.

— Attends, intervint-elle. Qu'est devenu le virus ?

— Les ampoules sont en lieu sûr, répondit Cade. Les gens pour qui nous travaillons sont équipés pour manipuler ce genre de produits.

Reid soulagea Lara d'un des jumeaux, et ils coururent ensemble vers le fond de l'immense salle. Il estima qu'ils avaient juste le temps de contourner une partie du bâtiment et de retrouver le 4x4 dans les buissons avant que sa jambe ne soit totalement engourdie. Cette fois encore, Lara devrait prendre le volant. Pour le moment, il était trop heureux pour regretter qu'elle ait dû l'aider. Elle avait raison. Quoi qu'il puisse se passer ensuite, le plus important était que Zak et Nate soient à l'abri.

Il les regarda, la regarda, et une pensée s'imposa à son esprit. Ils étaient siens. Sauf que cette pensée, en aucun cas il ne pouvait se l'autoriser.

S'il ne voulait pas passer pour un macho présomptueux, Reid n'était pas non plus disposé à laisser Lara seule. Ainsi, lorsqu'ils se présentèrent à un hôtel, il choisit le compromis et demanda une chambre avec deux lits doubles.

— Je devrais retourner à l'hôpital, dit Lara en sortant de la salle de bains.

L'hôtel se trouvait dans la même rue que l'établissement dans lequel un personnel qualifié veillait sur leurs bébés.

— Zak et Nate vont très bien, répondit-il. Le médecin

veut juste les garder en observation pour la nuit. Il faut que tu te reposes, Lara. Tu dors debout.

La laisser rentrer chez elle était exclu. C'est à peine s'il avait pu la convaincre de venir jusqu'ici, à moins de cinq minutes à pied si l'on avait besoin d'eux.

Elle se laissa tomber sur le lit et s'essuya les cheveux dans une serviette. Une autre lui enveloppait le corps.

— La déshydratation…

— Etait négligeable, termina-t-il. Et puis ils ont tous deux été perfusés.

Bon sang, comme il avait détesté voir un cathéter fiché dans leurs petits bras, même s'ils prenaient cela comme les braves petits soldats qu'ils étaient.

Mais elle avait eu du mal à se séparer des jumeaux, même pour les confier aux médecins, et n'avait accepté de partir que bien après qu'ils se furent endormis. Elle se frotta une dernière fois les cheveux.

— Qu'ils doivent endurer tout cela m'est insupportable…

— Ils vont bien, je te le répète, dit-il en revenant de la fenêtre pour s'asseoir à côté d'elle.

Par la force de l'habitude, il avait surveillé l'entrée de l'hôtel, même s'il n'attendait pas de problème particulier.

— Je crois que Nate commence à bien m'aimer, annonça-t-il en souriant. Nous avons joué à la balle.

Il parvenait maintenant à les différencier. Ils avaient beau se ressembler comme deux gouttes d'eau, ils avaient chacun leur personnalité. Nate était plutôt du genre décideur, et Zak du genre décontracté. En revenant des urgences où il avait fait soigner son épaule, Reid s'était arrêté dans une boutique de cadeaux pour leur acheter des jouets. Il avait effectué une véritable razzia. Il voulait leur offrir le monde.

Dès qu'il avait su qu'ils étaient de lui, il s'était senti un féroce instinct protecteur, mais l'amour qui croissait en lui à chaque minute passée avec eux se situait à un tout autre niveau.

— Tiens, c'est pour toi.

Du sac à ses pieds, provenant également de la boutique de cadeaux, il sortit un pantalon et un sweat-shirt de jogging. Il s'était déjà douché, et portait un ensemble identique au sien.

Mais Lara se contenta de s'allonger sur le lit, visiblement épuisée.

— Comment te sens-tu ? demanda-t-elle.

— Comme un homme neuf.

Le médecin avait nettoyé et pansé sa blessure, et lui avait administré un produit antidouleur qui avait l'avantage de n'engourdir ni sa hanche ni son épaule, ce dont il se réjouissait. Il se leva pour tirer la couverture sur elle et la laisser se reposer.

— S'il te plaît, reste.

Il se plia à sa demande, et s'assit sur le bord du lit.

— Parle-moi de ta vie.

OK. De l'art de prendre les gens au dépourvu… Il toussota pour s'éclaircir la gorge, tandis que des souvenirs depuis longtemps enfouis le submergeaient soudain.

Lara ne savait pas ce qu'elle lui demandait. Leila avait été l'épisode le plus dur de sa vie. Au point qu'il en faisait encore des cauchemars. Jamais il n'avait pu se pardonner ce qui s'était passé. Et il avait le sentiment que si Lara connaissait l'histoire, elle ne pourrait pas non plus lui pardonner.

Pourtant, il était le père de ses enfants. Elle avait le droit de savoir quelle sorte d'homme il était, même si elle devait ensuite le détester pour ce qu'il avait fait à l'époque.

Il toussota de nouveau.

— Il y a longtemps de cela, à la frontière afghano-pakistanaise, sévissait un seigneur de guerre, Mahmoud, qui posait de gros problèmes à l'armée. On nous a confié le boulot. Un groupe de nos gars a été dispatché dans différentes zones. Je me suis retrouvé dans un petit village de montagne. Il y avait là un vieil homme qui en avait assez des talibans et de ce seigneur de guerre qui était de mèche avec eux. Il était prêt à collaborer avec nous. Je me suis fait passer pour son petit-fils né aux Etats-Unis, revenu au pays pour retrouver sa culture, sa foi et tout le reste.

Il prit une profonde inspiration. Il se souvenait avec clarté de ce jour, de ces gens.

— Le village m'a rapidement adopté. Mahmoud effectuait des raids tous les deux ou trois mois. Il recrutait des jeunes, emportait de la nourriture. J'ai tenté de me faire enrôler, mais il n'avait pas confiance en moi.

Il marqua une courte pause, avant de reprendre :

— Il fallait que j'aille à son quartier général. Nous savions qu'il disposait de camps d'entraînement. Je me suis dit que puisqu'il ne voulait pas de moi dans ses troupes, peut-être me prendrait-il comme prisonnier. Je me suis donc mis à dire du mal de lui dans le village.

— Ils t'ont écouté ?

Il ferma les yeux.

— Pas au début. Ces gens avaient toujours vécu dans la peur. Mais au bout d'un moment, oui. Ils ont commencé à me montrer des égards, à manifester le désir de se battre. Mais les progrès étaient lents. Un jour, l'un des villageois est venu me voir avec une jeune fille qu'il m'a donnée en mariage, contre une somme d'argent. Une dot, en quelque sorte. Là-bas, c'est une pratique courante.

Il déglutit. Il revoyait le visage rond et pâle de la fille, son expression effrayée.

— Je savais que si je refusais, il prendrait cela comme une offense — tout le village également —, et que le résultat de mon travail serait réduit à néant. Si j'avais dit non, il l'aurait simplement vendue à un autre homme, voire même à l'un de ceux de Mahmoud à leur prochain raid. La famille de la jeune fille avait besoin d'argent. Ils n'avaient pas les moyens de nourrir une fille en âge d'être mariée. C'était là la responsabilité d'un époux.

— Quel âge avait-elle ? demanda Lara après un silence.

— Je l'ignorais. Les gens sont très pauvres dans ces montagnes, ils ne savent ni lire ni écrire. Ils ne tiennent pas de registres. Sa mère m'a dit qu'elle était née pendant l'hiver qui avait suivi le tremblement de terre. Mais les séismes sont fréquents dans cette région. Je lui aurais donné dix-huit ans. J'en avais vingt-huit.

— Tu l'as épousée.

— Pour lui éviter un sort pire encore. Mais pendant très longtemps je ne l'ai pas touchée, je le jure. Une année a passé, puis deux. J'avais enfin des informations sur l'un des camps d'entraînement. Mais en haut lieu on m'a dit de ne pas bouger, de faire profil bas. C'est alors que j'ai reçu de nouveaux renseignements sur notre seigneur de guerre. Ses connexions étaient plus importantes que nous le pensions. J'ai été chargé de les découvrir.

— Et la fille ?

— Un jour, son père a rassemblé tous ses biens, chaque chèvre, chaque vêtement, chaque pièce de vaisselle que possédait sa famille pour rembourser le montant de la dot, qu'il avait déjà dépensée, parce qu'elle ne m'avait pas donné d'enfant. Son honneur était en jeu. J'ai eu beaucoup de mal à le dissuader de réduire les siens à la mendicité, car c'est cela qui les attendait. Il aurait emmené Leila jusqu'au plus proche village pour la vendre comme prostituée, en même temps que ses petites sœurs. Il n'aurait pas eu d'autre choix.

Il se tut un moment, le regard perdu au loin.

— J'ai donc renégocié, reprit-il. Il m'a traité de fou, m'a même accusé de vouloir l'humilier. Cette nuit-là, Leila est venue à moi en pleurant. Elle m'a supplié de l'accepter dans mon lit.

Jusqu'à ce jour, Reid ne savait toujours pas s'il l'avait fait pour elle, pour sa mission, ou parce que sa solitude lui était devenue insupportable. Et pour ne pas avoir trouvé la réponse à cette question, il se sentait vil, sale. C'était la raison pour laquelle il gardait ces souvenirs enfouis au plus profond de lui-même.

— Tout va bien, murmura Lara.

— Ce n'était pas de l'amour.

Là-bas, l'amour n'était pas un élément requis pour se marier.

— Mais j'en suis venu à éprouver de l'affection pour elle. Nous vivions sous le même toit. Elle préparait les repas, raccommodait mes vêtements. Elle était intelligente. Nous discutions souvent, le soir. J'étais un homme seul. Elle était une jeune femme seule. Elle me suppliait de lui faire un enfant. Pour elle-même, pour sa famille. Je n'étais pas certain d'en être capable, mais j'ai pensé que je lui devais au moins d'essayer.

— Et ensuite ?

— La vie a continué ainsi quelque temps. Puis Mahmoud a remarqué que les villageois ne le craignaient plus comme avant, et a attribué cela à mon influence. Ses hommes sont venus chez moi alors que j'étais absent. Ils ont tué Leila en guise d'avertissement. Sans doute s'est-il dit que cela suffirait à me mater.

— Reid…

— Quand je suis rentré à la maison…

Il secoua la tête, incapable de terminer sa phrase.

— Je… Je me suis lancé à sa recherche. On m'a ordonné de revenir. Puis j'ai été convoqué en ville pour un débriefing. Pendant que j'étais parti, Mahmoud a appris que j'avais l'intention de me venger. Il a compris qu'il m'avait sous-estimé. Il a eu peur que le village soit derrière moi, et peut-être aussi les villages voisins, si la nouvelle se répandait que son autorité de seigneur de guerre n'était plus respectée. Il a donc décidé de frapper le premier. Il a tué tout le monde. Hommes, femmes, enfants…

Sa gorge se bloqua.

Mahmoud et ses hommes avaient été capturés, il s'en était

assuré. Et les camps d'entraînement avaient été fermés. Mais rien de cela ne rachetait toutes ces tombes sur la colline, une image qui n'avait cessé de le hanter depuis lors. Et de le pousser à remettre en cause chacun des ordres qu'il recevait, à tel point qu'il se demandait — tout comme le colonel Wilson, sans doute — s'il convenait toujours pour ce job. En tout cas, sur cette affaire-ci, ses supérieurs ne devaient pas être particulièrement rassurés.

Reid était allongé à côté de Lara sur les couvertures. Il ne la touchait pas, mais elle avait passé un bras sur lui et posé sa tête sur son épaule.

Il venait de lui apprendre que par sa faute plus de deux cents villageois innocents avaient été tués, parmi lesquels sa propre femme, et Lara ne lui avait pas dit qu'il ne méritait pas d'être en vie — pensée qui lui était venue plus d'une fois après cette tragédie.

Bien entendu, si après cet aveu elle ne le considérait pas comme un sale type, cela ne voulait pas dire qu'il n'en était pas un.

Il redressa le torse pour quitter le lit.

— Reste, demanda-t-elle de nouveau.

Il se rallongea donc auprès d'elle. Tout à coup, cela ne lui parut plus suffisant et il la prit entre ses bras. Peu à peu, son esprit délaissa le passé pour revenir au présent. Au nom de quoi se permettait-il de lui infliger le récit de ses tristes exploits quand elle se rongeait d'inquiétude pour ses enfants ?

— Tout ira bien à présent. Je te le promets.

De la tenir ainsi contre lui sans aller plus loin lui coûtait chaque atome de sa volonté. Elle était quasiment nue, et sa peau dégageait un frais parfum d'orange et d'épices. Mais elle était épuisée, tant physiquement qu'émotionnellement, et en aucun cas il ne profiterait d'elle.

Quand bien même cela le mettait au supplice. Et même si elle avait envie de lui, ce qui était une probabilité zéro.

Il se força à penser à l'avalanche de reproches qui allait lui tomber dessus pour ces deux jours — une véritable douche glacée — et ordonna à son corps de rester tranquille.

Mais elle se nicha encore plus près de lui.

— C'est affreux ce qui est arrivé à Leila et à tous les autres, dit-elle. J'ai vraiment beaucoup de peine pour elle. Et pour ce poids que tu as dû porter tout ce temps. Mais tu nous as sauvés, mes bébés et moi. Tu t'es dressé devant les balles pour nous protéger. Jamais je ne te remercierai assez pour cela. C'est grâce à toi si nous sommes vivants. Merci de ne pas être mort dans ces collines d'Afghanistan, merci d'être venu à Hopeville.

Elle bascula vers lui, de sorte que ses seins se pressèrent contre son torse, avec trois fois rien pour les séparer. Il sentit la sueur se former sur son front.

— Je sais que tu es fatigué.

Son souffle lui chatouillait le cou, déclenchait des ondes de désir insupportables dans des endroits clés de son corps.

Pires étaient les violentes émotions qui tournoyaient dans sa poitrine, auxquelles il n'avait pas été préparé, et dont il ne savait que faire.

— Mais si tu ne l'es pas, je veux dire : mort d'épuisement, vanné, claqué, éreinté…

Elle écarta la tête, une lueur méfiante dans les yeux, comme si elle craignait qu'il ne la repousse.

Comme si ça risquait d'arriver, en dépit de tout ce qu'il s'était dit auparavant…

— Es-tu en train de me demander ce que je pense que tu es en train de me demander ? demanda-t-il, histoire d'en être tout à fait certain.

Vas-y doucement. Quoi que tu fasses, vas-y doucement. Et ne prends pas tes rêves pour des réalités.

Sa seule réponse fut un léger hochement de tête.

Il resserra son étreinte, jusqu'à ce qu'il ne sache plus où elle commençait et où il finissait. Il lui offrit un sourire hésitant, juste avant de poser un tendre baiser sur ses lèvres douces, si douces.

Puis il perdit totalement pied.

Adieu le bon sens et le contrôle de soi.

Faire l'amour avec elle était la chose la plus déraisonnable en cet instant précis. D'un autre côté, c'était la seule possible pour tous les deux.

Il la serra davantage contre lui.

— Je t'ai désirée dès la seconde où j'ai posé les yeux sur toi, confia Reid entre deux baisers.

Lara avait le sentiment de flotter sur un nuage. Zak et Nate étaient en sécurité. Ils étaient tous sortis vivants du cauchemar des deux derniers jours. Reid était là, de retour dans sa vie, de retour dans la vie des jumeaux. Un chemin difficile les attendait, mais elle ne voulait pas y penser maintenant. Cette nuit, elle avait besoin d'un break. Et Reid parvenait à merveille à dissiper sa tension et son inquiétude.

— Mais en vérité, poursuivit-il, je n'ai jamais cessé de te désirer depuis lors. Je ne crois pas qu'une seule journée se soit écoulée sans que je pense à toi. Il y a eu des nuits où, dans mes rêves, je pouvais ressentir le contact de ta peau, retrouver le goût de tes lèvres. Ton souvenir me rendait fou.

D'un geste fébrile, il tira sur la serviette dont elle s'était enveloppée. Il se calma aussitôt.

— Pardon. Je suis trop…

Il prit une lente inspiration, et un rire nerveux lui échappa.

— Regarde-moi. Prêt à te dévorer comme un fauve, quand ce qu'il te faut c'est de la douceur et de la délicatesse.

Elle aimait l'idée qu'il avait autant faim d'elle qu'elle de lui. Il voulait relâcher la pression ? Ne se rendait-il pas compte que tout son corps vibrait de frustration ?

— Ces deux dernières années n'ont pas été très stimulantes, répliqua-t-elle, histoire de lui tendre la perche.

Quelque chose brilla dans ses yeux. Message reçu.

— Tu es sûre ?

Elle glissa une main sous son sweat-shirt et la promena sur ses abdominaux.

— Qu'en penses-tu ?

En un clin d'œil, le sweat-shirt de Reid s'envola.

Puis les seins nus de Lara se pressèrent sur son torse large, musclé, couvert d'une fine toison brune qu'elle entreprit aussitôt de taquiner du bout des doigts.

Un grognement monta de sa gorge quand elle toucha un téton plat et dur.

— Là, tu surestimes ma capacité à me contrôler.

— Bien. Parce que cette nuit je ne suis pas trop partisane du self-control.

Depuis leur torride et unique nuit, il n'y avait eu aucun homme dans sa vie. Ni avant, ni après.

Elle était plus que prête pour lui.

Alors que ses mains exploraient chaque partie de son anatomie et que leurs baisers se faisaient de plus en plus ardents, une chaleur humide s'installa entre ses cuisses. Son corps était prêt à le recevoir. Et à en juger par la dureté du membre viril qu'elle sentait contre son ventre, il était plus que prêt pour elle.

Elle écarta les jambes.

— Pas de préliminaires ? murmura-t-il en déposant un chapelet de baisers sur son cou.

— Demain.

— Je ne veux pas paraître vieux jeu, mais les préliminaires ne sont-ils pas censés être avant ?

— Il n'y a aucun mal… à secouer les règles de temps en temps, balbutia-t-elle tandis qu'il happait l'un de ses tétons. Ça met un peu de variété dans l'existence.

Reid sentit les muscles de son ventre se crisper.

— C'est notre deuxième fois, et déjà tu veux de la

variété ? Un autre que moi pourrait se sentir humilié. Mais ce que j'en dis…

Il passa au second téton.

Elle poussa un gémissement.

— Un autre que toi ne pourrait pas me donner l'impression que je vais exploser d'un instant à l'autre.

— Exploser, hein ?

Il déplaça sa bouche vers son ventre.

— Alors place à la variété. Parce que je ne veux pas rester sur le quai de la gare !

Sans regarder, il se saisit d'un préservatif emballé sur la table de chevet, tandis que sa bouche glissait plus bas, plus bas, plus bas encore… Il la gratifia de quelques coups de langue, juste pour l'agacer. Electrisée, elle arqua le dos, le souffle de plus en plus rapide. Puis il plongea en elle d'un long mouvement souple, investit son intimité, remua en elle. Elle cria son nom tandis qu'elle se fragmentait en un million de petits morceaux.

Il lui remonta les genoux, verrouilla ses jambes sur ses hanches minces et s'enfonça plus avant. Il ressortit, pour revenir à l'assaut, ressortir, repasser à l'attaque, encore et encore. La pression en elle n'avait pas eu le temps de retomber qu'elle grimpait de plus belle. Elle écarquilla les yeux. Il se déplaça légèrement, ajusta sa position, lui fournissant à chaque fois une nouvelle sensation, une nouvelle qualité de friction, l'amenant de plus en plus près de…

Il s'arrêta tout à coup.

— Non !

Elle lança le bassin contre lui, réclama son dû.

Plaquant ses mains de chaque côté de ses hanches, il l'immobilisa.

— Tu m'as fait sauter les préliminaires. Très bien. Mais à présent nous allons ralentir un peu.

— Pourquoi ?

— Parce que la première fois, sur cette table couverte

de farine, j'ignorais que tu étais vierge et je suis allé trop vite. Tu me faisais perdre la tête. J'aurais dû prendre mon temps, te faire fondre petit à petit. J'aurais dû me montrer tendre. J'aurais dû tout te donner.

— Mais tu m'as fait fondre, tu m'as tout donné. Je...

Il se remit en mouvement, mais avec douceur cette fois, par de lentes pénétrations qui lui ôtèrent toute protestation de l'esprit. D'accord. La lenteur, c'était bon. Ça allait contre son instinct naturel, contre la partie d'elle-même qui demandait un nouvel orgasme ici et maintenant. Mais les autres parties adoraient. En fait, à mesure que croissait sa tension, le plaisir semblait se construire un peu plus loin en elle.

Oh ! Seigneur.

Il bascula sur le dos et la fit le chevaucher.

— A toi, maintenant.

Les prunelles de Reid étaient assombries par le désir. Son attention était concentrée sur elle, uniquement sur elle, et Lara avait l'impression d'être la plus belle femme du monde, la *seule* femme au monde.

Etre sur lui était une sensation nouvelle, très agréable. Puis elle découvrit les avantages d'être en position de contrôle, et cela lui plut beaucoup. Et bien entendu, elle ne put s'empêcher de prendre de la vitesse.

Ce qui obligea Reid à reprendre les rênes. Il la fit repasser sous lui et emprisonna ses poignets contre ses épaules. Il lui semblait être encore plus profond en elle. Elle n'aurait jamais imaginé qu'un tel plaisir pouvait exister.

— S'il te plaît...

Le moment était venu. Elle était prête à mendier, toute honte bue, si nécessaire. Elle était une masse frémissante de libido exacerbée, à deux doigts de la désintégration.

Il se retira à demi, puis replongea. Plus fort. Plus fort encore. Et à la fin il accéléra.

Tout explosa. Le plaisir la foudroya tel un éclair une nuit d'orage. Mais ce plaisir n'était rien comparé à l'émotion indicible qui emplissait Lara. Ils étaient ensemble, de nouveau, Reid et elle. Et cette fois, il n'y avait aucun sombre secret pour le lui enlever.

Faire l'amour à Lara l'avait ébranlé. Lui faire l'amour avait, d'une certaine façon, fait tomber son armure, le laissant vulnérable. Mais il s'en moquait.

Elle leva les yeux vers lui.

— J'aimerais que tu me gardes ainsi toute la nuit dans tes bras, mais je suppose que demain tu devras partit tôt pour faire ton rapport et remplir la paperasserie.

— Oui.

Il ne voulait pas lui mentir. Il aurait déjà dû être parti, juste après s'être assuré que les jumeaux étaient en sûreté à l'hôpital, et elle dans cet hôtel. Mais pour la première fois de sa vie, il n'avait pas été capable de s'en aller.

Malheureusement, il le faudrait.

— Désolé.

— C'est ton boulot, répondit-elle avec résignation.

Elle posa un baiser sur son épaule blessée.

Son travail était sa vie. Sa vie était son travail. Lequel avait toujours été le pivot de son existence, un point d'ancrage solide auquel il pouvait toujours revenir. Sauf qu'à présent Zak et Nate étaient sa vie, également. De même que Lara.

Quand était-ce arrivé ?

Pourtant, il avait mis le plus grand soin à éviter une telle situation depuis Leila. Car c'était cela qui l'avait tuée ainsi que tous ces innocents villageois. Il était une arme dans l'arsenal du gouvernement américain. Une arme dont son pays avait besoin. Les armes ne se posaient pas de questions. Les armes ne s'impliquaient pas au plan émotionnel.

Il n'était pas un individu normal. Il n'était fait ni pour être mari ni pour être père. S'il s'investissait avec Lara, s'il s'investissait de façon permanente, les choses pourraient tourner mal pour lui. Pour les enfants aussi.

Il n'y survivrait pas. Il ne pourrait pas assurer son travail au quotidien en sachant qu'ils pourraient être en danger à cause de lui. La meilleure chose qu'il pouvait faire pour les préserver était de s'en aller. Le plus tôt serait le mieux.

Il avait vu ce que la disparition de son père avait fait à sa mère. Il savait ce que la mort de Leila lui avait fait. Il n'infligerait cela à personne. Ces dernières années, il s'était même éloigné de sa mère en acceptant des missions de plus en plus dangereuses. Après la perte de son mari, elle avait compensé son vide affectif en faisant de son fils le centre de son univers, et cette situation avait duré un moment. Puis il s'était délibérément coupé d'elle, et elle s'était fait des amis, construit de nouveaux repères. Il avait voulu qu'elle ait une vie normale, quoi qu'il puisse lui arriver.

Et il voulait la même chose pour Lara.

Les sentiments étaient incompatibles avec son travail. Dans sa profession, les risques qu'il soit blessé ou tué étaient permanents. Il voulait que personne ne souffre à cause de lui. Et il ne pouvait se permettre de penser à ceux qu'il laissait derrière lorsqu'il mettait les pieds dans un conflit armé.

Sortant du lit, il enfila pantalon et sweat-shirt.

— Où vas-tu ? demanda-t-elle d'une voix ensommeillée.

— Il faut que je me présente à mes supérieurs pour le débriefing.

D'abord le colonel Wilson, puis le FBI. Il aurait dû le faire tout de suite après la fusillade. Il avait déjà négligé ses devoirs professionnels.

— Tu veux que je t'attende pour que nous puissions voir ensemble les enfants à l'hôpital, demain matin ?

Elle était si belle, si émouvante dans la lumière douce, les cheveux ébouriffés par leurs étreintes, les courbes séduisantes de son corps apparentes sous la couverture. Chaque parcelle de son être lui hurlait de faire marche arrière.

— Je ne reviendrai pas.

— Ah, bien. Dans ce cas je les emmènerai directement à la maison. Tu n'as qu'à venir dès qu'ils t'auront libéré, peu importe l'heure. Je veux les avoir contre moi des jours et des jours et ne plus m'en séparer. Sauf, peut-être, pour leur photo avec le Père Noël, au centre commercial. Nous l'avons déjà fait l'année dernière. Je veux répéter cela tous les ans pour qu'un jour ils puissent découvrir leurs changements physiques d'une année à l'autre.

Elle lui sourit, les yeux lourds de sommeil. Sa simple vue suffisait à stopper les battements de son cœur.

Il recula d'un pas du lit.

— Je ne reviendrai pas, répéta-t-il d'une voix plus dure.

Il tenta de durcir également son cœur, mais cela s'avéra beaucoup plus difficile.

Lara se redressa sur son séant, les yeux grands ouverts, la couverture serrée sur sa poitrine. Tout signe de fatigue avait disparu de son visage.

— Jamais ?

— Je prendrai des dispositions. Des gens s'occuperont de toi. Je t'avertirai quand tout sera réglé.

Puis il tourna les talons. Il ne voulait pas voir la peine dans ses yeux.

Il ramassa ses clés de voiture, son portefeuille, son pistolet. Quelques pas de plus, et il fut hors de la chambre. Il referma la porte et ne s'arrêta qu'une fois devant l'ascenseur. Il colla le front à la porte en attendant la cabine.

Peut-être était-il le plus stupide, le plus insensible salaud de toute la planète. Mais il avait fait ce qu'il devait faire. Il allait protéger ceux qui comptaient le plus pour lui et prendre soin d'eux. Mais à distance. C'était le mieux pour eux.

Quant à lui, il ne se faisait guère d'illusions. Il devrait apprendre à vivre avec la douleur.

12

Presque deux jours s'étaient écoulés depuis qu'il avait laissé Lara dans cette chambre d'hôtel. Et ces deux jours avaient sérieusement mis à mal son équilibre mental.

Durant plus de cinq heures il avait répondu aux questions du colonel, veillant à minimiser le rôle de Cade afin qu'il n'ait pas trop d'ennuis. Le colonel Wilson l'avait vertement engueulé, taillé en pièces, puis, au lieu de le punir, lui avait octroyé deux semaines de congé pour qu'il récupère avant de partir à l'étranger pour une nouvelle mission.

Son débriefing au FBI avait été pire. Cela faisait très longtemps qu'il n'avait pas entendu des gens lui hurler dessus de la sorte. Naturellement, il avait été déchargé du dossier Jimmy Sparks, ce qu'il regrettait beaucoup dans la mesure où depuis deux ans ses doigts le démangeaient de se refermer sur le cou de Sparks.

Comme punition supplémentaire, il avait dû passer une journée complète avec Adams, son superviseur, à remplir les nombreux blancs dans son rapport final pour le FBI. Les bureaux étaient presque déserts. Tous ceux qui n'avaient pas une affaire importante en cours avaient pris leur journée. On était le 24 décembre, veille de Noël.

— Donc, après que je vous ai dit de vous présenter ici avec Mlle Jordan, vous avez organisé une rencontre avec Kenny Briggs, membre notoire d'une cellule terroriste, sans en aviser le Bureau.

— C'est exact.

L'expression d'Adams était de plus en plus consternée à mesure que l'entretien avançait, et son regard de plus en plus lourd et réprobateur.

Reid haussa les épaules.

— Vous avez eu Kenny et son frère, pas vrai ?

Cade les avait livrés sans rencontrer de problèmes.

— Là n'est pas la question, objecta Adams, avant de pousser un soupir excédé. Donc, en vous basant sur une information fournie par Briggs, vous vous êtes introduit seul dans un lieu suspecté d'être un repaire de terroristes.

— Mlle Jordan était avec moi. Elle m'a apporté une aide non négligeable.

Adams secoua la tête

— Ne me parlez pas de cela.

En tant que superviseur de Reid, lui aussi était sur la sellette.

— A quoi avez-vous pensé ? Amener ainsi une civile en terrain d'opération…

— J'ai pensé que c'était légitime. Personne n'avait plus à perdre qu'elle dans cette affaire.

Du reste, à aucun moment il ne l'avait perdue de vue. Et même s'il l'avait fait, pour qu'elle accepte de rester en arrière, il aurait dû l'attacher au volant de la voiture avec des menottes.

— C'est une femme de caractère. Elle a assuré.

Adams le considéra un long moment d'un œil circonspect.

— Vous avez une relation personnelle avec Mlle Jordan ?

— C'est la mère de mes enfants.

— Avez-vous eu des relations sexuelles avec elle dans le courant de votre mission ? clarifia Adams.

— Je ne vois pas en quoi ça vous regarde.

Les muscles de sa mâchoire commençaient à se crisper. Il était incapable de mettre des mots sur ce qui se passait entre elle et lui. A vrai dire, il était dépassé par tout ce qu'ils avaient vécu ces deux derniers jours. Les images torrides de ce qu'ils avaient partagé refaisaient surface aux moments les plus malvenus et le rendaient fou.

Il entendit presque les dents d'Adams grincer.

— Vous rendez-vous compte que vous avez engagé la responsabilité du FBI ?

Un silence tendu s'installa entre eux. Reid dut se faire violence pour ne pas jeter la procédure aux orties et quitter le bureau. Par égard pour le colonel, il décida de rester jusqu'au bout, même si cela lui coûtait.

Adams revint à ses notes.

— Je vois ici que vous avez tué l'un des hommes avant de pénétrer dans le bâtiment. Il était sorti pour raccompagner Jimmy Briggs à sa voiture.

Ç'avait été la surprise du jour. Jimmy Sparks était en fait Jimmy Briggs, le deuxième cousin de Kenny. Celui-ci l'avait avoué lors de son interrogatoire, le matin même. Deux ans plus tôt, le nom de Sparks lui avait servi de couverture à Hopeville. Ce lien du sang expliquait la rapide montée en grade de Kenny, malgré ses capacités limitées. Ainsi, Jimmy — désormais à la tête de la cellule — s'appuyait de plus en plus sur sa famille, les seules personnes en qui il avait vraiment confiance.

— Et vous n'avez pas vu Joey Briggs, là-bas ?

Reid secoua la tête. Joey était le frère cadet de Kenny. De savoir que Jimmy et lui étaient en liberté quelque part, lui procurait un profond malaise.

— Une idée du lieu prévu pour la diffusion du virus ?

— D'après Kenny, au tribunal de Parson Hill, répondit Adams. C'est là que son père a été condamné.

Logique. C'était la motivation principale des frères Briggs pour faire sauter le gouvernement. Autant commencer leur « croisade » par une institution locale où ils avaient par ailleurs des comptes personnels à régler. Et maintenant que Reid savait que Jimmy Sparks était Jimmy Briggs, le cousin de Kenny, les choses devenaient très claires. Les pères de Jimmy et Kenny avaient été condamnés à mort en même temps.

— Donc, Kenny a décidé de se mettre à table.

— Nous nous sommes servis du petit frère comme moyen de pression, avoua Adams.

Il détourna les yeux, visiblement peu fier de lui dans la mesure où, au début du débriefing, il avait reproché à Reid de faire la même chose.

— Qu'a-t-il dit d'autre ? demanda ce dernier.

— Qu'un assassinat était également prévu demain matin à l'hôtel de ville. Celui du maire, pendant son discours de Noël. Aux dires de Kenny, le tueur qui en était chargé a été descendu à l'abattoir. Kenny a identifié tous ceux qui s'y trouvaient grâce aux photos des techniciens du labo. En tout cas, nous envoyons une équipe du SWAT en civil à la mairie et prenons toutes les mesures de sécurité nécessaires.

Un projet d'assassinat du maire…

Qui était l'avocat général au procès des frères Briggs. Une sombre pensée vint tout à coup à l'esprit de Reid.

— Juste par curiosité, quel est l'emploi du temps du gouverneur pour les fêtes ?

— Comment le saurais-je ?

— Il y a vingt ans les frères Briggs, pères de Kenny et de Jimmy, ont été condamnés à la peine de mort par le tribunal de Parson Hill. Le maire n'est autre que l'avocat général de l'époque. Et le gouverneur, le juge qui a présidé le procès.

Adams sembla se pétrifier.

— Kenny a évoqué une sainte trinité de la vengeance. Nous avons pensé qu'il voulait parler de Jimmy, Kenny et Billy.

— Sauf qu'il y a aussi Joey Briggs. Toujours dans la nature.

Et en tandem avec Jimmy, capable d'exécuter le troisième volet de leur mission vengeresse, s'il y en avait un.

Adams était déjà en ligne avec le chef de l'équipe chargée de la protection du gouverneur.

— Les problèmes de sécurité dont nous avons discuté plus tôt ne sont peut-être pas tous résolus, expliqua-t-il. Pouvez-vous me lire l'emploi du temps du gouverneur pour les fêtes ?

Il écouta quelques secondes.

— Je vois.

— Alors ? demanda Reid lorsqu'il eut raccroché.

— Le gouverneur doit effectuer un shopping de dernière minute au Johnson Mall, le grand centre commercial du nord-est de Philadelphie, une idée de son conseiller en communication pour booster l'économie…

Il consulta sa montre.

— En ce moment même. Ensuite il sera en vacances jusqu'au Nouvel An.

Les rouages du cerveau de Reid se mirent à tourner à toute vitesse. Le type à l'extérieur du vieil abattoir avait refusé à sa femme qu'elle emmène leurs enfants au centre commercial.

— Que fait-on pour Joey Briggs ? demanda-t-il. Il y a quelques années encore, c'était un citoyen ordinaire. Il travaillait sur toutes sortes de chantiers, y compris de démolition. Puis il s'est laissé entraîner dans le cercle de Kenny.

— De démolition, répéta Adams avec un froncement de sourcils.

— Une opération à trois volets. Le virus au tribunal. L'assassinat du maire à l'hôtel de ville. Et une bombe au Johnson Mall pour le gouverneur.

Tandis qu'Adams composait un nouveau numéro sur son portable, Reid se précipita vers la porte. Il se souvenait d'une des dernières paroles de Lara. Elle devait emmener les jumeaux au centre commercial pour leur photo avec le Père Noël.

Et le Johnson Mall était le plus proche de Hopeville.

*
* *

Le centre commercial était bondé à cause de la venue du gouverneur, et il y avait des caméras partout. Si Lara avait imaginé qu'il y aurait une telle foule, elle se serait arrangée pour venir plus tôt. Elle arrêta sa poussette double devant une rangée de boutiques gaiement décorées du niveau supérieur. Les jumeaux étaient calmes, heureux comme des princes, grâce aux bâtons de sucre d'orge qui leur avaient été offerts à leur arrivée.

Les photos prises avec le Père Noël étaient rangées dans son sac. Elle en avait fait tirer une copie pour Reid et une pour sa mère, même si elle ne savait pas comment les contacter. Reid avait promis de l'appeler lorsque les arrangements pour sa nouvelle existence seraient pris. Il ne l'avait pas encore fait. Elle en souffrait, mais préféra ne pas y penser. Elle n'allait pas se lamenter sur son sort. Zak et Nate méritaient de passer une joyeuse fête. Si son cœur était une plaie ouverte, personne n'avait besoin de le savoir.

Elle s'attarda devant les étalages scintillants, regrettant de ne pouvoir mettre plus de noms sur sa liste de cadeaux de Noël. Peut-être l'année prochaine… Son affaire se développait lentement mais sûrement. Elle jouissait d'une bonne réputation, et le bouche à oreille faisait le reste. Les années difficiles ne seraient peut-être bientôt plus qu'un souvenir.

Elle sourit à ses bébés, débordant d'amour.

— Ne mangez pas trop vite, les gronda-t-elle gentiment, avant de relever les yeux.

Diriger une poussette double dans une foule n'était pas chose aisée, et… et…

Alors qu'elle ne l'avait jamais vu, elle le reconnut instantanément. Il était la copie conforme de ses frères, Kenny et Billy. Elle ne se rappelait pas le prénom cité par Reid, mais elle était sûre que l'homme qui venait de sortir du couloir réservé au service d'entretien en jetant des regards nerveux autour de lui, était le troisième des frères Briggs.

Des acclamations s'élevèrent depuis le rez-de-chaussée. Elle jeta un coup d'œil par-dessus le garde-fou couvert de guirlandes. Le gouverneur commençait son discours, offrant aux caméras son sourire le plus commercial.

Le frère Briggs s'arrêta lui aussi pour regarder en bas, une expression de haine sur le visage. Puis ses lèvres se retroussèrent en un sourire malsain.

Le sixième sens de Lara lui disait qu'il n'était pas ici pour faire ses dernières emplettes de Noël. D'après Reid, les membres du groupe auquel appartenaient les Briggs n'étaient pas seulement contre le gouvernement, ils étaient également anti-religion, anti-capitalistes et exécraient la société de consommation, qui n'était pour eux qu'une vampirisation du sang des pauvres par les riches. D'une manière générale, ils en voulaient à tous ceux dont ils estimaient qu'ils leur avaient fait du mal.

L'homme consulta sa montre, puis, tout en marchant dans la direction de Lara, la regarda à nouveau avant d'accélérer le pas. Il semblait soudain très pressé de quitter les lieux.

Où allait-il ? Lara regarda derrière elle, et son attention se focalisa sur l'escalier d'incendie qui menait à une sortie de secours. La manière dont il se hâtait lui faisait penser au trottinement d'un rat se précipitant pour quitter un navire en perdition.

Elle eut soudain un très mauvais pressentiment.

Pétrie d'angoisse, elle fouilla l'étage des yeux. Un agent de sécurité se tenait en haut de l'escalator. Avec sa large poussette à deux places, il lui faudrait plusieurs minutes pour fendre la foule de clients fébriles et parvenir jusqu'à lui. Et même si elle y arrivait, la croirait-il ? Elle n'avait pas le temps de le convaincre que quelque chose de terrible était sur le point de se produire, quand bien même son instinct le lui hurlait.

Autrement dit, elle devait trouver par elle-même le moyen de faire partir tout le monde du centre commercial. Elle fit la seule chose qui lui vint à l'esprit. Otant les jumeaux de leur poussette, elle les cala sur ses hanches et courut vers l'escalator en criant :

— Au feu ! Au feu ! Partez !

La panique fut immédiate.

Si elle se trompait, elle aurait des ennuis pour avoir lancé une fausse alerte. Si elle avait raison, elle sauverait peut-être la vie de tous les hommes, femmes et enfants présents dans le centre commercial.

— Au feu ! continua-t-elle à hurler.

Le frère Briggs fut soudain devant elle. Il lui donna dans la tempe un violent coup de coude qui la fit tomber par terre, puis il la traîna avec les enfants dans le couloir d'où il venait. Dans la bousculade, personne ne fit attention à eux.

— Presque tout le monde a été évacué, expliqua un gradé du FBI à Reid dès son arrivée sur les lieux. Mais Joey Briggs a pris plusieurs otages, dont le gouverneur. Lorsque nous avons pu joindre son chef de la sécurité, il était trop tard. Il y avait un tel chaos que ses hommes se sont trouvés dans l'incapacité de lui porter secours. Briggs veut pouvoir sortir sans être inquiété et exige également la libération de ses frères, faute de quoi il fera sauter tout le bâtiment.

Adams l'avait appelé au préalable pour l'informer que Reid détenait des renseignements très utiles concernant l'identité des coupables potentiels. Apparemment, dès lors que la vie du gouverneur était en jeu, les péchés étaient vite pardonnés.

— Et nous pensons qu'il n'agit pas seul, poursuivit l'officier. Lorsqu'il a posé ses exigences, il y avait en arrière-plan une voix d'homme qui semblait lui donner des ordres.

— Jimmy Briggs ?

— Ça paraît le plus logique.

Les cicatrices de brûlures, sur sa poitrine, chatouillèrent Reid. Aussi longtemps qu'il vivrait, jamais il n'oublierait le visage de Jimmy, en contre-jour sur les flammes de l'incendie de sa boulangerie. En d'autres circonstances, il aurait été heureux d'avoir cette ordure face à lui, mais en cet instant la priorité c'était Lara et leurs enfants.

Sa voiture était sur le parking. Il avait tenté de l'appeler sur son portable, mais sans succès. Contre toute probabilité, il espérait qu'ils n'étaient pas dans le centre commercial, que d'une manière ou d'une autre ils s'en étaient échappés. Mais il ne pouvait ignorer le sombre pressentiment qui s'était emparé de lui.

Un homme en uniforme noir du SWAT arriva vers eux en courant.

— Il y a une complication, monsieur, annonça-t-il.

— De quoi s'agit-il ? aboya l'officier.

— La principale canalisation de gaz qui alimente le nord de la ville passe exactement sous le parking. S'il se produit une explosion assez importante, tout ce propane pourrait également s'embraser.

Jimmy Briggs le savait-il, ou était-ce juste une heureuse coïncidence pour lui ?

Reid jura entre ses dents.

— Si cette conduite explose, cela détruira un certain nombre d'îlots d'habitations autour du centre commercial. Vous feriez mieux de commencer tout de suite les évacuations, conseilla Reid. J'entre.

— Certainement pas. Vous êtes ici pour nous fournir des renseignements, rien d'autre. La vie du gouverneur Ferriss est en jeu. L'intervention d'un franc-tireur est hors de question.

— Essayez de m'arrêter.

L'officier du FBI s'avança d'un pas et adressa un signe à quelques membres du SWAT regroupés derrière lui.

— Je le peux et je le ferai, croyez-moi. Si…

Mais un appel sur son portable lui coupa la parole.

— Oui, monsieur. Oui, monsieur, répondit-il à son interlocuteur avant de raccrocher, la mine furibonde.

Il fit signe aux hommes derrière lui de s'écarter.

— Vous pouvez y aller.

Merci, colonel, songea Reid en se lançant dans un sprint.

Ils étaient dans le local de sécurité du centre commercial. Les six assaillants regardaient le mur d'écrans vidéo, tandis que leurs six otages étaient pieds et poings liés sur des chaises, à l'exception de Lara, qu'ils n'avaient pas ligotée pour qu'elle puisse s'occuper de ses bébés et fasse en sorte qu'ils se tiennent tranquilles.

Lorsque la pagaille s'était déclenchée, chacun d'eux avait pris un otage là où il se trouvait. En sa qualité de chef, Jimmy Briggs s'était emparé du gouverneur. Apparemment, ils avaient envisagé toutes les éventualités.

Lara tourna les yeux vers ces quelques personnes qui avaient eu la malchance de se trouver au mauvais endroit au mauvais moment. La mine décomposée, le gouverneur Ferriss avait une égratignure au menton. L'un de ses gardes du corps, un véritable colosse, avait une entaille sur le front. Une femme âgée marmonnait des prières à voix basse. Deux adolescentes placées côte à côte dans un coin pleuraient en silence.

— Ecoutez, la seule solution pour que tout cela finisse bien est que vous nous laissiez partir, dit le garde du corps.

Ce n'était pas la première fois qu'il tentait de négocier depuis qu'ils avaient été amenés ici.

Jimmy Briggs le considéra avec un sourire mauvais.

— Mon idée d'une bonne fin est : vous morts, moi en liberté, répliqua-t-il.

Il retourna observer l'écran qui montrait le parking. Celui-ci était en cours d'évacuation. La police et les membres du SWAT invitaient les derniers civils à quitter les lieux.

— Ecoutez-moi. Pour l'instant il n'y a eu ni mort ni blessé. Vous pouvez encore vous en sortir avec des charges mineures, mentit le colosse. Vous pourrez même peut-être bénéficier d'une libération sous caution et éviter la prison.

Jimmy avait kidnappé le gouverneur. Ils n'allaient pas le laisser partir avec une simple tape sur la main, songea Lara.

Mais Jimmy n'était pas dupe.

— Je ne retournerai pas en prison.

Le téléphone du bureau sonna. Il tourna le dos aux otages et décrocha, les lumières du plafond se reflétant sur son crâne chauve.

— Je veux un hélicoptère et un million de dollars en liquide. Je veux que tous vos hommes dégagent du parking. Je peux vous voir sur le circuit vidéo, aussi ne tentez rien de stupide, déclara-t-il à la personne à l'autre bout de la ligne.

Il écouta un bref instant, avant de reprendre :

— Le centre commercial est truffé d'explosifs. Si vous ne m'obéissez pas, je fais tout sauter, compris ? Vous avez une heure.

Puis il raccrocha sans attendre la réponse.

Il se comportait comme si c'était lui qui dirigeait les opérations, comme si tout se déroulait selon ses propres plans. Mais son regard trahissait son extrême tension. Peut-être avait-il un plan B pour un imprévu tel que celui-ci mais, de toute évidence, ce n'était pas son préféré. Le projet initial, supposa Lara, devait être de régler l'allumage des bombes, de quitter les lieux et de faire sauter le Mall avec le gouverneur dedans.

Elle avait fait capoter ce plan. Une catastrophe avait été

évitée. Cela étant, elle n'avait peut-être fait que retarder l'inévitable…

Attirant Zak et Nate contre elle, elle enfouit son visage entre leurs chauds petits corps.

— Nous allons rester bien sages pendant encore un petit moment, d'accord ? Ensuite nous rentrerons à la maison. Et vous savez quoi ? Demain matin, le Père Noël viendra.

— No-é, dit Nate, les yeux brillant d'impatience.

— Noël, rectifia-t-elle.

— Ri-ro, dit Zak.

— Non, mon poussin, pas à la télé. Mais quand nous serons rentrés, nous regarderons *Henry le Héros*, c'est promis.

Elle veilla à ce que leur attention demeure fixée sur elle, et non sur les méchants derrière eux.

Jusqu'ici, Jimmy ne l'avait pas reconnue. Certes, ils ne s'étaient pas beaucoup vus, à Hopeville. Sa boucherie n'était ouverte que depuis deux semaines quand elle avait brûlé. Et physiquement, elle avait changé. Elle s'était coupé les cheveux et avait pris un peu de poids après la naissance des bébés.

Mais il pouvait reconnaître les jumeaux. Il s'était rendu à l'ancien abattoir quand ils y étaient. Elle comptait sur le fait qu'il était un voyou, et qu'il était trop accaparé par ses funestes projets pour s'intéresser à une paire de gosses. S'il était allé à l'abattoir, c'était pour parler business. Il était tout à fait possible qu'il n'ait même pas regardé le berceau. Seigneur, que se passerait-il s'il les reconnaissait, les jumeaux ou elle ?

Cette question la taraudait depuis vingt minutes. Elle pourrait toujours lui donner une fausse identité, affirmer qu'il se trompait de personne. Etait-ce si important pour lui de la tuer sur-le-champ ? Il comptait tous les supprimer de toute façon…

Son instinct, toutefois, lui disait de garder la tête basse et de se faire aussi discrète que possible. Attirer l'attention d'un terroriste déséquilibré était la dernière chose qu'elle souhaitait. Sauf s'ils se retrouvaient face à face et qu'elle ait sous la main un couperet de boucher.

Parce qu'elle n'était pas près d'oublier que c'était lui qui avait fait enlever ses bébés, lui qui avait incendié son commerce, lui qui était responsable des graves brûlures de Reid.

— Vous avez une vue d'ensemble du centre commercial sur ces écrans, lui fit remarquer le garde du corps du gouverneur. Comment se fait-il que nous ne voyions aucune de vos bombes ?

— Elles sont dans le circuit de ventilation, répliqua-t-il.

Le colosse ne parut guère convaincu.

— Comment avez-vous pu vous y introduire sans que cela soit filmé par les caméras ? Elles couvrent le moindre recoin.

— Pas les toilettes, ironisa Jimmy. Ce serait illégal.

— Avez-vous une idée de la quantité d'explosifs qu'il faudrait pour détruire une structure aussi vaste ?

Jimmy perdit patience. Il pivota vers l'homme et braqua son arme sur sa tête.

« Tu la fermes ou tu meurs », disait son regard.

Le garde du corps serra les lèvres, se renversa contre son dossier et échangea un regard avec le gouverneur.

Lara pria pour qu'ils ne sous-estiment pas leurs adversaires en tentant une action risquée.

De toutes les personnes qu'ils détenaient, elle était la seule à connaître les antécédents criminels de Jimmy et de son cousin Joey. Et elle était prête à parier un an d'approvisionnement en filet de bœuf premier choix qu'ils savaient très exactement ce qu'il fallait comme explosifs pour accomplir leur noir dessein.

13

Reid s'introduisit dans le Johnson Mall par le toit, en se glissant dans l'une des bouches d'air du circuit de ventilation.

Sa surprise grandissait à mesure qu'il progressait dans le vaste réseau. Celui-ci contenait assez de charges de C4, disposées à intervalles réguliers, pour faire sauter tout le centre commercial ainsi que quelques bâtiments périphériques. Et à coup sûr faire exploser la conduite principale de propane.

Le bon point, c'était qu'il se trouvait à l'intérieur de la structure et connaissait la localisation des charges. Le mauvais, c'était que même s'il s'y connaissait un peu, il n'était pas un spécialiste des explosifs. Il lui aurait fallu une journée entière pour toutes les désamorcer — et encore, avec beaucoup, beaucoup de chance.

Or, ils n'avaient pas une journée devant eux. Jimmy Briggs leur avait donné une heure. Sur cette heure, Reid avait déjà utilisé quinze minutes pour pénétrer dans la place sans être vu.

Dire que les choses ne se présentaient pas bien était un euphémisme.

Mais il était prêt à tout donner pour faire sortir les otages, leur sauver la vie ou perdre la sienne en essayant. Cette seconde option était de loin la plus probable. En outre, Lara et les jumeaux étaient sans doute piégés quelque part au-dessous de lui. Il ne supportait pas l'idée de ne pas savoir comment les choses se passaient pour eux, ni ce qu'ils faisaient. Les quitter avait été une grande idée. En théorie. Car il se rendait compte à présent que c'était « mission impossible ».

Il sortit son portable et tapa un texto à l'intention du chef de l'équipe d'intervention, qui attendait dehors.

Bombes confirmées ventil.

Il ne voulait pas prendre le risque de parler. Le circuit de ventilation aurait porté sa voix. Ils avaient avec eux un groupe d'experts en explosifs et un robot, mais ils ne pouvaient accéder au toit. Cela, c'était la tâche d'un commando d'élite entraîné à tous les types de situations. Une équipe complète, avec ses encombrantes tenues de protection, ne pouvait y arriver.

Il était seul sur ce coup. Mais pour la première fois de sa carrière, cette idée ne le réjouissait pas.

Le sort de Lara, Zak et Nate, sans compter celui des otages, dépendait de lui. Le mieux qu'il pouvait faire était de commencer à désamorcer les bombes là où il était, et d'abattre le plus de travail possible avant l'échéance du délai. Il ne pourrait toutes les neutraliser, il le savait. Il descendrait en laissant celles qui restaient, quel qu'en soit le nombre. Mais il y avait une petite chance pour que les otages se trouvent dans une partie du bâtiment qu'il allait sécuriser.

Sortant ses outils de la poche intérieure de ses bottes, il se mit à l'ouvrage, armé d'une farouche détermination. Fil bleu ou fil rouge ? Il les suivit de leur point de départ à leur point d'arrivée. Bleu, décida-t-il. La respiration bloquée, la sueur perlant sur son front, il le sectionna.

La bombe n'explosa pas.

Ses épaules s'affaissèrent de soulagement.

Il se déplaça vers l'engin suivant. Cette fois, les fils étaient vert et jaune. Sa première expérience ne lui servait donc à rien. De nouveau, il bloqua son souffle, transpira et coupa. Pas d'explosion.

Cinq minutes s'étaient écoulées. Il avait désamorcé deux bombes. Il devait y en avoir au moins une centaine dans tout le centre commercial. Et à chacune la chance pouvait tourner. Qu'il ne déclenche le mécanisme d'aucune bombe, qu'il sectionne à chaque fois le bon fil, était statistiquement impossible.

L'instant était parfait pour proférer la panoplie de jurons qu'il connaissait, plus salés les uns que les autres. Sauf qu'à présent il était papa, et la veille il s'était promis de se débarrasser de cette mauvaise habitude.

— Flûte et zut ! pesta-t-il au lieu de cela.

Il se ratatina aussitôt.

Si ses potes du SDDU l'entendaient…

Son portable se mit à vibrer dans sa poche.

En parlant de malheur…

C'était un texto. Il était de Cade.

Nous sommes là.

Reid crispa la mâchoire. Cade allait lui-même être père d'un jour à l'autre. Il n'avait rien à faire ici. Personne n'attendait cela de lui. Ce n'était pas sa mission. Il ne devait pas risquer d'être blessé. Ils ne formaient pas une équipe.

Tout en se déplaçant vers la bombe suivante, il envoya sa réponse.

Là où ?

Sur le toit.

Reid étudia les fils, la sueur roulant sur son front.

Combien ?

Moi, Carly, Nick, Spike.

A chaque nom, il cligna des yeux. Par quel miracle Cade était-il parvenu à rassembler cette *dream team* ? Et, bon sang, pourquoi étaient-ils venus ? Chacun avait appartenu, ou appartenait, au SDDU. Chacun était une légende. D'accord, il les connaissait, mais ce n'étaient pas des amis intimes. Tous avaient des enfants. Pourquoi risqueraient-ils de tout perdre pour lui ?

Je travaille seul.

Sur cette réplique, il posa son téléphone de côté, sectionna le fil rouge et retint son souffle.

Rien n'explosa.

Il ramassa le portable. Un message attendait.

Plus maintenant.

Une étrange sensation l'envahit. Tous ces gars qui rappliquaient. Pour lui. Pendant un court instant, il peina à respirer. Mais il n'avait pas le temps de s'attarder sur la signification de cette réaction, de voir si ça entrait dans ses paramètres de loup solitaire. Il écrivit :

Les conduites sont pleines de C4

La réponse de Cade ne tarda pas.

Nous gérons ça, va chercher les otages.

Reid s'avança dans le circuit, laissant derrière lui les mortelles devinettes. A chaque grille qu'il rencontrait, il regardait en bas. Toutes les boutiques étaient vides. Il se dirigea vers l'aile nord, où se trouvaient les bureaux de la sécurité. Même si Jimmy Briggs et ses acolytes n'y étaient pas, quelqu'un devait forcément garder un œil sur les écrans de contrôle. Ce dernier pouvait lui dire où ils étaient allés et de quelles armes ils disposaient.

Avant de s'y introduire, il avait brièvement étudié le

plan du Mall, et se déplaçait maintenant en se fiant à sa mémoire. Dix longues minutes s'étaient écoulées lorsqu'il arriva à un endroit où les conduites étaient si rouillées qu'il était évident qu'elles ne pourraient supporter son poids. Il chuterait à coup sûr à travers le plafond.

Il ne restait que la moitié du délai imposé par Jimmy.

Reid rebroussa chemin. Il s'arrêta au-dessus des plus proches toilettes et s'y laissa tomber comme un chat. Puis il entrouvrit la porte et jeta un coup œil dans le couloir. Satisfait, il sortit son silencieux de sa poche, le vissa sur son arme et visa la caméra de sécurité dans l'angle du plafond.

Le tout ne lui prit que trois secondes. Il y avait des centaines de caméras dans le centre commercial, et il était probable que les vidéos qu'elles transmettaient se relayaient sur le mur d'écrans de la salle de contrôle. Celui qui surveillait les moniteurs ne pouvait pas toutes les regarder en même temps. Au pire, il remarquerait simplement qu'une des caméras ne fonctionnait plus. Il ne saurait pas ce qui se passait.

— Nous avons de la visite, dit Joey.

Il effectua un retour sur image sur l'un des écrans. Une porte des toilettes du centre était entrebâillée de quelques centimètres, et l'on voyait pointer le canon d'un pistolet. Puis l'écran se brouilla.

L'ensemble de la séquence ne durait que quelques secondes, et l'étroite ouverture ne montrait qu'une fraction de visage d'homme, un nez droit et une partie des lèvres. Ce visage ne disait rien à Joey.

Mais Lara connaissait ces lèvres. Son cœur se mit à battre à grands coups.

— Papa est là, murmura-t-elle aux bébés.

Jimmy aboya une obscénité et envoya deux de ses hommes trouver l'intrus.

Les terroristes n'étaient plus que quatre, mais ses enfants et elle étaient les seuls otages non ligotés. Les attaquer était donc hors de question. Bien que… Elle avait vu le garde du corps du gouverneur se tortiller pour desserrer ses liens chaque fois que leurs gardiens avaient le dos tourné. Peut-être, s'il parvenait à se libérer…

Pour le moment, elle faisait le maximum à sa portée : se rapprocher petit à petit de l'armoire à dossiers placée dans l'angle de la pièce. Elle était en métal, et semblait assez solide pour offrir une protection lorsque le chaos finirait par éclater. Si Reid était dans la place, il était en train de se diriger vers elle et les jumeaux, cela ne faisait aucun doute.

Il est venu pour nous.

Cela devait vouloir dire quelque chose.

Elle le voyait d'ici se ruer en avant, le dos courbé dans son habituelle posture de commando, se jeter dans la bataille pour sauver toute personne en danger. Les sauver tous les trois, leurs bébés et elle. Puis son cœur chavira dans sa poitrine. Peu importait l'amère comédie qu'elle avait jouée après qu'il l'avait laissée à l'hôtel, peu importait qu'il veuille ou non les enfants, peu importait qu'il soit ou non l'exact opposé d'un père de famille, elle était toujours, et sans doute à jamais, irrémédiablement amoureuse de lui.

Des coups de feu éclatèrent quelque part du côté de l'aire de restauration. Zak se mit à pleurer. Nate glissa sur le sol. Elle le laissa faire tout en le retenant par la main. En aucun cas elle ne voulait qu'il s'approche des preneurs d'otages. Ces gens-là ne se laisseraient pas attendrir par des enfants en bas âge, elle ne se faisait pas d'illusions.

Elle embrassait Zak sur la tête afin de calmer ses pleurs quand le garde du corps du gouverneur lui heurta l'épaule. Elle tourna la tête. L'homme regardait droit devant lui, en direction de Jimmy et de ses sbires. Il lui présenta ses poignets entravés, dans le dos. Ils étaient en sang, mais au moins était-il parvenu à les libérer de la chaise.

D'autres coups de feu retentirent à l'extérieur. Jimmy envoya deux autres hommes voir ce qui se passait. Il ne restait plus que Joey et lui. C'était maintenant ou jamais. Lara posa Zak sur le sol à côté de son frère et, sans quitter son siège, les poussa vers l'armoire métallique. Puis elle échangea un regard avec le garde du corps.

Joey était plus petit que Jimmy. Elle se jeta sur lui, la tête la première. Pris par surprise, il s'écroula. Pendant ce temps, le garde du corps s'était occupé de Jimmy. Le crâne de Joey frappa l'angle d'une table. Un coup de chance. Lara avait un genou sur sa trachée lorsqu'un puissant coup de feu retentit derrière elle.

Elle virevolta sur elle-même, et vit le garde du corps étendu sur le sol, un trou dans la tête. Jimmy braquait son pistolet sur elle. Elle se releva aussitôt, les mains en l'air. Jimmy la frappa de son arme. Sa tête vola de côté, mais elle tint bon.

Zak et Nate accoururent vers elle en hurlant. Jimmy les repoussa brutalement, puis l'agrippa par le bras.

— Est-ce que je vous connais ? demanda-t-il en étudiant de près son visage.

La vieille femme, qui durant tout ce temps avait paru au bord de l'évanouissement, prit les bébés entre ses jambes afin de les empêcher de retourner vers leur mère. Lara lui lança un regard reconnaissant, puis secoua la tête en réponse à la question de Jimmy.

Celui-ci lui colla son arme sous le menton et lui fit lever la tête. Au même moment, la porte de la salle vola en éclats.

Reid se tenait dans l'encadrement, jambes écartées, les deux mains sur son arme, une expression de rage froide sur le visage. C'était la vision la plus fantastique que Lara ait jamais vue.

Jimmy poussa un cri de surprise et tourna son pistolet vers lui, tout en se servant d'elle comme bouclier.

— Comment se fait-il que vous soyez vivant ?

— Lâchez-la, ordonna Reid.

Jimmy sembla réfléchir un court instant. Il jeta un regard au gouverneur, songeant sans doute qu'il valait mieux retenir l'otage le plus précieux, puis ses yeux passèrent de Reid à Lara et un sourire glacial étira ses lèvres.

— Que je sois pendu ! Je savais bien que je l'avais déjà vue quelque part. Les retrouvailles des anciens amants. Comme c'est touchant !

Il éclata de rire.

— Bon Dieu, elle était chaude ce soir-là ! Vous étiez en pleine action quand nous sommes arrivés, aussi nous vous avons laissés terminer. Vous alliez crever, de toute façon, alors pourquoi ne pas vous laisser profiter encore un peu ? Je ne suis peut-être pas un saint, mais je ne suis pas un complet salaud.

Le visage de Reid s'assombrit d'un coup.

Lara crut mourir de gêne. Jimmy et ses hommes les avaient regardés faire l'amour ? A cette pensée, elle sentit un tremblement la parcourir.

— Je me suis toujours dit que je reviendrais pour elle.

Jimmy s'approcha d'elle et couvrit l'un de ses seins de sa main.

Ce fut le geste de trop.

La seconde suivante, il volait en arrière, le sang giclant de sa poitrine. Il aurait pu faire feu une dernière fois, mais au lieu de cela il lâcha son arme et plongea la main dans sa poche.

Lara se rua vers les enfants, Reid courut vers elle et referma sur eux ses bras solides. Juste à temps. Une explosion d'apocalypse secoua le Johnson Mall.

Ebranlés par la déflagration, une paire d'ordinateurs tombèrent par terre. Des dalles du faux plafond se brisèrent sur le sol. Puis ce fut tout. Le reste de la pièce demeura intact, grâce à Cade et aux autres.

Reid avait ressenti l'explosion dans tout son corps, et lorsqu'il avait plongé sur Lara et les gosses, il avait atterri sur sa mauvaise hanche. La douleur était aveuglante. Il décida donc de rester au sol. L'unité de secours allait arriver. Ils pouvaient gérer le reste.

— Reid ? Est-ce que ça va ? s'enquit Lara en essuyant la poussière sur son visage.

— Oui, tant que vous êtes en vie, toi, Zak et Nate, répondit-il, incapable de se résoudre à les libérer. Je ne partirai pas.

— Très bien. Reste tranquille jusqu'à l'arrivée des secours.

Elle le tâtait d'une main à la recherche de blessures, et de l'autre faisait de même avec les enfants.

Apparemment, ils étaient indemnes. Ils ne pleuraient plus, rassurés d'être avec leur mère. Ils regardèrent Reid avec une intense curiosité. Il devait ressembler à un monstre, avec toute cette saleté sur le visage. Les conduits de ventilation ne l'avaient pas épargné.

— Je veux dire, dans le long terme. En fait, j'aimerais rester avec vous trois.

Elle pencha la tête de côté.

— Toi, le loup solitaire ?

— C'était une erreur. J'ai besoin des gens. J'ai besoin de vous, Zak, Nate et toi. En fait… Je t'aime, Lara.

C'était la vérité toute nue. Et la meilleure raison qu'il pouvait lui donner. Si ce n'était pas assez…

Mais ça devait l'être, parce qu'elle l'embrassa aussitôt.

Il sentit les garçons le tirer en arrière.

— Père Noël ? demanda Nate d'une voix claire.

C'étaient les premiers vrais mots qu'il prononçait.

— Henry le Héros ? renchérit Zak.

Riant et pleurant en même temps, Lara s'écarta et plaça les jumeaux entre eux.

— Mieux, mes poussins. C'est votre papa.

Ils clignèrent des yeux, l'air solennel. Puis arborèrent le sourire le plus tendre qu'il ait jamais vu, et le cœur de Reid fondit dans sa poitrine.

— Vous êtes à moi, dit-il en les étreignant tous les trois.

Cette affirmation venait du plus profond de son être.

— Pour toujours, promit Lara.

Epilogue

— Je ferme, annonça Lara depuis la porte de communication entre leurs deux commerces.

Elle tourna les yeux vers la fenêtre, à sa droite. Dehors, la neige tombait avec régularité. Elle était prête à rentrer à la maison avec les enfants.

Elle n'avait pas chômé aujourd'hui. Les affaires étaient en plein boom. Les jumeaux étaient devenus les mascottes des deux magasins. Toute la journée ils couraient de l'un à l'autre, suivis avec une attention bienveillante par leur baby-sitter — ou, lors de ses fréquentes visites, par leur grand-mère qui se faisait un plaisir de les garder. De temps à autre ils faisaient une promenade dans le parc, et chaque après-midi revenaient à la maison pour leur sieste quotidienne.

Bien sûr, dans quelques mois ce rythme changerait. Ils avaient bientôt quatre ans, et l'heure de la maternelle avait sonné.

Reid s'essuya les mains dans un torchon, s'avança vers Lara et la gratifia d'un voluptueux baiser.

— Je rentre avec toi un moment. La pâte a besoin de lever.

Quelque chose entre eux n'avait pas attendu pour le faire, se dit-elle.

Il la serra contre le mur et approfondit son baiser, explorant sa bouche d'une langue experte, tout en lui caressant les seins avec application. Il était incorrigible.

— C'est un jour calme ?

— Tous les méchants de la Terre semblent avoir pris des vacances. J'ai renvoyé nos gars chez eux.

Ce qui signifiait qu'ils étaient seuls. Une onde de chaleur envahit Lara tandis que Reid massait de ses pouces les pointes de ses seins. La bouche de son mari dériva vers son cou, s'y attarda, puis descendit vers le creux entre ses clavicules, et poursuivit sa lente et excitante progression vers ses tétons durcis. Il en happa un, libérant ainsi l'une de ses mains. Qu'il glissa sous son genou pour lui relever la jambe et la caler sur sa hanche, tout en pressant contre son ventre la preuve manifeste de son désir.

— La bouchère, le boulanger… Nous devrions rendre visite à notre vieille amie la table à pétrir, suggéra-t-il dans un murmure brûlant.

— La dernière fois que tu as fait ça, tu m'as de nouveau mise enceinte, protesta-t-elle.

Les yeux de Reid s'arrondirent tandis qu'elle levait les yeux vers le haut du mur et s'écartait brusquement.

— Les caméras !

Lorsqu'il la touchait, elle avait tendance à tout oublier.

Il revint à la charge, nullement perturbé et apparemment fasciné par l'échancrure de son chemisier.

— J'effacerai la bande avant l'ouverture, demain matin.

Il posa sa main déployée sur son ventre. Elle n'était enceinte que de trois mois, et ça se voyait à peine.

— Je suis heureux d'être là pour t'accompagner tout au long de ta grossesse, déclara-t-il d'une voix amoureuse. Avant, je ne me rendais pas compte de ce que je ratais de ne pas connaître les jumeaux. C'est vraiment un miracle. Cade ne m'a pas raconté de bobards.

Alors qu'il l'embrassait avec ferveur, une faible alarme se déclencha dans le bureau du fond. Reid se sépara d'elle avec une grimace feinte.

Lara remit de l'ordre dans sa tenue. Ben et les autres

allaient arriver d'une seconde à l'autre. L'alarme devait sonner sur leurs portables.

Crise économique aidant, de nombreuses boutiques avaient fermé dans la zone commerçante de la ville. Et chaque fois qu'une nouvelle fermeture survenait, l'unité à laquelle appartenait Reid se débrouillait pour racheter l'endroit. Un homme était placé derrière le comptoir comme couverture, et les affaires se poursuivaient comme si de rien n'était. Mais dans le vaste grenier en mansarde qui courait au-dessus de la rangée de magasins, un centre d'opérations ultrasophistiqué avait été installé en secret.

Reid avait trouvé le moyen de continuer à faire son job tout en assurant la protection de sa famille. Bien qu'invisible pour un œil profane, la sécurité du groupe de commerces rivalisait avec celle de la Maison Blanche. Et comme Reid était le coordinateur du centre, il partait rarement en mission. Il réglait la logistique lorsqu'un appui était requis, mettant à profit la considérable expérience de terrain acquise au fil des années.

Etait-ce une coïncidence ? Toujours est-il que les affaires tournaient mieux que jamais. Le petit secteur commerçant de Hopeville était de plus en plus couru, surtout par les femmes. Le fait que les membres de l'unité secrète de Reid soient tous des garçons séduisants n'y était sans doute pas étranger.

— Je crains de ne pas pouvoir rentrer tôt ce soir, dit-il d'un ton bougon.

— C'est normal. Tu es le coordinateur des opérations.

Il haussa un sourcil.

— Je préfère maître espion.

Elle ne put retenir un sourire.

— Je t'interdis de te moquer, dit-il avant de lui offrir un baiser enflammé.

— A vos ordres, mon capitaine, répondit-elle lorsqu'elle put de nouveau respirer.

Il plongea son regard dans le sien.

— Je suis désolé. J'avais des projets pour nous. Ça ne t'ennuie pas trop ?

— Je savais qui tu étais quand je t'ai épousé. Je t'aime tel que tu es, avec tout ce que tu fais.

— Je t'aime, moi aussi. Les garçons et toi, vous êtes la plus belle chose qui me soit jamais arrivée.

Sa répugnance à la quitter se lisait encore dans ses yeux, mais sa posture se modifiait déjà et tout son langage corporel exprimait le guerrier prêt à l'action.

Des voitures s'arrêtèrent sur le parking. L'équipe était là. Il l'embrassa une dernière fois, puis partit en courant.

Lara prononça une prière silencieuse pour tous ceux qui avaient besoin d'aide. Puis elle tourna les talons pour regagner son foyer, où ses enfants attendaient les câlins maternels.

Peut-être ne finirait-elle pas en pilote intrépide comme Granny Jordan, mais elle élevait deux petits garçons, ce qui était en soi une formidable aventure. Et personne, absolument personne, ne pouvait lui reprocher d'avoir épousé un homme terne et ennuyeux. Non, elle ne vivait pas la vie de sa grand-mère. Mais elle ne vivait pas non plus celle de sa mère. Et c'était parfait pour elle.

Elle avait aujourd'hui sa propre vie, ses propres défis et sa propre famille. Une famille merveilleuse.

Elle avait aussi son maître espion personnel, un héros qui, une fois encore, allait sauver Noël.

MALLORY KANE

Les disparus de Comanche Creek

BLACK ROSE

HARLEQUIN

Titre original : CLASSIFIED COWBOY

Traduction française de VERONIQUE MINDER

83-85, boulevard Vincent-Auriol, 75646 PARIS CEDEX 13.
Service Lectrices — Tél. : 01 45 82 47 47
www.harlequin.fr

1

— Hé, vous là-bas ! Qu'est-ce que vous faites ? Vous n'avez pas vu le ruban jaune ? C'est la police technique et scientifique !

Sur ces mots, Wyatt claqua la portière de sa jeep Liberty et s'approcha d'un pas belliqueux des intrus qui avaient pénétré sur *sa* scène de crime. Celle-ci se trouvait à la pointe sud-est des terres de Jonah Becker. Le domaine de ce dernier totalisait cinquante kilomètres carrés, et la ville de Comanche Creek était de taille si modeste qu'elle aurait pu tenir à l'intérieur de son périmètre.

Cela dit, non seulement les propriétaires des deux Land Rover boueuses garées aux abords de la scène de crime enfreignaient la loi, mais ils étaient susceptibles de la polluer ! fulmina Wyatt en son for intérieur. Bon sang, où était passé l'un des deux adjoints du shérif Hardin chargé de la surveillance ?

Wyatt allait de nouveau interpeller les importuns quand le grondement d'un générateur s'éleva dans l'air humide de cette nuit pluvieuse. La lumière jaillit d'un immense spot dans un grésillement désagréable.

La main devant les yeux pour éviter d'être ébloui, Wyatt ne s'en dirigea pas moins dans cette direction.

Une voix cria alors :

— Ben ? A ton tour !

Le jeune homme qui venait de s'exprimer portait sa casquette de travers et un jean qui lui glissait sur les hanches.

A la suite de son injonction, un deuxième projecteur s'alluma, et l'endroit fut éclairé comme en plein jour par une lumière blanche et crue.

Bon sang, constata Wyatt, il y avait plus de monde qu'il ne l'avait pensé ! Il devait au plus vite reprendre le contrôle de la situation. Sinon, la scène de crime allait être irrémédiablement souillée !

— Hé, vous ! lança donc Wyatt, en attrapant le jeune homme par le bras.

Ce dernier eut un soubresaut.

— Ça va pas, non ? Lâchez-moi !

— Où est l'adjoint du shérif ? tonna Wyatt.

— Aucune idée ! s'exclama le jeune homme, regardant Wyatt par-dessous sa visière de casquette. C'est quoi votre problème ?

— *Mon* problème, c'est que toi et tes petits copains, vous vous trouvez actuellement sur *ma* scène de crime ! Qui vous en a donné l'autorisation ?

— *Mon* boss ! riposta son interlocuteur d'un air insolent. *Mon* bon sang de boss, *mon* gars !

Wyatt prit le jeune au collet.

— Je ne suis pas *ton gars*, je suis le lieutenant Wyatt Colter. Texas Ranger. Maintenant, tu vas me dire *qui* tu es, et *qui* t'a autorisé à pénétrer sur *mon* site ?

Cette fois, le jeune homme parut impressionné et ouvrit de grands yeux.

— Je suis étudiant en anthropologie et, tel que vous me voyez, je suis en cours d'anthropologie médico-légale et identification.

Puis il ajouta avec un sourire de satisfaction :

— J'ai hâte qu'on réalise notre premier inventaire des squelettes pour déterminer des informations sur les événements *perimortem*, *post mortem* et les actes du criminel !

La colère gagna définitivement Wyatt. Il serra plus encore le col de chemise de l'étudiant.

— Ce sont des restes humains ! Alors un peu de respect, je vous prie !

— Oui, monsieur, acquiesça le jeune homme.

Mais Wyatt fulminait. Un cours d'anthropologie médico-légale sur *sa* scène de crime ?

Ces étudiants accompagnaient sans doute le Pr Georges Mayfield, le directeur de l'unité de taphonomie médico-légale de l'université du Texas. Le supérieur de Wyatt avait en effet contacté cet homme et lui avait demandé de se rendre sur la scène de crime pour donner son avis. Mais jamais il n'avait été envisagé que cet universitaire vienne accompagné !

Wyatt n'en revenait pas.

Il était hors de question que ce professeur transforme la scène de crime en une sortie pédagogique pour gamins en mal de sensations fortes ! Pas question, non plus, qu'ils polluent *sa* scène de crime !

Wyatt était plus que jamais décidé à prendre les précautions d'usage pour résoudre cette affaire criminelle.

Il dirigeait la Special Investigation Unit, autrement dit l'Unité d'enquête des Texas Rangers. On lui avait ordonné d'enquêter sur des restes humains découverts pendant un chantier autoroutier. Jusque-là, rien que de très normal pour lui. En revanche, cette mission le conduisait à Comanche Creek et il n'avait pas très envie d'y retourner.

Deux ans plus tôt, son séjour dans cette petite ville s'était soldé par un cuisant sentiment d'échec et une grave blessure par balle. Y revenir pour, éventuellement, identifier le corps de la femme qu'il n'avait su protéger à cette époque était une épreuve.

Cette pensée lui fit effleurer sa cicatrice sous sa clavicule droite.

— Où est votre boss ? demanda-t-il enfin d'une voix peu amène.

— Là-bas, répondit l'étudiant.

Wyatt se tourna dans la direction, plutôt vague, que lui indiquait le jeune homme : un groupe de personnes se tenait au beau milieu de *sa* scène de crime.

— Vous pourriez être plus précis ? insista Wyatt. Qui est-ce au juste ?

— Sweat à capuche, indiqua l'étudiant d'un ton bref.

Mais trois personnes en portaient et Wyatt ne parvint pas à masquer son exaspération.

— Lequel ? grogna-t-il.

Le jeune homme recula un peu.

— Le sweat à capuche noir. Accroupi. En train de prendre des photos.

Wyatt s'approcha du professeur d'anthropologie médico-légale. Cet éminent scientifique faisait certes partie de la cellule d'enquête, mais Wyatt ne le connaissait pas encore, puisque l'universitaire avait été recruté à l'initiative de son supérieur.

En revanche, Wyatt avait sélectionné ses autres collaborateurs. En premier lieu, Reed Hardin, le shérif de Comanche Creek, dont la réputation n'était plus à faire ; et Jessie Becker, la fille de Jonah Becker, au motif que les deux connaissaient parfaitement la région. Ensuite, le sergent Cabe Navarro, Texas Ranger comme Wyatt, car il saurait contenir et apaiser les tensions qui opposaient, à Comanche Creek, les Américains caucasiens à la communauté amérindienne. Et enfin, Olivia Hutton, Texas Ranger aussi, technicienne de scène de crime, originaire de la côte Est, et à la réputation excellente.

Voilà qui aurait dû suffire, mais le supérieur hiérarchique de Wyatt, mû par une étrange inspiration, avait demandé l'expertise et la collaboration d'un anthropologue de l'institut médico-légal de l'université du Texas. Une célébrité selon lui : « L'université du Texas coordonne l'un des meilleurs programmes d'anthropologie, d'odontologie et d'entomologie médico-légales des Etats-Unis ! Sans compter que le gouverneur du Texas veut justifier la construction des tout nouveaux bâtiments de l'institut médico-légal et de ses laboratoires. »

Génial. Encore une histoire de politique et de gros sous ! avait alors pensé Wyatt, agacé. Il avait auguré le pire et en cet instant, sur *sa* scène de crime, le pire se concrétisait. Cet universitaire essayait de s'approprier les lieux au nom de la science et Dieu sait quoi encore.

— Eh bien, professeur Mayfield…, soliloqua Wyatt à mi-voix. Vous êtes peut-être le meilleur et le maître de votre petit monde. Mais, dans cette affaire, vous êtes quand même sous mes ordres…

Tout en s'approchant d'un pas vif du Pr Mayfield pour mettre les choses au point, Wyatt constata l'étendue des dégâts. Deux projecteurs. Quatre étudiants qui, à genoux, fouillaient la terre. Trois curieux, ou étudiants, c'était difficile à dire, qui les observaient. Au total, il y avait au moins huit personnes sur *son* site !

Wyatt s'arrêta à proximité du professeur. Toujours accroupi et les mains protégées par des gants de jardinage, il semblait concentré sur une tâche qui échappait complètement à Wyatt.

— Professeur Mayfield ?

Le scientifique portait un appareil photo autour du cou et braquait sur le sol une lampe de poche à forte intensité lumineuse qui éclaira brièvement les bottes de Wyatt avant de s'orienter vers une règle graduée posée par terre.

Wyatt braqua à son tour sa propre lampe sur l'universitaire. Cela ressemblait à un tournoi d'escrime, songea-t-il. Encore plus lorsque le faisceau de la lampe dudit professeur croisa le sien.

— Excusez-moi, *professeur*…, commença Wyatt d'une voix si forte que les têtes se tournèrent dans leur direction.

Au même instant, il se mit à pleuvoir.

Contrarié, Wyatt leva la tête tandis que la pluie martelait son Stetson.

A la suite de son apostrophe, le Pr Mayfield éteignit sa lampe de poche et rejeta la capuche de son sweat-shirt. Il avait une queue-de-cheval.

Eh bien, se dit Wyatt, ce monsieur ne correspondait pas au cliché du vieil universitaire grisonnant, avec veste en tweed et lunettes d'intellectuel. Il s'inscrivait plutôt dans la lignée d'Indiana Jones et consorts.

Bon sang, un hippie ! Il ne manquait plus que ça…

L'éminent anthropologue allait se révéler être un idéaliste ou un doux rêveur, pesta Wyatt intérieurement. Cela compliquerait encore plus le cours de son enquête criminelle.

Enfin, le professeur se redressa et leva la tête.

— Bonsoir.

C'était une voix de gorge. Féminine !

Wyatt cilla. Cette voix lui évoquait un teint de lait et une abondante et somptueuse chevelure noire.

— Ah, bon sang ! murmura-t-il.

— Oui, je sais. Vous l'avez déjà dit, Wyatt. Vous vous répétez.

Comment ça, il l'avait déjà dit ? Pris en défaut, Wyatt se tendit.

Son interlocutrice s'adressa alors à un jeune homme à proximité, un étudiant sans doute.

— Remettez la bâche, je vous prie ! Il commence à pleuvoir.

Là-dessus, elle fit signe à deux autres étudiants non loin.

— Aidez-le. Et laissez-moi mon kit d'analyse scientifique.

Après quoi, elle retira ses gants de jardin et passa la main sur son front, écartant quelques mèches que l'humidité ambiante et la pluie y avaient plaquées.

— J'apprécie que l'on me salue poliment, ironisa-t-elle ensuite à l'adresse de Wyatt. Décidément, vous êtes aussi charmant et éloquent que dans mon souvenir, Wyatt Colter.

L'irritation gagnait de plus en plus Wyatt. Il allait montrer à cette péronnelle combien il pouvait être éloquent et charmant !

Et puis non ! Finalement. Il n'avait rien à lui prouver !

Il reprit plus posément, mais avec un peu de mauvaise foi :

— On m'avait annoncé que le Pr Georges je ne sais quoi, de je ne sais plus quelle université serait assigné à cette mission. On ne m'a jamais mentionné Nina Jacobson.

Cette dernière sourit largement.

Wyatt fixa ses lèvres, généreuses et si rouges.

— Georges Mayfield, précisa la jeune femme. Université du Texas. Vous avez raison. C'est lui qui était pressenti pour venir. Mais il y a eu un changement de dernière minute.

— De dernière minute ? s'étonna Wyatt. Permettez-moi d'en douter. Et puis, dites-moi où est Spears ?

— Qui est Spears ? s'enquit Nina.

— L'un des adjoints du shérif censé surveiller la scène de crime, expliqua Wyatt.

— Oh… Oui, je vois. Vous voulez parler de Kirby…

De nouveau, Nina sourit.

— Quel garçon charmant ! Et si dévoué. Je l'ai autorisé à partir.

— « Autorisé » ? « A partir » ? répéta Wyatt en s'étranglant. Et il est vraiment parti ?

Nina opina.

— Oui, bien sûr.

Wyatt était sur le point d'exploser, mais il se contint. Il soupira et baissa la tête. L'eau qui s'était accumulée sur le bord de son Stetson coula, précisément sur le jean de Nina.

— Oh ! s'écria-t-elle, en reculant. Vous l'avez fait exprès !

Wyatt s'interdit une mimique de satisfaction.

— Croyez ce que vous voulez ! J'ai mieux à faire. Je veux que tout le monde s'en aille.

— Non, lâcha Nina.

— Pardon ? J'ai bien entendu ? Vous avez dit *non* ?

— C'est exact : j'ai dit *non*. J'ai besoin de tous ces jeunes gens ici ! Il commence à pleuvoir et, si nous ne prenons pas les précautions nécessaires, nous perdrons des indices précieux !

Wyatt lança un regard noir à la jeune femme.

— Et moi, je ne veux pas d'étudiants sur ma scène de crime ! Il ne s'agit pas d'une excursion pour gamins en mal de sensations fortes, mais d'une affaire criminelle grave. Plus que vous ne le pensez !

A ces mots, le joli visage de Nina se tendit. Elle carra les épaules.

— J'en suis parfaitement consciente, lieutenant ! Plus que quiconque, même, et vous devriez le savoir !

Le regard de Nina brûlait d'un feu ardent, remarqua Wyatt. Il en fut un peu ébranlé et ferma un instant les yeux pour retrouver son calme.

— Demandez-leur de partir ! ordonna-t-il d'une voix basse et égale mais très autoritaire. Vous êtes sous mes ordres, donc vous obéissez à mes ordres. Suis-je assez clair ?

Nina recula légèrement, l'air impressionné. Elle n'en gardait pas moins le menton levé en signe de défi. Pour finir, elle déglutit péniblement et esquissa un mouvement de la main convulsif. Se contenait-elle pour ne pas le gifler ? s'interrogea Wyatt. En fin de compte, elle ferma le poing.

Nina avait toujours eu une remarquable maîtrise d'elle-même, se rappela Wyatt. A la différence de sa meilleure amie Marcie… Wyatt s'était souvent demandé, par le passé, comment deux personnes aussi dissemblables avaient pu devenir si complices.

Nina soutint le regard de Wyatt.

Connaissant l'autorité naturelle de la jeune femme, Wyatt ne fut pas le moins du monde décontenancé par l'intensité de ses deux prunelles noires. Comme il s'y attendait, ce fut Nina qui détourna la tête la première.

Toutefois, deux ans plus tôt, elle avait eu le dernier mot :

« Ma meilleure amie est peut-être morte, et c'est votre faute ! Vous deviez assurer sa protection. »

Dans un silence devenu lourd, Nina passa devant Wyatt d'un air digne et se dirigea vers l'étudiant dont le pantalon semblait sur le point de dégringoler.

Wyatt ne put entendre les propos de Nina, mais ceux du jeune homme, si.

— Ah bon ? Oui, madame.

— On range notre matériel, déclara ensuite Nina à la ronde. C'est terminé pour ce soir. Vous reviendrez demain matin.

— Non, professeur. Ils ne reviendront pas demain ! intervint Wyatt.

De nouveau, Nina leva le menton avec fierté.

— Nous verrons, lieutenant !

— On ne verra rien du tout ! tempêta Wyatt. C'est moi qui décide.

— Allez au diable ! s'exclama Nina.

— Décidément, toujours aussi charmante…, maugréa Wyatt.

Nina s'éloigna si vite que sa queue-de-cheval balança comme un métronome dans son dos. Elle regagna les Land Rover, suivie par ses étudiants.

Resté seul, Wyatt retira son Stetson, le secoua pour en écouler l'eau sur le bord, puis se passa la main dans les cheveux.

Mais la pluie, après une accalmie, reprit et se mua en un petit crachin pour le moins désagréable. Wyatt remit bien vite son couvre-chef.

Sur ce, il revint vers sa jeep. Il y prit le rouleau de bande jaune et noir ZONE INTERDITE pour renforcer la protection du périmètre. Normalement, cette quadruple couche de ruban jaune et la présence d'un autre adjoint du shérif, qui prendrait le quart de minuit à 6 heures, seraient assez dissuasives.

Du moins, pour les citoyens respectueux de la loi…

Wyatt acheva de ceinturer les lieux puis releva la tête. Les deux Land Rover du Pr Jacobson et de ses étudiants s'éloignaient.

Wyatt en soupira de contentement, puis consulta sa montre. Presque 23 heures… Encore une heure avant l'arrivée du second adjoint du shérif Hardin.

Une idée traversa l'esprit de Wyatt. Et s'il contactait Hardin pour lui faire part du mécontentement que lui avait causé son autre adjoint en quittant la scène de crime ?

Mais finalement, Wyatt se ravisa. Cela attendrait le lendemain matin.

Wyatt croisa donc les bras et observa le périmètre quadruplement protégé par le ruban PVC jaune.

Comme la pluie cessait de tomber, il retira de nouveau son Stetson et le frappa contre sa cuisse afin d'en disperser l'eau une bonne fois pour toutes, puis le remit.

Enfin, il posa le pied sur un tronc d'arbre abattu et observa la fosse. Au fur et à mesure qu'il s'absorbait dans cette contemplation, il s'assombrit.

Un silence de plomb régnait. La pluie avait soulevé des odeurs dans la nuit : celle de terre fraîchement retournée dominait avec des fragrances de chlorophylle et d'air frais. Malgré cela, c'était comme si un parfum de mort flottait dans l'atmosphère, songea Wyatt.

L'horreur le secoua, suivie par un sentiment de culpabilité et de remords malheureusement familiers. Il posa un coude sur sa cuisse et scruta la fosse, comme pour en exhumer les secrets.

C'est toi qui es au fond, Marcie ?

Aussitôt, Wyatt eut un soubresaut.

Allons bon, voilà que je parle aux morts maintenant !

Sans pouvoir se départir de sa tristesse, il s'exhorta à la raison. Si les ossements qui avaient été révélés à la suite des récents travaux de terrassement étaient ceux de son témoin à charge disparu, à savoir Marcie James, la famille et les amis de cette dernière pourraient au moins faire leur deuil…

De son côté, Wyatt saurait enfin ce qui était arrivé à Marcie James, disparue, morte à la suite de ce qu'il qualifiait d'indigne négligence de sa part.

Comme à chaque fois qu'il songeait à Marcie James, Wyatt s'étonna d'entretenir l'espoir, même infime et complètement irréaliste, que cette dernière ait peut-être survécu à la fusillade où il avait failli perdre la vie.

Ceci dit, Wyatt n'était pas dupe de lui-même : c'était un effort mental pour se protéger d'une vérité trop éprouvante.

Marcie James avait perdu la vie.

C'était sa faute à lui, voilà tout.

Simultanément, les arguments qu'on lui avait opposés lui revinrent en tête. Son supérieur hiérarchique lui avait assuré que l'enquête interne des Rangers l'avait complètement exonéré. « Vous n'êtes pas coupable de la mort de Marcie James », lui avait-il répété.

Le chirurgien, qui l'avait opéré pendant presque sept heures, pour retirer la balle logée dans son poumon après la fusillade, lui avait confié quant à lui qu'il revenait de très loin. « Vous avez accompli votre mission au péril de votre vie, vous n'avez pas à vous en vouloir », avait ajouté le chirurgien.

Malheureusement, dans l'esprit de Wyatt, une voix l'emportait sur toutes les autres. Une voix de gorge très sexy, mais qui accablait Wyatt des pires reproches.

« Ma meilleure amie est peut-être morte, et c'est votre faute ! Vous deviez assurer sa protection ! »

La voix de Nina.

Wyatt se frotta le menton et refoula ces terribles accusations. Il devait cesser de se morigéner et d'entretenir des regrets. Que sa responsabilité soit ou non engagée dans la mort de Marcie James n'était pas le problème du moment.

La priorité était d'identifier le profil biologique des restes ensevelis dans cette fosse.

Aussi, Wyatt s'absorba de nouveau dans la contemplation du site. Celui-ci était plongé dans une nuit que la bâche accentuait.

Wyatt récapitula les derniers événements.

Une société de travaux publics avait entrepris le terrassement et le dérochement de cette partie de la propriété de Jonah Becker dans la perspective d'aménager une nouvelle route — un projet par ailleurs fort controversé. Le bulldozer avait révélé des ossements.

Des restes humains.

Cette découverte, associée au fait que le médecin légal ne pouvait déterminer l'âge, le sexe et la date de la mort, avait ravivé d'anciennes blessures chez les habitants de Comanche Creek.

L'enlèvement et la disparition de Marcie James, deux ans plus tôt, avaient en effet été le dernier des événements qui avaient ébranlé la petite communauté ces dernières années.

Trois ans avant la disparition de Marcie, Mason Lattimer, antiquaire et brocanteur, avait été accusé d'avoir volé des objets d'art amérindiens sur les terres de Jonah Becker. Il s'était volatilisé, du jour au lendemain, avec un larcin d'une valeur inestimable. D'aucuns avaient conclu que Lattimer avait quitté le pays en douce, de surcroît riche d'un trésor dont le produit de la vente lui permettrait de couler des jours heureux.

Ce n'était pas tout.

Moins d'un an après la disparition de Mason Lattimer, Ray Phillips, un activiste amérindien, s'était à son tour volatilisé après une confrontation avec l'ensemble du conseil municipal de Comanche Creek et une altercation avec Jonah Becker.

Wyatt poussa un soupir.

Une disparition inexpliquée, c'était déconcertant.

Une seconde, c'était inquiétant.

Mais une troisième ? Et en l'espace de cinq ans ?

C'était beaucoup pour une si petite ville !

Marcie James avait, quant à elle, été appelée à témoigner dans une affaire de fraude foncière liée à Jonah Becker, le plus important propriétaire terrien de la région. La disparition de Marcie établissait un lien supplémentaire entre les deux précédentes affaires et Jonah Becker.

Ce lien venait d'être renforcé par la découverte de restes humains secs précisément sur les terres de ce dernier.

La paix précaire conclue entre la communauté comanche et les Américains d'origine caucasienne de Comanche Creek à la suite des trois disparitions était sur le point de se rompre… Car ces découvertes ravivaient de vieilles rancunes et surtout la méfiance.

Wyatt se redressa et prit une grande inspiration. L'humidité ambiante était désagréable et donnait une impression de pesanteur.

Wyatt prit une pastille à la menthe pour la conjurer et très vite la sensation de fraîcheur qui envahit dans son palais sembla rafraîchir l'air qu'il inspirait.

De là, il renoua le fil de ses réflexions.

Jonah Becker et son fils Trace avaient tous les deux protesté contre l'acquisition, par l'Etat du Texas, de cette partie de leurs terres pour y faire passer une nouvelle autoroute. Et cependant, l'Etat du Texas les avait généreusement indemnisés. Le fait que le père et le fils aient voulu conserver ce terrain, en dépit d'une honnête compensation, semblait étrange.

Car le sol y était aride, et non cultivable. Les concrétions de calcaire gris dominaient, le chemin moitié caillouteux, moitié terreux, marquait, par endroits, les sabots des vaches et des chevaux. Le bruit des graviers, sous le pied, évoquait le verre pilé. Enfin, il y avait là abondance de buissons de mesquites, de mauvaises herbes qui commençaient à pousser et annonçaient l'imminence du printemps.

Wyatt soupira de nouveau et songea avec nostalgie à Austin où il habitait, à son loft rénové. Il préférait à ces buissons les plantes d'intérieur que sa sœur lui avait offertes pour sa terrasse.

Finalement, afin de mieux observer l'endroit que Nina avait photographié, il décida de s'accroupir.

Mais un bruit le fit alors tressaillir.

Il se figea et prêta l'oreille. Etait-ce la pluie qui bruissait dans les feuillages ? Ou une bête nocturne ?

Juste derrière lui, sur la gauche, le gravier crissait.

Wyatt sortit rapidement son Sig Sauer et fit volte-face.

2

Une voix amusée frappa l'ouïe de Wyatt.

— Pas de panique cow-boy ! Je ne suis pas le grand méchant loup.

Wyatt relâcha son doigt sur la détente.

C'était Nina…

Il poussa un long soupir et remit son arme dans son holster.

— Je vous avais demandé de partir, lâcha-t-il.

— Non. Je vous cite : « Demandez-leur de partir. »

Sur ces mots, Nina leva le menton avec insolence.

— Je le leur ai demandé, je vous ai donc obéi. Pour le moment, du moins.

Wyatt contint sa colère.

— Parfait. Je sais désormais que vous obéissez, ironisa-t-il. Par conséquent, je vous conseille d'obéir à cet ordre sans ambiguïté : *Vous* partez. *Maintenant.*

Nina haussa les épaules d'un air dégagé.

— Impossible : je suis à pied.

Wyatt tourna les yeux vers le chemin désormais désert, puis reporta son attention sur Nina, sur son visage décidé, puis sur la mallette en acier, certainement un kit médico-légal mobile, qu'elle portait en bandoulière.

Wyatt avisa ensuite la valise trolley de Nina. Elle en tenait fermement la poignée extensible.

Enfin, Wyatt riva son regard au sien.

De nouveau, Nina ne le soutint pas et Wyatt, s'il resta

de marbre, en fut secrètement satisfait. Il se savait intimidant et s'était souvent félicité de son autorité naturelle qui lui attirait la crainte des suspects et le respect de ses subordonnés.

— Vous feriez mieux de vous mettre en marche, marmonna-t-il en reposant le pied sur le tronc d'arbre abattu.

— Impossible, cow-boy ! répliqua Nina. Je ne quitte pas *mon* site. Je dois prendre d'autres photos.

Nina lâcha la poignée de sa valise pour poser, ostensiblement, la main sur son appareil photo toujours autour de son cou.

— Ce n'est pas *votre* site. C'est *ma* scène de crime, objecta Wyatt. Et puis, il fait nuit noire. Alors à quoi bon prendre des photos ?

Cette fois, Nina ne répondit pas. Wyatt avait gagné en la réduisant au silence, mais il eut le triomphe modeste, car il devrait, bien entendu, la reconduire en ville.

Il allait justement lui intimer de gagner sa jeep quand Nina reprit :

— Il y a trois corps. Et non pas deux, comme le subodorait le médecin légiste.

Elle avait parlé lentement, et ce calme (autant que l'information) éveilla l'intérêt de Wyatt.

— Vous en êtes sûre ?

Pour seule réponse, Nina enjamba le ruban PVC jaune et s'approcha de la fosse. Wyatt ne la retint pas. Elle avait piqué sa curiosité. Il décida donc de la suivre et s'accroupit ensuite à côté d'elle.

Nina alluma sa lampe de poche et la braqua vers la terre, divers débris et détritus révélés par le bulldozer. Plus exactement, elle effectuait, avec le faisceau lumineux, une même trajectoire de gauche à droite, de bas en haut et de droite à gauche.

Intrigué, Wyatt demanda :

— Qu'est-ce que vous voulez me montrer ?

— Regardez bien.

— Si je me penche, je vais dégringoler, jeta-t-il avec humeur.

Contre toute attente, Nina se mit à rire. Son rire était très sexy et causa, étonnamment, une espèce de séisme dans la partie la plus intime de Wyatt. Gêné par cet élan incongru de sensualité, il se trémoussa.

— Vous voyez maintenant ? reprit Nina, répétant la même trajectoire avec le faisceau lumineux. C'est un fémur humain.

Cette fois, l'adrénaline fusa dans les veines de Wyatt, surpassant le désir qui venait de l'envahir.

Il sortit précipitamment sa propre lampe de poche.

— Comment pouvez-vous l'affirmer ?

— Je suis anthropologue médico-légale, Wyatt. Les os, c'est ma spécialité.

— Que pouvez-vous me dire d'autre ? S'agit-il d'un homme ? D'une femme ? D'un enfant ? D'un adulte ?

Nina secoua la tête puis sortit un pinceau de sa poche. Elle en tira le manche télescopique et se pencha pour nettoyer la surface du fémur. Mais la terre mouillée s'y était agglomérée, et le pinceau ne parvint pas à l'en débarrasser.

— Je puis d'ores et déjà vous affirmer que ce n'est pas un fémur d'enfant. Pour le reste, je n'en ai encore aucune idée. Déterminer le sexe, l'âge, etc, est un travail de plus longue haleine. Ce n'est pas comme dans les films ! Maintenant, regardez dans cette direction.

Nina dirigea sa lampe de gauche à droite et de bas en haut.

— C'est un autre fémur, hasarda Wyatt.

— Bravo !

De nouveau, Nina balaya, de son faisceau lumineux, le sol boueux.

— Et en voilà un troisième ! s'exclama Wyatt, cachant mal son enthousiasme mais aussi ses pires craintes.

L'un de ses ossements appartenait peut-être à Marcie…

— Il y a trois fémurs, conclut-il. Tout le monde en a deux, donc le médecin légiste a eu raison ? Il y aurait deux corps ?

— Pas si vite ! coupa Nina. Les deux fémurs côte à côte semblent à peu près identiques en taille, mais les trois sont différents.

— Voilà pourquoi vous affirmez qu'il y aurait trois individus, comprit Wyatt, légèrement effrayé.

Trois fémurs.

Trois personnes avaient disparu à Comanche Creek, au cours des cinq dernières années.

La résolution de l'équation serait-elle aussi simple ?

— Trois fémurs différents…, lâcha-t-il.

— Comme vous le dites…, fit Nina. Maintenant, observez bien la disposition de ces fémurs. Ils s'entrecroisent et forment presque un motif d'étoile. Vous voyez ? J'ai du mal à croire que ce soit un hasard.

Wyatt secoua la tête. En vain, car Nina ne le regardait pas. Elle observait toujours les ossements qu'elle éclairait obstinément.

Soudain, la jeune femme poussa un petit cri.

— Que se passe-t-il ? s'enquit vivement Wyatt.

— J'ai l'impression que le fémur le plus grand est relié à l'os coxal ! Ou os iliaque si vous préférez ! C'est très important pour déterminer le sexe !

Nina se pencha davantage et se remit à épousseter la terre à l'aide de son pinceau.

— Bon sang…, marmonna-t-elle au bout d'un moment.

— Quoi ? s'enquit Wyatt.

— Le sol est boueux. Détrempé. Je vais devoir patienter avant de les déterrer.

— Pourquoi ne pas simplement les prendre ? demanda Wyatt.

Nina eut un rire bref.

— Non. Il est possible que ces fragments soient rattachés à des lambeaux de vêtement, à un autre os iliaque, à une rotule ou un péroné, voire à un bijou… Je dois être très prudente si je ne veux pas détruire d'éventuels indices.

— Mais vous êtes certaine que ces trois fémurs appartiennent à trois individus différents ? insista Wyatt.

Nina s'assit sur ses talons et inclina la tête avant de répondre :

— Oui, j'en suis à peu près sûre.

— Alors vous pensez que…

L'un de ces fémurs pourrait appartenir à Marcie James ?

Mais Wyatt ne put achever sa phrase. Il espérait tellement que non.

Toutefois, Nina avait dû deviner sa pensée, car elle se rembrunit.

Wyatt frissonna. Nul doute que la jeune femme souhaitait, tout en le redoutant, en avoir le cœur net.

En définitive, Nina secoua la tête.

— Je ne peux encore rien affirmer…, concéda-t-elle, répondant à la question inachevée de Wyatt.

Sa voix avait eu des inflexions dures, prouvant la lutte intérieure qu'elle menait entre son amitié pour une amie perdue, disparue, et l'indispensable détachement professionnel.

Elle poussa un lourd soupir, puis rentra le manche télescopique de son pinceau, en essuya la pointe sur ses cuisses et le rangea dans le kit médico-légal.

— Dès demain, nous allons mettre en place un carroyage pour préserver ces vestiges, annonça-t-elle.

— Un *quoi* ? fit Wyatt.

Nina s'expliqua :

— Nous allons quadriller le chantier avec des fils posés à même le sol. Cela délimitera des espaces égaux. Chaque objet découvert sera ensuite automatiquement placé dans un sac correspondant au carré de carroyage dans lequel il a été trouvé.

Nina poursuivit avec fougue :

— De cette façon, on fouille de manière horizontale, centimètre après centimètre, dans le carré déterminé.

— C'est un luxe de précautions, commenta Wyatt.

— Détrompez-vous ! C'est une technique fiable pour la préservation des objets, car une fouille est par nature destructrice. Et je veux prendre toutes les précautions nécessaires. Je n'ai pas encore de certitude, mais je ne peux exclure la possibilité qu'il s'agisse d'un site funéraire amérindien.

— Auquel cas ces fémurs seraient anciens ? avança Wyatt.

Nina secoua la tête.

— Pour le savoir, il faut au préalable les exhumer et les nettoyer. Puis étudier leur état de conservation. Je serai en mesure de dire s'ils sont anciens ou contemporains à partir de mon contexte de déposition des matériaux associés à la tombe. Sinon, bien entendu, d'autres investigations seront nécessaires.

Wyatt ne comprenait pas tout, loin de là.

— Le contexte de…

— Déposition, répéta Nina. Ce sont des informations sur l'emplacement, la position et la conservation des restes. Et sur les raisons ayant conduit à inhumer la ou les personnes. Cela concerne aussi les matériaux qui sont associés aux restes et qui sont susceptibles de nous renseigner sur l'époque.

La jeune femme marqua une pause avant de reprendre :

— Cet endroit semble correspondre aux pratiques culturelles des Comanches : ils choisissaient des sites funéraires en hauteur. Au mieux, il aurait fallu que je le voie avant les travaux de terrassement.

Wyatt soupira. Il avait eu la même pensée que Nina sitôt qu'il était arrivé sur les lieux, mais celle-ci lui était sortie de l'esprit une fois qu'il avait vu les étudiants.

— Dès que j'aurai étudié les os, je pourrai vous donner

le sexe et l'origine, continua Nina. Pour la datation, en revanche, il me faudra plus de temps et de matériel. Procéder à une analyse en fluorescence UV.

D'incompréhension, Wyatt fit la moue.

Nina lui sourit gentiment.

— Je m'explique. L'os est un corps, donc il peut émettre la lumière qu'il reçoit, du moins s'il n'est pas trop âgé. Sous les UV, la fluorescence des os diminue de la périphérie vers le centre au fil des années et s'estompe au-delà d'un siècle. Nous procéderons aussi à des analyses ADN. Cela dit, en général, plus l'échantillon est ancien, moins il est possible de trouver de l'ADN en bon état. Mais j'ai bon espoir, d'autant que nous avons des fémurs de diamètre important.

Elle se tut, parut hésiter puis ajouta :

— Je n'exclus pas qu'il s'agisse d'un site funéraire et, en même temps, d'une scène de crime.

La poitrine de Wyatt se serra.

— Si je vous ai bien comprise, il y a de fortes chances pour qu'on parvienne à identifier les victimes ?

Nina acquiesça.

— Oui.

Wyatt ne dit mot. De toute évidence, Nina pensait, comme lui, à Marcie.

Il se tourna vers les fémurs.

— Eh bien, professeur, j'imagine que vous allez avoir besoin de vos étudiants pour exhumer les ossements ?

— Et au préalable, pour carroyer la zone ! Exact, cow-boy !

Nina marqua une pause et sourit.

— D'ailleurs, je vais tout de suite les avertir ! s'exclama-t-elle d'un air de triomphe.

Elle se leva et sortit son téléphone portable. Wyatt se redressa à son tour.

— Vous vous en occuperez demain, objecta-t-il.

— Non ! Ce soir ! Vous venez d'admettre que j'avais besoin d'eux ! déclara Nina en ouvrant son portable.

— Oui, mais demain, lui intima Wyatt.

Sur ces mots, il lui prit son portable des mains.

Aussitôt, une sensation pour le moins étrange se transmit aux doigts de Wyatt. Comme si le portable avait vibré, alors que non.

Nina, elle, se figea, considéra un instant leurs mains presque jointes et leva un regard déconcerté sur Wyatt.

— Donnez-moi une bonne raison d'ajourner les fouilles !

— J'en ai deux. D'une, il est tard, il fait nuit noire, et je voudrais aller me coucher. De deux, je veux, en personne, superviser chaque os, chaque matériau qui sera exhumé de cette fosse.

Nina retira ses mains et marmonna :

— Je vous préviens, la pluie peut devenir un déluge et ensevelir ces fémurs plus profondément. Et le moindre dérangement accroît les risques de pollution du site. Ajourner est donc risqué.

Deux phares surgirent alors au détour du virage. Wyatt consulta sa montre. Il était presque minuit.

— C'est Shane Tolbert, l'un des adjoints du shérif. Il prend le dernier quart pour surveiller le site. Vous et moi, nous rentrons en ville.

— Non, décréta Nina. Moi, je reste avec Shane Tolbert.

— Non, vous ne resterez pas avec l'adjoint Tolbert, tonna Wyatt.

— Mais les conditions météo…, commença Nina.

— Il ne pleut plus, la coupa Wyatt.

— Il faut quand même que…

— J'ai dit non, l'interrompit de nouveau Wyatt.

Il n'avait pas élevé la voix, mais Nina, manifestement impressionnée par son autorité, garda le silence.

Wyatt haussa les épaules.

— De toute façon, vous y verrez mieux à la lumière du jour.

A en juger par ses lèvres pincées et son visage fermé, Nina contenait manifestement sa colère.

Finalement, elle acquiesça.

De toute façon, songea Wyatt, elle n'avait pas d'autre choix : c'était lui qui dirigeait la cellule d'enquête mise en place pour cette affaire.

— Très bien, maugréa Nina. Puis-je au moins contacter mes étudiants pour les informer de mes dernières découvertes et leur demander de se rendre sur le site demain à la première heure ?

— Faites, je vous en prie, accepta Wyatt.

Posant une main sur la taille de Nina, il effectua une pression douce mais ferme pour l'éloigner de la scène de crime.

Ils enjambèrent le ruban PVC jaune au moment où le pick-up s'arrêtait.

L'adjoint Shane Tolbert en descendit.

— Adjoint Tolbert, le salua Wyatt en lui tendant la main.

Shane Tolbert l'ignora pour envelopper Nina d'un regard approbateur.

Wyatt n'en fut guère étonné. Il s'était fait son opinion sur Shane Tolbert deux ans plus tôt. L'homme était un séducteur patenté. Un beau garçon, toujours tiré à quatre épingles. Portant un jean griffé et des bottes coûteuses. Imbu de sa personne et sûr de son charme. Manifestement, Shane Tolbert n'avait guère changé en deux ans.

— Nina Jacobson ! déclara-t-il en effleurant le bord de son Stetson. Toujours aussi jolie… Je ne savais pas que vous étiez revenue à Comanche Creek.

Shane Tolbert parut enfin remarquer la présence de Wyatt et lui lança un regard en biais.

— Bonsoir *lieutenant* Colter.

Il avait énoncé son grade d'une voix moqueuse. Wyatt

se tint coi et ferma les poings. Il méprisait Shane Tolbert, mais ce dernier n'en était pas moins sous les ordres du shérif Reed Hardin, que Wyatt estimait.

Wyatt était également persuadé d'une chose : Shane Tolbert le détestait de n'avoir pas su protéger Marcie James, laquelle avait été sa petite amie. Les deux jeunes gens avaient cependant rompu au moment où Marcie avait accepté de témoigner dans l'affaire de fraude foncière.

— Eh bien, Nina ? continua Shane Tolbert d'une voix complaisante. Qu'avez-vous trouvé ? Selon le Dr Hallowell, il y aurait deux corps.

Wyatt s'interposa pour empêcher Nina de parler.

— Le Pr Jacobson reviendra demain matin avec son équipe pour examiner les indices. Maintenant, nous rentrons en ville. Je reviendrai sur les lieux demain matin à 9 heures précises. Vous connaissez les ordres, Tolbert ? Ne laissez personne entrer sur la scène de crime, sauf le Pr Jacobson et son équipe ! Appelez-moi en cas de problème.

Shane Tolbert étrécit le regard.

— Je connais les ordres, *lieutenant*. Ravi de vous obliger.

Sur ce, Wyatt conduisit Nina vers sa jeep, se promettant de signaler l'attitude de Tolbert au shérif Hardin dès le lendemain. La collaboration commençait mal, et Wyatt ne voulait pas la moindre entrave à une enquête capitale.

— Ça me contrarie de quitter le site funéraire, confia Nina une fois qu'elle fut sur la route avec Wyatt.

— La *scène de crime* est sous la garde de l'adjoint Shane Tolbert, souligna le lieutenant.

— Désolée, Wyatt, mais je ne lui fais pas confiance…

Le Ranger tourna brièvement les yeux vers elle. Il fallait du cran pour soutenir un regard si perçant, songea Nina, impressionnée.

— Pourquoi vous ne lui faites pas confiance ? s'enquit Wyatt.

— Entre autres choses, parce qu'il a été infernal avec Marcie, expliqua Nina.

Wyatt parut réfléchir un instant.

— Ils sont restés ensemble longtemps, je crois ? Un an ?

— Dix-huit mois, précisa Nina. Le temps nécessaire pour que Marcie se rende compte quel genre d'homme c'était.

— Quel genre ?

— Agressif.

La réaction de Wyatt fut immédiate.

— Il est violent ?

Nina se mordit la lèvre, regrettant d'autant plus sa critique à l'égard de Shane Tolbert qu'elle n'avait jamais eu la preuve de son agressivité.

— Selon Marcie, il s'emportait..., biaisa-t-elle.

— Il s'emportait ? releva Wyatt. Mais encore ?

De nouveau, Nina s'en voulut d'avoir trop parlé.

Car, elle le savait, Wyatt Colter ne renonçait jamais. C'était un homme obstiné, minutieux et précis. Shane Tolbert surveillait, comme il le répétait à l'envi, *sa* scène de crime, donc Wyatt considérait à coup sûr que c'était son devoir d'être informé, et bien informé, sur l'adjoint du shérif.

— Tolbert surveille ma scène de crime, je veux donc tout savoir de lui, dit-il au même instant.

Etonnée et gênée d'avoir percé Wyatt à jour, Nina garda le silence.

Il était temps de changer de sujet.

— J'ai réservé une chambre au Bluebonnet, lâcha-t-elle tout à trac.

A la lumière des lampadaires urbains, le visage de Wyatt se tendit nettement.

— Vos étudiants y sont aussi descendus ?

— Non. Ils sont hébergés sur le campus de West Texas Community College. Cet IUT a transformé son laboratoire de chimie en un laboratoire de médecine médico-légale. Comme ça, nous n'aurons pas besoin de faire de la route jusqu'au laboratoire des Rangers. Et c'est pour ça que je suis arrivée si tard sur le site. J'ai dû y passer avant.

— Mais est-ce que le laboratoire de cet IUT sera suffisant ? s'enquit Wyatt. Je peux m'arranger pour qu'on vous…

Nina l'interrompit :

— N'ayez crainte, il est flambant neuf. Tout y est : blouses stériles, matériel… Certes, nous devrons procéder à des tests particuliers qui ne peuvent s'effectuer que dans un laboratoire de sciences judiciaires et de médecine légale, mais pas pour l'instant.

— Vous êtes donc la seule à être descendue dans un hôtel ? insista Wyatt.

— Privilège dû à mon statut professoral, murmura-t-elle alors que Wyatt se garait devant le Bluebonnet.

C'était l'un des bâtiments historiques de la ville : une superbe maison victorienne de deux étages entourée d'une galerie à colonnes et aux murs ponctués par des fenêtres impeccables.

— Betty Alice l'a vraiment transformée en bonbonnière ! s'exclama Nina.

Wyatt, lui, ne fit aucun commentaire. Il coupa le moteur et éteignit ses phares.

— Vous n'avez pas besoin de m'accompagner…, commença Nina.

Puis elle comprit et s'interrompit.

— Oh… Vous aussi, vous avez pris une chambre au Bluebonnet ! Cela dit, c'est le seul B & B décent de la région…

Elle soupira malgré elle.

Elle avait insisté pour intégrer cette cellule d'enquête, bien que la sachant sous la direction de Wyatt Colter. Inévitablement, ils devraient collaborer. Elle en était consciente depuis le départ.

De là à se côtoyer tout le temps…

Elle n'aimait pas Wyatt Colter.

Deux ans plus tôt, il avait été très présomptueux en incitant Marcie à témoigner contre Jonah Becker et en lui affirmant qu'elle n'avait pas à s'inquiéter aussi longtemps qu'elle se trouverait sous la protection des Texas Rangers.

Marcie n'en avait pas douté et s'en était remise à Wyatt. A raison, d'ailleurs, car les Texas Rangers étaient les garants traditionnels de la sécurité des Texans.

De plus, Wyatt Colter avait de l'assurance à revendre et inspirait d'emblée confiance. Avec lui, n'importe quelle femme pouvait se sentir protégée. Et d'ailleurs, à l'époque où elle avait fait sa connaissance, Nina avait été frappée par sa force tranquille. Le pas de Wyatt Colter était mesuré ; sa voix, calme ; et ses yeux bleus, limpides et sans détour. Wyatt Colter incarnait à lui seul la sécurité. L'autorité.

Malheureusement, la meilleure amie de Nina avait disparu et était probablement morte. La responsabilité en incombait à Wyatt Colter, justement parce que ce dernier ne doutait *jamais* de rien.

Lorsque Nina avait demandé, à titre de faveur, de faire partie de sa cellule d'enquête à la place de son éminent collègue, le Pr Georges Mayfield, elle n'avait eu que deux pensées en tête : premièrement, se confronter au lieutenant Colter et deuxièmement, faire justice à Marcie. Mais son intention n'était certainement pas que leur coopération s'étende à la fréquentation du même B & B.

D'un autre côté, n'était-ce pas un moyen de le garder à l'œil ?

Justement, Wyatt était en train de descendre de la jeep.

Nina, elle, ne bougea pas et suivit Wyatt du regard.

Il se dirigeait vers l'entrée du Bluebonnet, puis gravit le perron.

Au même instant, la pluie se remit à tomber.

Arrivé sous la marquise, Wyatt retira son Stetson et le

frappa contre sa cuisse, puis se détourna brièvement avant de s'engouffrer à l'intérieur.

Nina devina son message muet avec une étonnante acuité.

Tu n'as qu'à ouvrir la porte toi-même.

Décidément, c'était comme si la plupart des pensées de Wyatt Colter se formaient au-dessus de sa tête, à la façon des bulles dans les bandes dessinées.

Il la méprisait ? Quelle importance ! Elle ne voulait aucun traitement de faveur de la part de Wyatt Colter ! Quand un homme vous ouvrait la porte, vous tirait votre chaise dans le restaurant où, de surcroît, il vous avait invitée à dîner, une femme courait toujours le risque de perdre sa liberté. Nina aimait trop la sienne pour la remettre entre les mains d'un homme.

Elle était revenue à Comanche Creek en tant qu'experte dans son domaine et voulait être traitée comme tous les autres membres de la cellule d'enquête de Wyatt Colter. Il y avait certes une petite chance pour que ce site soit important d'un point de vue archéologique. Mais Nina aspirait principalement à découvrir ce qui était arrivé à Marcie et à acculer Wyatt le cas échéant.

Voilà pourquoi elle tiendrait Wyatt Colter à l'œil !

Il n'était certainement pas malhonnête, loin de là. Après tout, c'était un Ranger, donc irréprochable à bien des égards. Mais Nina voulait mettre tous les atouts de son côté pour révéler la vérité au grand jour. Quoi qu'elle découvre, cela lui permettrait de faire un deuil qui durait depuis deux ans.

Lorsqu'elles étaient étudiantes, Marcie et elle partageaient la même chambre, sur le campus de l'université du Texas. En dépit de leurs personnalités très différentes, elles étaient devenues inséparables. En particulier, Marcie avait été d'un grand soutien lorsque le père de Nina était décédé et ensuite, lorsque son frère avait été tué au combat, en Irak. Dès lors, Nina, seule au monde, s'était raccrochée à Marcie.

Voilà pourquoi Nina voulait à tout prix découvrir ce qui était arrivé à Marcie.

En mémoire de leur amitié.

Pour autant qu'elle sache, deux opinions prévalaient à Comanche Creek. Une moitié de ses habitants avait la conviction que Marcie avait été tuée. Après tout, sa disparition n'avait jamais donné lieu à une quelconque demande de rançon : Marcie et son mystérieux ravisseur s'étaient, littéralement, volatilisés.

L'autre moitié affirmait que Marcie avait pris peur et organisé sa propre disparition, du moins son propre enlèvement, pour éviter de témoigner contre Jonah Becker, l'un des propriétaires terriens les plus influents de la région. Dans ce cas, Marcie était toujours vivante. Alors pourquoi n'avait-elle contacté personne ?

La question tourmentait Nina.

Elle n'espérait rien tant que Marcie soit en vie et aille bien, mais ce désir n'en était pas moins mitigé par un détail déplaisant. Car si Marcie avait mis en scène sa propre disparition, elle était responsable de la blessure de Wyatt Colter, à cette époque assigné à sa protection.

Cela dit, Marcie n'aurait jamais mis la vie d'autrui en danger sciemment. Nina la savait incapable de tirer sur quelqu'un.

Repoussant ces sombres pensées, Nina reporta son attention sur Wyatt. Par la porte vitrée du Bluebonnet, il la regardait de loin.

Aussitôt, Nina plaqua un sourire, certainement tendu, sur ses traits, se décida enfin à ouvrir sa portière et sortit à son tour avec son kit médico-légal et sa valise.

Quand elle arriva devant le comptoir pour s'enregistrer, Wyatt avait déjà disparu dans l'escalier bien ciré.

Betty Alice Sadler salua Nina en bâillant.

— Bonsoir… Bienvenue au Bluebonnet. Que puis-je pour vous ?

— Nina Jacobson. J'ai une réservation. Excusez-moi d'arriver si tard.

— Ne vous inquiétez pas, se récria Betty Alice Sadler en tapant sur le clavier de son ordinateur. Je suis toujours ravie d'avoir des clients. Laissez-moi juste vérifier que…

Nina coupa son hôtesse :

— La réservation est au nom de Georges Mayfield, université du Texas. Unité de taphonomie.

— Ah, je vois…

Betty Alice ouvrit un regard curieux.

— Vous êtes là pour les ossements qui ont été retrouvés sur les terres de Jonah Becker, pas vrai ? M. Mayfield vous rejoindra ?

— Non.

— Ah bon ? fit Betty Alice.

Ne voyant pas la nécessité de s'expliquer, Nina ne répondit pas.

Aussi, Betty Alice la dévisagea plus encore.

Mais Nina campa sur ses positions.

— Bon…, lâcha Betty Alice, manifestement résignée. Vous pouvez me donner vos papiers d'identité, s'il vous plaît ?

Nina lui tendit son permis de conduire et consulta sa montre.

De nouveau, Betty Alice bâilla discrètement, accélérant les formalités. Elle avait manifestement hâte de se rendormir.

Elle tendit à Nina la clé de la chambre 204, qui se trouvait au deuxième étage.

— Si j'avais su que vous viendriez à la place de…

Betty Alice s'interrompit pour consulter son ordinateur.

— … de M. Mayfield, lut-elle. Je vous aurais donné la chambre rose. Je la garde pour mes clientes !

En se représentant le mobilier et la décoration de la pièce, Nina se tendit. Elle ne voulait pas une bonbonnière, mais une chambre. Voilà tout.

— Ah oui ? fit-elle.

Et, pour couper court, elle ajouta :

— Vous avez le wifi ?

Betty Alice lui adressa un grand sourire.

— Oui. Ma nièce l'a installé. Et c'est sans frais pour nos clients.

Nina la remercia et monta l'escalier.

— Nina Jacobson…, la rappela alors Betty Alice.

Nina se retourna. Betty Alice pointait son doigt dans sa direction.

— Ça y est, je vous reconnais ! Vous étiez une amie de Marcie, n'est-ce pas ? Je me souviens, vous étiez à Comanche Creek le jour où elle a disparu, lorsque le Texas Ranger a été blessé par balle. Vous étiez descendue au Bluebonnet.

— C'est exact, déclara Nina avec un sourire forcé.

— Oh mon Dieu ! s'exclama Betty Alice en portant la main devant sa bouche en même temps qu'elle regardait vers l'escalier. Je me souviens aussi de *lui* maintenant ! C'est le lieutenant Colter, qui a été blessé à l'époque.

Nina opina et contint un bâillement.

— Allez vite vous coucher, mon chou, conclut Betty Alice. Je parle, je parle et vous dormez debout…

Betty Alice lui fit signe de monter et reporta son attention sur son ordinateur.

Quand Nina eut atteint le palier du second étage, Wyatt introduisait sa clé dans la serrure de la chambre 202, voisine de la 204.

Wyatt tourna la tête vers Nina et ne cacha pas sa contrariété.

— Eh oui ! fit Nina, brandissant sa clé avec une gaieté feinte. Nous sommes voisins, cow-boy !

— Bonne nuit, grommela-t-il seulement.

Aussi, Nina entra dans sa chambre, retira son jean, ses bottes et son sweat-shirt terreux, puis elle prit une douche.

Une fois qu'elle eut enfilé son shorty et un caraco en

soie rouge, elle se mit au lit et laissa ses pensées revenir à la scène de crime.

Elle se cala le dos avec des oreillers, rassembla ses genoux et y posa son bloc.

Pour commencer, elle écrivit la date, le lieu et son nom, puis commença sa rédaction.

Référence : Rapport du département de l'aménagement routier de l'Etat du Texas concernant l'exhumation de restes humains secs. Voir le document joint.

Nina s'arrêta un instant. Bien entendu, elle taperait son rapport plus tard sur son ordinateur. Pour le moment, le plus important était de noter ses premières impressions avant qu'elle ne les oublie.

Une incroyable découverte ! Le lieutenant Wyatt Colter a affirmé que c'était une scène de crime, mais c'est peut-être aussi un site archéologique de la plus haute importance. Précisément, il pourrait s'agir d'un site funéraire comanche.

Prudence. Il ne faut pas non plus exclure qu'il s'agisse d'un canular. Les trois fémurs actuellement repérés sont en effet disposés en forme d'étoile. Est-ce dû au hasard ? Est-ce à dessein ? De plus, les trois fémurs semblent récents. Donc site funéraire et scène de crime ? Le plus grand des fémurs est sans doute celui d'un homme. Je dois les mesurer et les examiner tous les trois, pour déterminer le profil biologique.

Nina ferma les yeux. Les os, c'était sa spécialité, mais cela ne signifiait pas non plus qu'elle avait envie d'exhumer des restes qui pourraient être ceux de sa meilleure amie.

A cette pensée, un spasme la souleva et des larmes lui montèrent aux yeux.

Car enfin, si ces fémurs étaient ceux de Marcie ?

Marcie.

Gentille et douce, mais impulsive et peut-être avec

des tendances autodestructrices ? Manquant parfois de discernement.

— Oh ! Marcie, dans quelle histoire tu t'es fourrée ? murmura Nina pour elle-même.

3

Nina refoula sa peine ravivée par les événements des dernières heures, et se ressaisit. Elle ne devait pas céder à ses émotions mais se concentrer sur sa tâche.

Elle s'empara de son appareil photo et passa en revue les clichés qu'elle avait pris sur le site. Elle essaya de mieux distinguer les trois fémurs, mais les clichés étaient trop sombres.

Et si elle les envoyait à Peter, l'expert graphique de l'unité taphonomique de son université ? Il en améliorerait la résolution avant de les lui renvoyer et, aussi, de les faire suivre au laboratoire des Rangers à Austin.

Puis Nina se ravisa. Dès le lendemain matin, elle aurait la possibilité de voir les ossements à la lumière du jour, peut-être même de les exhumer.

Là-dessus, elle consulta sa montre, bâilla et décida de terminer la rédaction de ses premières impressions.

Les fémurs sont recouverts de terre et de sédiments, ce qui rend leur observation in situ *évidemment difficile. De plus, il faisait déjà sombre lorsque nous sommes arrivés sur place, aux environs de 20 h 30.*

Historique ! (A ce propos, consulter le fax du capitaine des Rangers.)

Il y a deux jours, des ouvriers qui commençaient les travaux de terrassement de la route devant traverser les terres de Jonah Becker ont exhumé des os ; le chef d'équipe a aussitôt soupçonné qu'il s'agissait d'ossements humains.

Il a donc suspendu les travaux et a tout de suite contacté le shérif Reed Hardin, lequel a fait appel au médecin légiste du comté. Ce dernier a découvert, je cite :

« Des corps dans un tel état de décomposition (c'est-à-dire à l'état de squelette) que toute identification était impossible. »

Il a donc demandé l'aide d'un anthropologue expert en anthropologie judiciaire.

De plus, vu que trois personnes, dans la région, ont disparu au cours des cinq dernières années, le shérif Hardin a contacté les Texas Rangers qui ont été responsables de…

Nina marqua une pause, puis biffa ces derniers mots.

… qui ont été concernés au premier chef par l'une de ces disparitions. De là, les Rangers ont créé une cellule d'enquête.

Nina marqua une autre pause et fit jouer le ressort de son stylo à bille à pointe rétractable.

Combien elle aurait voulu que le lieu soit un site funéraire comanche…

A cette éventualité, son cœur battit plus vite. Elle ne pouvait et ne voulait refouler l'enthousiasme qui la saisissait. La découverte de nouveaux sites funéraires amérindiens était rare ; et les chances qu'un tout jeune professeur en exhume, encore plus rares !

Etait-ce pour cela que le Pr Mayfield avait si facilement accordé à Nina le privilège d'intégrer, à sa place, la cellule d'enquête des Rangers ? Parce qu'il estimait que le site n'était pas d'un grand intérêt archéologique ?

Cette pensée fit naître en Nina des sentiments mitigés. Elle aurait aimé effectuer une trouvaille significative sur le plan archéologique et mettre son nom dessus. Mais elle ne pouvait oublier la raison pour laquelle elle avait demandé de collaborer à la cellule d'enquête des Rangers : si Marcie se trouvait au fond de cette fosse, sa disparition serait élucidée, son meurtre prouvé. A la suite de quoi, Marcie aurait droit à un enterrement décent.

De nouveau, Nina joua avec le ressort de son stylo à bille rétractable, consciente de la nervosité et de la colère qui soudain supplantaient l'euphorie.

Si Marcie avait été tuée, elle méritait d'être vengée !

Nina torsada une mèche de son abondante chevelure et considéra son bloc.

Sans s'en rendre compte, elle avait écrit le mot *venger* et l'avait même souligné à trois reprises.

Elle le barra en poussant un soupir.

OK, professeur Jacobson. Reprends-toi. Tu es une professionnelle, pas une justicière !

Elle ajouta quelques notes :

> *Prévisions. Les sondages ont décelé le potentiel archéologique du terrain et, dès demain, les étudiants vont carroyer la zone de fouilles, dégager les restes, les relever et, le cas échéant, les prélever. Jusqu'à ce que l'on soit en mesure de déterminer si ce site a une importance archéologique (c'est-à-dire, s'il s'agit d'un site funéraire historique).*
>
> *Je dois agir de façon à en déranger le moins possible l'agencement.*
>
> *En premier lieu : prélever les échantillons des trois fémurs pour les examiner ; déterminer le sexe, l'âge et l'origine ; et enfin en extraire l'ADN.*

Nina mâchonna le bout de son stylo et relut son texte, mais elle avait du mal à se concentrer. Tant pis. Elle avait rédigé ses premières impressions, c'était l'essentiel.

Elle continuerait le lendemain.

Cette décision prise, elle reposa son bloc sur la table de nuit et, à la hâte, régla l'alarme réveil de son portable sur 7 heures.

Enfin, elle éteignit la lampe de chevet et se pelotonna sous sa couette moelleuse.

Mais la lumière d'un lampadaire urbain se reflétait dans la lentille de son appareil photo, ce qui la gênait.

Elle tourna donc l'appareil, puis une pensée se glissa en elle : il ne lui faudrait que cinq minutes pour en transférer les photos sur son ordinateur et ensuite les envoyer.

— Non, demain, murmura-t-elle.

Non, ce soir, semblait lui dire l'appareil.

Alors, avec un soupir résigné, Nina céda, rejeta sa couette, ralluma la lampe, puis sortit son ordinateur.

Elle y transféra les photos et les adressa par e-mail à Peter.

Quand elle eut terminé, elle rangea son ordinateur et se recoucha.

De nouveau, elle eut du mal à trouver le sommeil.

A sa plus grande surprise, ce ne fut pas la pensée d'être en présence d'un site funéraire ou l'identité des fémurs qui la tinrent éveillée, mais celle de Wyatt Colter qui dormait dans la chambre voisine. De ses larges épaules et de son torse musclé. S'était-il endormi ou était-il, comme elle, en proie à l'insomnie ? Etait-il contrarié de l'avoir pour voisine de chambre ? Maudissait-il sa présence ?

Pour finir, Nina soupira et ferma les yeux. Pourquoi Wyatt Colter l'obsédait-il à ce point ? Sans doute l'épuisement rendait ses pensées erratiques et complètement absurdes !

Nina se concentra sur son souffle, compta jusqu'à se laisser gagner par le sommeil, mais l'image de Wyatt Colter ne la quitta pas pour autant.

Cette fois, en boxer.

Puis nu.

— Oh ! zut à la fin ! Ça suffit, Nina ! s'admonesta-t-elle en se tournant et en se retournant.

Enfin, elle réussit à se détendre et à refouler ces images aussi sensuelles que dérangeantes.

Une alarme perçante écorcha les oreilles de Nina.

Elle pressa les paupières. Il n'était sans doute pas encore

7 heures et ce n'était pas le thème de son portable — *Les Aventuriers de l'arche perdue* — qui retentissait.

Bon sang, lequel de ses voisins de chambre avait mis le volume de son alarme au maximum ?

Peu après, une voix familière lui parvint.

— Colter, j'écoute.

Nina ouvrit aussitôt les yeux.

Wyatt Colter. Les fémurs. Marcie.

L'esprit de Nina s'activa. Avertissait-on Wyatt d'un problème survenu sur le site ?

Nina se redressa, rejeta sa couette et consulta le réveil sur la table de nuit. Il n'était que 4 heures du matin. Elle avait dormi trois petites heures.

De nouveau, la voix de Colter frappa son ouïe.

— Non ! C'est pas vrai ! Ne bougez surtout pas, j'arrive !

Le ton autoritaire de Wyatt alarma Nina.

Elle retint son souffle et prêta l'oreille, le cœur battant.

Elle n'avait pas peur de Wyatt Colter, et cependant il l'intimidait : il était impressionnant, doté d'une personnalité charismatique. Aurait-elle été une criminelle, ou aurait-elle été sous ses ordres qu'elle l'aurait redouté…

La voix de Wyatt s'éleva de nouveau.

— Vous avez prévenu Hardin ?

Il s'était bel et bien passé quelque chose, conclut Nina.

Cette fois, elle se leva d'un bond, attrapa son jean et l'enfila en se dandinant d'un pied sur l'autre.

Elle ne se donna pas la peine de se coiffer et se contenta de se faire une queue-de-cheval en enfilant ses bottes boueuses.

— Appelez-le tout de suite ! J'arrive ! annonçait Wyatt de l'autre côté de la cloison.

Alors que Nina fixait les bandes velcro de ses bottes, la porte de chambre de Wyatt claqua, si fort que le tableau, au-dessus de la tête de lit de Nina, tremblota, et que la table de nuit frémit.

Nina enfila simplement son sweat-shirt à capuche sur son caraco en soie rouge, prit son kit médico-légal à la volée et sortit à son tour de la chambre au moment où Wyatt disparaissait dans l'escalier.

— Hé cow-boy ! Attendez-moi ! le rappela-t-elle.

Il regarda brièvement par-dessus son épaule, mais ne ralentit pas pour autant.

Au même instant, Nina réalisa avoir oublié son appareil photo sur la table de nuit. Elle était sur le pas de la porte et jeta un regard à l'appareil.

Non, si elle rentrait le prendre, Wyatt partirait certainement sans elle.

Elle s'élança donc à sa suite dans l'escalier. Au pire, elle prendrait des photos avec son téléphone portable.

Elle descendit les marches deux par deux et arriva au bas de l'escalier si brusquement que la terre sèche sur ses bottes s'en détacha.

— Ah non ! Pas question ! s'exclama Wyatt. Au lit ! Et vite !

Le visage empreint de curiosité de Betty Alice surgit alors de derrière le comptoir. Elle cilla et soupira. Nina s'empourpra. Les paroles de Wyatt étaient ambiguës et suggestives.

— Vite ! répéta Wyatt d'un ton de commandement.

— Aucune chance, cow-boy, riposta Nina. Où allons-nous ? Que s'est-il passé sur le site ?

— *Vous* n'irez nulle part, tonna Wyatt.

— Vous ne pouvez pas me retenir loin de mes fémurs ! riposta Nina, pugnace.

— *Vos* fémurs ? grogna Wyatt.

Le regard cette fois écarquillé, Betty Alice n'en perdait pas une miette.

Nina insista :

— C'est peut-être votre scène de crime, lieutenant, mais

je suis anthropologue experte en médecine légale et je fais partie de votre cellule d'enquête. Ce sont donc *mes* fémurs !

Levant le menton d'un air de défi, Nina ajouta :

— Il s'agit d'un problème avec l'adjoint Shane Tolbert, n'est-ce pas ? Que s'est-il passé ?

L'air exaspéré, Wyatt mit une pastille à la menthe dans sa bouche.

— Vous en avez une pour moi ? s'enquit Nina. Je n'ai pas eu le temps de me brosser les dents…

Wyatt la dévisagea froidement, mais Nina soutint son regard.

Finalement, il fouilla dans sa poche et en sortit une boîte de pastilles à la menthe qu'il lança à Nina. Elle la rattrapa.

— Merci ! Je vous le rendrai au centuple !

A ces mots, Wyatt tourna les talons en grommelant et sortit.

Wyatt décida de rester coi jusqu'à leur arrivée sur la scène de crime. Il n'était certainement pas d'humeur à faire la conversation avec Nina. Toutefois, en chemin, il lui lança, à son corps défendant, un regard en biais. Un galon de dentelle rouge dépassait de dessous le sweat-shirt de Nina. Elle en avait remonté la fermeture jusqu'à son décolleté, laissant juste apparaître un peu de sa peau claire. Wyatt s'énerva contre lui et les réactions que cette vue provoquait dans son corps, précisément dans la partie la plus intime de son anatomie.

Il reporta son attention sur la route, serra les dents et leva le menton.

Oublie les sous-vêtements de Nina Jacobson ! s'ordonna-t-il.

Il avait bien assez de soucis pour le moment, et assez d'expérience pour séparer sa vie professionnelle de sa vie personnelle.

Laquelle était pour le moins inexistante…, persifla-t-il en son for intérieur.

Il songea alors à l'étoile qu'il portait sur la poitrine et qui incarnait tout ce à quoi il avait dévolu son existence.

Les Texas Rangers. La justice.

Il n'y avait pas de place pour des contingences personnelles dans la vie d'un Ranger !

— Allez-vous enfin me dire pourquoi Shane Tolbert vous a appelé ?

La voix de Nina arracha Wyatt à ses pensées. Une voix de gorge. Sensuelle. Comme un été chaud du Texas. Comme elle.

Wyatt ne se donna pas la peine de lui répondre.

Par le fait, Shane Tolbert lui avait paru groggy, embarrassé et furieux tout à la fois. Il le serait davantage une fois que Wyatt lui aurait dit sa façon de penser, et aurait eu une petite conversation à son sujet avec le shérif Reed Hardin ! Décidément, les deux adjoints du shérif étaient de piètres policiers, songea Wyatt.

La veille, sitôt qu'il avait été avisé de la découverte des os, il avait exigé que deux hommes en même temps surveillent la scène de crime vingt-quatre heures sur vingt-quatre. Mais le shérif Hardin avait protesté, affirmant qu'un seul homme par quart suffirait amplement. « Personne ne va polluer le site, avait-il objecté. Il y a bien quelques curieux qui s'y sont rendus, le premier jour. En particulier Daniel Taabe et certains de ses amis. Ils voulaient savoir si les ouvriers avaient découvert un site funéraire comanche, mais depuis hier, plus personne. Deux hommes géreront la situation à la perfection. »

Pour autant, Wyatt n'avait pas voulu en démordre et avait demandé à son supérieur de lui envoyer des renforts. Malheureusement, ce dernier avait pris le parti du shérif.

Et voilà que les faits donnaient raison à Wyatt ! Si la

surveillance du site avait été effectuée par un binôme, rien ne serait arrivé.

Wyatt accéléra et, enfin, freina à la hauteur du pick-up du shérif Hardin. Il sauta de sa jeep sans prendre le temps de couper le moteur et courut vers l'adjoint Shane Tolbert qui, assis sur le capot, était entouré par le Dr Hallowell et le shérif.

— Vous voulez qu'on vous conduise à l'hôpital ? lui demandait le shérif Hardin.

Pendant ce temps, le Dr Hallowell fouillait dans sa sacoche.

— Shérif ? intervint Wyatt.

— Ah, lieutenant !

Mais Hardin évita ostensiblement le regard de Wyatt et braqua sa lampe sur la tête de Shane Tolbert.

— Regardez. Sacrée coupure…

— Je vais la suturer, annonça le Dr Hallowell qui fourrageait toujours dans sa sacoche. Du moins, dès que j'aurai trouvé mon kit de suture.

Un parfait médecin de campagne…, pesta Wyatt intérieurement. Le genre qui fait des visites à domicile et se rend sur les scènes de crime au beau milieu de la nuit avec son kit de suture !

La voix de Nina s'éleva derrière Wyatt.

— Que s'est-il passé au juste ?

Wyatt serra les dents. Il aurait aimé être seul sur cette maudite scène de crime. Avec, peut-être, Olivia Hutton, l'experte en criminalistique. Il avait vraiment besoin de ses talents et compétences. Olivia Hutton s'était dite disponible pour intégrer sa cellule d'enquête, mais Wyatt ne l'avait pas encore appelée sur les lieux, car l'affaire en cours était classée *cold case*. Wyatt se promit de la recontacter au plus vite.

Shane Tolbert leva un regard timide vers Nina.

— J'ai été agressé. J'ai entendu du bruit et je me suis

approché. Je crois qu'ils étaient deux. L'un a fait diversion, l'autre m'a assommé.

Le Dr Hallowell versa un peu de désinfectant sur la blessure de Shane et celui-ci cilla.

— Heureusement que j'ai la tête solide…

Nina le regardait avec mépris, nota Wyatt. Décidément, elle n'aimait vraiment pas Shane Tolbert.

Wyatt se tourna alors vers le médecin.

— Cela vous ennuie si j'examine la coupure avant que vous ne la suturiez ?

Sur ces mots, il braqua sa lampe de poche dessus.

La blessure saignait encore et disparaissait dans la chevelure de Tolbert. Son agresseur l'avait frappé avec un instrument tranchant, de surcroît mal aiguisé. Une chance pour Tolbert…

Le médecin avait déjà coupé les cheveux autour de l'entaille et se mit à la suturer adroitement et rapidement.

Wyatt compta sept points de suture.

— Avez-vous une idée de l'arme qui vous a blessé ? demanda-t-il.

Shane Tolbert secoua la tête.

— Aucune idée. Un truc plutôt tranchant. Vous voyez bien que ça saigne beaucoup.

Wyatt fit un geste dans la direction de Nina.

— Vous pouvez prendre des photos de la blessure, professeur ?

— Je n'ai que mon portable, j'espère que ça ira…

— Hé ! protesta Shane Tolbert en détournant la tête. C'est assez humiliant comme ça. Vous n'allez pas en plus me prendre en photo !

Mais Nina braquait déjà son portable.

— J'en ai besoin pour identifier l'arme, répliqua Wyatt.

— Ne bouge surtout pas, Shane ! l'exhorta le médecin. J'ai presque terminé.

— On vous a frappé une seule fois ? intervint Nina.

— Aïe doc ! s'exclama Tolbert.

Le shérif Hardin recula.

— Lieutenant Colter ? Pendant que le médecin termine, je vous propose d'aller jeter un coup d'œil à la scène de crime.

Wyatt observa tour à tour Tolbert et Hardin. Il avait des questions à poser à l'adjoint du shérif, mais Hardin avait manifestement d'autres intentions en tête.

L'éloigner de Tolbert ?

Wyatt acquiesça donc et emboîta le pas au shérif.

— Personne n'a encore vérifié si le site a été vandalisé ou pollué ? lui demanda-t-il en arrivant sur place.

A sa surprise, Nina les y avait précédés et s'accroupissait devant la fosse aux trois fémurs. C'était dans cette position que Wyatt l'avait vue, quelques heures plus tôt, la prenant pour le Pr Mayfield. Comment avait-il pu la confondre avec un vieux professeur ? A sa décharge, il pleuvait, les projecteurs, s'ils perçaient la nuit, y laissaient des ombres et enfin, la jeune femme portait un sweat-shirt à capuche trop grand pour elle. Cela dit, comment avait-il pu ne pas remarquer ses courbes féminines ?

A cet instant, Nina rejeta la capuche de son sweat-shirt dans son dos et éclaira mieux le sol à l'aide de sa puissante lampe de poche.

D'une voix pleine de colère, elle annonça :

— On a volé l'un de mes fémurs !

4

— Lequel ? demanda Wyatt.

Nina secoua la tête.

— Le fémur rattaché à l'os iliaque. Le voleur a pollué le site !

Wyatt éclaira le sol alentour.

— Vous pouvez relever les empreintes de pas ? demanda-t-il au shérif.

Reed Hardin s'accroupit pour observer le sol boueux.

— Les empreintes ne sont pas nettes, notre homme a glissé, mais je pense qu'on y arrivera.

— Vous le pensez ou vous en êtes certain ? insista Wyatt.

— L'adjoint Spears s'en occupera, confirma Hardin.

— Assurez-vous qu'il relève l'empreinte la plus nette ! lança Wyatt.

Hardin leva les yeux vers lui, sourcils froncés.

— Ecoutez, lieutenant, si vous ne nous faites pas confiance, appelez votre propre enquêteur de scène de crime…

— Non, non, c'est inutile ! intervint vivement Nina.

Wyatt la dévisagea avec attention.

— Je préfère que ce soit l'un de vos adjoints, reprit Nina. Il vaut mieux que personne d'autre ne pénètre sur ce site.

Wyatt poussa un soupir.

— Ecoutez, professeur…

Nina se releva d'un bond.

— Pour commencer, coupa-t-elle, je suis moi aussi technicienne en identification criminelle, donc je peux procéder à un relevé d'empreintes le cas échéant. Cela dit, je suis certaine que le shérif Hardin et ses hommes connaissent leur métier. Laissez-les agir, Wyatt. Moi, pendant ce temps, je vais exhumer les deux fémurs. Je chercherai également d'éventuels indices autour de cette zone.

Wyatt adressa donc un signe de tête à Hardin.

Nina, elle, affichait un léger sourire.

Le shérif se redressa et se frotta les mains puis les mit sur les hanches.

— On peut s'y mettre maintenant ? s'enquit Wyatt avec impatience.

Voilà précisément ce qu'il détestait dans les petites villes. L'on s'y déplaçait à la vitesse d'un escargot. Cette scène de crime était d'une importance capitale, susceptible de révéler le mystère d'au moins l'une des trois disparitions survenues à Comanche Creek depuis cinq ans. Mais le médecin, le shérif et ses adjoints ne semblaient pas le moins du monde pressés.

Le shérif Hardin adressa à Wyatt un regard dur.

— Vous pourriez exprimer votre pensée sans détour, lieutenant ?

— Je serais ravi qu'on agisse vite, explicita Wyatt.

— Ecoutez, lieutenant, nous ne sommes pas à Austin. Nous avons notre rythme, plus lent, par comparaison avec celui des Texas Rangers, mais nous faisons bien notre boulot. Avant que vous n'arriviez, j'ai contacté l'adjoint Spears et je lui ai demandé de venir immédiatement sur les lieux. C'est lui qui fera le relevé des empreintes à son arrivée. La procédure est-elle assez rapide à vote goût, lieutenant ?

Wyatt se contint.

— Cela me convient à merveille, shérif. J'ai justement deux mots à vous dire sur Spears. Il a abandonné la scène de crime avant l'arrivée de Tolbert.

— Non, lieutenant, il ne l'a pas « abandonnée », objecta Hardin. Le Pr Jacobson, qui est l'un des membres de *votre* cellule d'enquête, lui a assuré qu'elle prenait la responsabilité de la scène de crime jusqu'à l'arrivée de l'adjoint Shane Tolbert, prévue vers minuit.

— Je suis le seul habilité à donner des ordres, shérif ! trancha Wyatt. Me suis-je bien fait comprendre ?

Reed Hardin pinça les lèvres, mais il n'en opina pas moins. Wyatt regretta aussitôt de lui avoir parlé sur ce ton.

— Merci shérif Hardin, marmonna-t-il. Quand pourrai-je m'entretenir avec l'adjoint Shane Tolbert ?

— Quand vous le voudrez, lieutenant. Du moins, quand le médecin en aura terminé avec lui.

— En attendant, pouvez-vous me fournir quelques précisions sur Shane Tolbert ? reprit Wyatt. Autrefois, il sortait avec Marcie James. Laquelle aurait confié à Nina Jacobson qu'il était violent.

— Non, j'ai dit *agressif* ! intervint Nina qui se baissait pour étudier l'emplacement désormais vide laissé par l'os volé.

— Agressif, oui, c'est le mot, renchérit Hardin. Entre nous, le terme *violent* me semble exagéré. Shane a certes du caractère. Ou du tempérament, si vous voulez. Mais c'est un bon policier. Compétent. Un fonceur qui n'a pas froid aux yeux.

Hardin sourit en poursuivant :

— Je ne serais pas surpris que, un jour, il devienne shérif.

— Vous lui faites donc totalement confiance ? s'enquit Wyatt.

— Qu'il devienne, ou non, shérif n'est pas une question de confiance mais de compétences. En réalité, ce que j'admire chez lui, c'est sa constance. Son ambition. Il a suivi une formation en criminalistique et il en a décroché le diplôme.

— Et son diplôme en hostilité, où l'a-t-il décroché ? persifla Wyatt.

Hardin haussa les épaules.

— C'est dû à son histoire familiale. Son père, Ben Tolbert,

était alcoolique et grand amateur de femmes. Il a frappé Shane jusqu'à ce que Shane soit assez grand pour riposter.

— Et par la suite ? demanda Wyatt.

— Shane Tolbert a été suspendu. Motif : usage de la force.

— Intéressant…, commenta Wyatt.

— Plus que vous ne le pensez, lieutenant. C'est arrivé lors d'une intervention policière pour violences conjugales. Un homme, ivre, s'en est pris au fils de sa compagne, âgé de huit ans, au motif qu'il avait laissé sa bicyclette dans le jardin. Il a cassé le bras du petit. Shane lui a cassé le nez.

Wyatt regarda soudain Shane Tolbert d'un autre œil. Le suspendre avait été inévitable, mais Tolbert n'en avait pas moins pris la défense d'un enfant violenté. Comme Wyatt, autrefois.

— Vous n'avez jamais entendu parler de problèmes qui seraient survenus entre lui et Marcie James ?

Hardin secoua la tête.

— Non. Pas vraiment. Les gens parlent, certes, mais quant à les croire… Je me souviens, Marcie a un jour déclaré qu'elle avait mal au bras. Elle se serait foulé le poignet en jouant au tennis.

— Vous avez vérifié ? demanda Wyatt.

— Je n'avais aucune raison de le faire. Le Dr Hallowell a simplement dit qu'elle aurait pu se blesser.

— Ce n'était donc pas une certitude, fit remarquer Wyatt.

Hardin opina.

— Entre nous, je n'ai jamais rien remarqué de particulier. Shane semblait très amoureux de Marcie, et d'ailleurs je ne sais pas pourquoi ils ont rompu.

Wyatt préféra donc changer de sujet.

— Qui, à Comanche Creek, aurait pu agresser votre adjoint et voler l'un des trois fémurs ?

Tout en parlant, Wyatt observait Nina qui se levait et retirait son sweat-shirt. Il fixa malgré lui son caraco de soie rouge.

— Je n'en sais rien, répondit Hardin.

Il semblait soucieux et, de fait, ne pas avoir remarqué le trouble de Wyatt.

Aussi, celui-ci ajouta :

— Selon le Pr Jacobson, les fémurs pourraient être récents.

A cet instant, Nina remit un pan de son caraco dans son jean et se pencha mieux sur la fosse.

— Où voulez-vous en venir ? s'enquit Hardin, l'air étonné.

— Eh bien..., fit Wyatt. Shane Tolbert aurait pu mettre son agression en scène afin de détruire des indices qui le mettraient en cause...

Hardin écarquilla les yeux.

— Peut-être que Shane Tolbert sait qui a été inhumé là ? insista Wyatt, tout en continuant de détailler Nina.

La jeune femme se courbait davantage, et le pan de caraco sortait de la ceinture de son jean, révélant sa peau laiteuse.

— Vous insinuez donc que Shane aurait tué Marcie James ? s'étrangla le shérif. Non ! C'est impossible, lieutenant. Shane a été bouleversé par la disparition de Marcie.

Wyatt fit un nouvel effort pour se concentrer sur les propos de Hardin.

— Je souhaite interroger Shane Tolbert sans tarder ! déclara-t-il plus rudement qu'il ne l'aurait voulu.

A cet instant, Nina se pencha tant et si bien que Wyatt redouta qu'elle ne dégringole. Et d'ailleurs, elle perdit légèrement son équilibre.

— Pas de problème, répondit Hardin avec un soupir. Venez l'interroger tout à l'heure. Rendez-vous à mon bureau dans la matinée. Vers 10 heures ?

— Non, plutôt 9 heures, rétorqua Wyatt, se dirigeant vers Nina.

Wyatt la rattrapa, en l'enlaçant par-derrière. Il fut étonné par la vigueur de son corps et, en même temps, ému par la sensation de ses seins, si doux contre son bras.

— Ah ! s'écria-t-elle, surprise par son geste.

Wyatt la lâcha aussitôt, et elle s'écarta.

Elle remit alors en place une mèche de ses cheveux qui était retombée sur ses yeux, laissant sur son front une petite trace de boue.

— J'étais sur le point de réussir !

— Non, rectifia Wyatt. Vous étiez sur le point de tomber au fond de cette fosse, Nina ! Et vous auriez définitivement pu polluer *ma* scène de crime ! Vous êtes anthropologue médico-légale ! Vous connaissez l'importance de préserver une scène de crime !

— Justement, je vais vous montrer ce que je crois avoir découvert ! lança Nina.

Elle s'approcha de la fosse et, de nouveau, se pencha.

Wyatt suivit son mouvement, contenant un sourire. L'éminent Pr Jacobson avait tout l'air d'un garçon manqué avec son visage taché de boue et les cheveux en bataille.

— Regardez, là ! souffla-t-elle en se redressant.

Non, se corrigea Wyatt, toujours perdu dans ses pensées et sa contemplation. Avec la courbe de ses seins, sa délicate ossature, la ligne de ses épaules et de sa nuque offerte, et surtout, l'encolure de son caraco de soie rouge bordée de dentelle, Nina ne ressemblait pas le moins du monde à un garçon manqué !

— Qu'est-ce que c'est ? s'enquit Wyatt avec effort.

— Je ne sais pas encore, car je ne vois pas bien, admit Nina. Mais c'est sûrement digne d'intérêt.

Sur ces mots, elle tapota ses poches avec impatience.

— Il me faut ma lampe de poche. Elle est dans mon sweat. Ah, zut, où est-il ?

Wyatt le lui ramassa.

— Le voilà. Remettez-le vite.

Il le lui tendit. Il ne pouvait s'empêcher d'admirer son décolleté.

— Pourquoi voulez-vous que je le remette ? s'étonna Nina, qui n'en obéit pas moins.

Wyatt détourna son attention de la jeune femme et se pencha un peu vers la fosse.

— Qu'essayez-vous d'attraper, au juste ? demanda-t-il, pour détourner la conversation.

Nina braqua le faisceau de sa lampe sur le fond de la fosse.

— Regardez, là ! Vous voyez ? Il y a quelque chose qui brille.

— Quelque chose qui brille ? répéta Wyatt.

— Oui ! Ce doit être du métal. Un bijou ?

— Ou un papier de chewing-gum…, nuança Wyatt.

— Je ne crois pas, commenta Nina. Regardez mieux.

— Ah, ça y est, je vois, fit Wyatt. Vous voulez parler de cette pelote de boue, d'herbe et de je ne sais quoi encore ? De cette saleté ?

Wyatt se baissa un peu plus.

— Oui ! confirma Nina. Vous êtes plus grand que moi, vous pouvez l'attraper ? Attention surtout ! Cela ne ressemble peut-être à rien, mais je le veux intact !

— D'accord, acquiesça Wyatt.

Nina lui tendit une truelle.

— Gardez votre lampe orientée dessus, dit-il en la lui prenant.

Wyatt atteignit une boule de terre, qui était plus loin qu'il ne se l'était imaginé. Il tendit donc le bras au maximum et détacha la boule à l'aide de la truelle. Puis, retenant son souffle, il reprit précautionneusement son équilibre.

— Plus un geste, maintenant ! s'exclama Nina.

Wyatt se figea.

— Pardon ?

— Ne bougez surtout pas ! ordonna-t-elle.

Sur ce, elle fouilla, à l'aide de pinces, et avec les plus grandes précautions, dans la boule de terre glaise, filamenteuse et herbeuse. Elle en extirpa un élément métallique indistinct car aggloméré et imprégné de terre filandreuse, puis elle sortit un sachet scellé judiciaire de sa poche et l'y glissa.

Une fois qu'elle eut refermé le sachet, elle y écrivit quelques mots au marqueur. Ensuite, elle sortit un sachet du même type, mais plus grand, et le donna à Wyatt pour qu'il y place la boule glaiseuse.

— Qu'est-ce que vous avez mis dans le plus petit des deux sachets ? s'enquit Wyatt.

— Ce qui brillait, répondit Nina. Une chaîne manifestement. Laissez-moi sceller le second sachet, et on regardera mieux, lança-t-elle d'une voix où perçait l'enthousiasme.

Nina referma la bande autocollante inviolable et, de nouveau, écrivit dessus. Quand ce fut terminé, elle leva le plus petit des deux sachets devant ses yeux.

— Vous voulez bien tenir ma lampe de poche ? demanda-t-elle à Wyatt, en la lui donnant.

Ses mains tremblaient tandis qu'elle orientait mieux le sachet scellé judiciaire sous le faisceau. Elle le tourna dans tous les sens et manipula son contenu au travers du plastique.

Cela semblait être en effet une petite chaîne, constata Wyatt. Brillante malgré la boue, l'herbe et de curieux filaments. De l'or ?

— Oh ! mon Dieu ! lâcha soudain Nina. C'est…

Sa voix se brisa.

— C'est quoi ? demanda Wyatt.

Nina leva des yeux brillants de larmes vers lui.

— C'est la chaîne de Marcie.

Ses mots firent à Wyatt l'effet d'un coup en pleine poitrine.

La chaîne de Marcie.

La violence de sa propre réaction physique frappa Wyatt. Ainsi, en dépit du bon sens, il avait espéré que Marcie soit toujours vivante.

— Mais… comment pouvez-vous en être si sûre ? demanda-t-il à Nina dans un murmure.

Il retint son souffle, redoutant la réponse, qu'il devinait déjà.

Nina et Marcie ayant en effet été les meilleures amies, Nina pouvait identifier formellement un bijou qui avait appartenu à Marcie.

Nina garda le silence. A la vérité, elle ne semblait pas avoir entendu Wyatt. Elle fixait toujours le sachet d'une main tremblante.

— Nina ?

— Regardez ! coupa-t-elle.

Nina brandit de nouveau le sachet et le faisceau lumineux révéla mieux une grappe de petits diamants pris dans une pelote de…

Wyatt comprit et se tendit.

— Ce sont donc des cheveux ?

Nina hocha la tête et prit une longue inspiration.

— Humains. Longs. Manifestement blonds. Enfin, clairs. C'est ce qui rendait la boule de terre d'où j'ai extrait le bijou si filandreuse ! Regardez ces petits diamants. Ils forment la lettre *M*… L'initiale de Marcie. Oui, c'est sa chaîne. Je le sais parce que…

La voix de Nina se brisa de nouveau.

— Parce que c'est moi qui la lui ai offerte.

Nina prit une grande inspiration et se raidit.

— Ce qui signifie…, continua-t-elle d'une voix rauque et tremblante, que l'un des fémurs appartient très probablement à Marcie.

5

— Ces sachets contiennent des indices capitaux ! Je vais les confier au shérif Hardin, par sécurité, et ensuite, je vous reconduirai en ville. Vous êtes épuisée et complètement frigorifiée, Nina.

La voix de Wyatt était à la fois bourrue et désapprobatrice.

— Non ! répondit Nina entre ses dents.

Elle marqua une pause et reprit d'une voix plus ferme :

— Vous ne vous débarrasserez pas de moi aussi facilement, Wyatt. C'est moi qui garde les deux scellés judiciaires. Vous avez demandé les services d'un anthropologue médico-légal, alors laissez-moi faire mon travail !

Sur ce, Nina, transie, croisa les bras afin d'en masquer le tremblement à Wyatt. Son sweat-shirt, qu'elle avait posé sur le sol un peu plus tôt, en avait absorbé l'humidité, et le froid la pénétrait. Elle avait beau faire, elle était agitée de frissons.

— Si je puis me permettre, Nina, c'est moi qui dirige cette cellule d'enquête, objecta Wyatt.

Nina leva le menton et toisa le Ranger. Il plissa les yeux comme s'il était las de leurs affrontements. Résigné ?

Le dévisageant, Nina laissa ses pensées lui échapper et la distraire.

Wyatt Colter était séduisant et viril. Mâle. Son menton était décidé, son nez droit et sa bouche ferme. Surtout, il avait des prunelles d'un bleu indigo qu'elle n'avait jamais vu chez personne.

— Vous connaissez la procédure, reprit-il. Vous pouvez en garder un mais vous devez remettre l'autre au laboratoire des Rangers, à Austin. Notre laboratoire a en effet l'ADN de Marcie dans sa banque de données. Vous devez donc accepter que je transmette l'un de ces sachets à notre laboratoire afin que l'ADN soit extrait de ces cheveux. Le profil obtenu sera ensuite comparé au profil génétique de Marcie. Vous garderez l'autre pour y effectuer vos propres analyses.

Nina recula avec horreur. Elle le savait pourtant : la suggestion de Wyatt était raisonnable, logique et conforme. Aussi ne s'expliquait-elle pas son entêtement à vouloir garder ces indices.

Mais sitôt qu'elle se fut étonnée de sa résistance, elle en comprit la raison. Elle faisait confiance aux Rangers et à Wyatt Colter, mais elle avait peut-être entre ses mains la réponse à la question qui l'obsédait depuis près de deux ans.

Marcie était-elle morte ou vivante ?

Wyatt leva un sourcil. Nina acquiesça enfin.

— Très bien. Procédons au transfert d'un des sachets dès maintenant. Comme vous n'êtes pas sans le savoir, nous allons avoir besoin d'un témoin pour le superviser.

Là-dessus, elle se tourna vers le Dr Hallowell.

— Et si nous demandions au médecin ?

Wyatt informa aussitôt ce dernier de la situation. Dès qu'il y eut consenti, Wyatt s'éloigna pour passer un appel et revint auprès de Nina au moment où elle préparait le rapport de transfert.

— Un coursier passera chez le Dr Hallowell dans une heure, annonça simplement Wyatt.

— Merci.

Nina croisa de nouveau les bras, plus consciente que jamais de la fraîcheur humide du petit matin.

— Marcie était mon amie…, commença-t-elle subitement. J'ai demandé à intégrer cette cellule d'enquête pour venir sur les lieux et dans l'espoir de découvrir la vérité. Je ne peux pas l'abandonner, désormais, alors que nous sommes peut-être près du but.

Le regard de Wyatt s'assombrit comme un ciel d'été se couvre de nuages.

— D'un autre côté, il y a un conflit d'intérêts, déclara-t-il sobrement.

Nina soutint son regard.

— Dans ces conditions, vous ne devriez pas non plus diriger cette cellule !

Un silence tomba.

— Je n'avais pas avec Marcie les liens que vous aviez avec elle, rappela Wyatt d'une voix brève.

Il se tut et reprit :

— Montez dans ma jeep, nous partons !

— Non.

Nina secoua la tête avec vigueur pour mieux faire valoir son refus.

— Je n'aurais jamais dû quitter le site, tout à l'heure, reprit-elle. Je ne commettrai pas la même erreur. Je vais rester sur place jusqu'à ce que mes étudiants l'aient carroyé.

Wyatt plissa les yeux.

— Alors que vous êtes complètement transie ? Vous allez geler sur pied, Nina ! C'est le shérif qui va rester surveiller le site.

— Vous parlez de scène de crime, moi je vous parle d'un éventuel site funéraire, ou d'un site funéraire devenu scène de crime : il est sous ma responsabilité.

— Non : sous la mienne, objecta Wyatt. Vous faites partie de la cellule d'enquête dont je suis responsable. Vous comprenez ce que cela signifie, Nina ?

Il baissa les yeux vers elle.

Nina pinça les lèvres et soutint le regard de Wyatt, mais son menton trembla malgré elle. Elle était en train de perdre toute crédibilité.

— Cela signifie que vous m'obéissez, insista Wyatt. Cela signifie aussi que je peux vous faire remplacer.

— Pour quelle raison, s'il vous plaît ? riposta Nina. Je suis compétente.

— Vous ne m'êtes d'aucune utilité si vous refusez de vous conformer à mes instructions.

Nina se crispa.

— Dites plutôt : me soumettre à votre autorité.

Wyatt sourit à demi.

— Exactement. Alors maintenant, montez dans la jeep.

Nina s'entêta.

— Je suis anthropologue médico-légale !

Wyatt fit un pas dans sa direction.

— Je ne vous dénie pas ce titre, je vous demande seulement de monter dans ma jeep.

Nina recula. Wyatt s'approcha.

— J'ai parfaitement le droit de rester là si j'en ai envie, maugréa Nina.

— J'ai dit : montez ! s'emporta Wyatt.

Le shérif, le médecin et Shane Tolbert avaient cessé de parler pour regarder dans leur direction, réalisa soudain Nina. Mais elle n'en démordit pas et continua à fixer Wyatt.

— Sinon quoi ? Qu'est-ce que vous allez faire ? Me contraindre par la force ?

— Si nécessaire, oui.

Wyatt repoussa son Stetson sur son front, assez pour que l'ombre de son regard en soit chassée.

— Mais ce serait dommageable pour nous deux, acheva-t-il.

Nina garda le menton levé.

— J'ai déjà perdu un des fémurs découverts sur le site, je ne veux pas perdre la face.

Soudain, Wyatt fut tout proche.

— Vous risquez surtout de perdre la santé si vous vous obstinez à vouloir rester ici. Je vais donc vous porter et vous installer dans ma voiture. Que vous le vouliez ou non.

Nina lança un regard involontaire autour d'elle. Le shérif, le médecin et Shane Tolbert les observaient toujours avec le plus vif intérêt.

Nina se mit à rougir.

— Je suis professeur d'université, vous ne pouvez pas me soulever comme un vulgaire sac de farine ! En plus, nous nous donnons en spectacle et c'est déplaisant !

Wyatt croisa les bras. A l'évidence, ces protestations le laissaient complètement indifférent.

Alors la colère envahit Nina.

— Très bien ! s'exclama-t-elle, à bout de patience. Si vous faites assez confiance au shérif pour surveiller *votre* scène de crime, je n'ai pas d'autre choix que de, moi aussi, lui faire confiance. Alors partons. J'ai froid. Vous venez, lieutenant ? Vous me faites perdre mon temps !

Wyatt la suivit des yeux alors qu'elle gagnait sa jeep et montait sur le siège passager. Comme le moteur n'avait pas été coupé, il y faisait bon. La chaleur enveloppa Nina, lui faisant pousser un petit soupir de satisfaction en dépit de la colère. Mais décidément transie, elle n'en continua pas moins de trembler pendant quelques instants.

La température sur le tableau de bord indiquait dix degrés Celsius, remarqua Nina. Cette température n'était pas glaciale, mais le sweat-shirt de Nina et son jean, au niveau des genoux et de son postérieur, étaient humides et boueux. Il n'était pas besoin d'avoir une température polaire pour provoquer une hypothermie.

Nina se tourna alors vers la vitre de la portière. Les regards étaient toujours braqués dans sa direction et les hommes souriaient d'un air entendu. Même Shane Tolbert.

De nouveau, Nina ne put s'empêcher de rougir.

Wyatt leur adressa alors un regard impérieux et si intimidant que tous se désintéressèrent d'elle.

Alors Nina conçut une gratitude absurde envers Wyatt. Pourtant, il ne la méritait pas.

Et ce, pour deux raisons. En premier lieu, c'était la faute de Wyatt s'ils avaient attiré l'attention : il avait dépassé les limites en parlant à Nina sur ce ton. Elle avait beau être sous ses ordres, il n'avait pas le droit de la menacer.

Ensuite, c'était à cause de lui si sa plus chère amie avait disparu et était peut-être morte. Elle ne savait certes pas comment il aurait pu stopper le ou les ravisseurs armés de Marcie, mais il était Texas Ranger et avait juré de la protéger.

Nina exigerait sa présence lorsqu'elle effectuerait l'analyse des fémurs dans le laboratoire de l'IUT.

Parce que si l'un de ces fémurs appartenait à Marcie, elle déverserait, sans hésiter, sa colère sur Wyatt.

Un exutoire qui l'apaiserait !

Wyatt se tourna vers le shérif Hardin, tout en gardant un œil sur sa jeep. Au travers du pare-brise mouillé se dessinait la chevelure noire de Nina. Wyatt n'avait pas besoin de voir son visage pour deviner son état d'esprit : elle était certainement contrariée et le suivait sans doute d'un regard accusateur.

Il étouffa un soupir.

Pour le moment, il était condamné à subir la présence de Nina Jacobson, reproche vivant de sa responsabilité dans la disparition ou la mort de Marcie James. Mais ses souvenirs, le remords, ne la lui rappelaient-ils pas constamment depuis deux ans ?

Deux ans déjà qu'il ne pouvait se départir de son sentiment de culpabilité.

— Alors ? Qu'est-ce que le Pr Jacobson a trouvé ? lui demanda le shérif Hardin.

— Une boule de terre glaise avec des cheveux et une chaîne qui auraient appartenu à Marcie James.

— Où sont-ils ? Je veux…

Wyatt hocha la tête.

— Le Pr Jacobson les a mis sous scellés judiciaires. C'est elle qui est garante de la procédure de la chaîne de possession, donc de l'intégrité de l'échantillon, lors de son transport du terrain au laboratoire. Et…

— Excusez-moi de vous interrompre, lieutenant, mais Nina Jacobson était la meilleure amie de Marcie James. Il y a par conséquent un conflit d'intérêts.

Le shérif avait raison, et d'ailleurs Wyatt avait soulevé le même argument tantôt, mais par un subit revirement il prit la défense de Nina.

— C'est pour cette raison que je lui fais confiance, conclut-il donc. Personne plus que Nina n'est déterminé à découvrir ce qui est arrivé à son amie.

— Il n'en reste pas moins qu'elle a déjà décidé d'être la garante de la chaîne de possession, insista Hardin. Sans consulter personne.

Wyatt haussa les épaules avec désinvolture.

— Possible. Mais c'est son domaine de compétence. Enfin, n'oublions pas qu'il s'agit d'un *cold case*. Dans un premier temps, nous devons confirmer ou infirmer que les cheveux appartiennent à Marcie par le biais d'une analyse ADN. Le Pr Jacobson a séparé l'indice en deux sachets scellés judiciaires. Chacun contient des cheveux.

— Je vois, fit Hardin. Mais je ne comprends pas pourquoi vous avez besoin du Dr Hallowell.

— Il est témoin de la procédure. Nina reste en possession du premier sachet, les Rangers recevront le second. Un coursier prendra celui-ci chez le Dr Hallowell et le livrera au laboratoire médico-légal des Rangers, qui est à Austin. La banque de données de notre laboratoire possède en effet l'ADN de Marcie. Si les cheveux retrouvés sont les siens, nous en aurons le cœur net dans les vingt-quatre heures.

La fin de sa phrase se perdit dans un bruit de moteur.

Wyatt se tourna vers la route. C'était Trace Becker, le fils de Jonah Becker.

Wyatt se souvenait de Trace surtout à cause de son tempérament sanguin. Voilà pourquoi Wyatt avait demandé à Jessie Becker, la fille de Jonah Becker, et non à Trace d'intégrer sa cellule d'enquête.

Trace descendit de son véhicule et marcha dans leur direction, le menton levé et l'air pugnace.

— Que se passe-t-il, shérif ? commença-t-il sans autre forme de procès.

Hardin leva une main conciliante.

— Du calme, Trace.

— Me calmer ! s'écria Trace, l'air furieux. C'est la deuxième fois cette nuit qu'on me dérange. Vers 22 heures, j'ai vu tellement de lumière que j'ai cru à un incendie. Maintenant, il y a manifestement un nouvel incident sur *mes* terres. Mais personne ne prend la peine de me contacter ni de m'informer.

Ses terres ? Wyatt allait riposter, mais Hardin le devança.

— Tu es venu sur les lieux plus tôt dans la nuit, Trace ?

Celui-ci répondit avec un temps de retard.

— Que veux-tu dire ?

— Quand êtes-vous venu sur le site pour la dernière fois ? intervint Wyatt en le détaillant de la tête aux pieds.

Les bottes de Trace étaient boueuses.

Ce dernier fronça les sourcils à l'intention de Wyatt, comme s'il cherchait à se souvenir où il l'avait déjà vu, mais il reporta très vite son attention sur Hardin.

— Je suis venu cet après-midi pour jeter un coup d'œil au site. J'ai discuté un peu avec l'adjoint Spears, puis je suis rentré faire de la paperasserie.

— Tu es revenu plus tard, quand tu as vu des lumières ? insista Hardin.

— Je suis seulement sorti pour voir ce qui se passait. Je me suis alors rendu compte que c'étaient des projecteurs, et pas un incendie, expliqua Trace.

— Et ensuite ? poursuivit Wyatt.

Trace inclina la tête.

— Ensuite, je suis rentré.

— Vous n'avez pas été plus curieux ? Ni inquiet ? s'étonna Wyatt.

— Je viens de vous dire que je devais faire de la paperasserie ! grommela Trace. Vous me traitez de menteur ?

— Non, assura Wyatt. Je veux simplement savoir si quelqu'un pourrait accréditer votre version des faits. En d'autres mots, vérifier votre alibi. J'aimerais donc vous entendre au plus vite.

— Un alibi ? répéta Trace. C'est insensé ! Vous êtes chez moi et vous me demandez un alibi ? Vous me traitez de criminel !

Là-dessus, Trace s'adressa à Hardin :

— Qui est cet individu ?

Wyatt s'avança.

— Lieutenant Wyatt Colter. Texas Ranger. Je suis en charge de la cellule d'enquête qui s'est formée à la suite des découvertes effectuées sur les terres de *votre* père.

Trace, belliqueux, s'avançait aussi. Mais Hardin s'interposa.

— Du calme, Trace. On essaie seulement de comprendre ce qui s'est passé. Maintenant, si ton père ou Jessie peuvent confirmer que tu n'as pas quitté la maison…

— Impossible, coupa Trace. Jessie n'est pas en ville actuellement, et mon père…

Instantanément, son attitude changea. Il s'assombrit.

— Mon père ne va pas bien. Et ce chahut ne l'aide pas à aller mieux.

Il s'interrompit.

— Bon sang, shérif, tu vas me dire ce qui se passe, oui ou non ?

Wyatt dévisagea Trace, qui se maîtrisait manifestement à grand-peine. Il avait les poings fermés et, en dépit de la fraîcheur nocturne, était en sueur. Se faisait-il vraiment du souci pour son père ? Etait-il indigné par l'intrusion sur les terres familiales parce qu'il n'avait pas la conscience tranquille ? Avait-il peur de ce que les Rangers y découvriraient ?

Hardin adressa un regard entendu à Wyatt et tapota benoîtement Trace dans le dos.

— On a agressé Shane qui nous a tout de suite prévenus. Quand Doc aura terminé ses soins, nous enquêterons et nous découvrirons son agresseur.

Tout en parlant, Hardin conduisait Trace vers son 4x4.

— Rentre chez toi, Trace, et occupe-toi de ton père. Nous, nous avons encore beaucoup de travail. Mais ne te fais pas de souci. Je t'informe des suites de notre enquête.

Le ton paternaliste de Hardin crispa Wyatt. A la place du shérif, il aurait arrêté Trace Becker pour rébellion à l'encontre des forces de l'ordre. Il en avait le pouvoir puisque Comanche Creek faisait partie de sa juridiction. D'un autre côté, il n'y habitait pas et comprenait que Hardin se montre diplomate auprès de ses administrés, qu'il côtoyait quotidiennement. Et Wyatt, qui n'était que de passage, voulait entretenir les meilleures relations avec Hardin.

A cette idée, Wyatt fit quelques mouvements de tête pour détendre sa nuque nouée. Les paroles du shérif ayant apparemment calmé Trace, Wyatt finit par se détendre lui aussi. Il proposerait à Hardin de comparer les empreintes de pas relevées par Spears à celles des bottes de Trace et de Tolbert.

Tandis que le 4x4 de Trace repartait, le moteur d'un engin plus puissant s'éleva. C'était un pick-up qui approchait.

— Voilà Kirby Spears, mon autre adjoint, annonça Hardin à Wyatt.

— L'adjoint que Nina a convaincu de rentrer chez lui et de laisser la scène de crime sans surveillance ? souligna froidement Wyatt.

— Ecoutez, Wyatt, vous vous occupez de votre spécialiste des os, et moi je m'occupe de mes hommes, bougonna Hardin.

— J'aimerais quand même faire la connaissance de Spears.

— Volontiers, dit Hardin.

Sitôt que Spears se fut approché, le shérif fit les présentations.

— Comme prévu, je vous attends à mon bureau à 9 heures, Wyatt. Tolbert sera là. Et Woody, enfin je veux dire le maire, Woodrow Sadler… Il m'a contacté à propos des derniers événements et il veut nous rencontrer pour faire le point.

Wyatt opina. Il était plus de 5 heures du matin, le moment était venu de se séparer et surtout, de prendre quelques heures de repos.

— Très bien. A tout à l'heure, à 9 heures, conclut Wyatt.

Sur ces mots, il regagna son véhicule, mécontent de devoir encore subir la présence hostile de Nina.

Il prit place sur le siège passager et se mit en route. A l'air chaud dispensé par le radiateur se mêlaient des odeurs de terre et de pluie, mais aussi une fragrance de rose pour le moins inattendue.

Séduit, Wyatt l'aspira avec complaisance et, aussitôt après, s'admonesta. Nina n'était qu'une distraction intéressante, et non une attraction exclusive. Mais il avait beau s'exhorter à la raison, sa sensualité s'éveillait, du moins éveillait, et ce n'était pas la première fois au cours de la nuit, une certaine partie de son intimité.

Aussi, Wyatt fronça les sourcils et se concentra sur sa route plongée dans le noir. Ce n'était pas le moment de s'égarer. Il devait retrouver le meurtrier de Marcie, c'était son seul objectif.

— Quoi ? demanda Nina.

— Quoi ? répliqua Wyatt automatiquement.

— Vous avez dit quelque chose.

Ah bon ?

Wyatt ne daigna pas répondre et se gara devant le Bluebonnet.

— Le jour va se lever avant même que vous ne le remarquiez, biaisa-t-il en ouvrant sa portière.

Avant de sortir, il dévisagea longuement Nina. Dans la lumière dispensée par le plafonnier, elle l'émouvait, l'attendrissait avec ses grands yeux noirs dans son visage très pâle encadré par la masse de ses cheveux sombres. Wyatt se mordilla l'intérieur de la joue pour s'empêcher de sourire. Là-dessus, il s'arracha vite à sa contemplation.

Nina sortit de la jeep avec son kit médico-légal et, resserrant les pans de son sweat-shirt d'une main, marcha d'un pas vif vers le perron du Bluebonnet.

Wyatt la devança pour lui ouvrir.

— Vous avez bien le sachet comportant l'indice, n'est-ce pas ? lui demanda-t-il.

— Vous me prenez pour une débutante ? répliqua-t-elle.

A peine avait-elle prononcé ces mots que le regard bleu de Wyatt brilla d'espièglerie, et qu'un coin de sa bouche se retroussa.

Nina regretta ses propos.

— Dans les faits, reprit-elle très vite, j'ai assisté le Pr Mayfield pour de nombreuses affaires criminelles. Si vous n'êtes pas impressionné par mes connaissances, vous pouvez l'être par les siennes, qu'il m'a transmises.

— C'est pour cette raison que mon supérieur l'avait sollicité, lui, pour qu'il intègre ma cellule d'enquête, déclara Wyatt du tac au tac.

— Ecoutez, Wyatt, si vous doutez de mes compétences…, commença Nina.

Consciente de se laisser emporter, elle se tut.

— Appelez le Pr Mayfield et vous verrez bien, conclut-elle, en passant devant Wyatt.

Nina monta l'escalier à la hâte et, une fois devant sa

chambre, fouilla dans la poche de son jean pour en retirer la clé. Elle l'introduisait dans la serrure lorsque Wyatt la rejoignit. Il la regarda de la tête aux pieds.

— Vous avez besoin de prendre une douche, observa-t-il. Mais essayez de ne pas faire trop de bruit.

Puis il bâilla et consulta sa montre.

— J'aimerais avoir au moins trois heures de bon sommeil avant de me lever.

Nina lui aurait volontiers adressé une repartie insolente, mais elle n'en avait pas l'énergie, et puis de toute façon Wyatt rentrait déjà dans sa chambre.

Nina entra donc dans la sienne et alluma la lumière.

Elle se figea de stupeur.

On était entré dans sa chambre.

6

Nina porta les doigts à ses lèvres tout en gardant les yeux fixés sur sa table de nuit. Son appareil photo n'y était plus.

Avant de rejoindre Wyatt, sa dernière pensée avait été pour cet appareil qu'elle avait oublié. Dans la précipitation, elle n'avait pu retourner le prendre.

Du calme ! s'exhorta-t-elle. Il y avait sûrement une explication toute simple. Betty Alice l'avait vue partir avec Wyatt et peut-être que, levée dès 5 heures, elle était venue changer les serviettes de toilette et avait déplacé, en époussetant, son appareil photo ?

A moins que, par curiosité, elle n'ait eu envie de regarder les photos ? Rien n'était plus simple que de manipuler un appareil photo numérique. Pour autant, le lit n'avait pas été fait… et l'appareil semblait bel et bien envolé.

Donc quelqu'un s'était introduit dans sa chambre pour le lui voler.

Nina tourna les yeux, avec une appréhension renouvelée, dans la direction de la salle de bains. Et si le voleur s'y trouvait caché ?

Nina prit son courage à deux mains et ouvrit d'un seul coup la porte de sa salle de bains.

Personne.

Nina laissa échapper un gros soupir de soulagement. Rien ne semblait avoir été déplacé. La serviette qu'elle avait utilisée était suspendue au porte-serviettes, la trousse de toilette était à sa place.

Revenant dans sa chambre, Nina repéra enfin son appareil photo dans le renfoncement de la table de chevet. Elle fronça les sourcils. Ses pensées revinrent à l'instant où elle avait marqué une pause, avant de refermer sa porte, pour se demander si elle le prendrait ou non.

Dans son souvenir, l'appareil photo était *sur* la table de nuit.

Quelqu'un l'avait déplacé. Qui ? Pourquoi ?

Nina s'approcha, mais soudain se figea et prit une grande inspiration. Et si l'agresseur de Tolbert, qui avait de surcroît volé un fémur, s'était ensuite introduit dans sa chambre, avait effacé ses photos ou en avait retiré la carte mémoire ? Ainsi, il aurait annulé la preuve selon laquelle trois fémurs avaient été identifiés sur le site.

Nina se tourna vers la porte de communication entre sa chambre et celle de Wyatt.

Après une hésitation, elle décida de ne pas lui en souffler mot.

D'un autre côté, si ses photos avaient été effacées, l'impact sur l'enquête serait certain… Ajourner la nouvelle lui attirerait donc les foudres de Wyatt. Autant la lui annoncer sans tarder.

Elle frappa à sa porte.

Au début, il n'y eut pas de réponse. Puis un bruit de tuyaux parvint à Nina et peu après, la voix profonde de Wyatt. Mais elle ne comprit pas un mot de ce qu'il lui dit.

Indécise, Nina frappa de nouveau et tourna le bouton de porte en même temps que Wyatt. Elle lâcha le bouton et recula, tandis que la porte s'ouvrait.

Wyatt, les cheveux humides, tenait une serviette à la main. Il s'essuya le visage et fronça les sourcils.

— Oui ? Que se passe-t-il ?

— Eh bien… Bon, vous savez, ce n'est peut-être rien…, commença Nina.

— Que se passe-t-il ? répéta Wyatt, l'air énervé.

— Eh bien… On a déplacé mon appareil photo.

Wyatt la dévisagea comme s'il s'interrogeait et, passant devant elle, entra dans sa chambre.

Sur son passage, une sensation de vapeur doublée d'une odeur de menthe cerna Nina. Aussitôt, elle en fut troublée. Depuis quand l'odeur de menthe évoquait-elle celle du héros par excellence ? De surcroît, depuis quand Wyatt Colter était-il, à ses yeux, un héros ?

Wyatt mit sa serviette autour de son cou, un geste qui fit jouer ses muscles sous sa peau, remarqua Nina, toujours troublée.

— Où est votre appareil photo ? demanda-t-il.

Son pantalon kaki dont il avait retiré la ceinture glissait sur ses hanches.

— Professeur Jacobson ? Vous m'écoutez ?

— Quoi ?

Nina, arrachée à sa contemplation, cilla.

— Oh ! Oui, l'appareil photo… Dans le renfoncement de la table de chevet.

Elle contourna Wyatt, attentive à ne pas le toucher ou l'effleurer.

— Il n'était pas là quand je suis sortie tout à l'heure, mais *sur* la table de chevet.

— Vous en êtes certaine ? insista Wyatt.

— Oui ! répondit Nina d'une voix brusque et impatientée. Je ne vous aurais pas dérangé si j'avais eu un doute ! Rien n'a été déplacé dans votre chambre ?

Wyatt secoua la tête vigoureusement, ce qui projeta des gouttelettes d'eau.

— Vous avez touché votre appareil photo après l'avoir retrouvé ? reprit Wyatt.

— Non, fit Nina, les yeux fixés sur les cheveux mouillés de Wyatt.

Elle remarqua plus précisément une goutte d'eau qui roulait lentement dans son cou.

Le cœur de Nina se mit à battre la chamade.

Wyatt, lui, se dirigea vers la table de nuit.

— Vous devriez mettre des gants, lui conseilla-t-elle.

Wyatt prit l'appareil photo par la bandoulière.

— Non, parce que c'est vous qui allez vérifier si la carte mémoire est toujours à l'intérieur.

Sur ce, Nina ouvrit son kit médico-légal et en sortit une paire de gants en latex qu'elle revêtit à la hâte.

Wyatt orienta l'appareil vers la lumière.

— Je ne vois pas l'interstice par lequel on introduit la carte…

Nina prit l'appareil des mains de Wyatt et le lui montra, puis fit défiler ses photos.

— Tout est là…, conclut-elle, soulagée.

— Très bien, commenta Wyatt. Et le reste de vos affaires ?

— Je crois qu'on n'a rien touché ou déplacé. Mon ordinateur est dans ma valise.

— Vous avez vérifié ? questionna Wyatt.

— Non. Mais ma valise n'a pas été déplacée.

Wyatt y dirigea le regard.

— Comment pouvez-vous en être aussi sûre ?

— Avant d'aller me coucher, j'ai rangé mon ordinateur dans ma valise et j'ai fermé celle-ci. Ma valise est exactement là où je l'ai déposée. Près de la porte de la salle de bains.

— Et ça ?

Wyatt lui montra un shorty en soie rouge.

— Ça n'a pas été déplacé ?

Nina baissa la tête pour dérober à Wyatt la vue de son visage en feu.

— Que faire maintenant ? Relever les empreintes sur l'appareil photo ? demanda-t-elle.

Wyatt détacha les yeux du shorty de soie et haussa les épaules.

— Je parie que l'intrus a pris les précautions d'usage.

Dans le cas contraire, ses empreintes ne seront pas enregistrées dans une base de données.

— Il n'en reste pas moins que l'on s'est introduit dans ma chambre à mon insu et que l'on a sans doute regardé ces photos, souligna Nina. Vous pensez que c'est l'agresseur de Shane ?

— Comment serait-il rentré ? lança Wyatt. La porte était verrouillée et vos fenêtres sont fermées de l'intérieur.

Nina se tourna vers celles-ci. Wyatt avait raison.

— En plus, tout est en ordre dans ma chambre, ajouta Wyatt.

— Vous en êtes certain ? demanda Nina.

Elle regretta sa question stupide, car Wyatt avait un sens aigu de l'observation. Pour preuve, rien ne lui avait échappé au cours de ces dernières minutes. D'ailleurs, il ne se donna pas la peine de répondre.

— Vous pensez que c'est Betty Alice qui aurait regardé les photos ? reprit Nina.

— Possible…, fit Wyatt. Par curiosité ? Parce qu'elle serait liée de près ou de loin aux disparitions de ces dernières années ? Voire à l'agression de Shane Tolbert ? Donc au vol du fémur ?

Wyatt ajouta dans la foulée :

— Si ce n'est pas le cas, je suis certain que Betty Alice ne laisserait jamais entrer un inconnu dans son B & B au beau milieu de la nuit. Cela dit, n'oublions pas qu'elle est la sœur du maire. Elle connaît tout le monde dans cette communauté, du moins dans ces deux communautés. Car d'un côté, il y a les Américains caucasiens et de l'autre, les Amérindiens. Cette fracture existait déjà du temps où j'habitais ici.

Wyatt s'interrompit, manifestement tendu.

— Je pense que la situation n'a guère changé depuis, lâcha-t-il.

Nina s'exclama :

— Nous devrions tout de suite quitter le Bluebonnet ! Nous y sommes peut-être en danger !

Mais Wyatt leva la main.

— Pour aller où ? Sur le campus de l'IUT ? Avec vos étudiants ?

Il secoua la tête.

— Restons ! Partir du Bluebonnet attirera la curiosité sur nous, et je ne le souhaite pas. Un conseil cependant : mettez sous clé vos indices et toutes les informations que vous possédez sur cette affaire. Faites une copie des photos et transférez-les par e-mail au laboratoire des Rangers.

— Pour les photos, par chance, c'est déjà fait, déclara Nina.

Wyatt marqua un silence et reprit pensivement :

— Très bien… Entre nous, je doute que Betty Alice soit dangereuse, mais je vais la garder à l'œil. Qui sait ?

Nina opina. Les propos de Wyatt étaient raisonnables, mais il n'en restait pas moins que l'on s'était introduit dans sa chambre à son insu. L'idée que l'on ait touché ses affaires la révulsait.

— Ça va ? s'enquit Wyatt au même instant.

— Oui. Evidemment. Quelle question !

— Vous voulez qu'on échange nos chambres ? proposa Wyatt. La chaîne de ma porte n'est pas brisée, vous vous y sentirez plus en sécurité.

— De quoi parlez-vous ? demanda Nina en s'approchant de sa propre porte de chambre.

La chaîne de sécurité en avait été brisée, mais elle ne l'avait pas remarqué.

— Dans la matinée, je demanderai à Betty Alice de la remplacer, annonça Wyatt.

— Ça ne change rien au fait que je ne veux pas qu'on échange nos chambres, affirma Nina.

Wyatt souleva sa valise et, évitant le shorty en soie, la posa sur le lit.

— Moi, je serai plus à mon aise si l'on permute, objecta-t-il. Prenez le reste de vos affaires. Et s'il arrive quoi que ce soit, appelez.

Sur ces mots, il retourna dans sa chambre.

Nina rassembla ses effets épars et l'y rejoignit.

— Le jour ne va plus tarder à se lever, remarqua Wyatt. Essayez de dormir un peu.

— Avant, je vais tout de même prendre une douche, décida Nina.

Wyatt lui adressa un regard soudain plus intense.

— Vous trouverez des serviettes de bain propres dans la salle de bains. Je vous laisse. Bonne nuit. Ou plutôt : à tout à l'heure…, murmura-t-il avant de refermer la porte de communication.

Restée seule, Nina prit sa trousse de toilette. Elle tombait de fatigue. Si elle n'avait pas été, littéralement, couverte de boue, elle ne se serait pas douchée.

La salle de bains était encore humide et chaude après le récent passage de Wyatt. La vapeur y formait une brume troublante. L'odeur de menthe, pénétrante, y dominait. Un frisson saisit Nina.

Elle tourna les yeux dans la direction de la serviette mouillée que Wyatt avait pliée et posée sur le couvercle des toilettes. Nina fit appel à toute sa volonté pour ne pas la porter à son visage et la humer. La serviette sans doute serait chaude et sentirait la menthe.

Nina ouvrit plutôt le robinet de la douche, sortit son shampoing à la rose et sa savonnette, à la rose aussi. Elle en respira l'odeur douce et si familière.

La menthe n'avait aucune chance contre l'odeur de rose ! conclut-elle en se dévêtant.

Wyatt considéra la couette rabattue et se représenta Nina endormie dessous, en caraco et shorty de soie rouge.

Il soupira, espérant calmer rapidement les ardeurs de son imagination.

Puis il passa les doigts dans sa chevelure encore humide et se frotta la nuque. S'il voulait prendre un peu de repos, il devait se coucher sans tarder. Avant, il lança tout de même un regard vers la porte de communication désormais fermée. Il l'avait remarquée dès qu'il était entré dans sa chambre et avait ensuite constaté qu'il y avait une serrure mais pas de clé.

Wyatt y introduisit sa propre clé, au cas où elle correspondrait. Ce n'était pas le cas.

Un peu plus tôt dans la nuit, il avait entendu Betty Alice parler à Nina de la chambre rose qu'elle destinait à ses clientes. Wyatt, qui osait à peine en imaginer la décoration, avait souri à la dérobade de Nina. Le rose n'était certes pas la couleur d'une femme à l'abondante chevelure noire et au teint de lait, mais plutôt le rouge, le violet ou encore le noir. Voire cette espèce de couleur qui semblait faire corps avec la peau. Comment s'appelait cette nuance au fait ? Le nude ?

Wyatt poussa un nouveau soupir et s'intima de ne plus fantasmer.

Il se dévêtit en hâte et se mit au lit puis tira la couette jusqu'au menton.

Aussitôt, une odeur de rose l'enveloppa.

Il retourna l'oreiller, mais si la fragrance disparut, l'image de Nina demeura présente à son esprit.

Ses seins, leur courbe mal cachée par le caraco rouge…

Wyatt laissa voguer ses pensées et se remémora ses deux précédentes rencontres avec Nina.

La première était un dîner avec elle et Marcie qui avait plus ou moins joué les entremetteuses.

La deuxième, c'était lors de cette terrible journée où Marcie avait été enlevée.

Wyatt prit une grande inspiration. La sécheresse de

l'anthropologie médico-légale et la sensualité d'un caraco rouge formaient un ensemble original, et surtout, prouvaient que cette jeune femme passionnée par son métier était sans doute très sensuelle… Ce qui la rendait d'autant plus attirante. Irrésistible.

A la fin, énervé, Wyatt tâtonna sur la table de nuit pour s'emparer de ses pastilles à la menthe. Il en mit une dans sa bouche et en savoura la fraîcheur.

Puis il s'allongea sur le dos, posa un bras sur ses yeux et dirigea ses réflexions vers son enquête. Il avait rendez-vous avec le shérif et son adjoint à 9 heures. Avec le maire Sadler aussi.

Wyatt avait certes mentionné son désir de s'entretenir avec Trace Becker, mais aucun rendez-vous n'avait été fixé.

Il aurait voulu téléphoner à Hardin pour s'assurer de la présence de Trace, mais il était presque 6 heures du matin. Le shérif devait dormir, du moins essayer.

Deux heures de sommeil. C'était tout ce qui lui restait, récapitula Wyatt. Il inspira donc profondément et changea de position, essayant de ne plus songer à Nina. La seule image qu'il garda en tête fut celle de son regard au moment où il avait ouvert la porte de communication entre leurs deux chambres.

Terrifié.

Nina avait semblé à peine moins terrifiée quand il avait refermé la porte, une fois la permutation effectuée.

Wyatt ne pouvait reprocher à Nina la sensation d'insécurité qu'elle semblait éprouver en sa présence. Après tout, il n'avait pas réussi à assurer la protection de Marcie James, deux ans plus tôt.

Mais cette fois, il ne faillirait pas ! se promit-il.

Il retrouverait Marcie, ou son meurtrier.

Et en même temps, il protégerait Nina Jacobson.

7

Il était presque 9 heures lorsque Wyatt s'approcha du bâtiment blanc doté d'une triple arche, qui évoquait davantage le décor d'un western que des locaux administratifs.

Difficile de croire que c'est le bureau du shérif, songea Wyatt.

Et comme deux ans plus tôt, il marqua une brève hésitation avant d'entrer.

— C'est bien là ! lança une voix féminine derrière lui.

Wyatt se retourna et croisa une paire d'yeux noirs, vifs, dans un visage en forme de cœur, encadré par des cheveux raides et couleur de jais. Les lèvres de la jeune femme étaient du même rouge carmin que son T-shirt. Elle portait une veste en cuir à franges, un pantalon en daim et des bottes en cuir. N'importe quelle autre femme, ainsi accoutrée, aurait eu l'air déguisée, pas elle, remarqua Wyatt.

— Je sais, répondit-il finalement. Mais on a l'impression d'entrer dans un film de John Ford.

— Ellie Penateka, dit la femme, lui tendant une main parfaitement manucurée.

Wyatt était certain de l'avoir déjà vue, à l'époque où il assurait la protection de Marcie à Comanche Creek, mais il ne reconnut pas son nom.

Il lui serra la main, poussa la porte et s'effaça.

— Ravi de faire votre connaissance.

— On verra…, murmura-t-elle, ambiguë.

Et Ellie Penateka lui adressa un clin d'œil en entrant.

Wyatt la suivit jusque vers l'accueil. La jeune fille qui s'y trouvait sourit franchement à Ellie mais salua Wyatt d'un bref signe de tête.

— Vous devez être le lieutenant Colter ? s'enquit-elle. Le shérif Hardin vous attend. Par là, je vous prie.

Mais Ellie devança Wyatt. Comme lui, elle se dirigea vers le petit bureau des adjoints qui servait d'antichambre à celui du shérif.

Quand Ellie en ouvrit la porte, Wyatt se figea, cette fois déçu et presque consterné. Contre toute attente, la pièce était bondée. Wyatt repéra le shérif Hardin, assis derrière la table de travail.

Lorsque Hardin surprit le regard de Wyatt, il haussa les épaules. Il semblait lui aussi décontenancé.

Wyatt observa alors les personnes présentes.

Shane Tolbert, la tête bandée, échangeait quelques mots avec un couple que Wyatt n'avait jamais vu.

En revanche, Wyatt reconnut immédiatement l'homme au visage rubicond et aux cheveux poivre et sel, à moitié juché sur un coin du bureau. C'était Woodrow Sadler, le maire de Comanche Creek et le frère de Betty Alice. De surcroît, un proche de Hardin si la mémoire de Wyatt ne le trompait pas.

A côté de Sadler se trouvait Jerry Collier, autrefois responsable du bureau de l'administration des terres du comté et ancien patron de Marcie. Il avait les traits fuyants et, pour le moment, la bouche pincée et le visage fermé.

A sa gauche se tenait un Amérindien de taille moyenne et bien bâti, au teint cuivré et dont les cheveux d'un noir de jais étaient nattés. Il était vêtu de jean et, à son poignet, portait une montre et un épais bracelet en cuir incrusté de perles. Il s'agissait certainement de Daniel Taabe, le porte-parole des Amérindiens de Comanche Creek, supposa Wyatt. Leurs regards se croisèrent et Daniel haussa légèrement les sourcils.

Il ne fut pas le seul à marquer son étonnement, presque de la désapprobation, à la vue de Wyatt.

A peine Wyatt fut-il entré que les huit personnes présentes le scrutèrent, parfois avec une hostilité qui le frappa.

Hardin se leva pour lui serrer la main.

— Je pensais qu'il n'y aurait que votre adjoint et le maire Sadler, déclara Wyatt d'une voix égale.

— Manifestement, la nouvelle de cette entrevue s'est propagée… Les habitants de Comanche Creek exigent d'être informés de la situation actuelle.

Ellie se posta près de Daniel Taabe et lui souffla quelques mots à voix basse auxquels il acquiesça.

— Vous connaissez tout le monde ici, je crois ? demanda Hardin à Wyatt.

Wyatt opina.

— Sauf les deux personnes auprès de Tolbert.

A cet instant, Tolbert rit et donna un coup de coude à son voisin.

— C'est Billy Whitley, le clerc de notaire. Avec sa femme Charla.

Wyatt hocha la tête.

— Je me souviens avoir lu leurs noms dans les rapports de police de l'époque. Le procureur de district les avait effectivement interrogés sur la fraude foncière relative aux terres de Becker.

— C'est exact, confirma le shérif. Marcie avait affirmé que Billy avait été soudoyé pour falsifier des actes notariés. Quant aux preuves que Marcie prétendait avoir…

Elles avaient disparu avec elle, se résuma Wyatt, rappelé à ce détail de l'affaire.

— Où est Trace Becker ? s'enquit-il.

— Je ne lui ai pas parlé de cette réunion, déclara Hardin.

— Et quant aux empreintes de bottes ? Votre adjoint les a relevées ?

Hardin acquiesça.

— Oui. Kirby les apportera quand Shane le relèvera. Ce sont bien des bottes. Pointure 45 manifestement. Celle de Kirby.

— D'autres empreintes distinctes ? demanda Wyatt.

— Je ne sais pas encore.

— Quelle est la pointure de Shane Tolbert ?

— 45 également.

Hardin consulta sa montre et s'adressa à l'assemblée.

— Je vous présente le lieutenant Wyatt Colter, Texas Ranger. Il est responsable de la cellule formée pour enquêter sur les restes découverts dans la propriété de Jonah Becker.

De nouveau, les regards convergèrent vers Wyatt, mais cette fois il prit son temps pour dévisager chacun avec plus d'insistance que la politesse ne l'exigeait. C'était volontaire. Il voulait susciter le malaise, surtout chez ceux qui n'avaient peut-être pas la conscience tranquille.

Mais en règle générale, *tout le monde* avait quelque chose à cacher. Ou à se reprocher.

Seul Daniel Taabe ne sembla pas désarçonné par l'acuité du regard de Wyatt et le lui rendit même avec un calme souverain.

Hardin allait prendre la parole quand chacun se mit à se plaindre et à l'accabler de questions.

— Silence, je vous prie ! s'exclama Hardin. A l'exception de Shane et du maire, personne ici ne prendra la parole sans que je l'y invite au préalable.

— Shérif, vous permettez ? commença le maire Sadler, se redressant.

Il n'avait pas élevé la voix, mais le silence aussitôt retomba.

Le maire tendit la main à Wyatt.

— Lieutenant Colter, bienvenue à Comanche Creek que vous connaissez si bien…

Wyatt saisit l'ironie du propos et les autres l'avaient certainement perçue aussi.

Wyatt ne connaissait pas tout le monde dans cette pièce,

mais chacun le connaissait, et surtout, connaissait ses liens avec Comanche Creek.

Il serra la main du maire.

— Merci maire Sadler.

Celui-ci reprit avec componction :

— Lieutenant, vous voyez ici réunis les citoyens les plus distingués de Comanche Creek. Nous sommes inquiets concernant heu… ce qui a été déterré sur les terres de Jonah. Auriez-vous l'amabilité de nous faire un résumé de la situation ?

Wyatt se raidit. Il se savait intimidant et doté d'une vraie autorité mais il n'aimait pas parler en public et se confronter à des curieux. Il préférait des entretiens individuels. Il y évaluait mieux la personnalité de son vis-à-vis, notamment en déchiffrant le langage corporel.

Il prit donc une grande inspiration.

— Je suis certain, monsieur le maire, que vous avez conscience qu'un examen minutieux des éléments découverts sur la scène de crime est nécessaire. Une anthropologue médico-légale fait partie de la cellule d'enquête et sitôt qu'elle aura des informations susceptibles d'être divulguées au public, nous vous le ferons savoir. En attendant…

— Moi, j'ai une question, intervint Jerry Collier. Combien de corps avez-vous trouvés ?

Wyatt temporisa en observant les visages, pour y saisir la réaction de chacun à la question de Collier.

Daniel Taabe soutint le regard de Wyatt sans ciller. Ellie Penateka lui adressa quant à elle un demi-sourire amusé, comme si elle cherchait à flirter. Charla s'obstinait à garder hostilement la tête baissée. Son mari, Billy Whitley, ne se départit pas de son sourire plutôt déplaisant, évoquant celui d'une hyène repue.

Shane Tolbert, lui, porta la main à son bandage avec précaution et tourna ostensiblement les yeux.

Wyatt en fut de nouveau convaincu : l'adjoint du shérif n'avait pas dit l'entière vérité sur l'agression de la nuit.

Wyatt passa rapidement sur Hardin pour se concentrer sur Woody Sadler, qui semblait à la fois inquiet et impatient.

Enfin, Jerry Collier avait l'air très excité, comme s'il allait apprendre sous peu quelque secret.

Wyatt en sourit intérieurement. Il n'allait divulguer aucun secret. Il était venu rassembler des informations, pas en révéler. Il resterait évasif.

Aussi déclara-t-il :

— Monsieur Collier, nous ne savons pas encore combien nous avons trouvé de corps. Le Pr Jacobson vous répondra lorsque nous aurons examiné la zone concernée.

— Dans combien de temps ? demanda Charla.

Wyatt haussa les épaules.

— C'est difficile à dire. Mais une chose est sûre : moins nous serons dérangés dans notre enquête, plus vite nous aurons des résultats et éluciderons cette affaire.

— Pouvez-vous être plus précis ? insista Charla d'une voix sans aménité.

Wyatt s'y essaya :

— Cette nuit, comme vous le savez désormais, l'adjoint Shane Tolbert a été agressé. L'intégrité de la scène de crime a par conséquent été compromise.

— Qu'entendez-vous par là ? s'enquit Billy Whitley, le clerc de notaire.

— En premier lieu, on a volé l'un des os, répondit Wyatt.

Apparemment, remarqua-t-il, cette annonce ne surprit personne. La nouvelle du vol s'était-elle si vite répandue en ville ?

— La tâche du Pr Jacobson va s'en trouver compliquée, continua Wyatt. Sans compter que l'individu a contaminé la scène de crime en y commettant son forfait. A mon avis, c'est ce qu'il voulait.

— C'est ma faute…, soupira Shane Tolbert.

Des murmures de protestation s'élevèrent.

— J'aurais dû être plus vigilant ! insista Tolbert. Quand j'ai entendu parler de ces os, j'ai pensé qu'il s'agissait d'un nouveau site funéraire…

Sur ces mots, Shane Tolbert tourna les yeux vers Wyatt et poursuivit :

— Ça m'était difficile d'imaginer que ces os pouvaient appartenir à une personne de… de ma connaissance, vous comprenez.

Il se tut et conclut, à mi-voix :

— Que j'ai tant aimée…

Charla posa une main compatissante sur le bras de Tolbert.

De son côté, mû par une inspiration, Wyatt lança :

— J'ai une question à laquelle l'un d'entre vous pourra peut-être répondre…

Puis il se tut pour ménager ses effets.

— S'il ne s'agit pas d'un site funéraire comanche, pourquoi un criminel choisirait ces terres, isolées et arides, de Jonah Becker pour y ensevelir un ou plusieurs corps ?

Un silence de plomb tomba sur la pièce.

Mais quelqu'un finirait certainement par le rompre, supposa Wyatt. Aussi attendit-il, détaillant les participants.

Charla adressa un regard à Jerry Collier, auquel celui-ci ne prêta aucune attention. Il prit plutôt la parole :

— Le chemin qui traverse ces terres date de l'arrière-grand-père de Jonah. A l'époque, on se déplaçait à cheval et à carriole. Le chemin se trouve à environ six kilomètres de la ville. Il est loin de tout et il est assez calme. Pendant longtemps, les jeunes s'y rendaient en voiture avec leur petite amie pour être tranquilles… Par ici, on connaît bien Dead Man's Road.

Wyatt se répéta les mots. *Dead Man's Road.*

Dans le bureau, le silence était total. Chacun semblait attendre la suite.

Le maire toussota pour s'éclaircir la voix.

— Je pensais que tu ne connaissais ce coin que de réputation, Jerry ! J'ai du mal à croire qu'un jour tu aies séduit une jolie fille et que tu l'aies conduite là-bas pour la lutiner…

Le rire fut général. Le maire continua :

— De nos jours, les jeunes n'y vont plus. Ils n'ont plus besoin de se cacher !

Wyatt intervint :

— Pourquoi est-ce qu'on appelle ce chemin celui de l'« homme mort » ?

Le maire répondit :

— Un jeune Amérindien habitait dans la cabane qui est sur la colline. Le vieux Becker l'y a laissé vivre en paix. Becker est mort il y a vingt ans. Selon ma grand-mère, il était plus que centenaire… Désormais, les gens évitent de s'approcher de la cabane. On prétend qu'elle est hantée…

— Bon ! Ça suffit maintenant ! trancha le shérif. J'espère que vous êtes un peu moins inquiets, puisque le lieutenant vous a parlé. A présent, je dois m'entretenir avec lui, concernant l'affaire, et c'est strictement confidentiel, alors si vous voulez bien nous excuser…

— Shérif ? intervint Wyatt. Puisque les plus éminents citoyens de Comanche Creek sont réunis dans votre bureau, je pourrais peut-être procéder dès maintenant à quelques entretiens préliminaires ?

Wyatt se tut pour observer les réactions, qui furent multiples, et identiques.

— Pardon ? lança l'un des participants.

— Moi, je n'ai pas le temps, assura un autre.

— Il nous accuse…, proféra un troisième

— Ça suffit !

La voix calme du maire Sadler supplanta les autres.

— La disparition de Marcie James a été une tragédie, reprit-il. Le lieutenant doit découvrir ce qui est arrivé sur les terres de Jonah. Je veux que vous collaboriez !

Le maire toisa chacune des personnes présentes.

— Je compte sur vous.

Quelques soupirs s'élevèrent, mais personne ne protesta.

— Qui a le temps de répondre aux questions du lieutenant ? insista le maire.

Cette fois, un silence de plomb tomba.

8

— Je compte sur vous, répéta le maire. Toi, Shane, par exemple ? Je sais que tu peux accorder du temps au lieutenant. Et puis toi, Jerry ? Et vous, Billy, Charla ?

— Impossible, Woody, coupa Billy. Tu sais bien que Charla et moi, nous devons nous rendre à Austin aujourd'hui.

— Alors organisez-vous avec le lieutenant pour un rendez-vous ultérieur ! répliqua le maire Sadler.

Il s'adressa à Wyatt :

— Comme vous le constatez, chacun a ses occupations. Vous pouvez sans doute reporter certains de ces entretiens ?

Wyatt allait répondre, mais le maire reprit :

— Je vous propose de vous installer dans ma salle de réunion, à la mairie. Je demanderai à ma secrétaire de vous organiser les heures à votre convenance. Dites-lui quelles sont vos disponibilités et avec qui vous désirez vous entretenir.

Le maire sortit une carte de visite et la tendit à Wyatt.

— Voilà mon numéro professionnel. Ma secrétaire s'appelle Helen.

Wyatt eut le sentiment très net de s'être fait manipuler. Il n'avait certainement pas envie d'interroger les habitants de Comanche Creek dans le fief du maire et de son équipe. D'un autre côté, le compromis n'en était pas moins acceptable. Un refus ou des protestations de sa part lui attireraient davantage d'hostilité.

Wyatt opina donc et toussa pour s'éclaircir la gorge.

— Bien entendu, il faudra seulement que…

Mais le maire remettait déjà son Stetson et sortait.

Charla et Billy lui emboîtèrent le pas.

Jerry Collier s'approcha quant à lui de Tolbert et lui murmura quelques mots.

Une voix s'éleva alors derrière Wyatt.

— Lieutenant ?

C'était Daniel Taabe, qui s'approchait, main tendue.

Wyatt la lui serra, apprécia sa poigne ferme et son regard franc.

— Selon le Pr Jacobson, ce serait un site funéraire sacré ? commença Taabe.

— C'est une possibilité, reconnut Wyatt. Mais je ne peux vous en dire davantage pour l'instant. C'est le domaine du Pr Jacobson.

Taabe acquiesça.

— Je comprends… Mais je veux être certain que vous me ferez part des moindres indices et découvertes. J'ai à cœur de protéger le patrimoine des Comanches, de préserver ses rites et ses rituels sacrés, ainsi que ses objets d'art.

— C'est tout à votre honneur, déclara Wyatt. En ce qui me concerne, je veux surtout découvrir la vérité. Dès que ce sera possible, je vous transmettrai les informations utiles.

— Je veux être informé en priorité, insista Daniel Taabe.

— Vous le serez comme tout le monde, nuança Wyatt. Je ne peux vous accorder aucun privilège, monsieur Taabe.

Ce dernier plissa les yeux.

— Et si je vous proposais des hommes pour surveiller le site ? Par tranches de huit heures ?

Wyatt observa Daniel Taabe, perplexe. Cette proposition était la bienvenue… Si un Amérindien et un adjoint du shérif montaient la garde, les deux communautés de Comanche Creek seraient représentées à égalité, ce qui atténuerait l'hostilité qui régnait de part et d'autre.

— Je vais en parler avec le shérif, biaisa Wyatt.

Taabe lui adressa un léger signe de tête.

— D'accord.

Ellie intervint alors subitement :

— Daniel, je pense que…

Aussitôt, Taabe lui adressa un geste bref mais impérieux. Ellie se tut dans la seconde.

— Dernière chose, lieutenant, reprit Taabe. Si cela vous convient, j'aimerais vous rencontrer ailleurs qu'à la mairie.

— Cela ne me pose aucun problème, acquiesça Wyatt. Où et quand voulez-vous que nous prenions rendez-vous ?

— Je me rends maintenant à mon bureau. Rejoignez-moi là-bas, une fois que vous aurez terminé avec le shérif et son adjoint.

Wyatt y consentit et nota l'adresse.

Lorsque lui et Taabe eurent échangé leurs numéros de portable, Taabe partit avec Ellie.

Wyatt s'approcha alors du shérif. De son côté, remarqua le Ranger, Collier s'entretenait toujours avec Shane Tolbert. Les deux hommes riaient.

— Eh bien ? demanda Hardin à Wyatt.

Ce dernier secoua la tête.

— Drôles de gens…

— Et encore, vous n'avez rien vu, commenta le shérif en se frottant les yeux d'un geste las.

— J'imagine…

Wyatt reporta son attention sur Collier et Tolbert.

— Qui soupçonneriez-vous en premier lieu ?

Hardin se renversa sur sa chaise et croisa les mains sur sa nuque.

— Aucune idée. Je préfère rester neutre et laisser les faits parler d'eux-mêmes.

— Moi aussi, confia Wyatt. Mais nous n'avons presque aucun élément. Quelles sont les probabilités que Tolbert ait vu quelque chose mais qu'il nous le cache ?

Hardin prit une grande inspiration.

— Je ne sais pas… En réalité, cela dépend de *qui* il a vu. Ou de *ce* qu'il a vu.

Wyatt se passa la main dans les cheveux. Hardin ne faisait donc pas totalement confiance à Tolbert ? Intéressant…

— Sinon, ce serait Collier ? reprit Wyatt. Ou Billy Whitley ? Ou le maire ?

Le shérif poussa un soupir.

— Comanche Creek est une petite ville, vous savez, et ses habitants se connaissent depuis des années, certains, depuis toujours. Ils sont loyaux les uns envers les autres, mais parfois ils éprouvent des rancunes et du ressentiment.

— Je vois…, fit Wyatt. Et à votre avis, pourquoi Daniel Taabe m'a proposé des hommes pour surveiller la scène de crime ?

— Il l'a fait ? s'étonna le shérif.

Wyatt hocha la tête.

— Oui. En contrepartie, Taabe veut être informé en priorité des découvertes.

Hardin haussa les épaules

— Je le comprends… Daniel Taabe consacre son énergie à préserver le patrimoine historique et culturel comanche. Il veut surveiller le site dans l'espoir que des objets d'art en seront exhumés.

Wyatt acquiesça, mais au même moment, il croisa le regard de Tolbert, qui lui faisait signe de s'approcher. Prêt à s'entretenir avec lui ?

— A moins que Taabe sache déjà ce que nous allons trouver ? lança le shérif à Wyatt.

— L'idée m'a traversé, confia Wyatt. Je pense aussi que les personnes présentes ce matin en savent plus qu'elles ne le prétendent…

*
* *

Nina baissa la tête pour éviter la grosse roche, se glissa par l'espace étroit entre la porte de métal et le sol pierreux, mains tendues vers le trésor.

Un téléphone retentit alors. Une sonnerie.

Le thème musical des *Aventuriers de l'arche perdue*…

Nina ouvrit les yeux et ne comprit pas tout de suite où elle se trouvait. Son lit faisait face à une fenêtre fermée par des volets bleus.

Bizarre… Dans son appartement, le lit était à côté d'une fenêtre protégée par un fin rideau blanc qui laissait filtrer le soleil.

Puis la mémoire lui revint.

Bluebonnet. Wyatt Colter. Les fémurs…

Nina se redressa, se réveilla tout à fait et décrocha.

— Allô ?

— Professeur Jacobson ?

C'était Todd, l'un de ses étudiants et son assistant.

Nina écarta le téléphone de son oreille et consulta l'écran.

9 heures !

Bon sang, elle avait pourtant activé l'alarme de son portable pour 7 heures !

— Todd ? reprit-elle. Vous êtes déjà sur place ?

— Oui. Désolé de vous déranger, mais il est 9 heures.

Nina secoua la tête en étouffant un bâillement.

— Je viens de voir ça. J'ai dû mal enclencher mon réveil. Envoyez vite quelqu'un me chercher ! Vous avez bien avancé sur le chantier ?

— Non, un des adjoints du shérif nous complique la situation, déclara Todd.

— Qui ? demanda Nina. Shane Tolbert ?

— Non, le gars qui était là hier. Spears, je crois. Il refuse qu'on franchisse le ruban PVC jaune de la police. On ne peut commencer à carroyer tant qu'on n'a pas accès au site ! On perd un temps fou !

Nina laissa échapper un soupir de frustration et rejeta sa couette à ses pieds.

— Dites-lui que… Non, attendez ! Je vais appeler le shérif Hardin et le lieutenant Colter. Qui est encore sur le campus ?

— Plus personne, répondit Todd. Nous sommes tous sur le chantier des fouilles. J'espérais qu'on effectuerait le carroyage au plus vite pour enfin se mettre au travail !

— Ce problème va être réglé, assura Nina. En ce qui me concerne, je vais avoir besoin d'aide, au laboratoire, pour l'analyse d'un indice. Dites à Julie de passer me chercher !

Julie Adams était en effet sa meilleure étudiante en « morphologie médico-légale, identification et diagnostic rétrospectif ».

— Je suis au Bluebonnet, précisa Nina à Todd. Dites à Julie que l'adresse du Bluebonnet est programmée dans le système de navigation des deux Land Rover. Ensuite, Todd, commencez à quadriller le site. Il me faut de toute urgence les deux fémurs qui y ont été découverts. Le shérif ou le lieutenant appellera l'adjoint Spears dans quelques minutes.

— D'accord, fit Todd.

— Au fait, avez-vous eu des nouvelles de Peter ? Je lui ai envoyé des photos que j'ai prises hier *in situ* afin qu'il en améliore la résolution et qu'il les fasse suivre au laboratoire médico-légal des Rangers.

— Non, rien, indiqua Todd.

— Contactez Peter pour régler ça, intima Nina à Todd. Et dites à Julie de faire vite. Je l'attendrai devant le Bluebonnet.

Sur ce, Nina raccrocha, fit sa toilette à la hâte et passa la brosse dans son abondante chevelure avant de mettre un simple bandeau.

Ensuite, elle enfila un T-shirt et un jean.

Elle reprit son portable et en vérifia l'alarme : elle ne l'avait pas activée, du moins elle avait oublié de confirmer l'heure !

Elle s'admonesta.

Cela dit, après avoir vécu, au cours des douze dernières heures, les moments les plus palpitants de sa vie, elle avait bien eu besoin de récupérer.

Elle mit son téléphone portable et son appareil photo dans son sac, prit son kit médico-légal et ses bottes à la main, et descendit l'escalier en chaussettes.

Arrivée en bas, l'odeur du café, de pain frais et de cannelle lui chatouilla agréablement les narines. Elle jeta un regard d'envie vers la salle à manger, regrettant de n'avoir pas le temps de prendre un bon petit déjeuner.

Déjà, elle sortait quand la voix de Betty Alice la rattrapa.

— Bonjour Nina !

Nina se retourna. Betty Alice lui tendait une tasse de café encore fumante.

— Je vous ai déjà servi un café. Il y a du sucre et de la crème, sur la desserte dans le salon.

Nina fit non de la tête.

— Désolée, mais je dois partir tout de suite.

— Pas sans manger ! protesta Betty Alice. Asseyez-vous donc.

Betty Alice lui présenta un siège.

— Et donnez-moi vos bottes !

Betty Alice les prit des mains de Nina et lui donna, d'autorité, une tasse de café.

Quelle odeur délicieuse ! songea Nina.

— Vos bottes sont boueuses, observa Betty Alice. Je vais les nettoyer pendant que vous…

— Ecoutez, madame Sadler, je…

— Appelez-moi Betty Alice, ma chère. Goûtez donc mon roulé à la cannelle, vous m'en direz des nouvelles.

Puis, jaugeant Nina, Betty Alice ajouta :

— Vous êtes trop mince !

Sur ce, elle sortit.

Restée seule, Nina avisa le café, la crème et le sucre,

ainsi que le roulé à la cannelle et des fruits sur la desserte. Résignée, elle posa son kit médico-légal sur une chaise et soupira de plaisir.

Le matin, la première gorgée de café était son moment préféré. Quel dommage ç'aurait été de se priver de cet innocent plaisir… se dit-elle, se servant ensuite du roulé à la cannelle.

Quand Betty Alice revint, Nina en avait mangé deux parts et finissait son café.

— Et voilà : vos bottes sont sur le pas de la porte. Je suis certaine que vous allez boire une seconde tasse de café ! Laissez-moi donc vous…

— Non ! la coupa Nina. Je n'ai vraiment plus le temps. Mon étudiante devrait arriver d'une minute à l'autre.

Dans la foulée, Nina demanda à Betty Alice :

— J'aimerais que vous me donniez le numéro du shérif Hardin. Je dois le contacter et vérifier quelque chose avec lui.

— Bien entendu.

Dès que Betty Alice le lui eut communiqué, Nina le programma sur son portable et appela le shérif.

— Hardin, j'écoute.

— Shérif Hardin ? Ici Nina Jacobson. Je viens de m'entretenir avec l'un de mes étudiants. Pour une raison inexplicable, votre adjoint leur refuse l'accès au site pour le carroyer.

— Carro… quoi ?

— Quadriller le chantier pour organiser et ordonner les fouilles, expliqua Nina d'une voix impatiente. Car il n'est pas question de creuser ici et là au bon vouloir de chacun et de transformer le site en champ de bataille !

— Ah… je vois, fit le shérif. Le lieutenant Colter vous a donné l'autorisation de quadriller le site ?

— Oui ! Evidemment ! fit Nina.

— Je ne suis pas au courant, mais je vais appeler Spears, déclara Hardin. Ecoutez, professeur Jacobson, si vous avez besoin de quoi que ce soit de la part de mes hommes, dorénavant, je vous prie de vous adresser directement à moi, et non au lieutenant Colter.

La colère était palpable dans la voix du shérif et Nina décida, sagement, d'opiner sans broncher.

— Oui, monsieur. Merci.

Elle raccrocha et appela Todd, pour l'informer de son échange avec le shérif.

Quand Nina eut fini, Betty Alice s'approcha.

— Avant que vous ne partiez, je voudrais m'excuser, fit cette dernière. Le lieutenant m'a demandé de réparer la chaîne cassée sur votre porte. Entre nous, vous auriez dû vous installer dans la chambre rose. C'est la plus jolie. En plus, la serrure et la chaîne sont neuves.

— C'est inutile, répondit Nina.

Elle tenait à son voisinage avec Wyatt. Premièrement, la présence de Wyatt la rassurait ; et deuxièmement, elle était informée des éventuels appels qu'il passait et recevait.

— Au fait, je voulais vous poser une question…, reprit Nina. Qui est entré dans ma chambre, au milieu de la nuit, précisément au moment où le lieutenant et moi étions retournés sur le site ?

Betty Alice ouvrit de grands yeux.

— Mais… Personne… Quelle drôle d'idée !

Betty Alice mentait, Nina en eut aussitôt la certitude.

Elle se pencha un peu vers Betty Alice.

— Quelqu'un est bel et bien entré dans ma chambre pendant notre absence. Et ce quelqu'un a regardé les photos que j'avais prises. Donc, qui était levé au Bluebonnet entre 4 et 6 heures du matin ?

Betty Alice rit nerveusement.

— Oh mon Dieu… On dirait le policier dans la série *New York District* !

Nina, qui dévisageait Betty Alice avec attention, ne sourit pas.

— Mon seul autre client est un homme qui rend visite à son fils qui étudie à l'IUT, biaisa Betty Alice.

— La personne qui est entrée dans ma chambre en avait la clé, précisa Nina.

Soudain, Betty Alice devint toute rouge.

— Oh ! Maintenant que j'y pense, ma nièce est venue au Bluebonnet pour profiter du wifi. Mais elle n'aurait…

— A 4 heures du matin ? coupa Nina, agacée.

— Je ne sais pas. Oh ! mon Dieu…

Betty Alice commençait à pleurer.

— Je suis désolée… Ma nièce n'a que dix-sept ans et je crains qu'elle ne soit amoureuse du shérif. Reed Hardin est un bel homme qui attire les regards de beaucoup de femmes. Peut-être que ma nièce a voulu voir si vous aviez pris des photos de lui…

Nina observa Betty Alice avec méfiance et perplexité. La propriétaire du B & B disait-elle la vérité ? C'était peu probable. Essayait-elle de couvrir quelqu'un ? C'était possible.

Mais Nina décida de ne pas insister pour le moment.

— Il n'y a eu aucun dégât ni dommage, mais dites à votre nièce que, si de nouveau elle touche à mes affaires ou à celles du lieutenant Colter, elle sera accusée d'entraver le déroulement de l'enquête. Ou si vous préférez, je peux lui parler ?

Betty Alice, manifestement sous le choc, ouvrit à nouveau de grands yeux.

— Non. Je vous promets que ma nièce n'entrera plus dans les chambres !

— Parfait, lâcha Nina. Merci.

Betty Alice porta les mains à ses joues toujours très rouges et sans doute brûlantes, puis lança à Nina :

— J'avais encore quelque chose à vous dire…

Betty Alice reprit son souffle et poursuivit.

— Ah oui, ça y est, je me souviens ! Je ferai réparer la chaîne dans la matinée. Et puis, je vais retrouver la clé de la porte de communication entre votre chambre et celle du lieutenant. Elle devrait être dans l'un de mes tiroirs de cuisine…

— Non ! s'écria Nina.

Et cette fois, elle rougit, gênée. Pourquoi ? Elle tenait, pour des raisons strictement professionnelles, à garder sa proximité immédiate avec Wyatt, afin d'être avisée, en temps réel, d'événements liés à l'enquête.

Si Nina acceptait la proposition de Betty Alice quant à la clé, Wyatt ne s'offusquerait-il pas de ce qu'il interpréterait comme de la méfiance de la part de Nina ?

Pour autant, l'embarras qui gagnait Nina était inexplicable, mais elle refusa de s'appesantir dessus.

Tant pis si Betty Alice interprétait son refus à sa façon.

— C'est inutile. Je ne veux pas vous causer du dérangement, reprit Nina plus posément, en souriant d'un air qu'elle espérait désinvolte.

Betty Alice haussa les sourcils.

— Je comprends, insinua-t-elle dans un murmure, lui versant derechef une nouvelle tasse de café.

Nina allait protester : elle n'avait aucune vue sur Wyatt. Elle était seulement partagée entre sa colère contre lui, car il n'avait pas su assurer la protection de Marcie, et un soulagement à le savoir tout proche. Mais à quoi bon confier cela à Betty Alice ?

Plus Nina tenterait de se justifier, plus Betty Alice concevrait des soupçons sur la nature des rapports entre Nina et Wyatt.

Des rapports qui étaient strictement professionnels…, se répéta Nina.

9

Perplexe, Nina observait les deux fémurs masculins sur la table d'examen de son laboratoire de fortune.

Elle avait procédé à la mesure de leur longueur, largeur, diamètre et périmètre au moyen d'un pied à coulisses d'un compas d'épaisseur, d'une table ostéométrique et d'un ruban métrique.

Les fémurs étaient indéniablement masculins.

Le plus petit des deux aurait cependant pu être celui d'une femme de grande taille ; dans ce cas, il ne pouvait appartenir à Marcie, qui mesurait un mètre soixante-deux.

Nina avait déterminé le sexe grâce au diamètre maximal des têtes osseuses, lequel était utilisé en tant qu'indicateur du dimorphisme sexuel entre hommes et femmes.

Pour déterminer l'âge au moment du décès, Nina avait dû prendre en compte la croissance et la dégénérescence osseuse. Cela donnait une estimation assez large : entre trente et cinquante-neuf ans.

Nina porta les données concernant le sexe et l'âge sur son ordinateur portable, puis elle calcula la taille des deux individus.

Elle se référa au tableau d'estimation de la stature, effectua son calcul au moyen d'une équation mathématique et évalua ainsi la taille du plus petit des deux hommes à un mètre soixante-douze.

Après un nouveau calcul, Nina estima la taille du second individu à un mètre quatre-vingts.

Alors qu'elle relevait ces nouvelles informations sur son ordinateur, le cœur de Nina se serra. Ces deux fémurs n'appartenaient pas à Marcie, elle en avait la preuve. De plus, elle était sûre à 99 % que le fémur volé était le plus long des trois.

Nina soupira. Qui étaient ces deux hommes ? Où était Marcie ?

Elle devait désormais envoyer ces deux fémurs au laboratoire des Rangers afin que soit mesurée leur teneur en azote 14, laquelle reflétait la quantité de collagène conservée. Enfin, leur analyse en fluorescence UV s'avérait nécessaire pour préciser l'âge.

Nina chercha dans ses e-mails le message qu'elle avait reçu de l'expert médico-légal du laboratoire des Rangers. Elle l'imprima, avec les fichiers joints qui présentaient les dossiers médicaux de Mason Lattimer, l'antiquaire et brocanteur qui avait disparu de Comanche Creek cinq ans plus tôt, et de Ray Phillips, l'activiste amérindien qui s'était volatilisé ensuite.

Nina commença par lire le dossier de Mason Lattimer, y cherchant les faits pertinents et concordant avec ses premières conclusions.

Lors de sa dernière visite chez le médecin, Mason Lattimer, âgé de quarante-quatre ans, jouissait d'une excellente santé, mis à part un peu d'arthrose dans les genoux et les hanches, qu'il traitait avec des anti-inflammatoires. L'ostéoarthrose était un indice d'identification, une maladie liée à la sénescence du squelette. Cependant, presque toute personne de plus de quarante ans souffrait d'une maladie dégénérative du cartilage.

Puis Nina consulta le dossier de Ray Phillips. Les seules données médicales le concernant remontaient à une vaccination antitétanique effectuée dix ans plus tôt. A l'époque, il avait dix-neuf ans, et l'infirmière qui avait fait l'injection n'avait remarqué aucune maladie, pathologie quelconque ou blessure.

Nina soupira de nouveau. Eh bien, elle n'était pas plus avancée…

— Pourquoi la porte n'est pas fermée ?

La voix de Wyatt, impérieuse, fendit l'air comme un coup de sabre.

Nina sursauta et fit volte-face.

— Et pourquoi ne répondez-vous pas au téléphone ? insista Wyatt.

— Je suis occupée ! répondit Nina d'un ton bref. Comment m'avez-vous retrouvée ?

— Vous n'étiez ni sur la scène de crime, ni au Bluebonnet. Il ne me restait plus guère de possibilités… Je vous conseille de vous enfermer.

— Je ne risque rien ici, protesta Nina. C'est un IUT, avec des vigiles. Et en plus, il y a toujours une autre personne dans le laboratoire.

— Pas pour l'instant…, fit remarquer Wyatt.

Nina ne releva pas. Elle préférait penser à ses deux fémurs.

— Vous n'êtes là que depuis une journée et votre chambre a déjà été fouillée, reprit Wyatt d'un ton implacable. Le shérif Hardin ne peut pas vous accorder une protection rapprochée. Au fait, comment pensez-vous rentrer au Bluebonnet ce soir ?

Nina n'avait aucune envie de perdre du temps avec ces questions secondaires. Elle se pencha sur sa loupe et remarqua une entaille sur le fémur numéro un.

Elle se redressa et consulta le grand tableau en acrylique où elle avait inscrit les données les plus importantes relatives aux deux fémurs.

— Un problème ? s'enquit Wyatt.

Nina tressaillit.

Wyatt la devinait si facilement, c'était ahurissant !

En général, Nina avait de la peine à cacher ses émotions,

mais sur le plan professionnel, elle avait plutôt la réputation d'être de marbre. Et d'ailleurs, le Pr Mayfield lui avait un jour confié qu'elle pourrait découvrir l'existence de l'Atlantide et simultanément les os d'Adam et Eve sans que personne ne le sache.

— Pourquoi vous me posez cette question ? s'enquit donc Nina, déconcertée.

— Ce sont les deux fémurs qui ont été exhumés ? biaisa Wyatt.

Nina lui répondit avec un soupir de frustration.

— J'ai informé le shérif Hardin qu'hier soir vous aviez donné votre feu vert pour le carroyage de la zone. Todd l'a terminé en début d'après-midi. Lui et Julie, qui sont mes deux meilleurs étudiants, continuent les fouilles *in situ*.

— Qu'est-ce qu'ils ont trouvé ? s'enquit Wyatt.

Mais Nina poursuivit sa pensée :

— Vous pourriez dire au shérif Hardin que vous êtes le seul décideur pour les autorisations nécessaires concernant l'exploitation du site ?

Wyatt acquiesça.

— Cela nous ferait gagner du temps ! insista Nina.

De nouveau, Wyatt hocha la tête.

— Je vais plutôt informer Hardin que vous êtes la seule décisionnaire, en ce qui concerne les fouilles et l'exhumation.

— Merci, fit Nina.

Elle se détendit, à la fois surprise et émue que Wyatt lui accorde sa confiance et lui concède cette responsabilité.

— A propos…, reprit-elle. J'aimerais que le shérif dise éventuellement deux mots à la nièce de Betty Alice, qui serait entrée dans ma chambre… Que Hardin fasse valoir son autorité.

— C'est la nièce de Betty Alice qui serait entrée dans votre chambre ? s'étonna Wyatt. Pour quoi faire ?

Nina haussa les épaules.

— Soi-disant pour contempler les photos de Hardin

dont elle serait secrètement éprise. C'est ce que Betty Alice prétend. C'est abracadabrant ! Je pense plutôt que c'est Betty Alice en personne qui s'est introduite dans ma chambre. Ça m'intéresserait de voir quelle sera sa réaction lorsque le shérif Hardin aura parlé à sa nièce !

Wyatt sourit.

— Très bien. Je vais donc demander à Hardin de plutôt parler à Betty Alice.

— Merci, dit Nina.

Sur ce, Wyatt changea de sujet.

— Quelles sont vos conclusions en ce qui concerne les fémurs ?

Nina se fit un plaisir de lui répondre :

— Eh bien, nous avons deux fémurs masculins... Commençons par le fémur numéro un. L'homme mesurait un mètre soixante-douze. Il est encore difficile de déterminer son poids, mais j'estime que ce devait être un poids moyen pour sa taille. Son âge serait compris entre trente-cinq ans et cinquante ans. Je me base sur ces indications à partir d'un dépistage précoce d'arthrose. La tête de l'os est érodée : ce serait le signe d'une réduction de densité osseuse, donc d'ostéoporose.

— Et concernant la date du décès ? Récente ? Ou non ? demanda Wyatt en regardant le tableau en vinyle blanc.

— Je ne peux pas la déterminer avec les ressources dont je dispose actuellement, confia Nina. Ce genre d'examen nécessite un laboratoire médico-légal : il faut vérifier s'il y a perte de fluorescence de l'os. La fluorescence des placés sous des rayons UV permettra de savoir s'ils ont plus ou moins de cent ans.

Nina tendit deux feuillets à Wyatt.

— Je vais donc prélever des échantillons sur l'os pour les envoyer au laboratoire des Rangers afin que ces examens y soient pratiqués. En attendant, lisez ces documents : ce sont les dossiers médicaux de Mason Lattimer et de Ray Phillips.

— Les deux hommes qui ont disparu de Comanche Creek au cours des cinq dernières années…, commenta Wyatt.

— Exact. J'en arrive au fémur numéro deux, continua Nina. Fémur également masculin. L'homme devait mesurer un mètre quatre-vingts. Il devait avoir la trentaine. De nouveau, il est difficile de préciser son poids.

Wyatt consulta les feuillets que Nina venait de lui remettre et reporta les yeux sur le tableau de vinyle blanc.

— Ces fémurs pourraient donc être ceux de Lattimer et de Phillips ?

— Possible…, répondit Nina. Mais je n'ai aucune certitude. Pas sans examens supplémentaires, dans tous les cas.

— Et vous êtes absolument sûre que ces fémurs sont masculins ? insista Wyatt.

Nina comprit la question sous-jacente.

— Oui, certaine. Le diamètre de la tête du fémur des hommes est plus important que celui des femmes. Un fémur féminin avec le diamètre normalement imparti à un fémur masculin serait considéré comme une anomalie. Au mieux, cela indiquerait une femme ayant une taille supérieure à la moyenne.

Wyatt fronça les sourcils.

— Et Marcie mesurait environ un mètre soixante…

— Tout à fait, déclara Nina d'un ton bref.

Ni elle ni Wyatt n'auraient de certitude sur le destin de Marcie dans les heures à venir, se dit-elle à regret. Peut-être même jamais.

— Alors cela signifie…, commença Wyatt.

— Qu'aucun de ces deux fémurs n'appartient à Marcie, compléta Nina.

— Peut-être que les os de Marcie sont enterrés plus profond ? avança Wyatt.

Nina secoua la tête.

— J'en doute. Car ces fémurs semblent récents et pourraient appartenir à Lattimer et Phillips, lesquels ont disparu *avant* Marcie.

Wyatt semblait réfléchir intensément.

— Marcie pourrait être vivante ? avança-t-il.

— Ce n'est pas ce que j'ai dit, répondit Nina d'une voix plus tranchante qu'elle ne l'aurait voulu. Venez, Wyatt.

Elle le conduisit vers une petite hotte à flux laminaire, autrement dit un plan de travail enfermé dans un meuble et conçu pour éviter la contamination microbienne d'échantillons biologiques.

Nina enfila des gants chirurgicaux.

— Voici la chaîne en or de Marcie que j'ai extraite de la pelote de cheveux. Et maintenant, regardez les cheveux qui y étaient restés attachés, et leur racine. Il y a du sang…

Wyatt s'approcha de Nina, exhalant une haleine mentholée ainsi qu'une certaine tension.

— Du sang, dites-vous ?

— Oui. C'est le groupe sanguin de Marcie : O négatif.

— Le sang de Marcie. Les cheveux de Marcie, déclara Wyatt d'une voix lente.

— Pas si vite, Wyatt. Le groupe O négatif est fréquent. Le profil ADN de Marcie, qui est conservé dans la base de données du laboratoire des Rangers, devra correspondre à l'ADN extrait du bulbe des cheveux. Mais…

Nina se tut, ses yeux se remplirent de larmes. Elle remit précautionneusement les cheveux dans le sachet, puis scella celui-ci.

Wyatt déglutit avec peine. L'abattement de Nina lui fournissait la réponse qu'il attendait. Ils n'avaient peut-être pas encore trouvé les os de Marcie, mais ce n'en était pas moins sa chaîne en or qui avait été exhumée, et son groupe sanguin qui avait été déterminé.

Le faible espoir qu'il avait entretenu vacillait comme une flamme dans le vent.

Selon toute vraisemblance, Marcie était morte.

— Qu'avons-nous encore ? demanda-t-il avec effort à Nina.

— Ce qu'on a encore ? répéta Nina, levant les yeux sur lui.

Son regard brillant de larmes frappa Wyatt. Et cependant il n'aurait pas dû être étonné de la tristesse de Nina, car Marcie avait été sa meilleure amie. Et Nina, comme lui, avait entretenu l'espoir, même faible, que son amie était encore vivante.

Mû par une inspiration, Wyatt demanda :

— Vous avez mangé ?

A l'évidence surprise, Nina se figea.

— J'imagine donc que non, en déduisit Wyatt. Venez, je vous invite ! En toute simplicité… Un hamburger du cru.

Pourquoi avait-il besoin de soutenir Nina alors qu'il se sentait lui-même terriblement accablé ? Wyatt ne se l'expliquait pas.

La disparition d'un témoin à charge comme Marcie était toujours un échec d'autant que, en général, les individus placés sous protection policière constante ne s'en réjouissaient pas. Et d'ailleurs, un nombre étonnant la refusait ou renonçait carrément au programme de protection des témoins.

A leurs risques et périls…

Selon les informations que Nina venait d'adresser à Wyatt, Marcie n'avait pas seulement disparu, mais elle avait été tuée. Ses cheveux, le sang et sa chaîne le prouvaient. Il ne se passerait pas longtemps avant qu'ils ne découvrent ses restes…

Sitôt que les prochains examens confirmeraient l'identité biologique de Marcie, le dossier serait rouvert. Et cette fois, Wyatt serait mis en cause dans sa mort. Il perdrait peut-être son badge.

*
* *

Wyatt paya la serveuse et prit le sac en papier.

— Merci, dit-il, avec un geste pour laisser la monnaie à la serveuse.

Nina prit le sac des mains de Wyatt.

— Miam ! Cela fait longtemps que je n'ai pas mangé des hamburgers de chez Bud !

Wyatt leva les yeux vers le néon : « *Bud's Burger and Shakes, since 1953* ».

— Ce sont pourtant les pires du monde !

— Ne faites donc pas la fine bouche, lança Nina, en mordant dans son cheeseburger. Pensez que c'est du bon pain bis avec du bœuf bio. Mmm…

Le murmure de Nina eut sur Wyatt un effet saisissant. Etonné et déconcerté, il sortit à son tour son burger-frites du sac en papier.

Nina et lui restèrent dans sa jeep et mangèrent pendant que les serveuses allaient et venaient sur leurs patins à roulettes, prenaient les commandes des clients et ensuite, les servaient.

Mais Wyatt ne s'intéressait guère à ce ballet incessant, il n'avait d'yeux que pour Nina. Il se surprit à vouloir lui donner autant de plaisir qu'elle en prenait à déguster son cheeseburger.

S'il ne conjurait pas ces pensées, il allait finir par se rendre ridicule.

Il décida de prendre la parole.

— Vous êtes née ici ? Comme Marcie ? demanda-t-il à Nina.

Cette dernière se lécha les doigts puis les essuya avec sa serviette en papier.

— Non, je n'ai jamais habité dans une petite ville. Heureusement !

— Même au nom des cheeseburgers de Comanche Creek ? plaisanta Wyatt.

Nina sourit, puis se passa la langue à la commissure de sa lèvre, où restait un peu de mayonnaise.

Wyatt l'en aurait volontiers débarrassée avec la pointe de la langue.

Il soupira et détourna le regard.

— J'imagine que vous vivez à San Marcos où se trouve l'université du Texas ? hasarda-t-il.

— Non. Je vis à Austin même, précisa Nina.

Wyatt lui adressa un regard pensif.

— Ah bon ? Où ?

— Non loin de Lady Bird Lake. Quartier de Travis Heights.

— Sans blague ? fit Wyatt. J'habite à quelques blocs du lac ! Vous êtes née à Austin ?

— Non. A San Antonio. J'ai rencontré Marcie à l'université du Texas. Nous partagions la même chambre.

Nina se mit à rire.

— Marcie voulait se spécialiser en anthropologie. Une seule visite dans le laboratoire médico-légal et à la morgue l'en a dissuadée !

— Mais vous êtes restées amies…, rappela Wyatt.

Nina l'observa, comme si elle hésitait à continuer ses confidences.

— Mon père et mon frère sont morts à sept mois d'écart, avoua-t-elle enfin. Ce fut une période terrible pour moi… Marcie a été très présente. Elle m'a toujours soutenue jusqu'à…

Wyatt devina la suite.

Jusqu'à ce que votre négligence soit la cause de sa mort.

Wyatt froissa le papier d'emballage de son burger et la serviette qu'il mit dans le sac en papier.

— Bon. On y va ? lança-t-il brusquement.

Et sans attendre l'assentiment de Nina, il prit la route du Bluebonnet.

Une fois arrivés devant, tous deux restèrent assis dans la jeep, comme plongés dans leurs pensées respectives.

Finalement, Nina demanda à Wyatt :

— Vous vous êtes entretenu avec Shane Tolbert et Trace Becker ?

— Je n'ai malheureusement pas vu Becker, mais je me suis entretenu avec Shane après avoir côtoyé, chez le shérif, les citoyens les plus distingués de Comanche Creek…

— Le maire en était ? s'enquit Nina.

Wyatt acquiesça.

— Oui. Il y avait également Jerry Collier, l'ancien patron de Marcie. Marcie m'avait expliqué que l'idée de la transaction frauduleuse émanait de Jonah Becker. Mais c'est surtout Collier qu'elle redoutait.

Nina hocha la tête.

— Je sais. Elle avait peur de représailles si jamais elle témoignait.

— C'est pour ça qu'elle avait été placée sous notre protection, souligna Wyatt. Sans son témoignage, confondre Collier était impossible.

Wyatt ravala son amertume pour continuer :

— Un certain Whitley était aussi présent avec sa femme Charla. Cela vous dit quelque chose ?

— Non, fit Nina.

— Vous connaissiez les collègues de bureau de Marcie ? questionna Wyatt.

— Non plus, reconnut Nina. Quand je rendais visite à Marcie sur son lieu de travail, j'en croisais certains mais Marcie ne me les a jamais présentés.

Un silence tomba.

— Vous avez interrogé Shane Tolbert ? reprit Nina.

Wyatt acquiesça.

— Oui. Mais il n'a rien pu me dire sur son agresseur. Il montait dans son pick-up pour se réchauffer quand on l'a assommé.

— Ce qui concorde avec l'état du sol, à proximité de la portière côté conducteur, et aussi avec la terre sur les genoux de Tolbert et ses mains, commenta Nina. Mais il n'a vraiment rien vu ? Pas même les bottes de son assaillant ?

Wyatt fit la moue.

— Tolbert aurait été trop étourdi par le coup porté. Il s'est même excusé, dans le bureau de Hardin, de n'avoir pas été assez vigilant.

— J'imagine..., lâcha Nina. Vous avez appris autre chose ?

— Oui. Je sais désormais qu'il chausse du 45. La même pointure que les empreintes trouvées sur la scène de crime. C'est logique. Je lui ai aussi demandé s'il pensait que le corps de Marcie avait été enseveli là. Il a paru troublé. Peiné même. Il m'a confié qu'il aimait Marcie et qu'il envisageait de lui demander sa main. Ils auraient parlé d'avenir commun.

— C'est un menteur ! s'emporta Nina.

— Pourquoi ? C'est faux ? demanda Wyatt.

— Il a parlé de mariage, certes, mais pas Marcie ! Elle a rompu avec Shane après...

Nina fit une pause, comme si elle se ravisait.

— Après quoi ? insista Wyatt.

— Non. Rien.

Nina croisa les bras.

— Parlez-moi de Jerry Collier...

Manifestement, comprit Wyatt, Nina ne dirait plus rien sur la relation entre Shane et Marcie. Wyatt se promit de lui reposer la question, plus tard, quand elle serait moins sur la défensive.

— Eh bien, Collier m'a paru plutôt nerveux, confia-t-il. Il n'a cessé de jouer avec son stylo au point que j'ai failli le lui prendre des mains. Je ne comprends pas pourquoi Marcie avait peur de lui !

Nina secoua la tête.

— Evidemment ! Vous êtes grand et intimidant. Marcie mesurait un mètre soixante et pesait soixante kilos. En plus, Collier était son boss. Alors essayez de vous mettre à sa place !

10

Ces derniers mots de Nina laissèrent Wyatt pensif. Il n'avait pas l'habitude de regarder le monde avec d'autres yeux que les siens, du moins de se mettre à la place d'autrui.

— Vous avez raison, je n'y avais jamais pensé, confia Wyatt à Nina. J'ai du mal à admettre qu'on puisse avoir peur d'un avorton tel que Collier… Même si je peux vous garantir que Collier, qui mesure environ un mètre soixante-dix, n'aurait jamais agressé Shane Tolbert, qui est plus grand que lui et qui pèse au moins quinze kilos de plus !

Nina se mit alors à frissonner. Certainement, supposa Wyatt, parce qu'elle imaginait Marcie, petite et impuissante, devant Tolbert.

— Vous tremblez…, fit-il observer. Rentrons. Je vous invite à prendre le café dans ma chambre.

Contre toute attente, Nina ne protesta pas.

Wyatt sortit de la jeep. Déjà, il s'empressait pour ouvrir la portière de Nina, quand elle le devança, sortit du véhicule et marcha d'un pas vif vers le perron.

Wyatt la suivit, perplexe. Pourquoi Nina avait-elle délibérément ignoré un simple geste de politesse ?

Une fois dans sa chambre, Wyatt retira son holster d'épaule et fit un brin de toilette. Puis il prépara du café et frappa à la porte de communication.

— Nina… Le café est prêt.

— Donnez-moi juste une seconde, répondit-elle depuis l'autre côté de la porte.

Wyatt se versa une tasse, y ajouta du sucre et s'assit sur la chaise de bureau pour laisser le fauteuil à Nina.

Elle frappa légèrement et entrouvrit. Wyatt lui fit signe d'entrer.

Nina s'était changée et portait un pantalon en lin avec un haut assorti. Elle avait aussi relâché ses cheveux sur ses épaules et, ainsi coiffée, était plus féminine que jamais. Ses traits s'en trouvaient adoucis et son teint n'en était que plus laiteux.

Wyatt détacha le regard du séduisant visage de Nina et baissa les yeux : Nina était pieds nus et ses ongles de doigts de pied étaient vernis… Wyatt en fut infiniment troublé. C'était la première fois de sa vie qu'il trouvait des doigts de pied sexy.

Nina se dirigea vers la cafetière et se servit.

— Voilà ce que j'aime dans les B & B ! Cafetière dans la chambre. Vraie crème fraîche et du sucre. Pas des sucrettes.

Wyatt la suivit des yeux pendant qu'elle sucrait son café. Il était tenaillé par le désir irrépressible de passer la main dans la chevelure de Nina… Non seulement c'était vain pour l'avancée de son enquête, mais en plus il se ferait repousser sans ménagement.

Nina Jacobson ne l'aimait pas, il le savait. Quoi qu'il fasse ou dise, leurs relations ne s'amélioreraient jamais. Elle lui reprocherait toujours la mort de sa meilleure amie et serait sur la défensive chaque fois qu'il serait question de cette dernière. Parler de cheeseburger, tantôt, avait été la conversation la plus amicale qu'ils avaient jamais eue. Mais comme ils étaient réunis par Marcie, au cœur de cette nouvelle enquête, Wyatt décida de relancer la conversation.

— Vous avez insinué que Marcie avait rompu avec Shane après… quelque chose… Quoi au juste ?

La petite cuillère avec laquelle Nina remuait son café racla le bord de sa tasse.

— Que vouliez-vous dire ? insista Wyatt.

Nina prit place dans le fauteuil et rejeta ses cheveux sur les épaules d'un geste vif.

— Vous soupçonnez Shane d'avoir kidnappé Marcie ? De l'avoir tuée ? demanda-t-elle tout à coup, sourcils froncés. Ecoutez, Wyatt, je n'aime pas Shane et je n'ai guère envie de prendre sa défense, mais je doute qu'il ait joué un rôle dans cette tragédie. Il n'en a eu ni le temps, ni l'opportunité : il était présent après la fusillade et lors de votre départ en ambulance.

— Je sais, reconnut Wyatt. J'ai lu les dépositions, les témoignages et les entretiens de personnes qui avaient de bonnes raisons d'empêcher Marcie de témoigner. Tout le monde a un alibi. Personne n'a rien vu.

— Et vous ? Qu'avez-vous vu au juste ? lança Nina.

Son regard était suppliant, nota Wyatt.

De toute évidence, Nina voulait enfin comprendre ce qui était arrivé à sa meilleure amie. Pour en faire le deuil.

Une nouvelle fois, Wyatt s'étonna de si bien deviner l'état d'esprit de Nina.

Il se passa la main sur le front, sans comprendre comment leur conversation avait divergé. Il avait seulement voulu savoir où en était la relation entre Marcie et Shane au moment de leur rupture.

Il soupira. Il aurait volontiers donné à Nina des réponses s'il en avait eu…

— Vous vous souvenez de l'endroit où Marcie demeurait à l'époque, n'est-ce pas ? commença-t-il.

— Oui, acquiesça Nina. La maison du centre-ville, qui était en vente. Marcie voulait que j'y séjourne avec elle, mais vous avez refusé, au nom de sa sécurité. C'est pour ça que j'étais descendue au Bluebonnet.

— Je m'en souviens, déclara Wyatt. De mon côté, j'aurais dû conduire Marcie à Austin, dans une maison sécurisée dont j'aurais tenu le lieu secret. Installer Marcie à Comanche Creek au vu et au su de tous a été une erreur. D'un autre côté, les avocats étaient certains que ce ne serait que l'affaire de quelques jours. En outre, ils voulaient que Marcie soit immédiatement disponible pour les interrogatoires et les dépositions. Je me suis donc rallié à leur suggestion, d'autant que j'étais certain qu'il n'y aurait pas le moindre problème. Après tout, c'était un simple cas de fraude foncière. Tout le monde en ville savait qui était le responsable, mais Marcie était la seule à avoir accepté de parler. Je me disais que son témoignage inciterait les autres à parler aussi. En somme, l'affaire serait réglée en quelques jours.

Nina secoua la tête, l'air fataliste.

— Ce matin-là, nous nous sommes levés tôt, reprit Wyatt. Le juge avait fixé l'audience préliminaire à 9 heures. Il était presque 8 heures quand je suis sorti pour faire les vérifications d'usage.

Wyatt posa les coudes sur ses genoux, puis il considéra ses mains.

Après un silence, il reprit :

— J'ai entendu un bruit qui venait de la maison de Marcie. Je me suis baissé derrière la voiture au moment où une balle a touché ma portière. Il y a eu encore trois coups de feu. J'ai entrevu une silhouette sur le pas de la porte d'entrée. J'ai sorti mon arme et j'ai couru. Mais…

Wyatt se tut. Il avait du mal à respirer.

Il s'efforça de se calmer et se leva en direction des fenêtres.

— C'est alors que vous avez été blessé, compléta Nina.

— Je me suis jeté à terre, mais quand j'ai voulu riposter…

Wyatt haussa les épaules.

Touché, il avait eu l'impression d'avoir la poitrine écrasée sous un quintal. Il avait néanmoins réussi à lever son arme et à tirer, mais il semblait avoir perdu le contrôle de sa main. Impuissant, il avait tiré des coups de feu erratiques.

La voix de Nina s'éleva dans son dos.

— J'ai entendu les tirs depuis le Bluebonnet. La sonnerie du téléphone de Betty Alice… Ses exclamations…

Nina reposa sa tasse, la faisant tinter sur la soucoupe.

— Je me souviens que, à cet instant, j'ai dévalé l'escalier. Tout le monde savait déjà que vous aviez été blessé. Le shérif est entré dans la maison, mais Marcie n'y était plus. Il y avait du sang sur le carrelage de la cuisine.

Wyatt se retourna enfin. Le regard de Nina était brillant de larmes.

Wyatt en eut le cœur serré.

— Je donnerais tout pour revenir en arrière, confessa-t-il. Quand j'ai quitté l'hôpital, la maison avait été nettoyée et vendue.

Il ajouta dans la foulée :

— L'individu en sortait. J'en suis sûr.

Nina poussa un petit cri de surprise.

— Il en *sortait* ? Vous ne pensez tout de même pas que c'était Marcie ?

Wyatt secoua la tête.

— Non. J'ai entendu Marcie qui criait : « Ne tirez pas ! » Ce n'est pas elle qui est sortie, j'en suis absolument certain. Mais il n'en reste pas moins qu'un individu est rentré dans la maison, avec ou sans son autorisation. Bien entendu, le sang sur le carrelage appartenait au groupe O négatif. Le groupe de Marcie…

Wyatt se massa de nouveau le front.

— J'ai relu le dossier des dizaines de fois… Mais se retrouver sur les lieux, c'est différent.

Nina baissa le regard, puis le leva vers Wyatt.

— Ecoutez, je…

— Nina, si vous savez quoi que ce soit, dites-le-moi, supplia presque Wyatt. Sur Shane Tolbert. Sur Marcie. Sur ce qu'elle vous aura confié. J'ai besoin de réponses. Une fois que j'aurai un maximum de faits en main, alors peut-être que je comprendrai ce qui s'est passé ce jour-là.

Nina dévisagea longuement Wyatt.

— Marcie était terriblement angoissée à l'idée de témoigner, confia-t-elle d'une voix lente. C'est pour ça qu'elle m'avait demandé de venir à Comanche Creek. Elle voulait que je la soutienne. On projetait de partir en croisière dès que tout serait terminé.

— Elle vous a expliqué la raison de ses angoisses ? questionna Wyatt. Car selon moi, elle n'avait pas seulement peur de Collier mais de quelqu'un de son entourage.

— De qui ? lança Nina. Jonah Becker ?

Wyatt hocha la tête.

— C'est possible. Car Collier est un lâche. Un couard. Marcie vous avait parlé de Becker ?

— Non…

Wyatt poursuivit :

— Marcie m'avait expliqué que la plupart des informations en sa possession provenaient de conversations téléphoniques qu'elle avait entendues à son insu. Entre nous, je ne suis pas complètement convaincu que son témoignage aurait suffi à accabler Collier ou Becker.

— Marcie m'avait confié que Jerry Collier l'effrayait, reprit Nina. Manifestement, il essayait toujours de négocier. Finasser.

— Comment ça ? demanda Wyatt. Marcie a-t-elle été plus précise ?

Nina secoua la tête.

— Non. Ce que je sais, c'est qu'elle aurait vu Collier et Daniel Taabe s'apostropher et presque en venir aux mains. Une scène terrible, d'après elle.

— C'est précisément cette altercation qui a précipité l'enquête, compléta Wyatt. Taabe, le premier, a accusé Jerry Collier de fraude foncière. Je me suis entretenu avec Taabe aujourd'hui. Selon lui, la sympathie de Marcie pour la cause des Amérindiens aurait contribué à sa disparition.

— Il a peut-être raison…, souffla Nina. Marcie pensait que les Comanches seraient les victimes de ces manigances.

— Taabe ne cache pas le ressentiment qu'il éprouve

envers le maire et d'autres personnalités de Comanche Creek, ajouta Wyatt. Il m'a proposé son aide.

— Vous allez accepter ? s'enquit Nina.

Wyatt secoua la tête.

— Pas question. Malheureusement… Si Taabe pouvait accéder au site des fouilles, cela lui donnerait un pouvoir. Et je le refuse. Pour autant, je dois ménager les deux communautés. Il suffit d'une étincelle pour qu'il y ait une explosion. Je veux l'éviter.

— Vous avez parlé avec d'autres, sinon ? voulut savoir Nina.

Wyatt fit la moue.

— J'aurais voulu m'entretenir avec Billy Whitley et sa femme Charla, mais ils n'étaient pas disponibles. Tout ce que je sais, c'est qu'ils apprécient Shane Tolbert et qu'ils détestent Taabe.

— Je ne les connais pas, indiqua Nina. Marcie n'a jamais prononcé leur nom.

— Quoi qu'il en soit, je vais essayer de leur parler demain, annonça Wyatt.

Il observa Nina avant de reprendre :

— Marcie vous a raconté l'altercation entre Collier et Taabe, qu'elle a qualifiée de terrible. Que vous a-t-elle dit d'autre ?

Nina s'humecta les lèvres.

— Encore une fois, nous ne parlions guère de Comanche Creek et de ses habitants. Mais je me souviens qu'elle a évoqué Lattimer et Phillips.

— Elle les connaissait bien ? demanda Wyatt.

— Bien ? répéta Nina. C'est difficile à dire… Mais elle vivait à Comanche Creek et elle travaillait au bureau de l'administration des terres du comté depuis la fin de ses études, c'est-à-dire depuis neuf ans.

— Que vous a-t-elle dit à leur propos ? insista Wyatt.

Nina sembla pensive.

— Je ne suis pas certaine de bien me souvenir, c'était il y a si longtemps. En tout cas, cela avait un rapport avec les objets d'art amérindiens, leurs sites funéraires et… ah oui, ça y est, ça me revient ! Lattimer achetait des objets d'art amérindiens ! L'autre, Phillips, était l'un des principaux activistes de la communauté comanche. Ces deux hommes ont été pris à partie à cause d'objets d'art manquants.

Très intéressant, songea Wyatt.

— Quand est-ce que Marcie vous a parlé de ça ? demanda-t-il à Nina.

— Lors d'une brève conversation, qui remonte à plusieurs années… Nous fêtions mon doctorat, je crois.

— Je demanderai des précisions à Hardin, annonça Wyatt.

Nina ajouta :

— Une chose est sûre : quand la fraude foncière a été dénoncée, Marcie a de nouveau mentionné ces deux hommes. Elle redoutait de disparaître aussi.

Wyatt opina. Marcie lui avait confié les mêmes craintes. Il regrettait de ne pas lui avoir demandé qui, à son avis, pouvait être l'auteur des disparitions de Lattimer et de Phillips.

— Et en ce qui concerne Shane Tolbert ? lança-t-il à Nina. Vous pensez qu'il peut être lié à ces deux disparitions ? Vous ne m'avez toujours pas expliqué pourquoi Marcie a rompu avec lui…

Nina tiqua légèrement.

— Quand j'ai appelé Marcie pour lui annoncer que nous partirions en croisière la semaine après son témoignage sous serment, Marcie m'a avoué que Shane était furieux et qu'il voulait la voir sur-le-champ. Pour lui parler de cette triste affaire.

— Quand ça ? fit Wyatt. Est-ce que Marcie était déjà sous ma protection ?

Wyatt ne se souvenait pas que Marcie se soit entretenue avec Shane Tolbert.

Nina secoua la tête.

— Non, c'était avant. Marcie a accepté de le revoir. Mais quand elle a précisé que ce serait la dernière fois, parce que tous les deux, c'était fini, Shane l'a menacée.

Nina se tut. Wyatt attendit la suite.

— Shane a alors déclaré que Marcie lui appartenait. Et que si jamais il la voyait avec un autre homme, il la…

Nina ne put achever.

— Que ferait-il ? insista Wyatt.

Nina soupira et déglutit nerveusement.

— Shane a explicitement dit qu'il les tuerait tous les deux…

Wyatt s'y était attendu, mais il n'en fut pas moins frappé. Shane Tolbert serait-il un criminel ? Etait-ce lui qui, deux ans plus tôt, avait tiré sur lui ?

— Wyatt ?

Arraché à ses pensées, il cilla.

— Excusez-moi, vous m'avez parlé ?

Nina acquiesça.

— Je vous demandais si vous pensiez que c'est Shane qui a tiré sur vous ?

Wyatt se força à revenir à la conversation.

— La balle qui a été extraite de mes poumons n'a jamais trouvé de concordance avec une arme, et pourtant les Rangers ont testé toutes les armes de Comanche Creek.

— Vous avez été touché… au poumon ? s'exclama Nina, pâlissant. Mais… mais je pensais…

Nina était livide, remarqua Wyatt, et le contraste de son teint déjà clair avec sa chevelure noire était étonnant.

Wyatt n'attendit pas la suite. Il se leva.

— Je n'ai aucune confiance en Tolbert, mais il n'en a pas moins été agressé hier. Vous avez vu sa blessure ? Sept points de suture, c'est sérieux.

— Au fait, j'ai des photos de sa blessure sur mon téléphone portable, annonça Nina. Ce téléphone n'a pas la qualité de mon appareil photo, mais on peut quand même y jeter un œil.

Déjà, Nina se levait et repartait dans sa chambre. Elle en revint avec son portable.

— Regardez !

Elle fit défiler les photos de la blessure de Shane Tolbert.

— Vous voyez, là ! s'exclama-t-elle tout à coup.

Wyatt ne répondit pas. Il ne comprenait pas la raison de cette interjection.

— Regardez cette marque rouge ! reprit Nina avec impatience. Une lésion superficielle adjacente à la lésion principale. Ou *marque d'hésitation.*

— Si je vous comprends bien, ce serait une lésion auto-induite ? avança Wyatt.

— Oui : une lésion effectuée pour tester la douleur ou la force requise avant d'avoir le courage nécessaire pour passer à l'acte complet ! conclut Nina.

Wyatt lui rendit son portable.

— J'y avais déjà pensé… Vous croyez vraiment que Shane se serait infligé cette blessure ? Et puis, vous savez que c'est difficile à prouver, d'autant plus que cette inflammation s'est sans doute déjà atténuée…

— Et que le processus de guérison de la blessure suturée va la faire disparaître, convint Nina.

Wyatt acquiesça et fit un geste vers la cafetière.

— Vous voulez encore du café ?

Nina secoua la tête.

— Non. Sinon, je ne pourrai pas dormir.

Wyatt lui prit sa tasse des mains, essayant d'ignorer l'effleurement de leurs doigts et le soubresaut de Nina à ce contact.

— C'est dommage que vous n'ayez pas pu vous entretenir avec Billy Whitley et son épouse, reprit Nina.

Wyatt posa les tasses puis se jucha sur le bureau.

— Je le regrette aussi. Mais les deux semblaient outrés

que je veuille les interroger. Quant au maire Sadler, je n'ai pas été en tête à tête avec lui. Mais lors de la réunion dans le bureau du shérif, il a prouvé qu'il était très engagé dans la protection de ses concitoyens.

Wyatt se tut un instant.

— Trace Becker ne s'est pas présenté. Que savez-vous de lui ?

— Pas grand-chose, répondit Nina. Marcie affirmait que c'était un enfant gâté. Elle n'aurait pas été surprise qu'il soit lié à la fraude entre son père et Collier.

Soudain, Nina bâilla.

— Excusez-moi, je suis fatiguée…

— Quels sont vos plans pour demain ? s'enquit Wyatt. Vous rendre sur le site ou retourner au laboratoire ?

— Je vais laisser mes étudiants continuer les fouilles. Je dois prélever des échantillons sur les fémurs, puis les envoyer au laboratoire des Rangers pour des examens plus poussés.

— Qui va vous y conduire ? demanda Wyatt.

Au même instant, la sonnerie de son portable s'éleva. Wyatt consulta l'écran : l'appel émanait du shérif Hardin.

Il prit aussitôt la communication.

— Lieutenant Colter ? Hardin. Je viens de recevoir un appel de Daniel Taabe.

— Un problème ? s'alarma Wyatt.

Nina se redressa et riva son regard au sien.

— Plutôt, oui ! répliqua Hardin. Taabe a trouvé une hachette dans le coffre de son pick-up. Avec du sang dessus.

— Où êtes-vous ? lança Wyatt.

— Attendez, ce n'est pas tout ! le stoppa Hardin. Taabe a aussi trouvé un os.

— Un os…, répéta Wyatt, confondu.

— Un os, fit Nina en écho. Mon fémur volé ?

— Je vais chez Daniel ! Rejoignez-moi là-bas, reprit Hardin qui en donna l'itinéraire à Wyatt.

Sur ce, Wyatt raccrocha et saisit son holster d'épaule. Nina se leva.

— Je viens avec vous !

— Non ! lâcha Wyatt en vérifiant son arme

— Si. Je suis sûre qu'on a trouvé mon fémur manquant !

Wyatt serra les dents. Si Nina venait, il devrait redoubler de prudence.

— Je suis prête dans cinq minutes ! conclut Nina, qui retournait dans sa chambre.

— Trois ! Sinon, je pars sans vous, professeur.

C'était une menace inutile, Wyatt le savait.

Il prit son coupe-vent.

Finalement, la présence de Nina serait nécessaire. Si c'était son fémur manquant qui avait été retrouvé, elle devait être présente sur les lieux. Wyatt ne voulait pas prendre le risque de commettre une maladresse et de contaminer le fémur en le manipulant mal.

Les enjeux étaient trop importants pour Comanche Creek, jugea Wyatt.

Pour lui.

Pour faire la vérité sur Marcie.

11

Daniel Taabe habitait à l'ouest de Comanche Creek, dans une maison à bardeaux blancs coiffée d'un toit en métal, et dotée d'une véranda. Wyatt longea un parc à caravanes, ainsi que quelques maisons semblables à celle de Taabe.

Le shérif Hardin et l'adjoint Spears étaient déjà sur place. Un projecteur avait été posé sur la banquette arrière du pick-up de Taabe. Spears, accroupi, regardait sous les sièges du véhicule avec sa lampe de poche. Pendant ce temps, Hardin s'entretenait avec Taabe.

Wyatt descendit de sa jeep, tandis que Nina se dirigeait déjà vers le pick-up.

Hardin salua Wyatt, tout en jouant avec un stylo à bille rétractable.

— Lieutenant !

— Shérif. Monsieur Taabe, dit Wyatt.

Daniel Taabe opina simplement. Sans surprise, il semblait soucieux, nota Wyatt. Ses cheveux noirs étaient dénoués et humides comme s'il venait de les laver.

Hardin paraissait lui aussi inquiet, et Wyatt le comprenait tout autant. Si le porte-parole de la communauté amérindienne était arrêté, la situation à Comanche Creek deviendrait vite impossible.

— Que s'est-il passé ? demanda Wyatt.

Le shérif expliqua les faits :

— Daniel a appelé vers 19 h 30 pour m'annoncer qu'une hachette et un os avaient été déposés sur la banquette arrière de son pick-up. Ils n'y étaient pas quand il est revenu chez lui, à l'heure du déjeuner.

Wyatt attendit que Hardin lui fournisse davantage d'informations. Mais, selon toute vraisemblance, ils avaient retrouvé l'arme utilisée contre Shane Tolbert et le fémur volé.

Wyatt était dans sa juridiction, il aurait pu diriger les opérations et prendre possession des indices, mais il décida de laisser l'initiative au shérif.

— Kirby est en train d'examiner l'intérieur du pick-up, reprit celui-ci. J'ai vu votre spécialiste des os le rejoindre.

Sur ce, Hardin se tut.

Wyatt garda lui aussi le silence. L'ambiance était décidément bien lourde.

Finalement, le shérif reprit :

— Je demandais à Daniel s'il avait vu quelqu'un rôder autour de son camion…

— Des gamins viennent chez moi, de temps en temps. Je leur donne des petits boulots pour les occuper, expliqua Daniel Taabe. Cet après-midi, trois garçons nettoyaient les étables.

Hardin appuya de nouveau, à plusieurs reprises, sur la pointe rétractable de son stylo.

— Leurs noms, je vous prie ?

— Tim Hussey, Andy Jones et Kirk Foote. Vous ne les connaissez pas, déclara Taabe.

— Vous les avez vus rôder autour de votre pick-up ? intervint Wyatt.

— Non. Comme je l'ai dit au shérif, je n'ai vu personne.

— J'image que les portières de votre pick-up n'étaient pas verrouillées ? avança Wyatt.

— Je n'ai aucune raison de le faire.

— Vous n'êtes pas sorti des étables pendant que les garçons y travaillaient ? insista Wyatt.

Taabe secoua la tête.

— Non. J'ai passé environ deux heures avec eux. J'aime leur montrer comment s'occuper des chevaux.

Wyatt acquiesça.

— Et quand ils sont partis ?

— J'étais toujours dans les étables. Je devais curer les sabots des juments.

Les réponses polies et cependant évasives de Daniel Taabe frustraient Wyatt.

— Vous ne savez pas si l'un ou l'autre des garçons a mis quelque chose dans votre pick-up ?

— Si, je le sais : ils n'ont rien à voir avec cette histoire, s'obstina Taabe.

— Comment pouvez-vous en être aussi sûr ? insista à son tour Wyatt.

Il commençait à perdre patience.

Taabe esquissa un sourire.

— C'est simple. Les étables sont à l'est de la maison. Mon pick-up était garé devant.

Il se tut et leva la tête.

— J'ai vu les garçons partir vers le nord.

Wyatt attendit la suite.

— Le seul moment où ils auraient pu s'approcher de mon pick-up sans que je les voie, c'est quand j'ai pris ma douche.

— Et quand avez-vous pris votre douche ? demanda Hardin.

— Peu après leur départ. Vers 17 heures.

— Vous avez toujours les mêmes habitudes ? s'enquit Wyatt.

Taabe sourit de nouveau.

— Oui.

Wyatt se tourna vers le pick-up et chercha Nina des yeux. Spears fouillait toujours l'intérieur du véhicule et, à en croire les flashs réguliers, prenait sans cesse des photos. Nina, pendant ce temps, examinait le sol autour.

— Avez-vous d'autres questions ? s'enquit Taabe. Parce que j'attends de la visite.

Au même instant des phares apparurent au loin, puis un pick-up blanc. Ellie Penateka en descendit. Vêtue d'un jean délavé et d'un petit haut jaune moulant, elle s'approcha d'un pas vif puis demanda à Taabe :

— Que se passe-t-il ?

C'était donc elle que Taabe attendait, songea Wyatt. Il aurait aimé assister à la suite de leur échange, mais il voulait aussi savoir si Nina avait trouvé des indices.

Il la rejoignit donc.

— Alors professeur ?

— Oui, cow-boy ? fit Nina.

Du faisceau de sa lampe, elle balayait le sol poussiéreux.

— Que cherchez-vous ? demanda Wyatt.

— Des empreintes, répondit Nina.

— Le sol est assez sec…, commenta Wyatt.

Mais un murmure triomphant de Nina l'interrompit.

— Wyatt ! Regardez, là !

Elle braqua sa lampe sur une empreinte de botte. Une grande pointure.

— Tenez-moi ça ! s'exclama Nina, tendant sa lampe à Wyatt.

Elle sortit un mètre de sa poche, le plaça le long de l'empreinte et en prit plusieurs photos.

— Vous pouvez en réaliser un moulage ? questionna Wyatt. Nous pourrons le comparer avec les clichés qui ont été pris sur la scène de crime.

— Je ne crois pas, estima Nina. Le sol est trop sec. Mais on dirait du 45. La même pointure que sur la scène de crime…, commenta Nina, en remettant son mètre dans sa poche.

Pointure 45 ? se répéta Wyatt.

Celle de Shane Tolbert, de Daniel Taabe, de l'adjoint Spears et sans doute de nombreux autres hommes en ville…

— Et concernant l'os ? demanda Wyatt. C'est votre fémur ?

Nina cessa de sourire et adressa à Wyatt un bref signe de tête.

Le pouls de Wyatt s'accéléra. A l'évidence, Nina avait effectué une découverte qui la mécontentait. D'ailleurs, elle crispait les doigts autour de la lanière de son appareil photo.

— Je vais vous montrer, dit-elle seulement.

Nina avait fait de son mieux pour rester détachée et professionnelle, mais ce qu'elle avait découvert dans le coffre du pick-up de Daniel Taabe l'avait vivement impressionnée. Son cœur battait fort et ses paumes restaient moites.

— L'adjoint Spears a déjà photographié l'os et la hachette, et je les ai placés dans des sachets, indiqua Nina à Wyatt.

Elle ouvrit la portière, puis recula. Wyatt la dévisagea, l'air intrigué.

— Mais que se passe-t-il, professeur ? lui demanda-t-il, en balayant le siège arrière avec le faisceau de la lampe.

Nina se mordilla la lèvre, tandis que Wyatt se penchait pour observer le contenu du premier sachet.

— Cette hachette pourrait être l'arme avec laquelle on a agressé Tolbert, suggéra Wyatt.

Nina gardait toujours le silence.

— Et ça ? Qu'est-ce que c'est ? s'enquit Wyatt en avisant le second sachet. Mais… ce n'est pas le fémur volé !

Au même instant, le flash de l'appareil photo de Spears zébra la nuit et révéla à Nina le visage tendu de Wyatt.

— En effet, confirma-t-elle.

Wyatt tourna la lampe de poche vers elle et la fixa.

— Nina ?

Elle déglutit.

— C'est un os coxal. Féminin.

— Féminin…, répéta Wyatt.

Il toussota.

— Cet os vient de la scène de crime ?

— Il est recouvert de terre, biaisa Nina.

— Vous ne semblez pas certaine…, commenta Wyatt.

— Je ne peux m'offrir le luxe de sauter aux conclusions sans examen préalable, rappela Nina.

Cependant, elle avait déjà tiré ses conclusions. Et elle en était terrifiée.

— Je dois tout de suite me rendre au laboratoire pour examiner cet os ! annonça-t-elle.

Wyatt acquiesça.

— Et moi, je dois interroger Taabe.

— Vous allez l'arrêter ? voulut savoir Nina. Vous pensez que c'est lui qui a agressé Shane Tolbert ? Dans ces conditions, pourquoi aurait-il contacté le shérif ? Et pourquoi lui aurait-il révélé qu'il avait retrouvé la hachette ?

Wyatt fit la moue.

— Taabe essaie peut-être d'écarter les soupçons qui pourraient peser sur lui ? C'est une erreur que commettent souvent les coupables, vous savez.

— Je doute que ce soit un homme violent, souligna Nina. Il semble serein et pacifique.

Elle jeta un œil, par-dessus l'épaule de Wyatt, dans la direction de Taabe : il s'entretenait avec le shérif Hardin.

— Qui est cette femme ? s'étonna Nina. Elle est très belle…

Wyatt soupira profondément.

— C'est Ellie Penateka. Hardin m'a confié qu'elle était très active au sein de la communauté amérindienne. Elle aurait initié une pétition pour revendiquer les terres des Comanches. Elle fait campagne pour qu'un casino y soit construit.

— Elle fait aussi campagne pour Daniel Taabe…, insinua Nina à voix basse.

— Pardon ? Que voulez-vous dire ? s'enquit Wyatt, visiblement surpris.

— Regardez-les donc ! Ils jouent l'indifférence l'un envers l'autre, mais le langage des corps ne trompe pas !

— Vous savez déchiffrer le langage des corps ?

La voix de Wyatt était proche, bien trop proche, se dit soudain Nina. Son souffle mentholé la cernait. Elle en fut troublée.

— Il ne faut pas être devin pour remarquer quand deux personnes sont attirées l'une par l'autre..., chuchota Nina. Regardez la posture d'Ellie Penateka. Elle est ouverte à ce que Daniel dit et fait. Lui aussi. Je vous parie un mois de salaire qu'ils sont amants. Ou qu'ils le seront bientôt.

— Je préfère ne pas parier, murmura Wyatt alors qu'un nouveau flash jaillissait et, cette fois, aveuglait Nina.

— Bon sang ! s'exclama Wyatt en reculant. Spears, mais qu'est-ce que vous fabriquez à la fin ?

— Désolé, lieutenant. Je ne l'ai pas fait exprès, répliqua l'adjoint du shérif, apparemment contrit.

Nina, éblouie, cilla.

— Vous avez terminé avec le pick-up de Taabe ? reprit Wyatt.

— Oui lieutenant.

— Nous allons l'enlever et le garer dans le parking protégé derrière nos bureaux, intervint le shérif Hardin.

— Parfait. Taabe vient aussi, déclara Wyatt.

— Vous pensez que c'est nécessaire ? Je doute qu'il prenne la fuite..., objecta Hardin.

— Je suis de votre avis, mais j'aimerais lui poser quelques questions avant qu'il ait le temps de concocter une histoire.

Hardin adressa à Wyatt un regard étrange.

— Daniel Taabe a toute sa vie concocté son histoire...

Nina prêtait l'oreille pendant que l'adjoint Spears tenait les sachets scellés contenant les quelques indices qu'il avait rassemblés.

— Professeur Jacobson ? C'est tout ? Avez-vous besoin que je vous décrypte mes notes ?

— Je vous remercie, Kirby, elles sont très claires. Vous avez labellisé les prélèvements et les feuilles des empreintes digitales. Vous avez fait du bon travail !

Spears se gonfla de fierté.

— Merci, madame. Je veux dire, professeur Jacobson.

— Je vous contacte si j'ai de nouvelles questions, conclut Nina.

— Parfait.

L'adjoint fourra les mains dans ses poches, puis les en retira.

— Eh bien… maintenant je vais conduire le pick-up de Daniel en ville. Je… j'ai hâte d'avoir de vos nouvelles, professeur Jacobson. Je veux dire, j'espère que je n'en aurai pas. Parce que je pense que tout va bien…

— Merci, Kirby, l'interrompit Nina. Il me faut juste votre appareil photo pour que j'en envoie les clichés au laboratoire des Rangers.

— Heu…

Spears adressa un regard en biais à Hardin.

— Ne vous inquiétez pas, reprit Nina à la hâte. C'est moi qui suis responsable de la chaîne de possession. Je vous donnerai un bon signé de ma main.

Spears lui tendit donc l'appareil photo.

— Allons-y ! les coupa Wyatt.

Frappée par le ton brusque de Wyatt, Nina tressaillit.

Déjà, Wyatt regagnait sa jeep et y montait. Nina le suivit et ouvrit la portière arrière.

— Excusez-moi, mais il faut que je range les sachets avec les indices, et ceux avec les échantillons recueillis par Kirby.

— Faites vite, la pressa Wyatt.

Nina déposa les sachets contenant la hachette et l'os coxal sur la banquette arrière, enferma ceux que l'adjoint du shérif venait de lui confier dans sa mallette en métal et verrouilla celle-ci.

Pour finir, Nina observa la hachette et l'os, consciente de prendre son temps et ainsi de contrarier Wyatt, mais elle n'avait pas aimé le ton sur lequel il lui avait parlé.

Enfin, elle claqua la portière et monta sur le siège passager.

A peine avait-elle bouclé sa ceinture que Wyatt fit marche arrière dans un jaillissement de terre et de gravier.

— Mais enfin qu'est-ce qui vous prend ? s'exclama Nina. L'os coxal pourrait tomber du siège et se briser !

— Dans ce cas, vous auriez dû prendre davantage de précautions, lâcha Wyatt d'un ton sec.

En son for intérieur, Nina comprenait l'agitation de Wyatt, car elle était comme lui, troublée. Sitôt qu'elle avait posé les yeux sur l'os coxal, elle s'était tendue et avait failli pleurer.

L'os coxal était féminin. Et un anthropologue savait qu'un os coxal, appelé aussi « iliaque », était le trait définitif qui distinguait un homme d'une femme. Le diagnostic du sexe d'un squelette s'effectuait principalement par le bassin.

Cet os pouvait fort bien être celui de Marcie.

Nina dut faire appel à toute son énergie pour ne pas céder à ses émotions.

De son côté, Wyatt marmonnait de façon à peine audible.

— Quoi ? demanda Nina.

— J'ai dit que je détestais les petites villes.

Nina se mordit l'intérieur de la joue pour contenir un sourire et apprécia cette diversion momentanée.

— Moi aussi, confia-t-elle. On n'y trouve jamais un cours de yoga digne de ce nom ou un bon cappuccino.

Wyatt soupira ostensiblement.

Nina se mordit de nouveau l'intérieur de la joue.

— Que se passe-t-il, Wyatt ?

Il serrait son volant si fort que les jointures de sa main blanchissaient.

— Le shérif Hardin pense que ce n'est pas nécessaire

d'arrêter Taabe, lâcha Wyatt, manifestement frustré et contrarié.

— Il a raison, jugea Nina. Cette arrestation pourrait susciter des remous en ville.

Nouveau soupir de la part de Wyatt.

— Je parie que vous n'êtes pas d'accord ? reprit Nina.

Wyatt haussa les épaules.

— Je déteste les atermoiements, laissa-t-il tomber.

— Non, vous détestez qu'on vous contredise, rectifia Nina.

S'attendant à ce que Wyatt réplique vertement, elle se crispa. Mais à sa plus vive surprise, il se détendit.

Aussi, elle insista :

— Pourquoi vouloir arrêter Daniel Taabe ? Vous craignez qu'il ne prenne la fuite cette nuit ? Pour gagner la frontière, et le Mexique ?

Wyatt ne répondit pas.

— Vous voulez savoir ce qu'il va faire ce soir ? lança Nina.

Wyatt lui adressa un regard en bais.

— Non.

— Daniel Taabe et Ellie Penateka…

— J'ai dit non, je ne veux pas savoir.

— Comme vous voulez…, fit Nina. Mais je vous parie que Daniel Taabe sera toujours là demain matin, prêt à répondre à toutes les questions que vous avez sur le cœur. Vous voulez savoir pourquoi ?

— Non ! répéta Wyatt.

Nina passa outre.

— Parce qu'il est amoureux d'Ellie Penateka. Ils sont attirés l'un par l'autre. Ça crève les yeux. Sans compter qu'ils ne cessent de se regarder.

Wyatt fronça les sourcils mais il garda le silence et continua de conduire.

Pendant leur trajet, Nina fit défiler les photos numériques que Spears avait prises.

— Kirby a fait du bon boulot ! conclut-elle, satisfaite.

— Qui est Kirby ?

— L'adjoint Spears, voyons. Il a dû prendre trois photos de chaque coin et recoin du pick-up de Daniel, mais je ne vais pas le lui reprocher !

— Il a aussi relevé des empreintes digitales, si j'ai bien compris ? avança Wyatt.

— C'est exact, répondit Nina. Je vais les envoyer au labo des Rangers pour vérifier si elles ont une correspondance dans la base de données. Bien sûr, on y identifiera celles de Daniel Taabe, puisqu'il est le propriétaire du véhicule. J'espère qu'il n'aura pas détruit ou effacé d'autres empreintes éventuelles.

Tout en parlant, Nina faisait toujours défiler les photos. Elle observa l'os coxal dont un détail attira soudain son attention et lui fit hausser les sourcils, mais peut-être s'agissait-il d'un effet dû au flash ?

Elle allait demander à Wyatt de la conduire immédiatement au labo pour l'examiner, quand au même instant elle tomba sur le cliché que Kirby avait pris d'eux involontairement.

Oh, mon Dieu !

Nina se figea, redoutant de s'être exprimée à haute voix. Mais comme Wyatt ne réagissait pas, elle fut rassurée.

Elle put fixer la photo qui les représentait et ne laissait aucun doute sur l'attirance, cependant inconsciente, qui les poussait l'un vers l'autre.

Wyatt, tout proche d'elle, inclinait la tête près de la sienne. Son expression était chaleureuse, passionnée, et sa posture ouverte, intense et protectrice.

Elle aussi avait la tête inclinée, la nuque un peu courbée, comme offerte, prête à se laisser embrasser. Les propos qu'elle avait tenus sur Taabe et Ellie lui revinrent.

« Je vous parie un mois de salaire qu'ils sont amants. Ou qu'ils le seront bientôt. »

Elle soupira.

— Quoi ? fit Wyatt.

Nina tressaillit.

— Je n'ai rien dit.

— Si.

Elle éteignit l'appareil photo.

— Conduisez-moi immédiatement au labo de l'IUT !

— Non, il est trop tard, contra Wyatt.

— Je veux examiner cet os tout de suite, insista Nina. Il y a quelque chose qui me trouble.

— Non. Demain, asséna Wyatt.

— C'est amusant, il me semblait que vous détestiez remettre au lendemain ce que l'on peut faire le jour même ?

Wyatt prit la direction du Bluebonnet.

— Et vous m'avez aussi fait remarquer que je n'aimais pas les gens qui étaient en désaccord avec moi. Alors pourquoi continuez-vous ?

— Pourquoi je continue à vous énerver ?

— Exactement !

Nina consulta sa montre.

— Ecoutez, il est seulement… Oh…

— Oui ? Il est quelle heure ? demanda Wyatt.

Nina se mordit la lèvre.

— Presque minuit.

— Exact. Vous voulez toujours vous rendre au laboratoire ?

— Eh bien oui ! Je n'ai pas besoin de vous expliquer ce que cela signifie si cet os coxal est féminin !

— Vous êtes certaine qu'il vient de la scène de crime ? s'enquit Wyatt.

— Il est recouvert de terre, il a surgi avec une hachette qui serait l'arme avec laquelle Shane a été agressé…

Wyatt s'arrêta devant le Bluebonnet et coupa le moteur. Il tourna la tête, dévisageant Nina d'un air calme.

— D'accord, se ravisa Nina. Je ne peux en être certaine sans pratiquer des examens bien précis. Et c'est pour ça que je veux me rendre au laboratoire !

Puis elle essaya de contenir un bâillement. En vain.

— A quoi bon ? maugréa Wyatt. Vous êtes épuisée et vous n'allez pas vous mettre au travail maintenant. Vous ne seriez pas attentive et vous n'obtiendriez aucun résultat fiable. Je vais vous conduire dans votre chambre et vous mettre au lit !

Sur ce, son regard bleu brilla.

Aussitôt, une onde de chaleur traversa Nina. Wyatt allait la porter jusque dans sa chambre, comme Rhett Butler avec Scarlett O'Hara ?

Le regard de Wyatt devint plus intense et Nina déglutit.

Wyatt avait l'air…

Elle déglutit de nouveau.

Il avait le même air que sur cette… photo.

Chaleureux, passionné et intense.

Quelque chose d'inattendu et de délicieux jaillit alors en Nina.

Elle leva le menton et, pendant un instant, Wyatt et elle se regardèrent.

Enfin, Wyatt cilla et ouvrit sa portière.

— Alors bonne nuit, grommela-t-il en sortant.

12

Lorsque Nina fut prête à se coucher, elle avait de la peine à garder les yeux ouverts. Mais son esprit, lui, ne cessait de travailler.

Elle avait tant d'indices et encore si peu de réponses. La découverte de l'os coxal féminin ajoutait à sa confusion.

Si c'était celui de Marcie ?

Non. Elle ne voulait surtout pas y penser ! Rien n'était sûr tant qu'elle n'aurait pas procédé à certains tests.

Elle se tourna vers son ordinateur. Elle devait encore vérifier ses e-mails, au cas où le laboratoire médico-légal lui aurait envoyé les résultats du test ADN prélevé sur les bulbes de cheveux retrouvés sur la scène de crime.

Nina alluma donc son ordinateur et ouvrit sa messagerie. Elle avait reçu un e-mail du laboratoire des Rangers :

Veuillez trouver en pièce jointe…

Nina s'empressa d'ouvrir celle-ci et la parcourut.

C'était un rapport bref, du genre de ceux qu'elle avait si souvent rédigés, sans toutefois penser aux gens qui les recevaient et pouvaient en être affectés. Mais désormais, plus jamais elle ne rédigerait des rapports *post mortem* sans penser à la douleur et au sentiment de solitude qui l'étreignaient en cet instant.

Car là, elle n'était plus anthropologue médico-légale, mais une femme qui souffrait.

Une larme coula sur sa joue. Elle l'essuya, mais la tristesse persista.

Puis elle jeta un regard vers la porte de communication et se mordilla la lèvre inférieure. Elle devait révéler cette information à Wyatt. Il devait savoir. Tout de suite…

C'était important pour lui. Peut-être même plus que pour elle. Après tout, il était responsable de ce qui était arrivé à Marcie.

Mais au fait, l'était-il vraiment ? se demanda Nina. Elle avait pris Wyatt Colter comme bouc émissaire par nécessité, mais plus elle apprenait à le connaître, plus elle avait de difficulté à le blâmer.

Pour finir, elle frappa à la porte de communication de leurs chambres.

Mais Wyatt ne répondit pas.

Dormait-il déjà ? Devait-elle insister et éventuellement le réveiller ?

Nina frappa de nouveau et tourna le bouton de la porte, s'attendant à trouver une chambre plongée dans la nuit.

La lampe de chevet était allumée, mais la chambre déserte.

Nina remarqua ensuite la vapeur, l'odeur de savonnette et d'adoucissant qui s'échappaient de la salle de bains entrouverte.

Subitement intimidée, Nina décida de regagner sa chambre.

Au même instant, la porte de la salle de bains s'ouvrit. Wyatt sortit, vêtu de son caleçon, une serviette de toilette à la main.

A la vue de Nina, il fronça les sourcils et parut inquiet.

— Que se passe-t-il, professeur ? Vous allez bien ?

— Je… je n'aurais pas dû, balbutia Nina, butant sur les mots. Cela peut attendre…

Elle recula.

— Non ! Attendez ! fit Wyatt.

Il prit son pantalon de survêtement sur le dossier d'une chaise et l'enfila, puis s'approcha de Nina.

— Dites-moi ce qui se passe ! Vous avez entendu quelque chose ? Quelqu'un a de nouveau pénétré dans votre chambre pendant votre absence ?

Nina secoua la tête.

— Je… je viens juste de consulter mes e-mails. Les résultats de l'analyse ADN sont revenus.

— Ah ? fit Wyatt d'une voix tendue.

De toute évidence, il était inquiet et augurait le pire, comprit Nina.

Elle prit une grande inspiration, consciente de l'odeur de savonnette et d'adoucissant.

— L'ADN prélevé sur le bulbe des cheveux correspond à celui de Marcie. Indiscutablement.

Wyatt plissa les yeux. Au bout d'un instant d'un calme presque surnaturel, il sortit de son immobilité pour caresser la joue de Nina.

Elle ferma les yeux, saisie par une étrange douleur.

— Nous nous y attendions, n'est-ce pas ? murmura Wyatt.

Nina opina et pressa les paumières, retenant ses larmes.

— Je sais, soupira-t-elle. Mais c'est quand même un choc…

Alors il l'attira à lui, nouant sa main autour de sa nuque. Elle n'hésita donc pas à poser la tête dans le creux de son épaule. Elle y pressa le visage et huma la peau tiède et propre de Wyatt. Sous sa joue se soulevait la poitrine de Wyatt, au rythme de son souffle.

Vaincue, Nina ferma les yeux et passa les bras autour de Wyatt pour se perdre dans la consolation qu'il lui offrait.

Combien Marcie lui manquait…

— Vous savez, quelque chose en moi refuse de lâcher prise, confia-t-elle à Wyatt. J'ai toujours pensé que Marcie avait pris la fuite. Qu'elle attendait quelque chose, quelque part. Et que, un jour, elle reviendrait.

Wyatt pressa une joue contre les cheveux de Nina, sans rien dire.

Un petit rire échappa à Nina.

— Je ne sais pas pourquoi je fais du mélodrame…

— Il n'y a rien de répréhensible à avoir de la peine, Nina.

Elle ne répondit pas, mais serra Wyatt plus fort dans ses bras et pressa le visage dans son cou. Puis elle inspira longuement, profondément. Sa proximité et son odeur lui offraient un tel réconfort…

Cette étreinte et leur tristesse partagée apaisaient Nina, et tout à coup, elle fut prise du désir que Wyatt l'embrasse à perdre haleine.

Justement, comme s'il avait lu dans ses pensées, Wyatt l'embrassa, mais sur le front…

Le cœur de Nina se dilata, battit plus vite, et ses seins, déjà tendus quand elle les avait pressés contre le torse de Wyatt, devinrent extrêmement sensibles.

Effrayée par la fulgurance de ses réactions, Nina recula.

Mais Wyatt la retint et lui caressa la joue avec beaucoup de douceur.

— Tu veux partir, Nina ?

Ce tutoiement la frappa. Elle secoua la tête. Pour répondre à Wyatt ou le faire taire ? Elle ne savait plus trop. Ses sentiments se brouillaient.

Wyatt hocha la tête et Nina craignit qu'il ne parle. Elle pressa un doigt contre ses lèvres.

A la surprise de Nina, il l'embrassa et elle laissa échapper un petit cri.

Puis, se penchant sur elle, Wyatt enfouit ses mains dans sa chevelure.

Nina s'arracha à son étrange sidération pour nouer une main autour de la nuque de Wyatt, précisément à l'endroit où ses cheveux étaient encore humides et frisaient. La peau y était si douce… Elle attira Wyatt, prête à échanger avec lui un vrai baiser.

Il poussa alors un long soupir et parut hésiter.

Leurs bouches se frôlèrent seulement.

Impatiente, Nina passa sa langue entre leurs lèvres presque jointes, comblant ainsi l'infime espace qui les séparait. Dès lors, Wyatt ne tergiversa plus et s'empara impérieusement de la bouche de Nina.

Leurs langues, enfin, s'entrelacèrent.

La bouche de Wyatt avait une saveur brûlante, douce et forte, mentholée, avec un arrière-goût mystérieux et dangereux qui n'en était pas moins délicieux, songea Nina.

Wyatt posa les mains sur elle et, d'un seul élan, la pressa follement contre lui. La fine soie de son caraco sembla fondre au contact de son torse nu tandis que les pointes de ses seins se raidissaient à lui faire mal. Les muscles de sa féminité se contractèrent simultanément, en réponse à la divine chaleur qui croissait en elle.

Les caresses de Wyatt étaient si impétueuses…

Mais soudain, il recula et dévisagea Nina. Son regard bleu était à la fois brûlant et liquide.

— Professeur ? Je ne voudrais pas profiter…

— Tu ne profites pas, Wyatt…, murmura-t-elle, le souffle court.

— Tu en es certaine ?

Mais sitôt sa question posée, Wyatt souleva Nina dans ses bras, l'allongea et s'étendit à ses côtés puis résista au désir de lui arracher son caraco et son shorty.

Tenté de faire durer le plaisir en dépit de l'impatience, il caressa la peau nue de Nina, passa sa paume sur son ventre. Celui-ci se contracta comme une soie qui se froisse. Wyatt glissa alors l'index dans le shorty de Nina et le fit descendre très lentement.

Il voulait savourer l'instant. S'adonner à ce moment hors du temps.

Car, à l'évidence, ils avaient tous deux raison perdu, songea Wyatt. Surtout Nina qui avait de la peine et cherchait manifestement une consolation dans la sensualité et la volupté d'une étreinte.

Plus tard, elle regretterait assurément ce bref égarement, mais Wyatt refusa d'y penser. Il avait pour l'instant la chance de céder au désir que Nina avait instillé en lui dès le premier jour, et il n'allait certainement pas bouder son plaisir !

Au contraire, il allait profiter de chaque seconde.

La première fois qu'il avait posé les yeux sur Nina, deux ans plus tôt, il avait eu envie de caresser sa chevelure noire qui retombait en un flot soyeux sur ses épaules.

Il avait aussi eu le désir d'embrasser, caresser et lécher sa peau laiteuse. Etait-elle aussi douce qu'elle le paraissait ? s'était-il demandé. Et ses seins ? Son ventre ?

Il n'allait plus tarder à le savoir…

Le sexe de Wyatt durcit tandis que Nina le lui effleurait en lui retirant son pantalon de survêtement.

— Continue…, l'exhorta-t-il, le souffle court, lui soulevant son caraco.

Le buste nu de Nina était tel qu'il se l'était imaginé. De ses mains avides et brûlantes, il effleura ses seins.

Nina gémit et se figea avant de lui retirer complètement son pantalon de survêtement.

Quand il s'en fut débarrassé d'un mouvement souple et surtout rapide, il se redressa et attira Nina à lui. Il mourait d'impatience de lui retirer son caraco, d'admirer de nouveau ses seins, de mieux les caresser et les toucher. Nina dut à nouveau lire dans ses pensées, et c'était incroyable, car elle se cambra pour les lui offrir mieux. Ensuite seulement, elle leva le bras pour qu'il lui ôte son caraco. Sa précipitation le fit sourire à part lui.

Les seins de Nina étaient parfaits…, se répéta-t-il ensuite, émerveillé. D'une taille également parfaite. Ni trop petits, ni trop gros. Il aurait pu passer l'éternité à les toucher, les lécher et sans cesse s'en délecter.

Mais Nina ne voulait certes pas qu'il en reste là ! Sans dire mot, mais le lui faisant comprendre par ses gémissements et des gestes toujours plus ardents, elle rejeta la tête en arrière, serra ses jambes autour de ses reins. Wyatt se rendit, enfin et volontiers, à ses incitations, agaça et mordilla les pointes de ses seins. Pour finir, Nina noua les poings dans ses cheveux encore mouillés et le regarda droit dans les yeux.

— Maintenant ! souffla-t-elle impérieusement. Maintenant !

— Je ne veux pas si…

Nina lui posa une main sur la bouche.

— Si, je veux !

Wyatt ne se fit pas plus longtemps prier, d'autant qu'il était lui-même au bord de son plaisir. Il posséda Nina avec un gémissement de contentement et la pénétra plus profondément. Le souffle de Nina s'accéléra. Wyatt se mit à aller et venir en elle.

Nina lui caressait les épaules, les bras et le visage alors qu'elle venait à sa rencontre, épousant son rythme à la perfection, le regard rivé au sien.

Pas un instant, elle ne se déroba.

Wyatt, hypnotisé, continuait de se mouvoir, sans ralentir son rythme mais sans précipitation non plus, bien qu'il soit au sommet d'un plaisir rare et tel qu'il n'en avait jamais connu. Aussi, après un moment indéfinissable, il se tendit, cessa de bouger pour contenir sa jouissance.

— Allons-y doucement…, souffla-t-il d'une voix presque tremblante.

Mais Nina secoua fougueusement la tête.

— Non. Passionnément !

Elle se pressa ardemment contre lui, avide, impatiente et pressée jusqu'à ce qu'ils ne puissent plus contenir leur plaisir.

La féminité brûlante de Nina se contracta autour du sexe de Wyatt. Elle était prête à jouir en même temps que lui, comprit-il. Aussi, il accéléra la cadence et ils s'unirent dans le plus divin, le plus intense des plaisirs.

*
* *

Nina fut réveillée par le soleil, qui passait par les fenêtres et lui caressait le visage. Le souffle calme et régulier de Wyatt la fit spontanément sourire. Il dormait toujours, le drap le recouvrait à moitié.

Comme elle s'était blottie tout contre lui, elle resta immobile afin de ne pas le réveiller, et leva seulement les yeux pour l'observer. Ses cheveux bruns étaient emmêlés, ce qui adoucissait ses traits et lui donnait l'air beaucoup plus jeune.

Wyatt souriait à demi dans son sommeil.

Charmée et n'y tenant plus, Nina effleura sa joue, son cou et ses épaules. Elle remarqua alors, sous la clavicule droite, une longue cicatrice qui disparaissait sous le bras.

La cicatrice de sa blessure par balle.

La gorge de Nina se serra, elle eut de la peine à respirer.

Lorsque Wyatt lui avait révélé qu'il avait été blessé au poumon, elle avait été surprise. Elle avait cru que la balle ne l'avait touché qu'à l'épaule. A sa décharge, personne ne lui avait dit le contraire.

Quand les urgentistes avaient transporté Wyatt dans l'ambulance, ordonnant impérieusement aux curieux de s'écarter, Nina avait été énervée. Quel cinéma pour une petite blessure ! avait-elle pensé, se souvenant par la même occasion de policiers touchés par balle qui n'en avaient pas moins continué de poursuivre des criminels en fuite.

Mais le tireur s'était volatilisé avec sa meilleure amie par la faute de Wyatt Colter. Nina l'avait maudit lorsque les urgentistes étaient passés devant elle. Elle se souvenait encore des propos qu'elle lui avait adressés.

« Ma meilleure amie est peut-être morte, et c'est votre faute ! Vous deviez assurer sa protection ! »

— Je suis désolée…, dit-elle dans un soupir, face à la cicatrice pâle sur la peau bronzée.

A l'instar de l'étoile des Rangers, la cicatrice de Wyatt symbolisait son immense courage.

En définitive, il avait été grièvement blessé en voulant sauver Marcie.

Au point de frôler la mort.

Alors Nina contint un sanglot. Comment avait-elle pu se tromper à ce point sur le compte de Wyatt Colter ?

Un Texas Ranger jurait de protéger non seulement le Texas et les autres Rangers, mais aussi les innocents.

Les Texas Rangers étaient des légendes.

D'authentiques héros.

C'était une chance d'être protégée par des hommes si courageux et intègres. Nina ne pouvait rêver meilleur garde du corps, plus séduisant héros, que le beau lieutenant Wyatt Colter.

Emue par ses conclusions, Nina caressa la cicatrice, les doigts tremblants.

Wyatt et elle avaient fait l'amour à plusieurs reprises au cours de la nuit. Sans son corps désormais moulu, sans la proximité de Wyatt, Nina aurait cru à un rêve.

Faire l'amour était le stade ultime de l'intimité. Rien en effet ne pouvait davantage rapprocher un homme et une femme.

Mais toucher la cicatrice de Wyatt, l'endroit où la balle était entrée, était un acte plus intime encore.

Nina effleura de nouveau l'extrémité de la cicatrice, puis caressa le visage de Wyatt dont elle croisa le regard ensommeillé.

Il lui prit la main.

— Bonjour…, murmura-t-il en lui souriant.

Un éclair de passion s'alluma dans ses prunelles bleues, tandis qu'il pressait ardemment la main de Nina sur son torse.

Sur sa cicatrice.

De nouveau, Nina eut envie de pleurer.

Par embarras ? Peut-être…

Par compassion face à la douleur que Wyatt avait éprouvée ? Sans doute.

— Je suis désolée…, répéta-t-elle.

Le regard si chaleureux de Wyatt prit subitement la dureté d'un glacier. Il écarta sa main.

— Désolée de quoi ? Tu ne m'as pas réveillé…

— Non… non, ce n'est pas ça. Ta blessure… Je voulais dire… je n'aurais jamais dû t'ac…

— Il est déjà tard, coupa-t-il.

Il quitta le lit et se leva.

Cette froideur subite de Wyatt arracha un frisson à Nina. Elle chercha ses mots, mais finalement préféra se taire. De toute façon, il se rendait déjà à la salle de bains. Un bruit de tuyaux suivit.

Nina resta donc allongée, fixant le plafond. Pourquoi Wyatt lui avait-il pris la main pour la presser sur sa cicatrice ? Pourquoi, ensuite, l'avait-il repoussée, pour faire mine de ne pas comprendre de quoi elle parlait ?

Wyatt avait refusé ses excuses, conclut Nina. Et elle avait commis une erreur en acceptant l'intimité sexuelle d'une nuit. Jamais elle n'avait été douée pour les liaisons éphémères… L'expérience ne le lui avait-elle pas appris ? Une simple liaison n'apportait ni la confiance ni la sécurité auxquelles elle aspirait…

A moitié résignée, Nina chercha au sol son shorty de soie et l'enfila.

Elle rejetait la couette à ses pieds, quand Wyatt sortit de la salle de bains, fin prêt.

— Moi aussi, je vais aller prendre une douche dans ma chambre…, murmura Nina.

Au même moment, l'on frappa.

Nina se figea et remonta la couette jusqu'au menton. Wyatt prit son holster sur le dos d'une chaise.

Ce fut la voix aimable de Betty Alice qui s'éleva.

— Lieutenant ? Lieutenant Colter ?

Betty Alice frappa de nouveau.

Nina tourna un regard inquiet vers Wyatt qui fronça un sourcil à son intention et posa un doigt sur ses lèvres. Mais Nina secoua la tête et lui montra la porte de communication : elle n'avait besoin que d'une poignée de secondes pour gagner sa chambre.

Wyatt l'ignora et ouvrit la porte.

Par chance, le battant cachait la vue du lit. Mais si Betty Alice entrait, Nina serait confondue.

A cette idée, Nina rougit. D'autant plus qu'elle avait refusé que Betty Alice ferme la porte de communication entre les deux chambres…

— Cette enveloppe était posée sur le comptoir ce matin, déclara Betty Alice. J'ai préféré vous l'apporter tout de suite.

— Vous avez vu qui l'a déposée ? demanda Wyatt.

— Non, répondit Betty Alice. Je me suis levée il y a une heure, pour préparer mes roulés à la cannelle. On est venu avant… Depuis la cuisine, j'entends les gens entrer, mais pas depuis ma chambre.

— Vous ne verrouillez donc pas l'entrée du Bluebonnet ? s'étonna Wyatt.

Betty Alice se mit à rire.

— Pourquoi ? La moitié de Comanche Creek sait où est caché le double de mes clés. Sous le paillasson. Tout le monde se connaît par ici, et on vit en bon voisinage.

— Merci, la coupa Wyatt.

Mais Betty Alice resta plantée sur le seuil de la porte.

— Eh bien ? Vous ne voulez pas regarder ce que contient cette enveloppe ?

— Je vous remercie de me l'avoir montée, biaisa Wyatt.

— Bon, je redescends…, maugréa Betty Alice. Je… je dois sortir du four mes roulés à la cannelle !

Wyatt referma aussitôt et resta immobile.

Nina, elle, retint son souffle jusqu'à ce que le pas de Betty Alice résonne dans l'escalier.

Wyatt baissa alors les yeux sur l'enveloppe.

Nina décida de prendre elle aussi congé. Wyatt voulait manifestement lire ce courrier en privé.

— Je te laisse, Wyatt. Je retourne dans ma chambre. Je vais demander à un de mes étudiants de passer me prendre.

Elle se leva en hâte.

— Non. Attends, Nina !

Elle tourna la tête, se sentant comme nue dans son caraco et son shorty en soie.

— Ce message est adressé au lieutenant Colter et au Pr Jacobson, déclara Wyatt qui prit un coupe-papier sur le bureau.

Il montra à Nina l'enveloppe, l'ouvrit et saisit son contenu à l'aide d'un stylo et du coupe-papier.

Nina s'approcha, frissonnante.

Wyatt déplia ensuite le papier dans lequel se trouvait, manifestement, une photo.

Wyatt pâlit.

— Que se passe-t-il ? s'enquit Nina, inquiète. Wyatt ?

— Tu sais relever des empreintes sur du papier ?

— Oui, bien entendu, répondit-elle sans comprendre, mais remplie d'une plus grande appréhension.

Wyatt avait l'air d'avoir vu un fantôme.

— Le laboratoire de l'IUT a les produits nécessaires, indiqua Nina. Qu'est-ce qui est écrit ?

— Textuellement : « Je vous contacterai à ce propos dans quelques jours. »

— Mais à quel propos ? releva Nina.

Etonnée, elle croisa le regard à la fois brûlant et glacé de Wyatt.

— Wyatt ? Que se passe-t-il ?

— Vois plutôt.

Nina s'approcha de la photographie qu'il lui montrait.

Et elle y regarda à deux fois, complètement incrédule. Son cœur se mit à battre follement.

— Oh mon Dieu ! murmura-t-elle enfin.

Elle s'efforça de se ressaisir.

— C'est la date, n'est-ce pas ? demanda-t-elle en tendant le doigt vers la série de chiffres sur la photo.

— Oui, acquiesça Wyatt. Cette photo a été prise le 1er de ce mois.

— De cette année ? insista Nina.

Wyatt ne répondit pas. A quoi bon ? Nina connaissait la réponse. Alors elle pressa les doigts sur sa bouche. Une espèce de rire hystérique lui échappa.

— Donc je ne suis pas folle ?

— Si tu l'es, je le suis aussi, soupira Wyatt.

— Tu vois bien ce que je vois ? hurla presque Nina. C'est une photo de…

Nina ne put achever. Elle déglutit et reprit :

— C'est une photo de Marcie qui a été prise il y a une semaine.

Nina riva son regard à celui de Wyatt.

— Donc Marcie est vivante ! conclut-elle.

13

— Qui l'a envoyée ? demanda Nina en désignant la photo. Le ravisseur de Marcie ?

Wyatt garda le silence. Il semblait pétrifié.

— Tu penses que c'est un montage ? insista Nina. La date aurait pu être falsifiée ?

— Je ne sais pas…

— Je vais chercher mon kit médico-légal et mon appareil photo, déclara Nina en gagnant sa chambre.

Elle s'en empara et revint, sans prendre le temps d'enfiler un peignoir.

Elle photographia message et photo, puis mit des gants en latex pour placer le tout dans des sachets scellés.

Wyatt se pencha vers elle.

— Va t'habiller, maintenant ! Je veux que nous nous rendions tout de suite au laboratoire pour que tu y relèves les empreintes digitales !

Nina rangea les deux sachets dans son kit et retourna dans sa chambre. Elle se prépara en un tournemain et rejoignit Wyatt, qui l'attendait en bas de l'escalier. Une tasse de café à la main, il scrutait le hall comme s'il cherchait un indice susceptible de lui révéler l'identité de l'individu qui y avait déposé l'enveloppe.

Il tendit à Nina la tasse de café, mais elle secoua la tête.

— Non. Je suis trop pressée d'arriver au labo.

— Je viens de recevoir un appel du shérif, enchaîna Wyatt. Les empreintes de bottes relevées chez Daniel

Taabe révèlent une pointure 45 avec une marque sur le bord droit du talon.

— Une correspondance ?

— Shane Tolbert et Kirby Spears chaussent du 45. Comme Trace Becker et Daniel Taabe.

— C'est peut-être l'empreinte des deux adjoints ? suggéra Nina.

— Ou de Becker, s'il rôdait aux alentours, avança Wyatt. Cela nous ramène à la question de l'os coxal et de la hachette retrouvés dans le pick-up de Taabe. L'empreinte de botte que tu as photographiée pourrait être la sienne ?

— Possible…, fit Nina. En attendant, rendons-nous à l'IUT pour relever les éventuelles empreintes digitales laissées sur ce papier et la photo.

Wyatt posa sa tasse et tous deux sortirent.

— Veux-tu aller directement au labo des Rangers ? s'enquit Wyatt.

— Non, répondit Nina. Inutile de faire une heure de route pour un simple relevé d'empreintes digitales. A moins que tu ne préfères qu'une autre que moi ne l'effectue ?

— Je veux seulement que ce soit rapide. Si cette photo est authentique…

Wyatt se tut. De toute évidence, comprit Nina, il réfléchissait, comme elle, à toute vitesse et explorait chaque implication.

— Alors Marcie est vivante, acheva Nina d'une voix tremblante. C'est elle, ou son ravisseur, qui a envoyé cette photo.

Wyatt monta dans la jeep et démarra tandis que Nina posait son kit médico-légal à l'arrière, puis s'installait sur le siège passager.

Ils prirent la route en silence.

Selon toute vraisemblance, Marcie était vivante. Mais ce n'était pas le plus incroyable, songea Nina.

Pendant deux ans, elle l'avait espéré de tout son cœur,

mais elle n'avait pas envisagé quelles en seraient les conséquences, le cas échéant.

Car si Marcie avait feint sa mort et pire…

— Wyatt…, lança brusquement Nina. Tu penses que c'est Marcie qui a tiré sur toi ?

Wyatt fit une grimace alors qu'il desserrait les doigts sur son volant et passait une vitesse.

— Professeur, votre mission, c'est de vous baser sur des faits, pas de spéculer.

Nina soupira.

— Tu as raison. Mais je ne peux pas m'en empêcher.

— Quoi qu'il en soit, si Marcie est toujours vivante, nous n'en avons pas moins un corps de femme, rappela Wyatt. Il ne faut pas nous précipiter bille en tête. S'il y a une empreinte digitale sur le papier ou sur la photo que nous avons reçus, tu la relèveras et nous la confronterons au fichier informatisé des empreintes digitales des Rangers : il contient celles de tous les habitants de Comanche Creek.

— Mais si la photo est un montage ? suggéra Nina.

— On verra. De toute façon, tu envisageais d'analyser l'ADN de l'os coxal : les faits nous donneront vite notre réponse.

— Oui, tu as raison, renchérit Nina d'une voix plus ferme.

Wyatt sourit en son for intérieur. Il avait réussi à en appeler à sa logique et ainsi à stopper les envolées de son imagination. Si seulement il avait également réussi à se discipliner la nuit précédente…

— Comment fait-on pour relever une empreinte sur du papier ? reprit-il à l'adresse de Nina.

S'il continuait de la faire parler sur son domaine de spécialité, il distrairait ses propres pensées.

Nina lui répondit :

— Dans ce cas, les poudres classiques ne sont d'aucune utilité. Nous avons alors recours à plusieurs techniques, notamment la poudre magnétique que l'on dépose à l'aide d'une baguette aimantée. On peut également appliquer sur le document des agents chimiques, la ninhydrine ou le DFO par exemple. On photographie l'empreinte avec une échelle et on la transfère sur un support en matière plastique souple.

— Et que peux-tu me dire d'autre, Sherlock Holmes ? insista Wyatt.

— Eh bien, que le message a été écrit sur du papier 80 g/m². C'est le plus commun des grammages de papier, celui de la majorité des ramettes utilisées dans les bureaux, copieurs et imprimantes. C'est aussi un papier sans acide.

— Ah ?

— Oui, bien sûr ! fit Nina. Car un papier trop alcalin ne fixe pas l'encre. Cela dit, je pense que l'auteur a utilisé des gants pour le manipuler… En revanche, nous avons des chances avec le papier glacé de la photo.

— J'imagine ! commenta Wyatt. J'ai souvent laissé des marques de doigts sur les miennes !

Nina ne répondit pas.

Aussi Wyatt lui lança-t-il un regard : elle semblait perdue dans ses pensées. Parce qu'elle cherchait le meilleur moyen de relever les empreintes ? Ou parce que son amie avait peut-être feint d'être morte ?

A moins que Marcie ne soit entre les mains d'un ravisseur…

Un bruit de porte qu'on claque fit sursauter Nina. C'était Wyatt qui fermait derrière le coursier.

— Le laboratoire des Rangers aura bientôt les échantillons de l'os coxal féminin, annonça Wyatt.

— Bien. Merci, répondit Nina en reportant son attention vers la loupe à éclairage.

Voilà. Enfin. Une empreinte !

— Je crois que j'en ai une ! s'exclama-t-elle.

Wyatt s'approcha et regarda à son tour.

— Où ?

— Derrière la photo. C'est la seule que j'ai repérée. Comme je m'y attendais, je n'ai rien trouvé sur le papier qui a servi pour le message.

— Bravo Nina. Bon boulot !

Wyatt posa la main sur son épaule.

Ce geste surprit Nina et un frisson la secoua. Tout à coup, une excitation inédite la gagnait, supplantant l'étonnement. Wyatt ne se laissait jamais déborder par ses émotions dans le cadre professionnel.

Et puis surtout, jusqu'à récemment, jusqu'à la veille précisément, Nina considérait Wyatt Colter comme le responsable de la mort, ou de la disparition, de sa meilleure amie.

Désormais, ce n'était plus le cas.

Sans doute Wyatt voyait-il la nuit qu'ils avaient passée ensemble comme une distraction, une façon agréable de passer le temps jusqu'à la fin d'une enquête dans une petite ville ennuyeuse.

— Professeur, émerveillez-moi avec vos connaissances ! reprit-il soudain.

Nina cilla et se concentra.

— Eh bien, cette photo a été imprimée sur une imprimante multifonctions domestique selon le format standard 10x15 et sur du papier photo spécial imprimante. C'est du papier satiné, lequel est plutôt insensible aux traces de doigts. Ce que les gens ne savent pas, en revanche, c'est que le verso du papier photo, brillant ou satiné, marque ! On peut donc y laisser une trace. Regarde plutôt !

Nina céda à Wyatt la place devant la loupe à éclairage.

Wyatt se pencha. Dans le mouvement, ses cheveux effleurèrent la joue de Nina. Son haleine mentholée l'enveloppa, ainsi que la chaleur qui émanait de son corps. Un vif désir saisit Nina.

— Waouh ! murmura enfin Wyatt. C'est une empreinte digitale presque complète !

Nina se sentit remplie de fierté.

— L'individu l'a sans doute laissée en introduisant le papier dans l'imprimante multifonctions. Mais il a fait très attention à ne pas toucher le recto. Je vais tout de suite relever cette empreinte !

Nina s'approcha de la loupe à éclairage, certaine que Wyatt allait s'écarter. Or non. Et il ne retira pas non plus sa main de l'épaule de Nina.

— Excuse-moi, mais j'ai besoin d'espace, lâcha-t-elle à contrecœur.

Wyatt lui serra l'épaule avant de retirer sa main.

Nina enduisit la photo de poudre, prit l'adhésif prédécoupé pour le transfert destiné au relevé, en retira la bande protectrice, puis appliqua le transfert sur l'empreinte. Enfin, elle effectua une pression et colla l'empreinte sur le support plastique transparent destiné à cet effet.

Quand ce fut fini, elle tendit le tout vers la lumière.

— Ça y est ! Je l'ai !

— Parfait ! s'exclama Wyatt, l'air ravi. On va le numériser et l'envoyer au labo des Rangers pour recherche de concordance !

Ce que Nina fit pendant que Wyatt contactait le laboratoire.

— Liz affirme qu'il faudra sans doute plusieurs heures avant d'avoir des résultats, indiqua Wyatt en raccrochant. Je lui ai annoncé que les échantillons de l'os coxal arrivaient. Je lui ai demandé d'en extraire et d'identifier l'ADN, puis d'en comparer le profil avec celui de Marcie.

Sur ce, Wyatt sourit à Nina.

— Il est temps de faire une pause, maintenant. Je suis certain que tu n'as pas encore mangé ? Et puis, tu n'as guère dormi la nuit dernière…

Nina se mit à rougir. C'était à cause de Wyatt si elle n'avait guère dormi. Et réciproquement.

Nina rangea la feuille plastifiée dans un dossier, soulagée de s'occuper les mains et l'esprit, et ainsi de dérober son émoi à Wyatt.

— Tu veux déjeuner ? reprit-il. Ensuite, je te reconduirai au Bluebonnet afin que tu dormes un peu. Liz a promis de rappeler au plus vite.

Nina consulta sa montre.

— J'espérais que Todd m'apporterait de nouveaux ossements...

Au même instant, la porte du laboratoire s'ouvrit et Todd entra, chargé d'une grande caisse.

— Devinez un peu, professeur Jacobson ! s'exclama-t-il en posant la caisse, avec précaution, sur la table.

— Vous avez fait de nouvelles découvertes ? s'enquit Nina, enthousiaste.

Todd sourit.

— Oui : des crânes.

Le cœur de Nina bondit.

— Des crânes ? Combien ?

Todd secoua la tête.

— Difficile à dire. Il y a des fragments. Mais d'importance, parfois. Mandibules. Os maxillaires et os zygomatiques. Intacts. Avec les dents !

— Qu'est-ce que ça signifie ? s'enquit Wyatt.

— En gros : mâchoires, menton et tempes ! expliqua Nina.

— On dirait que c'est une bonne nouvelle ? lança Wyatt.

— Oh oui ! fit Nina. Car les dents donnent des indices irréfutables pour déterminer l'identité d'un individu !

Elle sourit à Todd.

— C'est incroyable ! Bravo.

— Et ce n'est pas tout ! poursuivit Todd. Mais j'étais certain que vous aviez hâte de voir ces crânes !

— Apportez-moi vite le reste ! s'exclama Nina. Et demandez à Julie de venir ! Nous devons disposer ces squelettes en position anatomique. Nous allons donc avoir besoin de davantage de place ! Et de tables !

Nina échangea un regard avec Wyatt. Les ossements que Todd et Julie avaient exhumés lui permettraient de préciser le nombre d'individus représentés dans le lot et d'identifier rapidement les parties manquantes.

Peut-être même de déterminer si certains de ces os étaient ceux de Marcie.

Ou pas.

— J'imagine que tu vas être occupée un bon moment…, déclara finalement Wyatt.

Nina opina seulement, tout entière concentrée sur le contenu de la caisse que venait d'apporter Todd et que ce dernier était en train d'ouvrir.

— Très bien, soupira Wyatt. L'assistant du maire m'a organisé des entretiens cet après-midi. Peut-être que je vais pouvoir interroger la plupart des personnes que j'ai vues hier matin chez le shérif… Je serai de retour vers 15 h 30 ou 16 heures. On ira manger un morceau, d'accord ?

Nina acquiesça rapidement puis se tourna vers Todd. Il sortait de la caisse un crâne presque intact, couvert de boue et de sédiments. C'était un spécimen magnifique !

— Posez-le là, Todd ! dit Nina avec enthousiasme. Nous allons le nettoyer !

Billy Whitley, furieux, bondit sur sa chaise.

— Vous mentez ! s'exclama-t-il à l'adresse de Wyatt. Demandez à ma femme ! Elle confirmera que je vous dis la vérité.

Wyatt le dévisagea avec la plus vive attention. Billy Whitley lui était antipathique, mais bien entendu, ses sentiments personnels ne devaient avoir aucune incidence sur le cours de son enquête.

Il reprit les faits :

— Marcie James a déclaré, dans sa déposition faite sous serment, que vous aviez accepté de l'argent pour falsifier des documents auxquels vous aviez accès, en tant que clerc de notaire. Et maintenant, vous affirmez que Marcie aurait menti ?

Billy Whitley plaqua la main sur sa poche de poitrine. C'était le geste d'un fumeur ou d'un ancien fumeur, mais qui, dans tous les cas, dénotait sa nervosité, estima Wyatt.

— Vous n'affirmez pas plutôt que je mens ? répliqua Billy Whitley.

Wyatt posa une photocopie de la déposition de Marcie sur la table.

— Je m'en tiens strictement au dossier. Voilà la déposition de Marcie James. Noir sur blanc.

— C'est invraisemblable ! Je n'arrive pas à y croire ! s'exclama Whitley, l'air outré.

Il parcourut le document, secoua la tête et le tendit à Wyatt qui ne le reprit pas.

— Marcie James était une jeune femme adorable, continua Billy Whitley. Je ne sais pas pourquoi elle a raconté de telles inepties !

Wyatt ne fit aucun commentaire. Il resta assis sur sa chaise inconfortable, dont le cuir était bien fatigué. Le mobilier de la salle de conférences de la mairie était à l'image du maire : plus de cinquante ans, bien ciré et en même temps, rustique et plutôt accueillant.

— Marcie James a affirmé qu'elle avait des preuves ? reprit Billy Whitley.

Wyatt ne souffla mot.

— Parce que si tel est le cas, continua Billy Whitley, j'aimerais les voir, ces preuves ! Je les réfuterai. Car je n'ai rien à me reprocher !

Sa lèvre supérieure était ourlée de sueur.

— C'est un coup monté ! ajouta-t-il avec virulence.

Wyatt se redressa, feignant le plus vif intérêt.

— On intriguerait donc contre vous ? Qui ?

— Je ne sais pas ! Je n'ai pas d'ennemis, assura Billy Whitley.

Wyatt en doutait.

— Marcie a déclaré que vous l'aviez menacée.

— C'est faux ! cria Billy Whitley. Collier, son patron au bureau de l'administration des terres du comté, vous dira que Marcie était trop sensible. Une grande émotive.

Billy Whitley regarda autour de lui, comme s'il cherchait un témoin pour soutenir ses propos.

— Vous comprenez ce que je veux dire ?

— Non, répondit Wyatt. Alors expliquez-moi.

— Selon Collier, lorsque Marcie commettait des erreurs, il les lui reprochait. Et ça ne lui plaisait guère, à Marcie… Par exemple, elle pleurait quand il lui demandait de retaper un document ou de retrouver un dossier mal rangé.

Billy Whitley se trémoussa sur sa chaise.

— Et une fois, il paraît qu'elle…

Billy Whitley se tut et eut soudain l'air nerveux.

— Quoi ? le relança Wyatt, intéressé.

— Non. Rien…

Wyatt choisit une autre tactique.

— Qui a accès aux dossiers de votre étude ?

— Moi, principalement ! Et vous m'accusez de faux et usage de faux, alors que je n'ai rien vu ! Tiens, au fait, vous avez les actes falsifiés en question ?

Wyatt était piégé, car il n'avait en effet que la déposition de Marcie. Cette dernière avait affirmé détenir des photocopies des pièces incriminées et les avoir mises dans un coffre, en sûreté. Mais, après sa disparition, celles-ci étaient restées introuvables.

— Ce sera tout pour aujourd'hui, monsieur Whitley, biaisa donc Wyatt. Ne quittez pas la ville sans m'en avoir au préalable averti, je vous prie. Car nous n'en avons pas terminé.

Billy Whitley se leva d'un bond.

— Pas si vite ! dit Wyatt, l'arrêtant d'un geste.

Il pressa sur l'interphone pour appeler l'assistante du maire.

Mais ce fut la voix de Charla Whitley, la femme de Billy, qui lui répondit. Cette dernière était en effet l'une des secrétaires du maire.

L'apprenant, Wyatt en avait été consterné. Cette affaire était décidément bien compliquée ; et ses protagonistes, à manipuler avec la plus grande prudence.

— Où est Helen ? demanda Wyatt, contrarié.

— Elle est allée chercher du café, expliqua Charla d'une voix hostile. Que puis-je faire pour vous, lieutenant ?

— Vous pouvez entrer, déclara Wyatt.

— Mais Billy n'est pas encore sorti ?

A cet instant, Billy posa la main sur la poignée de la porte.

14

— Pas si vite, Whitley ! le rappela Wyatt.

Billy se figea, tandis que Wyatt reprenait à l'intention de Charla dans l'interphone :

— C'est exact, madame Whitley. Votre mari n'est pas encore sorti, mais je vous prie néanmoins d'entrer.

Aussitôt après, la porte s'ouvrit. Charla Whitley entra et, immédiatement, tourna les yeux vers Billy. Tous deux avaient manifestement prévu de se parler entre les entretiens, afin de faire correspondre leurs versions, mais Wyatt avait anticipé leur plan.

— Je vous prie de vous asseoir, madame Whitley, dit aimablement Wyatt.

Puis il s'adressa à Billy Whitley :

— Vous pouvez maintenant sortir.

Charla prit place.

Après un dernier regard à sa femme qui, par la force des choses, lui tournait le dos, Billy Whitley la laissa seule avec Wyatt. Manifestement à regret.

— Refermez bien derrière vous, précisa Wyatt.

Pour seule réponse, Billy Whitley claqua la porte.

— Vous n'allez pas vous faire des amis dans la région, commença Charla.

— Ce n'est pas mon intention, répliqua Wyatt. Je veux seulement savoir qui sont les individus dont on a exhumé les restes.

Charla croisa les bras.

— Depuis combien de temps travaillez pour le maire ? enchaîna Wyatt.

— Environ cinq ans.

— Vous connaissiez Mason Lattimer et Ray Phillips ?

Charla resta de marbre. Cependant, une lueur fusa dans ses yeux, nota Wyatt.

Il poursuivit :

— Lattimer était antiquaire et brocanteur. Selon la rumeur, il achetait les objets d'art amérindiens que Trace Becker lui vendait. Phillips était…

— Je connais Ray, coupa Charla.

— Vous le *connaissez* ? Quand lui avez-vous parlé pour la dernière fois ?

— Je ne sais pas. L'année dernière, je crois…

Wyatt haussa les sourcils.

— Ah ? Pouvez-vous le prouver ?

Charla afficha un air suffisant.

— Pourquoi ?

— Cela nous ferait gagner beaucoup de temps si nous pouvions être certains que ses os ne se trouvent pas sur la scène de crime.

Charla grimaça.

— Pourquoi voulez-vous qu'il soit mort ?

Wyatt feuilleta l'épais dossier sous ses yeux. Il contenait les indices et les rapports liés à la fraude foncière et à la disparition de Marcie.

— Ray Phillips a été vu pour la dernière fois il y a quatre ans, lut Wyatt. Ses cartes de crédit n'ont pas été utilisées depuis. Il n'a pas payé ses impôts et il n'a pas non plus retiré sa pension d'invalidité.

Wyatt releva la tête de sa lecture. Charla pinçait davantage les lèvres.

— Il y a un problème ? demanda Wyatt.

Charla secoua la tête d'un air raide.

— Ray était un ami. Un très bon ami.

— Maintenant, vous parlez de lui au passé, remarqua Wyatt. Cela fait vraiment un an que vous ne lui avez pas parlé ? Où était-il ? Que faisait-il ?

— Un an…, répéta Charla. Je ne sais pas… C'était peut-être il y a plus longtemps…

Elle croisa le regard de Wyatt et étrécit le sien.

— Le temps passe si vite, vous savez…

Wyatt lui posa encore quelques questions, sur Billy et ses activités annexes au sein du conseil municipal.

Charla Whitley manifesta autant d'indignation que son mari lorsque Wyatt mit en doute leur probité.

Il ne la retint pas.

Wyatt s'était attendu à ce qu'elle ait la même réaction, aux mêmes questions, que son mari. En tout cas, les révélations de Charla sur Ray Phillips l'avaient surpris. Charla avait en effet semblé déconcertée lorsque Wyatt l'avait informée que Ray Phillips n'avait pas utilisé ses cartes de crédit et n'avait pas non plus encaissé sa pension d'invalidité depuis quatre ans.

L'interphone soudain buzza. La voix d'Helen cette fois s'éleva.

— Lieutenant ? Le shérif Hardin est en ligne, je vous le passe. Sinon, allez-vous encore interroger quelqu'un cet après-midi ? Charla était la dernière personne de ma liste.

— Non. J'ai terminé. Merci Helen. Vous me passez Hardin ?

— Tout de suite, lieutenant.

Wyatt enchaîna :

— Hardin ? Un problème ?

— J'ai un jeune garçon dans mon bureau qui affirme avoir vu quelqu'un se diriger vers la maison de Daniel Taabe, à l'heure à laquelle la hachette et l'os auraient été placés dans son pick-up. Vous voulez venir l'interroger ? Il a environ douze ans et inutile de vous dire qu'il est mort de peur…

— J'arrive, répondit Wyatt.

En raccrochant, il consulta sa montre. Il était plus de 16 heures. Bon sang, il avait promis de repasser au laboratoire entre 15 h 30 et 16 heures. Sitôt qu'il eut pris la route, il appela Nina.

— Oui ? répondit-elle.

Sa voix semblait troublée et en même temps soucieuse.

— Occupée ?

Wyatt ne put s'empêcher de sourire.

— Très.

— Je ne pourrai pas venir te chercher à 16 heures, comme prévu.

— Cela ne me dérange pas, parce que je n'ai pas encore fini.

— Je me rends chez le shérif pour interroger un gamin qui aurait repéré quelque chose, non loin de chez Taabe.

— C'est l'un des enfants qui aidait Daniel à nettoyer ses étables ? demanda Nina.

— Aucune idée, lâcha Wyatt. Hardin ne m'a pas donné son nom. Tes étudiants sont avec toi ?

— Ils nettoient les os.

— Ne reste pas seule, Nina. Dans une heure, je serai là.

— Oui, oui, répondit-elle d'un air absent.

— Ces os doivent être vraiment très intéressants…, conclut Wyatt.

Nina rit.

Wyatt sourit malgré lui.

— Si tu savais…, confia Nina.

— Alors à tout à l'heure, entre 17 h 30 et 18 heures. Nina, ne quitte pas le laboratoire, je t'en prie. Verrouille les portes. Je veux qu'au moins un étudiant reste auprès de toi !

Wyatt allait raccrocher quand il se ravisa.

— Et d'ailleurs, laisse-moi parler à Todd, je vais lui dire de…

Mais Nina avait déjà coupé la communication.

Wyatt, résigné, jugea inutile de la rappeler et poursuivit sa route.

En arrivant devant le bureau du shérif, il forma le numéro du laboratoire des Rangers.

— Lizzie ? Où en es-tu avec les échantillons que je t'ai envoyés ? Je pensais que j'aurais des nouvelles depuis déjà longtemps ? Le coursier te les a bien livrés ?

— Oui ! Mais il y a un problème… Je suis désolée, Wyatt, l'ordinateur est en panne. Les techniciens ont demandé encore une heure pour achever les réparations. L'empreinte digitale est arrivée vers 14 h 30 et l'analyse de concordance est toujours en cours. Je t'appelle dès que j'ai une correspondance. Pour les prélèvements d'ADN, je te contacte demain au plus tard.

— J'ai besoin de cette info aussi vite que possible !

— Je sais, Wyatt. Tu es en tête de mes priorités.

— Tu es la meilleure, Liz !

— Merci, répondit-elle avec un sourire dans la voix.

Quand Wyatt entra dans le bureau du shérif, Hardin lui montra le jeune Amérindien âgé d'environ douze ans assis en face de lui, mains sur les cuisses et ses pieds nus touchant à peine le sol. Il écoutait la musique de son lecteur MP3.

Wyatt s'assit à proximité de Hardin et du garçon qui semblait terrifié, et n'écoutait probablement son lecteur MP3 que pour se donner une contenance.

— Kirk ? Nous sommes prêts, commença Hardin.

Kirk baissa la tête et retira ses écouteurs.

— Je te présente le lieutenant Colter. C'est un Texas Ranger.

Kirk ouvrit de grands yeux.

— Un Texas Ranger ? Sérieux ?

Wyatt hocha la tête, un petit sourire aux lèvres.

— Sérieux.

Il montra son badge.

— Waouh ! lâcha Kirk.

— Maintenant, Kirk, répète au lieutenant ce que tu m'as raconté, l'encouragea Hardin.

Le garçon hocha la tête et s'humecta les lèvres.

— Hier, j'ai vu un grand pick-up blanc qui roulait vers chez Daniel.

— Un grand pick-up blanc…, répéta Wyatt.

Il tourna les yeux vers Hardin qui secoua la tête.

— Quel genre ?

Kirk baissa les yeux sur son lecteur MP3.

— Je ne sais pas. Grand.

— Tu as vu le conducteur ? s'enquit Wyatt.

— Non, monsieur.

— Etait-ce Ellie Penateka ? demanda Wyatt.

Kirk secoua la tête.

— Non, monsieur.

Wyatt le regarda droit dans les yeux.

— Tu en es certain ?

— Oui, monsieur.

— Kirk, pourquoi es-tu venu dans mon bureau ? enchaîna Hardin.

— Daniel nous a demandé, à moi, à Andy et à Tim, si on avait remarqué quelque chose, hier, quand on est partis.

Kirk haussa les épaules avant de poursuivre :

— Moi, j'ai dit à Daniel que j'avais vu ce pick-up. Il a dit que je devais venir vous en parler.

— Tim et Andy étaient avec toi quand tu l'as vu ? demanda Hardin.

— Non, monsieur, parce qu'ils sont partis plus tôt. Moi, je suis resté pour aider Daniel à ranger les outils, expliqua Kirk.

Wyatt dévisagea le jeune garçon, perplexe. Taabe n'avait pas mentionné que l'un des enfants était resté plus longtemps. Quant au pick-up blanc, il s'agissait peut-être de celui d'Ellie : la jeune femme aurait fait de fréquents allers et retours chez Taabe, la veille ? Nina ne s'était peut-être pas trompée sur la nature de leurs rapports…

Mais Taabe n'aurait jamais envoyé Kirk chez le shérif Hardin si le conducteur du pick-up avait été Ellie.

— Shane Tolbert conduit un pick-up blanc. C'était le sien ? demanda donc Wyatt, en observant la réaction de Hardin.

Une crispation passa sur le visage de ce dernier.

— Il y a beaucoup de pick-up blancs en ville. Charla Whitley en a un, déclara Hardin en posant ses coudes sur le bureau. Le révérend Lewis aussi, mais le sien est ancien. Et je suis certain que l'un des pick-up de Jonah Becker est blanc aussi. Kirk ? J'ai du mal à admettre que tu en aies vu un sans apercevoir le conducteur.

— C'est parce que j'avais le soleil dans les yeux, assura Kirk. Et puis, je n'y ai pas réfléchi sur le coup. Parce que Mlle Ellie vient tout le temps chez Daniel.

— Mais tu as affirmé que ce n'était pas Ellie ? lui rappela Wyatt.

— Non, ce n'était pas Ellie…, grommela Kirk.

— Comment peux-tu en être aussi certain ? interrogea Hardin. Ne viens-tu pas de dire que tu avais le soleil dans les yeux ?

Kirk haussa les épaules.

— Je le sais, c'est tout.

— Tu aimes bien Ellie ? intervint Wyatt. Parce que c'est la petite amie de Daniel ?

Kirk acquiesça.

— Je crois… Je veux dire, je l'aime bien, mais ce n'était pas son pick-up.

Hardin se leva.

— Merci Kirk. Tu as bien fait de venir. Maintenant, j'aimerais que tu ailles m'attendre dans la salle de conférences.

— Je vais aller en prison ? s'exclama Kirk, l'air affolé.

— Non, mais j'ai besoin de réfléchir à ce pick-up et à

la raison pour laquelle tu es si certain que ce n'était pas Ellie, expliqua le shérif Hardin.

Kirk fit la moue.

— Je vous ai dit que je ne savais pas, mais ça n'était pas le sien.

Hardin soupira.

— Quelle a été la réaction de Daniel quand tu lui en as parlé ?

Kirk baissa la tête.

— Il t'a conseillé de nous dire que ce n'était pas Ellie ? insista Hardin.

— Non, monsieur. Il m'a demandé de dire la vérité.

— Je vois… Tu vas me dessiner ce pick-up, en attendant, conclut Hardin en donnant à Kirk un papier et un crayon.

Il le conduisit dans la salle de conférences, revint dans son bureau et ferma la porte derrière lui.

— Vous pensez que Taabe a demandé au gamin de mentir ? l'interrogea Wyatt.

Hardin secoua la tête

— J'y ai déjà réfléchi. Non, je ne crois pas. Ce serait trop risqué. Je pense que nous pouvons éliminer Ellie de la liste des suspects. Ainsi que le révérend. Mais pas Trace Becker. Je ne lui fais pas confiance… Cela dit, Charla est aussi une bonne candidate.

— Et Shane Tolbert ? suggéra Wyatt. Il aurait dit à Marcie que s'il la surprenait avec un autre homme, il les tuerait.

— C'est juste, reconnut le shérif. Mais vous allez arrêter tous les hommes qui ont lancé ce genre de menaces à leur petite amie ?

— Non. Seulement ceux qui sont passés aux actes.

Wyatt soupira.

— Quoi qu'il en soit, nous allons devoir recenser tous les pick-up blancs. Chercher des traces de boue ou des indices qui prouveraient que leur propriétaire a placé la hachette et l'os dans la voiture de Daniel.

— Et vérifier leur alibi…, ajouta Hardin. Mais pour le moment, je meurs de faim. Je n'ai pas encore eu le temps de déjeuner et je dois assurer le quart de l'après-midi sur le site. Kirby et Shane sont épuisés.

— Taabe m'a proposé des hommes pour surveiller le site, annonça Wyatt. Je n'ai pas accepté son offre, mais j'ai été tenté. Cela dit, si vous êtes à bout de souffle, je peux contacter l'agence Sentron. C'est une agence de sécurité avec laquelle nous collaborons de temps à autre.

Quelqu'un frappa alors à la porte et ouvrit. C'était Kirk qui revenait avec sa feuille de papier.

— Shérif ? Maintenant, je sais pourquoi ça ne pouvait pas être le pick-up de Mlle Ellie.

Hardin prit le dessin.

— Pourquoi ?

— Parce que ce pick-up blanc était sale et celui de Mlle Ellie est toujours très propre.

— Bravo Kirk !

Hardin observa le dessin.

— C'est le pick-up que tu as vu ?

— Oui. C'est comme ça que je le revois.

Le shérif opina.

— C'est un pick-up à simple cabine avec une benne courte…

— Oui en métal argenté, précisa Kirk.

Hardin soupira.

— Très bien, Kirk, tu peux y aller.

— Qu'est-ce que je vais dire à maman ? Elle va me demander pourquoi je rentre si tard.

— Dis-lui que tu as contribué à une enquête criminelle, conseilla Hardin. Et qu'elle m'appelle si elle ne te croit pas.

— Oui, monsieur.

Une fois que Kirk fut parti, Wyatt observa le dessin.

— Shane Tolbert a un pick-up à simple cabine avec une benne courte.

— Charla aussi, objecta le shérif.

— Et Ellie ?

— Pas que je me souvienne, confia Hardin.

— Voilà qui va considérablement réduire le champ de nos investigations, conclut Wyatt. Au fait, que décidez-vous pour la surveillance du site ?

— Si les Rangers offrent leur aide, volontiers ! Moi et mes hommes, nous prendrons le quart de la nuit. Ou ces vigiles, afin que mes hommes et moi, nous puissions dormir ?

— Je m'en occupe, déclara Wyatt. Ils ne commenceront pas avant demain, mais je peux leur proposer de prendre le quart du matin. Je vais demander au gérant de la société de vous contacter pour vous donner les noms et le reste.

— Parfait, commenta Hardin.

Il se frotta les yeux.

— Où allez-vous maintenant ?

Wyatt consulta sa montre et fit la grimace.

— Je dois retourner au labo. Nina y travaille et je ne veux pas qu'elle y reste seule.

15

Nina chargea les photos des derniers restes exhumés, les envoya au laboratoire des Rangers, puis observa les fragments de crâne ainsi que le crâne presque intact.

Elle avait envie de les examiner en détail, mais elle s'était promis de décharger au préalable la toute dernière caisse que Todd avait apportée et d'en placer les éléments les plus importants dans le lavabo du labo, afin de les laver.

Todd et Julie seraient volontiers restés l'aider à étudier et analyser les fragments. En vérité, ils l'en avaient priée, mais Nina avait décliné leur proposition. Tous les deux étaient en effet épuisés après cette journée de fouilles et méritaient de se reposer.

Surtout, Nina voulait être seule au cas où l'un des fragments appartiendrait à Marcie.

Elle détourna stoïquement la tête des ossements disposés sur la table pour enfiler des gants épais et plonger, avec précaution, les mains dans la caisse.

Elle repéra de minuscules fragments qui avaient été pulvérisés par le bulldozer, mais surtout un os de taille importante qu'elle sortit à la hâte, le cœur battant.

C'était un os coxal.

Masculin, à la différence de celui qui avait été retrouvé dans le pick-up de Daniel Taabe et se trouvait sur la table. Nina le frotta mais la terre s'y était profondément incrustée. Elle le déposa donc dans le lavabo de laboratoire pour le faire tremper dans une solution aqueuse.

Il était vraiment tard…, constata-t-elle ensuite en battant des mains, toujours gantées, pour les débarrasser de la poussière. Wyatt n'allait sans doute plus tarder. Un frisson d'excitation la parcourut à cette pensée.

Wyatt.

Il aurait peut-être les conclusions du laboratoire, mais ce n'était pas la raison pour laquelle le cœur de Nina battait si fort.

Elle aimait la voix calme et profonde de Wyatt, l'odeur de menthe qui semblait l'accompagner et surtout, ce trouble et cet effroi délicieux qui la saisissaient quand Wyatt était près d'elle.

Elle prit une longue inspiration, essayant de refouler son impatience et sa joie de le revoir sous peu.

Car enfin, à quoi bon se monter la tête ? Ne l'avait-il pas repoussée, le matin même, en rejetant ses excuses ?

Elle ne devait pas tomber amoureuse de Wyatt. Ce serait peine perdue…

Elle s'arracha à ses pensées, reporta son attention vers le crâne presque intact dans l'intention d'en soutirer un maximum d'informations avant l'arrivée de Wyatt. Car dès son arrivée, il insisterait à coup sûr pour qu'elle rentre au Bluebonnet séance tenante. Mais elle resterait au laboratoire jusqu'à ce qu'elle ait déterminé si l'un de ces fragments, voire ce crâne, était féminin.

Elle effectua la concordance entre le fémur numéro un, qui était de la plus petite taille, et le crâne — qui était l'os représentant la détermination sexuelle la plus fiable après le bassin. A en croire l'état de la dent qui s'y trouvait encore attachée et les sutures crâniennes, lesquelles permettaient d'évaluer l'âge, ce crâne avait très probablement appartenu à Mason Lattimer, l'antiquaire et brocanteur. En outre, deux fractures balistiques le zébraient. L'individu avait donc été tué…

Les autres pièces étaient divisées en deux piles selon leur

état. Après un examen rapide pendant que Todd et Julie les nettoyaient, Nina avait conclu que la plupart étaient masculins, mais elle devait s'en assurer.

Elle prit donc un crâne dont le périmètre totalisait cinquante-cinq centimètres. Vu son apparence, il était masculin, mais sa texture était déconcertante et rappelait celle de l'os coxal féminin retrouvé dans le pick-up de Daniel Taabe.

Nina examina de nouveau ce dernier et le fragment de crâne, côte à côte sous la lampe loupe.

Sa première impression avait été la bonne. Le crâne et l'os coxal comportaient des marques similaires, à l'extérieur comme à l'intérieur. Leur surface semblait avoir été corrodée.

Nina fronça les sourcils et ajusta mieux sa lampe loupe.

Corrodés par de l'acide ? Dans les sous-sols alcalins où ils avaient été découverts ? C'était absolument impossible !

Perplexe, Nina observa de nouveau les deux échantillons.

L'os coxal était féminin, le crâne était masculin.

Tous deux étaient identiquement corrodés. Ils ne correspondaient donc pas… et cependant, ils correspondaient.

Cela n'avait pas de sens !

Nina les photographia. Avec un peu de chance, le flash mettrait en évidence des contrastes ou des détails supplémentaires. Sinon, les produits chimiques du labo permettraient de savoir si la corrosion était due au contact de l'acide.

Tendue, Nina se redressa et se massa la nuque. Elle était fourbue… Dès qu'elle en aurait terminé avec ses examens, elle se ferait reconduire au Bluebonnet par Wyatt.

Elle avait hâte de prendre un long bain.

Elle soupira de plaisir à l'idée de se glisser sous la couette, mais aussitôt après, entrevit un plaisir supplémentaire. Y être avec Wyatt, blottie contre son corps tiède et sexy…

Que lui arrivait-il donc ? Elle était comme possédée…

Dans les faits, elle n'avait jamais aimé se réveiller aux

côtés d'un homme, mais le matin même elle avait trouvé naturel, et même aimé, se réveiller aux côtés de Wyatt.

C'était inquiétant, car leur enquête serait bientôt bouclée, et ils reprendraient le cours de leur vie. Quoi qu'il s'ébauche entre eux, ce serait vite terminé.

Nina décida, à nouveau, de maîtriser les élans de son imagination.

Ne plus désirer Wyatt, ne plus penser à ses caresses et baisers, et à la jouissance inouïe qu'ils avaient provoquée. Elle devait plutôt mobiliser son énergie et ses connaissances sur l'identification de ces restes humains.

Elle frotta donc, au scalpel, le crâne dont elle recueillit la poussière d'os dans un premier bécher qu'elle étiqueta. Elle effectua la même procédure avec l'os coxal féminin.

Elle reposait son scalpel quand un bruit lui parvint.

C'était précisément un son métallique qu'elle avait déjà entendu, à plusieurs reprises, depuis que Todd et Julie avaient pris congé.

Nina ferma les yeux et attendit qu'il se reproduise en s'étirant lentement.

Le même bruit s'éleva de nouveau. Cette fois, Nina identifia le battant d'une porte métallique, d'une salle de classe ou d'autres laboratoires dans le bâtiment. Les gens partaient, la journée tirait à sa fin…

Wyatt n'allait certainement plus tarder… Malgré ses exhortations à la prudence, Nina sourit à cette agréable pensée alors qu'elle passait en revue, sur une étagère, les flacons et autres produits utilisés habituellement dans un laboratoire de chimie. Elle avisa vite les deux flacons dont elle avait besoin pour mettre en évidence l'acidité dans les os. Ils se trouvaient derrière un flacon de sodium métallique qu'elle prit et déposa sur son comptoir. Là-dessus, elle se hissa sur la pointe des pieds, saisit le premier flacon qui l'intéressait et contenait une poudre blanche — de la soude. Une fois qu'elle aurait mélangé cette poudre blanche avec la poussière d'os, elle y ajouterait une solution de nitrate d'argent, et enfin, connaîtrait le pH de l'os, lequel serait acide s'il était inférieur à 7.

Au même instant, la porte claqua. Le visage séduisant de Wyatt s'imposa aussitôt à l'esprit de Nina et accéléra son pouls. Elle secoua la tête pour se ressaisir. Wyatt arrivait, oui et alors ? Etait-ce une raison pour se comporter comme une midinette ?

Nina plongea sa spatule dans la soude, en mit sur la poussière d'os, puis reporta les yeux sur l'étagère où se trouvait le flacon de nitrate d'argent.

Au même moment, les lumières s'éteignirent.

Nina sursauta et, de surprise, lâcha sa spatule.

— Wyatt ?

Personne ne répondit.

Le soleil se couchait, et la luminosité restait trop faible pour que Nina y voie. Elle tenta de percer la pénombre, cillant à plusieurs reprises. Un vigile aurait-il éteint, croyant le laboratoire désert ?

— Il y a quelqu'un ? demanda Nina, la gorge serrée.

Le silence persistant semblait de mauvais augure, et Nina prit peur.

Un individu était entré dans le laboratoire et refusait de s'identifier.

Nina s'exhorta au calme. C'était sans doute des étudiants qui s'amusaient à ses dépens ! Ils avaient éteint la lumière et pris la fuite.

Mais soudain, le faisceau d'une lampe de poche se dessina. Peut-être était-ce un vigile, finalement ? Nina allait signaler sa présence, mais la peur l'empêcha de parler.

Non. Ce n'était pas un vigile. Ni un élève.

Nina avait la gorge tellement serrée qu'elle pouvait à peine respirer.

Son instinct la poussait à fuir, à gagner l'issue de secours, mais celle-ci et l'entrée du laboratoire se trouvaient à égale distance l'une de l'autre.

Le faisceau de la lampe de l'intrus passa au-dessus de la tête de Nina et s'y arrêta. Nina se figea. L'avait-il repérée ? Mais le faisceau continua de balayer la pièce et un pas lourd retentit. L'homme ne cherchait même pas à être discret ! songea Nina.

Elle se leva avec prudence et découvrit une silhouette haute et vêtue de noir. L'homme tenait une lampe de poche dans la main gauche et un maillet, ou un marteau, dans l'autre.

Droitier. Plus d'un mètre quatre-vingts. Environ quatre-vingt-dix kilos. Un homme.

Nina enregistrait ces détails lorsque le faisceau lumineux s'arrêta sur les os qu'elle avait laissés sur le comptoir, près de l'évier.

L'inconnu s'en empara avec un grognement satisfait. Pour les détruire ?

— Non ! hurla Nina.

L'homme l'éclaira et poussa un cri de surprise. Déjà, Nina regrettait sa première impulsion qui la mettait en danger. L'individu parut hésiter pendant que Nina restait pétrifiée. Tout à coup, l'intrus se précipita vers les ossements, maillet brandi.

Nina ne pouvait l'arrêter. Il était plus grand et plus fort qu'elle. Et armé.

— Non ! cria-t-elle tout de même, désespérée, et cherchant un moyen de protéger ses os.

Soudain, elle se souvint du flacon de sodium métallique et le chercha à tâtons. Il était presque vide. De plus, le sodium était conservé dans de l'huile de paraffine pour qu'il ne réagisse pas au contact de l'oxygène. Si Nina le lançait vers l'évier, normalement, il devait exploser. Du moins, si la paraffine ne l'en empêchait pas.

Nina voulait tenter le tout pour le tout. C'était sa seule

chance de sauvegarder des indices peut-être précieux. Et aussi, de sauver sa vie.

Elle brandit le flacon au-dessus de sa tête.

— Hé ! s'exclama l'inconnu, surpris.

Allait-il éclairer Nina ? Elle pourrait ainsi viser l'évier. Le flacon s'y fracasserait et le sodium métallique, au contact de l'eau, exploserait.

L'intrus agit conformément aux prévisions de Nina. Donc elle lança le flacon qui vola, laissant tomber des gouttes d'huile de paraffine en spirale sur sa trajectoire.

L'intrus baissa la tête.

Puis, au loin, une voix cria le nom de Nina.

Au même moment, le flacon heurta l'évier et se brisa.

Un feu jaillit, puis une explosion, impressionnante.

Nina se jeta par terre et se couvrit la tête.

Le cœur battant à tout rompre, Wyatt chercha l'interrupteur sur le mur, tout en braquant son arme.

— Nina ! cria-t-il, conscient de sa voix complètement paniquée.

Pourvu qu'elle ne soit pas blessée…

Enfin, il trouva l'interrupteur et alluma la lumière qui inonda le laboratoire. A terre, un homme cherchait à se relever mais glissait sans cesse dans un liquide graisseux répandu sur le sol. Ses cheveux *fumaient* littéralement.

Wyatt y regarda à deux fois. Ses yeux lui jouaient-ils des tours ?

Il s'approcha de l'individu, le prit au collet et le conduisit vers l'évier, laissant des marques de ce liquide épais et visqueux sur le sol. Il plaqua ensuite l'homme sur une table de laboratoire, sortit une paire de menottes et l'attacha à l'un des montants de la table.

Ensuite, il releva la tête, cherchant Nina.

L'explosion avait été aussi brève que rapide. Une épaisse fumée à l'odeur nauséabonde planait dans le laboratoire.

— Nina ! Bon sang, Nina, où es-tu ?

— Wyatt ?

Il ne la voyait toujours pas. Seule sa voix lui parvenait. Le soulagement y perçait, mais Wyatt resta sur ses gardes.

— Tu vas bien ? s'enquit-il, gardant son arme braquée.

Nina ne répondit pas. Elle semblait pleurer.

La panique gagna un peu plus Wyatt. Est-ce qu'un autre homme retenait Nina en otage ?

— Nina ? Dis-moi ce qui ne va pas ! Est-ce que je dois appeler les secours ?

— Non, Wyatt. Ça va…

La voix de Nina semblait plus énergique, comme si elle se ressaisissait après un choc.

— Nina, tu peux te lever ? Montre-toi !

Il y eut un froissement de tissu, et enfin, la tête de Nina apparut. Wyatt attendit qu'elle se soit complètement redressée pour baisser son arme.

Nina ouvrait de grands yeux, elle était d'une extrême pâleur et semblait tremblante, mais ne paraissait pas blessée.

Wyatt fut alors si ému et rassuré qu'il lui fallut s'y reprendre à deux fois pour ranger son arme dans son holster.

— Bon sang, Nina, où sont Todd et les autres ?

Il lui tendit la main, mais elle l'ignora pour se jeter spontanément contre lui. L'espace d'un instant, il pressa ses lèvres sur les cheveux de Nina et la serra de toutes ses forces dans ses bras.

Nina lui rendit son étreinte avec la même vigueur et cessa progressivement de trembler. Elle soupira longuement. Son souffle tiède fit courir un frisson sur la nuque de Wyatt.

Alors une voix résonna.

— A l'aide !

C'était le prisonnier qui geignait.

Nina se tendit et recula.

— Mes cheveux flambent ! hurla l'inconnu, l'air terrifié.

Wyatt serra l'épaule de Nina, puis s'approcha de l'homme.

— C'est seulement de la fumée, l'informa-t-il.

Il prit la douchette au robinet de l'évier et la dirigea vers l'inconnu qu'il arrosa sans autre forme de procès.

Une série de jurons, la plupart en espagnol, échappa à ce dernier.

— *Madre de Dios !* Je vais porter plainte !

Wyatt trouva la force d'ironiser :

— Nous aussi ! Pour agression et entrée par effraction !

Au même instant, le shérif Hardin et trois pompiers entrèrent dans le laboratoire. A la vue du spectacle qui s'offrait à leurs yeux, ils s'arrêtèrent net.

— Shérif, j'allais vous contacter ! déclara Wyatt. Cet individu a essayé de faire sauter le laboratoire !

— Mais c'est faux ! s'exclama l'homme. C'est elle, la responsable de l'explosion !

« Elle » ?

Wyatt tourna un regard stupéfait vers Nina.

— Il allait fracasser les ossements, expliqua-t-elle. Je devais l'en empêcher !

— Que se passe-t-il au juste ? intervint Hardin. J'aimerais avoir des explications claires et précises.

Wyatt ignora le shérif, comme il ignora les pompiers qui se dirigeaient vers l'évier où avait eu lieu l'explosion.

Il s'approcha de Nina.

— Professeur, que s'est-il passé au juste ?

Nina mordilla sa lèvre inférieure. Un geste qui, dans d'autres circonstances, aurait fait soupirer Wyatt, mais il avait hâte d'entendre les explications de Nina.

— J'ai jeté du sodium métal dans l'évier…, commença-t-elle. Le sodium oxyde à l'air et, au contact de l'eau, il réagit violemment. C'est une simple réaction chimique…

— Je comprends, déclara Hardin. Vous avez donc fait exploser l'évier ?

Nina ouvrit tout à coup de grands yeux et fit volte-face.

— Oh mon Dieu non ! s'écria-t-elle.

Wyatt passa son bras autour de ses épaules.

— Nina ? Qu'est-ce qu'il y a ?

Décomposée, la jeune femme lui montra l'évier.

— J'ai détruit mon indice ! L'os coxal masculin !

16

Wyatt fouilla vite, et efficacement, l'homme. Puis il lui confisqua son portefeuille et ses clés de voiture.

— Quelle bonne idée de venir avec ses papiers sur soi quand on prévoit un vol avec agression ! lança Wyatt. Cela fait gagner du temps à la police. Nous apprécions ce geste…

Là-dessus, Wyatt tendit les clés au vigile du campus.

— Inspectez le véhicule de cet homme, puis faites-le conduire à la fourrière.

Wyatt s'adressa ensuite à l'intrus :

— Allons-y !

Il lui menotta les mains derrière le dos.

— Nous avons une longue nuit devant nous !

A quelques mètres d'eux, Nina, penchée sur l'évier, examinait les restes détruits.

— Nina ? Tu viens ? demanda Wyatt.

— Je ne peux pas… Et mes os ? Il a fracassé l'un des crânes pendant que je procédais à un test de reconnaissance d'ions !

— Tu t'en occuperas demain ! intima Wyatt. Le laboratoire va rester sous la surveillance de vigiles.

— Mais… s'ils touchent quelque chose ? s'alarma Nina. Je ne peux pas…

— Appelle Todd, conseilla Wyatt.

— Mais…, répéta Nina.

Wyatt l'interrompit :

— Professeur, la première fois que j'ai vu Todd, il

était en extase à l'idée de manifester ses compétences en anthropologie médico-légale sur le terrain. Il se prend pour Indiana Jones.

Puis Wyatt reprit plus doucement :

— Viens, Nina.

Sur ce, Wyatt conduisit, sans ménagement, son prisonnier dehors.

Il lut son nom sur son permis de conduire :

— Jeffrey Marquez… Vous avez le droit de garder le silence. Et tout ce que vous direz…

Quand Wyatt eut fini de lui réciter les droits Miranda, ils avaient atteint sa jeep. Il fit monter l'homme sur le siège arrière et attendit Nina qui les avait suivis, manifestement à contrecœur. Elle regardait sans cesse derrière elle, comme pour s'assurer que le laboratoire était fermé.

Wyatt sortit ses clés de voiture et les tendit à Nina.

— Pourquoi ? fit-elle.

— C'est toi qui vas conduire. Moi, je garderai un œil sur ton agresseur.

Marquez se trémoussa, l'air mal à l'aise. C'était probablement la première fois qu'il se retrouvait menotté, songea Wyatt.

Intéressant.

Quand ils arrivèrent devant le bureau du shérif, Kirby Spears les y attendait et conduisit le prisonnier à l'intérieur.

Nina allait sortir de la jeep, mais Wyatt l'arrêta d'un geste.

— Non. Rentre au Bluebonnet et détends-toi. La journée a été longue.

Nina adressa à Wyatt un regard chargé d'irritation.

— Me détendre ? Je n'irai nulle part, cow-boy. Pas tant que je ne saurai pas qui est cet homme, et pourquoi il a voulu détruire mes indices !

Wyatt allait protester mais il connaissait cet air décidé chez Nina : elle ne changerait pas d'avis.

Aussi haussa-t-il les épaules, et il sortit de la jeep.

*
* *

Nina entra dans le bureau du shérif au moment où Wyatt donnait des ordres à Spears.

— Faites des recherches sur cet homme, et transmettez-moi tout ce que vous trouverez sur lui. Où il travaille. Où il habite. Ses activités. Où vivent ses parents. Quelles sont ses fréquentations !

Spears prit des notes, puis attendit, la mine de son stylo sur le papier, mais Wyatt garda le silence.

— Lieutenant ? demanda enfin Spears. Et son casier ?

Wyatt acquiesça.

— Vérifiez-le. Mais je vous garantis qu'il n'en a pas.

Nina s'approcha de Wyatt.

— Qu'est-ce que tu en sais ? Il a agi en professionnel.

Wyatt la regarda droit dans les yeux.

— Cela ne signifie rien. Seuls l'expérience et l'instinct permettent de distinguer un amateur d'un pro.

— Alors pourquoi tu es si sûr de toi ?

— Marquez n'a jamais été menotté, répondit Wyatt. Il a agi pour son compte, pour se protéger, ou pour rendre service à quelqu'un.

Nina fronça les sourcils.

— Que se passe-t-il, professeur ? demanda Wyatt en agitant la main devant ses yeux.

— C'est bizarre, murmura-t-elle. Je n'ai jamais entendu le nom de cet homme, et pourtant je crois l'avoir déjà vu…

— Où ?

— Je n'arrive pas à m'en souvenir, mais j'en suis certaine ! lança Nina.

— Lieutenant ? les interrompit Spears. Venez. J'ai du neuf.

Wyatt s'approcha de l'ordinateur de Spears. Nina le suivit.

— Son badge est dans son portefeuille : c'est un technicien médical d'urgence, annonça Spears. Un EMT.

— Les EMT connaissent l'anatomie…, commença Nina, prise d'inspiration.

Puis elle se tut, le visage concentré. Wyatt haussa les sourcils sans apparemment comprendre où elle voulait en venir. Il se rendit dans le bureau du shérif Hardin.

— Wyatt ! Attends ! le rappela Nina.

Mais il marchait si vite qu'elle dut courir pour le rattraper.

— Hardin, je veux parler tout de suite à Marquez ! ordonna Wyatt sitôt entré.

Le shérif ne daigna même pas lever les yeux.

— Il vous attend dans la salle de conférences.

Si Wyatt fut surpris par la désinvolture du shérif, il n'en montra rien et Nina contint un sourire.

Wyatt avait l'habitude de donner des ordres, et il n'était jamais aussi épanoui que quand il assumait toutes les responsabilités et était garant de l'autorité, mais pour cette affaire, il était sur un pied d'égalité avec Hardin et s'en trouvait manifestement déconcerté.

Nina le suivit. Il se figea, la main sur le bouton de la porte.

— Où vas-tu ? lui demanda-t-il.

— Je viens avec toi. Je veux être présente lors de l'interrogatoire.

Nina prit une grande inspiration et continua avant que Wyatt ne l'interrompe :

— Wyatt, c'est un technicien médical d'urgence.

— Oui, je sais.

— Ecoute-moi, c'est très important. Quand il est entré dans le labo, j'étais sur le point d'effectuer un test de reconnaissance d'ions métalliques, de déterminer le pH de la poussière d'os prélevée sur un crâne masculin et sur l'os coxal féminin découvert dans le pick-up de Daniel. Je voulais déterminer le domaine d'acidité.

— Ah ? lâcha Wyatt. Et pour quelle raison ?

— Parce que la surface du crâne est corrodée ! expliqua Nina. Cela ne relève pas d'un phénomène naturel. Ce crâne a été nettoyé, plutôt dégraissé, par macération. Avec divers solvants.

— Quoi ? fit Wyatt. On a versé de l'acide dessus ?

— Pas directement, nuança Nina, car l'acide ronge la surface de l'os. Quoi qu'il en soit, les solvants chlorés favorisent l'acidification du matériau en formant de l'acide chlorhydrique. Je connais ce procédé, on l'applique à des squelettes grandeur nature dans les muséums d'histoire naturelle par exemple. Au début, on utilise des tensioactifs qui favorisent la dissolution des graisses et ensuite du peroxyde d'hydrogène, qui permet de dissoudre la graisse et de blanchir les os. Quand le dégraissage est insuffisant, on utilise ces solvants…

Wyatt ouvrit de grands yeux.

— Tu penses que ce gars était là pour…

— Pour détruire ces os dégraissés et blanchis, par ses soins peut-être, ou pour les récupérer, compléta Nina.

— Pour quoi faire ? demanda Wyatt.

Nina s'était aussi posé la question et la réponse correspondait au pli avec la photo qu'ils avaient reçu le matin même.

Nina croisa le regard de Wyatt. Il semblait être arrivé à la même conclusion.

Marcie était vivante.

— Bon travail, professeur, dit-il doucement alors qu'il ouvrait la porte et entrait.

Nina le suivit.

Jeffrey Marquez était menotté, d'une main, à sa chaise. Son visage était sombre et tiré par la fatigue.

— Quelle est votre version des faits, Marquez ? demanda Wyatt.

Marquez ne répondit pas. A vrai dire, il ne semblait pas avoir entendu.

Wyatt lança un regard à Nina et lui adressa un très léger mouvement de la tête.

Il l'exhortait à garder le silence, comprit-elle.

Wyatt prit place en face de Marquez et le fixa. De temps à autre, ce dernier lui lançait un regard qu'il reportait vite sur la table.

Nina consulta sa montre. Les minutes s'égrenaient.

Wyatt resta ainsi silencieux pendant cinq bonnes minutes, puis il se leva brusquement.

Nina sursauta. Marquez aussi.

— Très bien, lâcha Wyatt. J'en ai le cœur net. Nous en avons terminé.

Wyatt s'adressa à Nina.

— Entrée par effraction, destruction de la propriété de l'Etat, entrave à enquête policière en cours.

Wyatt ouvrit la porte.

— Et enfin, tentative de meurtre.

Nina sortit devant Wyatt, qui murmurait :

— Pas si vite. Un, deux et trois…

— Attendez ! s'exclama Marquez qui avait pâli. Quelle tentative de meurtre ?

Wyatt se retourna.

— Mais c'est elle ! s'écria Marquez, hors de lui ! Elle a déclenché une explosion ! J'ai failli mourir !

Wyatt lui tourna le dos, apparemment prêt à sortir.

— Attendez ! répéta Marquez, l'air paniqué.

Il se levait mais fut retenu par sa main menottée.

— Je jure que je ne sais pas de quel meurtre vous parlez.

— Je n'ai pas parlé de meurtre, mais de tentative de meurtre, répliqua Wyatt en se retournant. Mais commençons plutôt par le commencement. Que faisiez-vous dans ce laboratoire ?

— Je cherchais quelque chose qui m'appartenait et que je voulais récupérer sans me faire repérer !

— Quelque chose ? releva Wyatt. Quoi au juste ?

Marquez secoua la tête et eut un petit rire gêné.

— Cela n'a rien à voir avec votre enquête…

Wyatt se pencha sur la table.

— Ecoutez-moi bien, Marquez… Si vous voulez jouer au plus fin avec moi, vous ne gagnerez pas. Certes, j'aime jouer, mais surtout, j'aime les réponses précises. Et puis, je ne renonce jamais.

Wyatt reprit sa place.

— Est-ce que votre entrée par effraction et la destruction d'indices ont un lien avec votre activité professionnelle, et le fait que certains ossements ont été nettoyés avec des solvants chlorés ?

Marquez ne cacha pas sa surprise.

— Mais comment savez-vous…

— Le Pr Nina Jacobson est anthropologue médico-légale, expliqua Wyatt.

Marquez tourna les yeux vers Nina.

— Vous savez donc que ces ossements-là n'ont aucun rapport avec votre affaire ?

Wyatt ne laissa pas à Nina le temps de répondre.

— Aucun rapport ? Ils n'en ont pas moins été exhumés sur une scène de crime avec de nombreux autres.

Le jeune homme parut hésiter tandis que son front se couvrait de sueur.

Au bout de quelques instants, il haussa les épaules.

— Bon, d'accord… Certains os viennent de la fac de médecine. Je me suis introduit dans une salle où les étudiants en nettoyaient. J'en ai… emprunté quelques-uns.

Il sourit nerveusement.

— C'était une blague. C'est tout.

Soudain Nina poussa un cri et porta les mains à sa bouche.

— Ça y est ! Je sais où je vous ai déjà vu ! s'exclama-t-elle. Vous sortiez avec Marcie !

— Moi, je ne vous connais pas. Et je ne sais pas de qui vous parlez, répliqua aussitôt Marquez.

— Si ! Je reconnais ce sourire ! dit Nina à Wyatt. Marcie m'avait envoyé une photo de lui. Ils étaient ensemble.

Le cœur de Nina battait avec violence.

— C'est vous qui avez enlevé Marcie ! Vous avez placé la chaîne en or et les cheveux dans la fosse du site pour que nous les découvrions.

Marquez, l'air affolé, leva les mains.

— Je vous jure que…

Wyatt se leva.

— Vous me faites perdre mon temps, Marquez. Si jamais vous ne parlez pas dans les cinq secondes, je vous arrête pour les faits que je viens de vous énumérer ! Et auxquels je vais ajouter : meurtre. Celui de Marcie James.

Marquez devint livide.

— Non ! Non, c'est impossible ! Parce que Marcie n'est pas morte.

La nouvelle fit tressaillir Nina.

— Comment le savez-vous ? demanda Wyatt à Marquez. Quel est votre lien avec l'enlèvement de Marcie ?

— J'ai obéi à Marcie…, expliqua Marquez. Elle voulait organiser un faux kidnapping. Fuir. Elle était certaine que quelqu'un voulait la tuer.

Nina crut défaillir. Marquez leur fournissait la preuve ultime que Marcie avait organisé sa propre disparition.

A cause d'elle, Wyatt avait failli mourir.

Pendant deux ans, Nina avait reproché à Wyatt d'être responsable de la mort de sa meilleure amie, mais en fait, c'était l'inverse : Marcie avait failli causer la mort de l'homme que Nina aimait.

Aimait ?

L'aimait-elle ?

Son cœur de nouveau battit la chamade, si fort qu'elle craignit que Wyatt et Marquez ne l'entendent. Ce n'était pas possible, elle ne pouvait pas aimer Wyatt Colter au bout de *trois jours*.

La brusquerie de Wyatt le matin même aurait dû conjurer toute attirance naissante.

Mais non. Au contraire. Le souvenir de leurs ébats la supplantait.

Nina n'avait passé qu'une nuit avec Wyatt, et elle était déjà folle amoureuse. Par le fait, jamais elle n'avait eu autant de plaisir à faire l'amour avec un homme, à dormir à ses côtés, blottie tout contre lui. Wyatt avait éveillé en elle des sentiments qu'elle avait pensé ne plus jamais éprouver.

Elle avait eu une enfance protégée, entourée par son père et son frère aîné. Tous deux avaient été ses chevaliers en armure. Mais son père était mort et, moins d'un an plus tard, son frère aussi, au combat, loin.

Le sentiment que rien ne pouvait lui arriver avait alors disparu pour Nina. L'insécurité avait pénétré son existence.

Jusqu'à cet instant.

Jusqu'à Wyatt Colter.

Qu'allait-elle donc devenir lorsque cette enquête serait terminée ? Puisqu'elle aimait Wyatt…

La voix de ce dernier s'introduisit dans ses pensées.

— Marcie projetait aussi de tuer un Texas Ranger ? tonna-t-il, l'air sombre et menaçant.

Marquez cilla.

— Marcie m'avait donné l'arme. Moi, je n'avais jamais tiré de ma vie. Vous avez bien vu que c'était un échange de coups de feu hasardeux. C'est un accident. Je suis désolé.

— « Désolé » ? s'exclama Nina, outrée.

A sa surprise, Wyatt se renversa sur sa chaise et sembla se détendre.

— Où est-elle ? demanda-t-il dans un souffle.

Marquez ouvrit de grands yeux, mais il garda le silence.

— Bon sang !

Wyatt tapa du poing sur la table.

— Où. Est. Elle ?

Marquez haussa les épaules.

— Je… je ne sais pas… Elle est partie, il y a quelques

jours. Elle a dit qu'elle devait disparaître. Quelqu'un l'y aiderait.

— Qui ? insista Wyatt.

Marquez haussa de nouveau les épaules.

— Aucune idée.

— Homme ou femme ? poursuivit Wyatt. Ici ?

— Je viens de vous dire que je n'en savais rien !

Wyatt regarda Marquez droit dans les yeux.

— Ecoutez-moi bien ! Pour l'instant, vous êtes accusé d'un bon nombre de délits et de crimes. Si vous voulez que je vous aide, coopérez. Donc, si vous savez pourquoi Marcie voulait disparaître, vous feriez mieux de parler.

— Ce que je sais, c'est qu'elle avait peur de quelqu'un. Mais elle n'a pas voulu me dire de qui.

— Je vous conseille de faire des efforts, maugréa Wyatt.

— Je vous jure que c'est la vérité ! Elle a déclaré que si je savais, moi aussi, je serais en danger.

— Vous avez menti, vous avez volé et presque tué par amour pour Marcie, et vous ne savez même pas pourquoi ? C'est invraisemblable ! commenta Wyatt.

Marquez essuya avec sa manche son front en sueur, puis il dévisagea Wyatt.

— Quel marché vous me proposez si je vous dis de qui, à mon avis, elle a peur ?

L'air furieux, Wyatt serra les poings.

Nina retint son souffle.

— Vous serez accusé d'attaque préméditée, et non de tentative de meurtre, annonça enfin Wyatt d'une voix glacée et méprisante.

Marquez déglutit péniblement.

— Je pense qu'elle avait peur de son ex-petit ami.

Wyatt resta de marbre.

— Je le savais ! s'exclama Nina. Marcie avait peur que Shane la tue !

17

Une heure plus tard, Wyatt avait tapé son rapport et appelé un Ranger à Austin afin qu'il vienne chercher Marquez. Finalement, à près de 23 heures, Wyatt fut de retour au Bluebonnet avec Nina. Les épaules voûtées, le pas lourd, la jeune femme semblait bien fatiguée.

Wyatt posa une main sur sa taille pour la conduire devant sa chambre.

— Tu es épuisée. Va te coucher, lui dit-il doucement. Je ne te réveillerai qu'au dernier moment, demain matin.

Nina secoua la tête.

Mais Wyatt reprit vivement :

— Pas de discussion. Tu en as vraiment besoin, crois-moi, car nous ne sommes pas au bout de nos peines.

— Wyatt…

Il la coupa en effleurant ses lèvres.

— Je te promets que tu seras la première avertie, quoi qu'il arrive.

— Promis ?

— Promis, fit Wyatt. Alors maintenant, donne-moi la clé de ta chambre.

Nina le dévisagea d'un air perplexe mais elle obtempéra.

Wyatt déverrouilla la porte de sa propre chambre, puis rentra.

Il avait déchiffré la signification du regard que Nina venait de lui lancer : la jeune femme ne comprenait absolument pas pourquoi il agissait comme s'ils n'avaient pas passé la nuit ensemble.

Il ne pouvait le lui reprocher, il ne le comprenait pas lui-même… Sa seule certitude était que, jusqu'à la fin de cette enquête, il ne pouvait plus se permettre de baisser à nouveau sa garde. Sa plus grande qualité, sur le plan professionnel, c'était en effet sa capacité de concentration, sa détermination et son énergie.

Sauver l'innocent et arrêter le coupable, tel était, globalement, le sens de sa mission en tant que Ranger. Et tout ce qui le détournait de cet objectif en apparence simple devait être ignoré. *Tout ?* L'attirance physique, sexuelle. L'amour.

Tandis qu'il se douchait, Wyatt réfléchit intensément. Pourquoi, pour la première fois de sa vie, la quête de justice ne le satisfaisait pas ?

Pour la première fois de sa vie, il avait du mal à faire la part des choses entre sphère privée et sphère professionnelle.

Sa douche prise, il se coucha avec un soupir. Il était fourbu, ses yeux se fermaient, mais sitôt qu'il eut posé la tête sur l'oreiller, l'odeur de rose le cerna.

Wyatt soupira et se tourna de l'autre côté, essayant d'ignorer son désir d'avoir Nina à ses côtés. Dans ses bras. De l'entendre respirer dans son sommeil. Il n'avait jamais rien connu d'aussi doux.

Allait-il pouvoir dormir alors que Nina lui manquait tant ?

Le lendemain, vers 9 heures, Wyatt revint au bureau du shérif avec Nina. Elle voulait lire la déposition de Marquez.

Wyatt, lui, n'avait eu aucune information concernant les empreintes de bottes. Telle fut donc sa première question à Hardin.

— Justement, je viens d'avoir les résultats, déclara le shérif. Les empreintes relevées sur la scène de crime sont celles de Shane Tolbert. Les marques sur les talons ont été faites par des fers. Shane en porte.

— Je ne suis pas étonné qu'on identifie les empreintes de Shane Tolbert puisqu'il était sur place, commenta Wyatt. Est-ce que votre adjoint en a relevé d'autres ?

— Sept en tout, précisa le shérif. Trois étaient trop floues pour être identifiées et quatre correspondaient aux bottes de Shane.

— Donc, nous ne savons toujours pas qui l'a agressé, conclut Wyatt.

Un souvenir vague lui revint.

— Je voudrais m'entretenir avec le médecin, au sujet de la blessure de Shane. Nina en a pris quelques photos, avec son portable. Elle a identifié une marque d'hésitation.

— Vous voulez dire que Shane se serait blessé *volontairement* ? s'exclama Hardin, l'air sidéré.

Wyatt haussa les épaules.

— C'est une possibilité. C'est pour ça que je voudrais montrer ces photos au médecin et lui demander son opinion.

Le shérif soupira.

— Comme vous voulez, lieutenant, mais j'ai du mal à concevoir que Shane se soit infligé une blessure au risque de perdre son emploi. Il a beaucoup travaillé pour devenir adjoint et il ambitionne de devenir shérif.

— Je n'en doute pas, mais je ne dois rien laisser au hasard, expliqua Wyatt.

Il fut interrompu par la sonnerie de son téléphone portable. Il prit la communication à la hâte.

— Lieutenant Colter, j'écoute ?

Il n'y avait qu'un souffle rapide à l'autre bout du fil.

— Allô ? Qui est à l'appareil ? insista Wyatt.

C'était une voix de femme, à peine un murmure, ardent et implorant.

— J'ai besoin d'aide… Daniel a été blessé. Chez lui. Je vous en prie, faites vite.

— Qui est à l'appareil ? répéta Wyatt, en se levant d'un bond.

Il posa la main sur son arme et adressa un regard entendu à Hardin.

— C'est Ellie ? Ellie Penateka ? reprit Wyatt.

Le shérif se leva et prit son holster pendant que Nina, inquiète, ne les lâchait pas des yeux.

— Continuez de parler. Où êtes-vous ? s'enquit Wyatt, alerté par le souffle rapide et saccadé de son interlocutrice.

— Vite ! fit la voix. Sinon, il va mourir.

Sur ces mots, elle raccrocha.

— Ah zut ! s'exclama Wyatt.

Hardin sortait déjà, Nina sur les talons. Wyatt les rejoignit.

— Que se passe-t-il ? Qui était-ce ? demanda Hardin.

— Une femme. Daniel Taabe aurait été blessé. A son domicile, expliqua Wyatt.

Hardin prit sa voiture et Wyatt sauta dans sa jeep, imité par Nina.

En route, ils croisèrent le maire Sadler et Jerry Collier qui sortaient de la mairie. Si le maire leva la main pour les saluer, Collier paraissait en état de choc.

Wyatt consulta le journal de ses appels et rappela le dernier numéro entrant. Il laissa sonner plusieurs fois jusqu'à ce qu'une messagerie se déclenche. C'était la voix de Taabe. Wyatt raccrocha.

— L'appel venait bien de chez Daniel Taabe, précisa-t-il à Nina, en suivant toujours Hardin.

— Tu as communiqué ton numéro à Ellie ? interrogea Nina.

— J'ai donné ma carte à toutes les personnes avec lesquelles je me suis entretenu, indiqua Wyatt. Ellie. Charla Whitley. Daniel également. N'importe qui a pu passer cet appel.

Cinq minutes plus tard, ils arrivaient chez Taabe. Wyatt se gara à côté de la voiture du shérif.

— Ne bouge pas jusqu'à ce qu'on se soit assuré qu'il n'y a plus aucun danger, ordonna-t-il à Nina alors qu'il sortait son arme.

La maison semblait déserte. Aucun véhicule n'était garé devant. Wyatt inspecta les alentours, puis il suivit Hardin.

Celui-ci frappa.

— Daniel Taabe. Police ! Ouvrez.

Ne recevant pas de réponse, ils entrèrent dans un couloir qui séparait la salle à manger des chambres. Wyatt se dirigea sur la droite et Hardin, sur la gauche.

— Rien dans la première chambre, indiqua Hardin, au loin.

— Rien dans le salon, annonça Wyatt de son côté.

Il longea le mur, jeta un œil dans la petite salle à manger.

— Rien dans la salle à manger.

Mais sitôt qu'il entra dans la cuisine, son regard fut attiré par du sang et les cheveux d'un noir de jais de Daniel Taabe.

— Rien dans la chambre du fond, énonça Hardin au même instant.

— Hardin ! Venez vite dans la cuisine !

Le shérif rejoignit Wyatt en moins de temps qu'il ne faut pour le dire.

— Bon sang ! s'exclama-t-il à la vue du corps inerte.

Wyatt se pencha et posa l'index sur le pouls de Daniel, mais c'était inutile.

— Il est mort… Je vais demander au Pr Jacobson de venir.

Wyatt sortit de la maison et fit signe à Nina, qui le rejoignit avec son kit médico-légal.

— Daniel Taabe est mort, n'est-ce pas ? demanda-t-elle.

Wyatt hocha la tête. Depuis quand était-il devenu si transparent ?

— Comment est-il mort ? s'enquit Nina.

— Nous ne l'avons pas encore examiné, répondit Wyatt.

Quand il revint dans la cuisine avec Nina, Hardin était accroupi à côté du corps de Taabe.

— La mort est récente, déclara le shérif sans lever les yeux. Le sang n'a pas eu le temps de coaguler.

Nina enfila des gants en latex et se baissa à son tour.

— C'est en effet une flaque de sang frais. Le décès remonte à une heure. Ou moins. La mort a été causée par une balle sans doute tirée à bout portant.

— Elle est peut-être ressortie, et dans ce cas nous aurons un indice, ajouta Wyatt.

Hardin opina.

— Il va falloir retourner le corps. Vous avez votre appareil photo, professeur ? Je vais photographier la scène de crime.

Nina le lui tendit et se leva.

— Daniel aurait confronté l'individu qui a déposé la hachette et l'os coxal dans son pick-up ?

Wyatt secoua la tête.

— Je n'en ai aucune idée. J'aimerais interroger Ellie Penateka. C'est sans doute la dernière à avoir vu Daniel vivant.

Nina adressa à Wyatt un regard interrogateur. Il sourit.

— Sur le comptoir de la cuisine, il y a deux tasses à café.

D'un signe de tête, il les désigna à Nina.

— Sur le bord de l'une, on distingue bien une trace de rouge à lèvres.

Nina se tourna dans la direction que Wyatt lui indiquait : il y avait en effet deux tasses jaunes avec deux serviettes en papier froissées. Nina observa ensuite toute la cuisine et repéra des assiettes de la même couleur dans l'égouttoir. Enfin elle s'approcha de l'évier : une bague en turquoise était posée sur l'étagère au-dessus.

Nina allait en faire la remarque à Wyatt quand son portable sonna. Elle consulta l'écran, mais ne reconnut pas le numéro.

— Allô ?

— Nina ? Oh Nina, écoute-moi !

Nina faillit lâcher son portable. Elle connaissait cette

voix qu'elle n'avait pas entendue depuis deux ans et qu'elle pensait ne plus jamais entendre.

— Marcie ? Marcie, c'est toi ?

— Oui…

La voix de Marcie se brisa.

Wyatt, toujours accroupi devant le corps de Daniel, tourna vers Nina un visage choqué. Elle riva son regard au sien, certaine qu'elle avait l'air au moins aussi stupéfaite.

Marcie lui parlait !

Marcie était vivante. Cette fois, elle en avait la preuve absolue.

— Tu es chez Daniel, n'est-ce pas ? reprit Marcie en sanglotant. Il est mort ?

— Oui…, fit Nina. Je suis désolée…

Sa gorge se serra.

— Mais toi, où es-tu ? reprit Nina.

Elle avait du mal à parler. Ses lèvres semblaient engourdies, et elle avait la gorge serrée.

— Qu'est-ce qui t'a pris ? lança Nina.

— Ecoute-moi bien, répondit Marcie. Je n'ai pas le temps de tout t'expliquer. Mais je suis dans la cabane sur la colline qui surplombe Dead Man's Road.

— Dead Man's Road ? répéta Nina.

— C'est le nom du chemin à proximité de la scène de crime, expliqua Marcie. Daniel m'a dit de m'y réfugier.

— Daniel ? releva Nina. Tu étais donc chez Daniel ? C'est toi qui as tiré sur lui ?

— Non ! J'étais dans la cave et je dormais. J'ai entendu un coup de feu et ensuite, une voiture. Quand je suis remontée, j'ai vu Daniel dans la cuisine…

A l'autre bout de la ligne, Marcie prit une grande inspiration.

— Je te jure que je voulais appeler un médecin, Nina. Mais Daniel m'a ordonné de filer avec son pick-up et de me cacher. Je ne voulais pas le laisser, mais…

— Marcie, dis-moi…

Au même instant, Wyatt arracha son téléphone à Nina.

— Marcie, c'est Wyatt Colter. Où êtes-vous ?

Il écouta sa réponse puis se tourna vers le shérif qui avait sorti son portable. Mais Wyatt secoua la tête avec virulence et leva la main.

— N'appelez personne, Hardin ! Dites-moi qui est sur la scène de crime ce matin ?

— Shane Tolbert, répondit le shérif.

Wyatt jura.

— Marcie, pouvez-vous voir la scène de crime ou la route ?

Il attendit un instant, puis lâcha :

— Non ? Shane Tolbert est d'astreinte. Devons-nous l'appeler ?

Marcie hurla dans le téléphone :

— Non. Par pitié ! Surtout pas Shane !

— Je comprends, acquiesça Wyatt. Nous n'en ferons rien. Restez cachée. J'arrive tout de suite !

Wyatt raccrocha et rendit son téléphone à Nina.

— Je vais demander à Kirby de se rendre là-bas, déclara Hardin.

— Non, j'y vais, décida Wyatt. Marcie sait que je viens. Mais je vais avoir besoin de renforts.

Wyatt sortait déjà ses clés. Il quitta la maison et Nina le suivit.

Arrivé à la porte, il se retourna et adressa à Nina un regard intense.

— Qu'est-ce que tu fais ?

Nina se figea, refusant de se laisser intimider par l'expression et l'attitude de Wyatt.

— Je pensais que Marcie était morte, elle est vivante. Je veux la voir !

— Impossible, décréta Wyatt. Pas question que je te mette dans une situation potentiellement dangereuse.

Mais Nina leva le menton et défia Wyatt du regard.

— Rien ni personne ne m'empêchera de voir mon amie !

Un éclair fusa du regard de Wyatt, et Nina s'attendit à ce qu'il proteste de nouveau, mais il soupira.

Elle avait gagné.

Ils n'échangèrent pas un mot sur la route. Wyatt roulait à toute vitesse, soulevant de la terre sur son passage. Il prit Dead Man's Road et tourna sur une piste pentue.

Apparut alors au travers des arbres une cabane battue par les intempéries.

Wyatt s'arrêta.

— Reste ici ! ordonna-t-il à Nina.

— Aucune chance, cow-boy !

Nina était impatiente de revoir Marcie. Certes, son amie avait menti, enfreint la loi et feint sa mort, mais Nina lui gardait son amitié.

Wyatt parut mécontent, toutefois il garda le silence et se dirigea vers l'entrée.

— Reste au plus près de moi, murmura-t-il.

— Ce sera un plaisir, rétorqua Nina sur le même ton.

Pour seule réponse, Wyatt l'enveloppa d'un long regard étrange et pour le moins déconcertant. Vite, il reprit son expression décidée et martiale, et leva son arme.

— Passons par là : il n'y a qu'une fenêtre, donc moins de chances qu'ils nous repèrent.

— Mais il n'y a que Marcie…, rappela Nina. Pourquoi…

Wyatt leva la main.

— Tu obéis à mes ordres ou tu retournes à la jeep.

Nina se mordilla la lèvre.

— Oui, monsieur.

— Quand je me déplace, tu te déplaces. J'ajoute que tu ne te déplaces que lorsque je t'adresse ce geste.

Il leva le poing à la hauteur de son épaule.

— Tu t'arrêtes et ne bouges plus jusqu'à ce que je donne le signal de se remettre à marcher. C'est compris ?

— Compris.

Mais la réponse de Nina fut étouffée par un coup de feu assourdissant. Du tronc d'arbre tout proche, sur leur droite, s'élevèrent de la poussière et de la fumée. Nina n'eut pas le temps de réagir que deux autres coups de feu éclataient. L'un fut même si proche qu'elle tressaillit.

Wyatt lui saisit le poignet et l'attira à lui.

Nina, pétrifiée, n'avait même pas remarqué qu'il s'était accroupi.

— C'était tout proche, chuchota-t-elle, posant sa main sur sa poitrine. J'ai failli…

Puis elle considéra sa main : celle-ci était tachée de sang.

La vision de Nina se brouilla. Elle était sur le point de s'évanouir.

Si ce n'est pas de la peinture, qu'est-ce que c'est ? pensa-t-elle, égarée.

Du sang ?

— Wyatt ? souffla-t-elle.

18

Wyatt découvrit avec horreur les doigts rougis de Nina, puis porta les yeux sur la chemisette de la jeune femme où une tache de sang s'élargissait.

Nina avait été touchée.

— Nina ! s'écria-t-il.

Il remit son arme dans son holster d'épaule, déchira la chemisette pour révéler la blessure. Nina avait été touchée au-dessus de la clavicule et saignait abondamment. Wyatt pressa un pan de tissu sur la plaie pour freiner l'hémorragie.

Il s'en voulait. Nina avait été blessée par sa faute. Il avait juré de la protéger, et il avait failli.

Wyatt examina ensuite mieux l'épaule de Nina. Par chance, aucun organe vital n'avait été atteint, et Wyatt comprima de nouveau la blessure.

Une balle siffla, non loin. L'individu continuait de tirer.

— Professeur Jacobson, Nina…, murmura Wyatt. Ça va aller. Il faut seulement que tu te soulèves de façon à ce que je regarde ton dos. Cela peut faire mal, mais ne panique pas, d'accord ?

— Je te fais confiance…, soupira Nina.

Wyatt la prit entre ses bras et la redressa. La balle n'était pas ressortie. Il passa minutieusement, précautionneusement la main dans le dos de Nina et localisa la balle. Le pronostic vital de Nina n'était pas engagé, mais elle devait être prise en charge au plus vite.

En même temps, Wyatt devait arrêter le tireur et, cette fois, sauver Marcie.

Un autre coup de feu retentit. Tout proche.

Wyatt plongea pour protéger Nina.

— Ne te fais pas de souci, je suis là, chuchota-t-il.

— Je sais…

La voix de Nina était tendue. Elle souffrait, et Wyatt était impuissant à soulager sa douleur.

— Ecoute-moi bien, lui souffla-t-il à l'oreille. Tu vas rester cachée. Peux-tu contacter Hardin et lui demander des renforts ? Parce que le tireur est toujours là. Je dois l'arrêter.

Nina opina. Les lèvres pincées et les yeux fermés, elle tendit la main pour que Wyatt lui donne son portable.

— Je l'appelle tout de suite…, murmura-t-elle. Toi, va sauver Marcie.

Wyatt pressa ses lèvres sur la tempe de Nina.

— Je vous sauverai toutes les deux.

— Je sais…

Quand Wyatt donna son portable à Nina, elle retint sa main. Il la lui serra.

— Sois prudent, Wyatt.

Il opina, puis se déplaça à croupetons, jusqu'à ce qu'il soit à plus de cinq mètres de Nina. Il voulait éloigner la jeune femme de la ligne de mire du tueur, s'approcher du chalet puis y entrer.

Il se leva juste assez pour tirer par l'une des fenêtres, puis se baissa de nouveau. Aussitôt, le tireur riposta.

Wyatt continua de marcher à croupetons, tirant dans la direction de la fenêtre à plusieurs reprises, puis dans celle de la véranda. Il voulait que ses coups de feu égarent le tireur sur leur origine et, si c'était un amateur, le plongent dans la confusion.

Le silence soudain retomba.

Wyatt continua de longer le chalet.

Avant d'en tourner le coin, il se releva et pressa le dos

contre le bardeau, puis jeta un œil prudent. Une porte latérale. Devant était garé un pick-up blanc.

Wyatt remarqua ensuite des empreintes de pas qui partaient du pick-up et se dirigeaient vers le perron.

Il s'approcha de la porte et en tourna le bouton. La porte s'ouvrit sans mal, sans grincer. C'était surprenant pour une cabane aussi décatie et déserte…

De nouveaux coups de feu s'élevèrent. Nina se serait-elle levée, en dépit de ses ordres, et avait-elle été prise pour cible ? se demanda Wyatt.

Elle était certes obstinée mais blessée et affaiblie, peut-être plus raisonnable.

Wyatt se contint pour ne pas lui enjoindre de rester cachée, de peur de fournir au tireur trop d'informations. Sur l'endroit où lui se trouvait. Sur son identité. Sur le fait qu'ils étaient deux.

Aux aguets, Wyatt ouvrit grand la porte et entra, son arme levée. L'entrée conduisait dans une grande pièce sombre. La seule lumière du chalet était dispensée par deux fenêtres sans rideaux. Wyatt prit le couloir sur la droite. Un juron étouffé résonna, puis un bruit familier signalant que le tireur retirait la recharge de son semi-automatique.

A priori, l'homme n'avait plus de munitions.

Wyatt se figea et se plaqua contre le mur, prêt à tourner le coin et à mettre l'individu en joue. Mais au même instant, le tireur fit feu par la fenêtre. Il avait donc une recharge.

Par chance pour Wyatt, l'individu n'avait pas conscience de sa présence. Cependant, Wyatt ne devait pas rester trop longtemps silencieux, car son adversaire deviendrait soupçonneux et se mettrait sur ses gardes.

Wyatt risqua un œil dans la pièce. Si l'homme s'était approché de la fenêtre, il y avait de fortes chances pour qu'il lui tourne le dos.

Avant toute chose, le regard de Wyatt se posa, devant la

cheminée, sur le corps d'une jeune femme blonde. Allongée sur le dos. Le regard écarquillé et vitreux. Marcie James.

Elle est morte, constata Wyatt.

Devant la fenêtre, Shane Tolbert regardait entre les pans d'un rideau en lambeaux, son arme braquée vers quelque chose, ou quelqu'un, que Wyatt ne pouvait voir.

A cet instant, le bruit d'un moteur résonna au loin et Wyatt décida de passer à l'action.

— Tolbert ! Plus un geste ! ordonna-t-il d'une voix basse et mesurée.

Tolbert se tendit puis se retourna.

— J'ai dit, plus un geste, Tolbert !

— Lieutenant Colter ? s'exclama Tolbert.

Il leva les mains lentement, gardant son arme crochetée au bout de l'index.

— Lâchez votre arme, Tolbert !

— C'est vous. Quelle chance..., déclara Tolbert en baissant les bras.

— Doucement. Lentement, intima Wyatt.

Tolbert déposa son arme et attendit. Il était très pâle. Il avait le regard écarquillé, et une trace de sang sur la joue.

— Vous avez vu qui a tiré ? demanda Tolbert.

Puis il regarda dans la direction de Marcie et secoua la tête, l'air incrédule.

Wyatt, perplexe, fronça les sourcils. Tolbert agissait comme s'il était aussi la victime et attendait des renforts. Mais Wyatt n'avait pas de temps à perdre en questionnements.

Nina était blessée et souffrait.

Et tout accusait a priori Tolbert.

Dehors, le bruit du véhicule approchait.

— Mains derrière le dos, Tolbert ! reprit Wyatt.

— Quoi ? Vous pensez que c'est moi qui... Vous êtes fou ?

Wyatt lui fit un geste avec le canon de son arme.

— Ne me poussez pas à bout, Tolbert ! Obéissez. Ecartez les jambes.

L'adjoint du shérif obtempéra.

— Je sais que les apparences sont contre moi, confia-t-il. Mais vous devez me croire ! Vous devez m'écouter ! Marcie m'a appelé. C'est elle qui m'a demandé de venir. Je n'en ai pas cru mes oreilles quand j'ai entendu le son de sa voix. Après tout ce temps…

Wyatt sortit ses menottes et les passa aux poignets de l'adjoint du shérif, au moment où, dehors, le véhicule s'arrêtait bruyamment.

Pourvu que ce soit une ambulance…, songea Wyatt.

— Lieutenant Colter ! Bon sang, écoutez-moi ! reprit Tolbert. On m'a frappé quand je suis entré. Et quand je suis revenu à moi, j'ai vu Marcie, là…

Sa voix se brisa.

La porte s'ouvrit. Reed Hardin entra, son arme en main.

— Shérif Hardin ! s'écria Tolbert. Dites-lui que j'aimais Marcie !

Hardin observa la scène, clairement surpris.

— Que se passe-t-il ?

— Pourquoi avez-vous tiré sur nous ? demanda Wyatt à Tolbert.

Celui-ci prit une grande inspiration un peu tremblante.

— Je pensais que le meurtrier de Marcie allait aussi me tuer…

C'était crédible, reconnut Wyatt en son for intérieur. Shane était-il innocent pour autant ?

Non, décida Wyatt.

— Tolbert, je vous arrête pour le meurtre de Marcie James. Shane Tolbert, vous avez le droit de garder le silence…

Un nouveau bruit de moteur interrompit Wyatt. Des gyrophares annonçaient l'arrivée d'une ambulance.

— Hardin, je vous laisse gérer la situation, lâcha Wyatt. Je vais rejoindre Nina qui a été blessée par Tolbert : il a tiré sur elle.

— Je m'en occupe, dit le shérif, qui semblait troublé par ces révélations.

— J'ai tiré sur Nina ! s'exclama Tolbert, hagard cette fois. Oh ! mon Dieu !

Wyatt remit son arme dans son holster et sortit. Mais il arrivait trop tard. L'ambulance disparaissait déjà dans un nuage de poussière.

Wyatt se dirigea vers les urgences dont les portes automatiques s'ouvrirent. Il fonça vers le comptoir des admissions.

— Nina Jacobson ! Blessure par balle !

— Quoi ? Qui ? demanda l'infirmière qui, manifestement effrayée, recula.

Un vigile se dirigea alors vers Wyatt.

Lequel se présenta :

— Lieutenant Colter. Texas Ranger. Je viens voir Nina Jacobson.

L'infirmière regarda son badge, puis le vigile et son ordinateur.

— Heu… box huit. Par là, dit-elle en lui montrant la gauche.

Wyatt repartit et, dans sa hâte, faillit heurter un chariot de soins. Il le contourna et s'arrêta devant le rideau du box huit. Enfin, il l'écarta, le cœur battant à tout rompre.

Nina était entourée d'appareils et sous perfusion. Son visage, encadré par la masse de sa chevelure noire, était très pâle. Elle était sous assistance respiratoire, et à côté de son lit se trouvait un moniteur qui indiquait le rythme de son cœur.

Une infirmière terminait d'injecter un liquide jaunâtre dans sa perfusion reliée à la poche accrochée à la potence.

L'infirmière fronça les sourcils devant la présence de Wyatt.

— Je suis le lieutenant Colter, Texas Ranger, s'expliqua Wyatt, sur la défensive. Elle est ma…

Sa gorge se serra. Sa quoi ? Sa collègue ? Son… Son *amour* ?

Nina ouvrit les yeux et adressa à Wyatt une ombre de sourire.

— Salut, cow-boy. Toujours aussi éloquent à ce que je vois.

— Tu oublies mon charme…

— Oh non. Je ne l'ai pas oublié…, murmura-t-elle.

Elle s'humecta les lèvres et leva la main gauche pour ajuster l'oxygène.

Wyatt serra la main de Nina dans la sienne.

— Elle a soif. Elle peut boire ?

L'infirmière sourit.

— Non. Car elle va en chirurgie.

— En chirurgie ? demanda Wyatt, effrayé.

Ce n'était pas une surprise, mais se l'entendre dire, et puis découvrir Nina, si pâle, faible et prête à passer sur une table d'opération, serrait le cœur de Wyatt d'une folle angoisse.

— Je reviens tout de suite, professeur Jacobson, dit l'infirmière qui sortit et tira le rideau derrière elle.

Wyatt ne pouvait détacher ses yeux de Nina. Elle serrait sa main.

— Ne me regarde pas comme ça ! lâcha-t-elle d'une voix rauque.

Wyatt fit la grimace.

— Comme quoi ?

— Comme si j'allais…

Il posa ses doigts sur sa bouche pour qu'elle se taise.

— Ne plaisante pas…, dit-il d'une voix rauque.

— Que s'est-il passé au juste ?

— Tu n'as pas besoin de t'en inquiéter pour le moment.

— Wyatt ! J'ai besoin de savoir qui a tiré. Shane ?

Wyatt acquiesça lentement.

— C'est Shane qui a tué Daniel Taabe ? insista Nina.

— Je ne sais pas…

Nina toussa.

— Tu dois te reposer et garder ton calme, lui intima Wyatt.

Il l'embrassa. Les lèvres de Nina étaient sèches, et il y passa la langue pour les humecter.

Nina rit doucement.

— Merci…

Elle lui rendit son baiser.

Le cœur de Wyatt battit jusque dans sa gorge. Les lèvres de Nina provoquaient en lui des sensations impossibles à ignorer, et surtout, des réactions physiques pour le moins gênantes.

— J'étais censé te protéger…, murmura-t-il, pressant son front contre le sien. Et je ne l'ai pas fait.

— Oh ! Wyatt…

De toute évidence, elle pensait, comme lui, à Marcie.

Il avait failli à sa mission de protéger l'amie de Nina. Par deux fois.

— Wyatt, parle-moi de Marcie.

Il recula à contrecœur et plongea son regard dans celui de Nina. Mais il ne put parler.

Nina lui caressa la joue.

— Je sais qu'elle n'a pas survécu, Wyatt. J'ai écouté la radio de l'ambulance, quand Reed a appelé les urgences. Sa mort a été prononcée sur la scène de crime. Shane l'a donc tuée ?

Wyatt opina.

— Il affirme avoir trouvé son corps et qu'on l'a assommé. Je ne le crois pas. Il tenait son arme.

— Et on a pu tirer des conclusions sur les éclaboussures de sang ? L'angle de l'entrée de la balle ?

Wyatt ne put s'empêcher de sourire.

— Non, professeur. Je n'en ai pas eu le temps. J'ai arrêté

Shane et je l'ai remis entre les mains de Hardin. J'ai déjà contacté le sergent Ranger Olivia Hutton, la technicienne de scène de crime. Je vais lui demander de tout vérifier minutieusement.

— Bien.

Les yeux de Nina se remplirent de larmes.

Wyatt s'assit sur le bord de son lit et posa la main sur sa joue.

— Je suis désolé, Nina.

Puis il murmura, le cœur rempli de regret :

— De nouveau, je suis arrivé trop tard…

Nina caressa la bouche de Wyatt avec la pointe de l'index.

— Non. Tu as fait tout ton possible. Aujourd'hui, et il y a deux ans. Il m'a fallu du temps pour comprendre quel homme exceptionnel tu étais. Je regrette de ne pas l'avoir compris plus tôt. Dès que je t'ai rencontré.

Wyatt serra la main de Nina.

Nina continua :

— J'aurais dû savoir que ce badge n'était pas seulement une étoile de métal qui te donnait l'autorité pour arrêter des criminels. Ce badge représente ce que tu es, du fond de ton âme.

— Nina, je…

— Marcie est responsable de ce qui lui est arrivé, et je crains qu'elle ne soit aussi responsable de la mort de Daniel Taabe, coupa Nina d'une voix cependant douce. Si elle avait été honnête avec toi, si elle avait accepté ta protection, elle serait toujours vivante.

Nina secoua la tête.

— En définitive, j'ai perdu mon amie il y a deux ans.

Le cœur de Wyatt battait fort, mais pas de peur.

— Comme je t'aime…, souffla-t-il.

Nina cilla. Elle avait certes l'esprit troublé par les médicaments qu'on lui avait administrés, mais hallucinait-elle ?

Avait-elle rêvé ce qu'elle venait d'entendre de la bouche de Wyatt ?

— Qu'est-ce que tu as dit ?

Wyatt pâlit, ce qui semblait de mauvais augure.

— Je crois que j'ai dit que je t'aimais… Je pense ?

Ces deux derniers mots coupèrent le souffle à Nina.

— Tu… tu penses ? répéta-t-elle.

Wyatt secoua la tête et soupira.

— Non. Je ne… Je veux dire…

Nina pinça les lèvres pour contenir sa frustration et se laissa retomber sur son oreiller.

— Ce n'est pas grave, cow-boy.

Wyatt soupira de nouveau.

— Rien ne se passe comme je le voulais…

Il prit une grande inspiration.

— Je t'aime, Nina. Je veux que tu deviennes ma femme !

Le bruit du chariot en métal annonça le retour de l'infirmière.

Elle leur sourit.

— Comme c'est romantique ! Maintenant, si vous avez terminé, votre promise doit aller au bloc.

Pour le plus vif amusement de Nina, Wyatt rougit.

Il se leva.

— Heu oui… bien entendu.

L'infirmière prit une seringue.

— Après cette injection, vous serez presque endormie, professeur Jacobson. Donc, si vous voulez répondre, c'est maintenant.

Nina sourit à Wyatt, toujours très rouge.

— Mon charmant héros si éloquent… Je veux bien devenir ta femme…

— Tu veux ? demanda Wyatt, toujours très rouge.

L'infirmière soupira en faisant l'injection à Nina.

— Comment refuser une si belle demande en mariage ? Vous feriez mieux de vite l'embrasser, car elle va s'endormir.

Nina leva la tête pour accueillir le baiser de Wyatt, qui était le plus doux et le plus tendre qu'elle ait jamais reçu.

— Tu vas repartir à la recherche des criminels ? murmura-t-elle.

— Le shérif Hardin et le sergent Hutton vont poursuivre cette enquête. Moi, je n'irai nulle part jusqu'à ce que tu sois de retour du bloc, jusqu'à ton réveil. Tu peux compter sur moi ! Je ne te quitterai plus jamais !

Nina avait désormais du mal à garder les yeux ouverts, mais elle avait le cœur tranquille et heureux, car le lieutenant Wyatt Colter, Texas Ranger, son amour, était un homme d'honneur.

L'homme de sa vie.

— Je sais, chuchota-t-elle en souriant.

Retrouvez en août,
dans votre collection

BLACK ROSE

Pour la vie d'un enfant, d'Angi Morgan - N°396

En reconnaissant l'homme qui vient de poser une main ferme sur son épaule, Jane a bien du mal à retenir ses larmes. Ainsi, par un étrange coup du destin, Steve Woods, l'agent du FBI avec qui elle a rompu quatre ans plus tôt, a été chargé de l'affaire à laquelle elle se retrouve mêlée. Affrontant le regard lourd de reproches de Steve, Jane lui révèle alors comment, pour la contraindre à kidnapper un petit garçon, héritier d'une riche famille, une bande de criminels a pris en otage Rory, son propre fils. Soudain, l'attitude de Steve change, et Jane comprend qu'au lieu de l'arrêter il va l'aider à retrouver son enfant. Ce petit garçon qui, bien qu'il l'ignore, est aussi le sien...

Protection clandestine, de Justine Davis

Dans la chambre où elle est retenue prisonnière, Hayley tente de mettre de l'ordre dans ses idées. Si son chien ne s'était pas stupidement manifesté pendant que des inconnus enlevaient son voisin, sa présence n'aurait pas été remarquée, et elle ne serait pas actuellement enfermée au milieu de nulle part et menacée de mort... Mais alors qu'elle lutte contre la panique un de ses geôliers s'approche, et Hayley sent le doute l'envahir. Se peut-il vraiment que cet homme si séduisant soit un criminel ? Et comment interpréter le regard dont il vient de l'envelopper ? Un regard rassurant, qui semble dire : « Ne vous inquiétez pas, je suis là pour vous protéger. »

Un regard par la fenêtre, de Carla Cassidy - N°397

Hésitante, Brittany dévisage l'homme qui se tient sur le pas de sa porte. Certes, elle a demandé à l'un de ses amis de lui envoyer un menuisier pour refaire sa terrasse, mais peut-elle réellement accorder sa confiance à cet inconnu ? Bientôt, elle se ressaisit pourtant et balaye ses appréhensions. Après tout, le criminel qui la menaçait quelques mois plus tôt a été tué par la police. Elle peut à présent vivre sans crainte et se laisser séduire par le charme de cet homme à la silhouette rassurante. Un homme qui va bientôt se révéler d'une aide précieuse car, peu de temps après, Brittany se rend compte, terrifiée, que quelqu'un rôde la nuit autour de chez elle...

Mission : garde du corps, de Kimberly Van Meter

Trois prostituées assassinées en quelques mois... Un vent de panique souffle sur la Maison d'Iris, le refuge pour femmes en difficulté que dirige Emma Vale. Et c'est dans cette atmosphère tendue que Dillon McIntyre, un agent du FBI aux manières et à l'accent très « british », commence à enquêter. Dès son arrivée, Dillon se heurte au mutisme des pensionnaires de la Maison d'Iris qui ne sont guère prêtes à collaborer avec la police. Quant à Emma, dont la beauté a séduit Dillon dès le premier regard, elle semble décidée à garder ses distances avec lui. Jusqu'au jour où un message menaçant arrive dans sa boîte aux lettres...

La marque du secret, de Delores Fossen - N°398

Résigné, Weston écoute les reproches que lui assène Addie. Après tout, quelle femme ne serait pas en colère contre un homme qui l'a abandonnée après quelques jours seulement d'une liaison aussi brève que brûlante ? Enfin, profitant d'un instant de silence, Weston révèle à la jeune femme les raisons de son départ brutal, trois mois plus tôt : s'il s'est éloigné d'elle à l'époque, c'était pour suivre la piste du tueur en série qu'il traque depuis des années. Et, s'il est de retour aujourd'hui, c'est pour mieux la protéger de ce même homme, ce psychopathe qui semble déterminé à s'en prendre à elle...

Un mystérieux allié, d'Alana Matthews

Dans le chalet perdu en pleine montagne où elle espérait passer un week-end tranquille, Tara est agressée par trois hommes — vraisemblablement des détenus en cavale. Mais, alors qu'elle est restée seule sous la surveillance de l'un d'eux, quelle n'est pas sa stupeur de le voir brandir un insigne du FBI et lui murmurer : « Si nous n'unissons pas nos forces, nous risquons tous les deux notre vie. » Bien qu'hésitante, Tara n'a guère d'autre choix que de remettre son sort entre ses mains. Bientôt, craignant d'être découverts, les truands quittent le chalet et entraînent Tara avec eux dans leur fuite éperdue. Une course-poursuite périlleuse dans laquelle elle ne doit son salut qu'au soutien efficace et discret de son protecteur improvisé...

Composé et édité par HARLEQUIN G-1

Achevé d'imprimer en Italie (Milan)
par Rotolito Lombarda
en juin 2016

Dépôt légal en juillet 2016 - 9/24

Pour l'éditeur, le principe est d'utiliser des papiers composés de fibres naturelles, renouvelables, recyclables, et fabriquées à partir de bois issus de forêts gérées selon un système d'aménagement durable. En outre, l'éditeur attend de ses fournisseurs de papier qu'ils s'inscrivent dans une démarche de certification environnementale reconnue.